不自由な心

白石一文

角川文庫 13311

目次

天気雨

1

野島がその噂を聞いたのは、パーティーの席でのことだった。付き合いのある広告代理店の若い営業マンをたまたま会場で見つけて、日頃あまり縁のない自動車メーカーの新年祝賀会に義理で足を運んだだけの野島にしてみれば、見知った顔にようやく出会えた気安さで、水割り片手に自分の方からその男に挨拶《あいさつ》に行った。

「そうそう、野島さん。お宅の会社に土方《ひじかた》恵理さんという女性がいるでしょう」

宴会慣れしているらしく、ずいぶん飲んだ赤ら顔の彼が、ぐいと水割りのグラスを空にすると突然に恵理の名前を口にしたので野島は少し面食らった。

「たしか秘書室にいるんじゃないかな。ぼくも役員と打ち合わせるときなんかに顔ぐらいはたまに見ているから」

「それそれ、相当の美形らしいですねえ」

恵理を美人と言われて、野島はまんざらでない心地になる。

「そうかなあ。まあそう言われてみれば美人の部類に入るかもしれないけど」

「いや、それでね……」

自分より一回りは違いそうな年齢のくせに、すっかり口調がくだけているのは広告マンの習性のようなものなのだが、広報課長というポストについてすでに二年になるというのに、こういう礼儀知らずが野島には癇《かん》に障《さわ》って仕方がない。広告マン、新聞記者、雑誌記者やライターたち、年中そういう人種と付き合わされる現在の野島からすれば、誰も彼も小学校まで舞い戻ってまともな口のきき方から勉強しなおしてこい、と言いたいような連中ばかりである。

「その土方恵理さんという女性がね、昔、うちの会社の人間と付き合っていたそうで、しばらく前に別れて、で、それがね、最近急に縒《よ》りがもどって、今度とうとう結婚することになったらしいんだけれど、その相手の男というのがなんと、野島さんもよく知っているうちの渡辺部長なんですよ」

「えっ！」

思いもかけない話に、野島は甲高い声をあげていた。自分の声に自分で驚いて慌てて言葉をつないだが、瞬間的に沸騰した感情は胸の底を滾《たぎ》らせ、幾分声音が震えていた。

「ほんとうですか。だって渡辺さんは女房持ちじゃなかったですか」

だが、幸いなことに相手は野島の驚きの裏側を読んだ風でもなく、自分の披露した話が旨《うま》い反応を得て単純に喜んでいるようだった。

「いや、それがね、どうも渡辺部長、去年のうちに離婚してたみたいなんですよ。もう子供さんたちも大きいですし、もともと夫婦仲は良くないって噂ありましたからね。女性問題で離婚寸前にまでなったっていう話は、二、三年前にも社内で流れたんだけど、どうやら当時のお相手がその土方さんだったようで、結局、途中何があったかはともかくも二人は見事に思いを遂げたってことのようですよ」

野島は持っていた水割りを呷《あお》ると、極力平静を装ってみせた。

「いやあ、それは俄《にわか》には信じられないな。だいいち歳が違いすぎる。うちの土方君というのはまだ二十七、八ですよ。渡辺さんはもう五十過ぎでしょう。それに、彼女は、そんな風にはおよそ見えないしね。人違いかなんかじゃないかな」

「いやいや、だって秘書課の女性で土方恵理さんといえば、いくら新東洋エンジニアリングのような大会社でも一人しかいないでしょう」

「しかし……」

恵理はこの三月で二十八になる。野島と付き合いはじめたのはちょうど二年前だが、その前に妻子のある男と関係を持っていた、とは聞いた。しかし、相手が誰であるかはいくら問い詰めても告白しなかった。いまの話でそれが野島も面識のある広告代理店の部長氏であったことはどうやらはっきりしたようだ。野島が広報課長として着任した当初、恵理は同じ課で働いていた。二人の関係は、三ヵ月ほどで彼女が秘書課に異動になった後からのことだが、広報課勤務時代ならば渡辺部長と恵理との間に接点は十分にあったろう。

そういえば、知り合って間がない頃、一度恵理にきつく質《ただ》したことがある。その時、

「まさか、俺の知っている男じゃないだろうな」

と訊《き》くと、恵理はつよくかぶりを振り、

「だったらイニシャルだけでも言ってみろ」

と追撃すると、

「K・W」

とふと洩《も》らしたことがあった。そんなことは二年の間にすっかり忘れていたが、思い返せば、渡辺は下の名前が紘一《こういち》といったはずだ。貰《もら》った名刺の文字がくっきりと脳裡《のうり》に甦《よみがえ》ってくる。くるしまぎれの時、案外人間というのは咄嗟《とっさ》に出鱈目《でたらめ》は言えないものだ。

「渡辺部長もなかなかやるでしょう。社内じゃネクラで人気はいまいちなんだけど、その話で意外に評価が上がってるんですよ。一度、野島さんも部長のこと冷やかしてみればいいですよ。いやあ、それにしても土方さんってどんな人なんだろう。ぼくも顔ぐらい一回拝んでみたいなあ」

そう言って笑う代理店の男の顔を、野島は不意にこの場で張り倒したいような衝動にかられた。

「その話、たしかですか」

「えっ」

男がちょっと怯《おび》えた目になった。知らず知らずドスのきいた声になっていたのかもしれない。

「いや、だから、渡辺さん本人がそう言っているのかってことですよ。何しろ、うちはおたくと違って堅い会社だから、いい加減な話でそんな噂が流れると、彼女自身の立場が困ったことにならないとも限らないから」

「さあ、ぼくが直接部長から聞いたってわけじゃないけど、でもパッと先週から広がった話だから、きっと部長が親しい誰かには洩らしたんじゃないかな。間違いないですよ。部長もどちらかといえば堅い方だから」

若干不愉快そうな顔に変わって男が皮肉な言い方で答えた。

野島はどこをどう歩いて、パーティー会場の日比谷のホテルを出たのか覚えていなかった。気づいたらタクシーのシートに座り、窓の外を冷えきった夜景が流れ過ぎていた。今日は一人娘の菜緒《なお》の誕生日だった。久しぶりに家族で夕食を共にする約束になっており、それで野島は出なくてもいいパーティーに顔を出す算段にして、早めに社を出たのだった。会場に入る時はまだ明るかった街が、一時間そこそこで真っ暗になっている。

――どう考えても、恵理にこの一、二ヵ月不審な気配があったとは思えない。

頭が混乱していて、ここしばらくの恵理の様子をとりたてて微細に反芻《はんすう》できたわけでもないが、野島は何度もそう自分に言い聞かせていた。何かの理由で情報が錯綜《さくそう》してしまったのではないか。渡辺が再婚する話と、むかし付き合っていた女性の名前とがどこかで一緒くたにされ、再婚相手が恵理ということになったのではないか。渡辺の過去には恵理の他にも別の女性がいて、その人と一緒になる。渡辺が「以前いろいろあった相手なんだが……」とでも親しい同僚に洩らし、恵理との経緯を知っていた相手が早合点して言い触らしてしまった、というような間の抜けた話ではないか。

新宿を越し、タクシーが甲州街道に入ったあたりになって、ようやく野島は少し気分が落ち着いてきたのだった。

――きっとそうに違いない。

恵理のアパートがある桜上水《さくらじょうすい》に向かって車は進んでいる。それでも、恵理本人に真っ先に確かめる必要があった。

首都高速永福《えいふく》料金所の入口の緑の標識を目にした時、野島ははじめて、恵理は今日は帰宅が遅いということに思い当たった。菜緒の誕生日で妻の康子に早く帰ると前から約束していたので、恵理には今夜は会えないと野島の方が先週から通告していたのだ。むろん、理由は大事なパーティーがあって、その後、知り合いの新聞記者と銀座に流れるためだと言ってある。

「たぶん、夜中まで付き合わされるから電話もむずかしいだろう。その晩は早く寝てくれ」

ふだんは仕事で会えなくとも、必ず電話だけは入れるようにしているから、ご大層にそんな嘘までつかねばならない。

「そう。だったら、私その日は髪を切りに行くね」

恵理の行きつけの美容院は麻布にある。髪を切りに行った日は早くても九時近くにならないとアパートに戻ってこない。

野島は舌打ちした。腕時計を見るとまだ七時である。いまから部屋に行って待っていたのでは、とても時間には帰宅できない。康子には七時過ぎには戻ると今朝言い置いて出てきている。八時くらいまではなんとかなるが、それ以上だと今度は康子の方を誤魔化《ごまか》せなくなる。娘や妻の誕生日、夏、冬の休暇、入学式や卒業式、休日の父母参観といった家族のセレモニーは極力欠かさないようにして野島はこの二年を凌《しの》いできた。恵理の存在を勘づかれていないのも、そういった日々の積み重ねがあるからだ。

しかし、この内心の動揺はそうそうおさまるものではない。何としても恵理にぶつけて根も葉もない噂だと確認しないでは今夜一晩我慢できないような気がする。

野島は迷った。もし家に帰るのなら、すぐに到達する下高井戸《しもたかいど》の交差点を左折せずにやり過ごし、このまま甲州街道を真っ直ぐに進んで、環八《かんぱち》を右折しなくてはならない。野島の家は荻《おぎ》窪《くぼ》である。

――どうすべきだ。

運転手には行き先を「桜上水」と言ってあった。

妻の他にたったひとり別の女性がいる、というだけでその労力は並大抵のものではなくなる。いつもこうした苛々《いらいら》やめんどうな出来事ばかりで休まる暇がない。二年間、恵理と付き合ってきて最近の野島はごくたまにだが、そういう気分になるときがある。

2

隣の康子が眠るのをみはからって、野島はベッドから起きだした。煙草の吸いすぎのせいか喉《のど》が幾分いがらっぽい。音を立てずに階段を下りると玄関に掛かっていたコートをはおって外に出る。食事の最中、なんとか吸い切ろうと十本近くたてつづけに吸った。煙草ばかりふかしていると康子に怪しまれると考え、普段より余計にウィスキーの杯を重ねた。なんだか胃がムカついている。

「煙草切れたけど、買い置きあるか」

眠る前にこの一言を康子に言っておく必要があったのだ。康子はめったに煙草はストックしてくれていない。

「ちょっと吸いすぎよ」

と言われ、

「そうだね」

　と引き下がってベッドに入ったが、もともと吸いたくて吸ったわけではない。妻が寝入るのを待って外へ出るための口実が欲しかっただけだ。どうせ十五分もしない外出ではあるが、もし妻が起きてしまった場合を考えるとどうしても煙草を買わねばならないのだ。こんなことなら家の前でタクシーを降りた時、二、三本残して側溝に捨ててしまえばよかったと野島は後悔した。

　一月の風はさすがに厳しかった。パジャマの上にコートをはおっただけでは本当に歯ががちがちと鳴ってくる。五分ばかり歩いた四つ角のコンビニでマイルドセブンを二つ買い、出入口脇の公衆電話にカードを入れた。

　野島は携帯は持っていない。マスコミ対応が中心という現在の仕事柄、携帯は必需品ではあるのだが、頑として持たないことにしていた。むろん恵理との付き合いを守るために、康子にも恵理に対しても自分の所在を確認させたくない、という理由もあったが、それよりも携帯電話というものそれ自体が野島にはどうにも虫が好かないのだった。その証拠に、野島は恵理にも強く言って持たせていない。

　すでに時刻は十二時を回っている。恵理は眠ろうとしている頃合に違いない。

　呼び出し音が数度鳴った。当然あるはずの応答がなかった。野島は怪訝《けげん》な気分になる。いま一度ダイヤルする。同じだった。恵理はまだ帰っていない。留守番電話にもなっていなかった。もしかしたらもう眠っているのだろうか。それにしても電話は恵理のベッドのすぐ側に置いてある。これだけコールすれば気づかないはずがなかった。それとも風呂《ふろ》にでも入っているのだろうか。

渡辺という男のことが頭をよぎる。

――まさか。

さきほど聞かされた荒唐無稽《こうとうむけい》な話が耳に甦ってきた。

つづけて三度かけ直して、受話器をフックに戻した。すっかり身体が冷えきっている。手がかじかんで感覚まで失っていた。これ以上時間を潰《つぶ》すと、もし康子が目を覚ましていたら怪しまれる。諦《あきら》めて、野島は家に戻った。やはりこういう時は、携帯がお互いあった方がいいという気にもなってしまう。

翌朝、目覚めると頭の右半分が脈打つように痛んだ。

時計の針は午前五時四十五分を指している。飲みすぎた朝は早く起きてしまう。隣のベッドで康子は寝息を立てていた。頭を押さえながら、野島は一階の洗面所に向かった。顔を洗って、水の飛沫《ひまつ》がネルのパジャマの襟口を濡《ぬ》らした。その首筋の冷たい感触に不意に猛烈な悪寒を覚え、頭痛がただの二日酔いではないと知った。そういえば鏡の向こうの顔は妙にはれぼったく、冷たい水をあてたにもかかわらず、頬は赤く火照《ほて》っている。どうやら昨夜の外出で風邪を引いてしまったようだ。

額に手を当てると熱っぽかった。

風邪薬を服《の》んであつい昆布茶でもすすろうと野島は食堂に入っていった。大きなダイニングテーブルの上には昨夜康子が用意した御馳走《ごちそう》の残りが並んでいた。ローストチキンはほとんど骨だけになってラップにくるまれている。アボカドのパテはすっかり黒ずんで、気味の悪い変色の仕方をしていた。自家製のチョコレートケーキも、クリームは固まり、切り口のスポンジが乾燥しはじめている。そういう残骸《ざんがい》を見て余計に胃のあたりの重苦しさが増した。

デパートから菜緒に送った誕生日プレゼントの黄色の包装紙と赤いリボンがテーブルにあったので、その包装紙で食べ物を覆い、リボンの方は丁寧に巻き取った。漢方薬を嚥《の》み、ヤカンの湯が沸くのを待っているあいだ、ふと恵理に電話しようかという気になる。康子が起きてくるのは大体七時くらいで、まだ間があった。

受話器を持ち上げ、壁の掛け時計を見ると六時になっていた。プッシュボタンの番号を四桁《けた》まで押したところで、思い直して受話器を戻した。これまでも自宅から恵理に電話したことはなかった。

「NTTに照会すれば、相手先の番号を全部通知してもらえるようになっているんだ。俺はそれで女房に彼女のことを摑《つか》まれたことがある。絶対自宅から電話しちゃダメだな」

友人の一人にかなり昔に聞かされた忠告を、野島は律義に守り通している。

だが、恵理のことが気になった。昨夜は夜中まで外で何をしていたのか。自分には髪をカットに行くだけだと言っておきながら、不意の誘いでもあったのか。それとも、野島が連絡しないことを計算して、デートの予定でも入れていたのではないか。その相手が渡辺なのだろうか。

湯が沸いてヤカンが音を立てていた。

結局、昆布茶を一杯飲むと、ふたたびベッドにもぐり込んで、起きてみれば八時近かった。薬が効いたせいかずいぶん身体はすっきりしていた。トースト一枚と残りのチキンをサラダにしたものを食べ、慌てて家を出た。

駅の電話ボックスから恵理に連結しようと思ったが、塞《ふさ》がっていて無理だった。ホームに上がってようやく電話にありつき受話器を取り上げたところで電車が来てしまった。これを見送ると遅刻してしまうので、あきらめて電車に乗り込んだ。満員の車内では何をすることもできず、つい恵理のことを考えてしまう。だんだん腹が立ってきた。昨夜はなぜ早く帰っていなかったのだ、こんなに人の気を揉《も》ませてどういうつもりだ、という気がした。

野島の会社、新東洋エンジニアリングは四谷に本社がある。バブル経済の最盛期だった七年前に新本社ビルを麴町《こうじまち》の旧司法研修所跡地に建てて移転したのだ。四谷駅から歩いて十分程度の距離である。会社までの道すがらの公衆電話から電話した。時計の針は九時を指そうとしている。どうせ恵理はとっくに家を出ている時間だから、昨夜の報告を聞きたい旨、とりあえず留守番電話に吹き込んでおこうと思ったのだ。いつもこの留守番電話で恵理とは連絡を取り合っていた。お互い一日に何度か、空いている時間に留守録テープを聴き、その日の予定や都合を吹き込み合う。

実は、野島はこの留守番電話なるものも気に食わなかった。恵理と付き合うまでは触ったこともなかった。使ってみて便利さを知ったが、それでも大の男が四十二にもなって相手のいない電話口でひとりごとめいた呟《つぶや》きをぼそりぼそりと残すきまり悪さは、いまでも拭《ぬぐ》えないのだった。最初はぶきっちょに時間と場所だけ告げていたものが、慣れとは恐ろしいもので、この頃は一分という時間のあいだに種々の用件を吹き込めるようになった。

とはいえ、信じがたい時代である。野島が入社した頃はまだ携帯はなく、ポケットベルが全盛だったが、営業部に配属となり強制されそうになった折も断固拒否した。こんなものに自分の時間を管理されたのではたまったものではない、と思ったのだ。それを今の連中は、何の抵抗もなく携帯を使いこなしている。彼らには、あんなものを持ち歩いて一体不都合はないのだろうか。たとえば携帯の普及のせいで、女性との付き合いもひどく手間がかかるようになったはずだ。昔は、男にはもっと自分だけの時間がそれぞれにあって、たとえ筋が通っていなくとも強引な言い訳で相手を納得させればそれで済んだ。さらに大げさに言えば、人間には各々小さな謎があって、掘り尽くせないその謎が、ある種の隠し味として恋愛にも好作用を及ぼしていたのではないか。現在のように地上を網の目のように張りめぐらす電波で一人ひとりの行動が捕捉《ほそく》されてしまう時代になっては、男も女も秘密などありようがない。まったく情けない時代になったものだという気がする。

呼び出し音が数回鳴って、恵理が電話口に出たので野島はびっくりした。

「どうしたんだ」

つい咎《とが》めるような口調になる。

「具合が悪いの」

恵理の声はひどくかすれている。寝起きのようだ。

「会社は？」

「いま何時？」

「もう九時だぞ」

「じゃあ、電話する。今日はお休みさせてもらう」

「昨日、何時になったんだ。十二時頃電話したんだぞ」

野島の質問に恵理は黙り込んでしまった。

「もしもし、どうしたんだ」

「……」

「おい」

二十秒近く何も返答がなかった。そして、

「具合が悪いの」と恵理は繰り返し、ため息をついてみせた。野島は腕時計を見た。あと二分で九時になる。これ以上だと遅刻してしまう。九時ちょうどに来客の予定があった。今月、ある経済誌で社長のインタビューを受けることになっており、その打ち合わせで編集者が来るのだ。あまり待たせるとまずかった。無事に声を聞けて安心した反面、会社を休むと聞いて負担を感じる。夜にでも一度彼女のアパートに顔を出さなくてはならない。そんな時間が急に作れるだろうか。

「熱があるのか」

「昨日、髪を切ってすぐに帰ったの。夜、すごく寒くて、襟元がスースーするなあって思ったんだけど、家に着く頃から頭が痛くって、それで熱を計ったら七度五分あったの」

「薬は？」

「この前、太郎さんが持ってきてくれた解熱剤飲んで寝たの」

恵理は野島のことを太郎さんと下の名前で呼ぶ。去年の暮れにも風邪を引いて、野島は会社の近くの薬局で漢方薬の解熱剤を買って持っていった。平熱が低い恵理にすれば七度五分は高熱といっていい。

「食べてない。すぐに寝たの。ずっと寝てたから電話聞こえなかった」

「大丈夫か」

「……」

病気になると誰しもそうだが、わがままになる。普段は忍耐強い恵理も例外ではなかった。時計の針は九時五分を指している。そろそろタイムリミットだ。

「じゃあ、また昼にでもかける。病院に行くんだぞ」

そう言って電話を切ろうとすると、恵理が呟いた。

「ひとりなの」

「えっ」

「いつも一人なの。誰も助けてくれないの。どうして私だけいつもひとりぼっちなの」

またはじまった、と野島は内心舌打ちしたいような気になる。が、すぐに恵理が不憫《ふびん》になった。

「客を待たせてるから、とりあえず切る。昼にでもそっちに行くから、何か買って行ってやる。おとなしく寝てるんだぞ」

「うん」と恵理は素直に返事した。「じゃあ切るぞ」といって野島は受話器を置く。恵理は決して自分から電話を切らない。この二年間、一度も彼女が先に受話器を置いたことはなかった。恵理はそういう女なのである。

野島は会社まで三百メートルほどを走った。学生時代ラグビーをやっていた。体力にだけは自信がある。今朝の風邪も薬一包で吹き飛ばしてしまった。この体力があるうちはまだ俺は大丈夫だ――野島は辛《つら》いときよく思うことがある。昨夜の恵理のことを妙に邪推していた自分が馬鹿だった。恵理に限って、そんなはずはないのだ。そのことは二年間の付き合いで自分自身が誰より一番知っているではないか。走っているうちに気分が晴れてくるのが分かった。

3

経済誌の編集者との打ち合わせを早めに切り上げ、野島は急用ができたと言って会社を出た。本当はタイのバンコクに計画されている新国際金融センター建設プロジェクトへの資本参加に関する記者会見が明後日に迫っており、そのためのブリーフィング・ペーパー作りを、午後いっぱい課員と共に進める予定にしていたのだが、それは彼らにまかせて二時間ばかり外出することにしたのだ。

もともと野島はそういった文章作りは苦手だった。若いときから考えるより先に身体が動くタイプだったし、机に座って文章をこねまわすような作業は性に合わない。学生時代もラグビーに明け暮れ、入社してからもここに来るまでずっと営業の一線で働いてきた。だから東京営業本部営業二課長から突然、広報課長に転出してくれと言われたときは泡食ったものだ。それまで、マスコミなどとはまったく無縁の世界で生きてきた。ましてそういう業界で働いている連中と付き合おうなどとは夢にも思っていなかった。野島からすればマスメディアなんて、無責任な中傷記事を書き飛ばして金儲《かねもう》けをたくらむ最も非生産的業種に過ぎなかった。彼らの説く正義は、たとえ正しかろうとも、口先から生まれただけの所詮《しょせん》身体が伴わない正義だ。身体の伴わない正義を本物だとはどうしても野島には思えない。

野島は中学を卒業するまで鹿児島で育った。野島家はそもそもは筑豊《ちくほう》で小さな炭鉱経営を祖父の代からやっていて、父親は、ちょうど野島が生まれた昭和二十年代末からの閉山ラッシュに、新天地を求めて全国のヤマを渡り歩いた。結局、北海道まで流れて岩見沢《いわみざわ》の小さなヤマに落ち着くのが昭和四十三年頃のことだが、それまでの十五年近く、野島は彼が生まれてすぐに郷里の鹿児島に引っ込んだ祖父母の手で育てられたのだった。母は彼を生んで半年で死んだ。悪性の感冒から急性肺炎を併発し、あっけない最期だったという。現在の母は父が北海道で再婚した人で、父はその義母といまも北海道に住んでいた。ヤマの方は野島が大学生の頃に処分して、その時に手にした金で両親は細々と暮らしている。

少年時代を鹿児島で過ごしたことは、野島の人格形成に大きな影響を及ぼしたと野島自身が感じている。鹿児島人は理屈を並べ立てる者を徹底して軽侮する。特に男が、言い訳や他人の悪口、屁理屈《へりくつ》を述べ立てるのは何より唾棄《だき》すべきことだった。

「議を言うな」

口答えでもしようものなら、祖父から必ずそうこっぴどく叱られたものだ。

高校から北海道の親元に戻り、学生時代に東京に出て来た後も野島はそうした祖父の地の気風を色濃く引きずってきた。生理的に、口数の多い理屈屋は駄目なのである。その点でマスコミの連中などは、彼からすれば「議」をもっぱらにする口舌《くぜつ》の徒にしか思えない。仕事以外では付き合いたくない人間たちである。

営業報告程度ならまだしも、記者会見用の長文の説明書を、いちいち記者に突っ込まれないように、それこそ辞書の縁を舐《な》めるような細心の注意を払って仕上げるといった芸当は、とても野島にはできない。

どうせ、部下たちのこしらえた草稿に簡単に手を入れるだけのことだから、と野島は作業を任せることにした。今夜は少々帰りが遅くなっても康子に怪しまれたりはしない。昨日充分に家族サービスしている。積み残した分は、今夜残業して取り戻せばいい。いつもそうなのだが、身体に無理を強いることは野島にとって大した負担ではなかった。どんなに時間が足りなくても、睡眠時間を削って補うことができた。社会に出てはじめて知ったが、眠らずに済む体力というのは、大変な武器だった。三日でも四日でも徹夜できる、というだけで知識や勘では自分より数段上の同輩たちを最後にはかわして頭ひとつ先に進むことができた。野島の場合、三度三度の食事さえきちんと摂《と》れば、たいがいの無理をしても平気なのだ。持ち時間の量で、多少の不器用や頭の回転の鈍さはカバーできる。それよりも、徹夜明けの会議で平然と普段通りの顔でいられたり、その夜部下たちを連れて飲み回り、翌朝一番に出社して部下を迎えたりできることの方が組織を動かしていく上ではるかに重要なのだった。入社八年目にはじめて小さな所帯を任されてからは、野島は同期入社の中で先頭を切っている。新東洋エンジニアリングくらいの会社になると優秀な人間は腐るほどいた。その人間たちの信頼を摑《つか》み、頼りになる上司と思われることが大切なのだ。その点で、部下たちからの評判はすこぶる良い。仕事とは要は体力だ、と野島はひそかに信じている。

京王線の桜上水駅で降りると、駅前のスーパーでレトルトパックの粥《かゆ》を三袋、うめぼし、ネギ、ヨード卵、アンデスメロンを一個買い、恵理のアパートに向かった。アパートは駅から歩いて五分くらいのところにある。途中いつも抜ける商店街の薬局の店頭に内服液の一ダースケースが積んであったのでそれも一箱買う。主婦たちが行き交う通りを両手にビニール袋をぶら下げて歩いていると、なんだかのんびりした気分になった。一人暮らしの学生時代をふと思い出したりする。部屋で待っているはずの恵理が、アパートに近づくにつれ無性にいとしく思えてくる。

野島はつい早足になる。

恵理のアパートは、小さな三階建で、各階三世帯九つしか部屋はない。独身女性専用のよくあるアパートだが、一応エントランスはオートロックで、備え付けのインターホンで相手の部屋を呼び出すか、部屋番号を押すプッシュボタンのとなりの鍵穴《かぎあな》に鍵を差し込まなくては入口のドアが開かないようになっていた。

両手の買い物袋を床に置き、背広のポケットから鍵を取り出す。鍵の頭のリングには丸いプラスチックのプレイトが付いていた。

「広報室—605号—」

プレイトには青い文字でそう彫りつけてあった。

康子の目をあざむくために会社の近所の店で作らせた架空の名札だった。もし康子に見咎《みとが》められたら、会社の広報用会議室のスペアキイだと言い逃れができる。この二年そんな場面は一度もなかったが、この鍵を肌身はなさず持ち歩くためにはそのくらいの工夫はせねばならないのだった。

鍵を渡された翌日には、早速それをくっつけて恵理に見せた。恵理は別に心外そうな顔をするでもなく、「グッドアイデアだね」と笑って小さな名札を眺めていた。はじめてこのアパートに寄って帰る時、玄関先で恵理は野島の体の周りをぐるぐるまわり、目をほそめて背広の上下を点検した。そして「あったあった。あぶない、あぶない」と大声をあげた。野島が不思議そうにしていると鼻面に細い指がのびてきて、指先に長い髪が一本つままれていた。二日後にもう一度会ったときには、恵理は長かった髪を短くしていた。

その髪を見て、野島は本気になった。

それまでも遊び程度のことはあったが、存外、野島の女性経験は乏しかった。大学時代に康子と知り合って、多少の紆余《うよ》曲折はあったもののそのまま結婚してしまったせいもある。だから恵理のような女に出会ったのは初めてだった。恵理だからこそ、こうやって二年もつづいてきたんだと野島は心の奥で深く感謝している。

ドアの錠を開けて、恵理の部屋に上がった。狭い玄関と短い廊下があり、右に洗面所とバスルーム、左側にトイレがあった。正面の内扉を開けると六畳ほどのフローリングのダイニングがあり、その奥がやはり六畳ほどの寝室になっている。

ぐるりを似たようなビルに囲まれて日当たりは良くない。外は明るかったが、ここは薄暗い。この冬はことさら寒く、今日も冷たい北風が強かったが、部屋の空気もすっかり冷えきっていた。風邪の身体には悪かろうと思いながら扉のノブを回した。

ダイニングに置かれた白木の小さなテーブルに向かって恵理が腰掛けていた。物音に気づいて野島が入ってくるのを待っていたようだ。

ぼんやりとした表情で恵理がこっちを見ている。せっかく髪を切ってきたばかりだというのにボサボサの頭だ。首に赤いタオルを巻き、去年野島が買ったグリーンのアンゴラのカーディガンを白いトレーナーの上にはおっている。下はピンク色のスパッツだ。珍妙な恰好《かっこう》とのっそりした恵理の顔に野島は思わず苦笑した。ベーシックなスーツでいつも隙なく決めている秘書課の土方恵理といまの彼女との落差を知っているのは自分だけだ、と思うとそれだけでじんわりした気分になってしまう。

「大丈夫か」

「ごめんね」

と恵理が言った。

粥を温め、卵を落として恵理に食べさせ、熱いほうじ茶を淹《い》れてやった。メロンは四つに割って種を抜き、ラップして冷蔵庫におさめる。ぺろりと粥を平らげた恵理に「メロン食べるか」と訊《き》くと「後でいい」と言った。それから買ってきた太ネギを五センチくらいに切って三本ばかりガスで炙《あぶ》り、それをガーゼにくるんで恵理の首に巻いてやった。焼いたネギの甘くつんとした匂いが狭い部屋中に広がる。ほうじ茶をすする頃には悪かった顔色もずいぶん生気を取り戻し、頰に赤みもさしてきた。野島は黙々と恵理の世話をやく。

食事が終わると、ベッドに寝かせて全身をマッサージしてやった。恵理は日頃から血行が悪いのか肩や背筋がすぐ凝ってしまう。野島のマッサージは玄人はだしだから、たまにやってやると本当に気持ち良さそうにする。トレーナーの中に手をいれて、その細いウエスト、痩《や》せた上体を丹念に揉《も》みしだいているうちに掌《てのひら》に馴染《なじ》んだ恵理の柔らかな肌が、風邪のせいで少々熱をもっているせいか、ねっとりと貼りついてくるようだった。

　こんなに小さな身体で、よくも生きているものだ——鍛え抜いた体軀《たいく》の野島は時々恵理を抱いていてそんな風に感ずることがある。

　三十分近くマッサージを施したあと、野島も服を脱いで恵理のベッドに入った。用心してはいたのだが、身体に触れているうちに恵理を抱きたくなってしまっていた。

　横になると、恵理はいつものように野島の分厚い胸に顔を埋《うず》めてくる。額や首筋が熱かった。カーディガンを脱がせ枕元から床に放り投げると、トレーナーの裾《すそ》から腕を入れて恵理のこぶりの乳房を摑んだ。乳房もあたたかかった。その分、普段より柔らかな気がする。左手で腕枕して右手でゆっくりと揉んでやると、恵理はため息を洩《も》らしはじめる。右の太腿《ふともも》を恵理の股《また》の間に挟み込み、右手のリズムに合わせて小刻みに突き上げる。これは野島の得意技である。野島の腿は異様に発達し、力を入れると筋肉が盛り上がって三角状になる。その盛り上がった角の筋肉を相手の股間《こかん》にぴったりと密着させて軽く揺すると大抵の女性が声を上げるのだ。

　恵理の左手が野島の下半身に伸びてきた。野島は下着を取って大きくなりはじめたものを握らせた。その掌の感触もいつもより熱かった。

「いいのか」

　と訊いた。胸元で恵理がこくりと頷《うなず》く。目を閉じ、すでに感じているようだった。

「じゃあ脱げよ」

　と言うと、恵理は摑んでいた左手を離し、体を丸め両手をかけてスパッツを下ろした。野島も右手で手伝う。一緒に全部剝《は》ぎ取ってしまった。すかさず薄い草むらからその奥へと手を入れる。すっかり潤んでいる。恵理は華奢《きゃしゃ》な身体つきに相反して意外に量を出す方だった。指でなぞると声になった。

「風邪にはこれが一番だ。俺が吸い取ってやるよ」

野島も興奮してきて、恵理の口を乱暴に吸う。舌も口の中も熱を帯びている。

「いつものようにおねだりしろよ」

と言うと、「してください、お願いします」と言いながら恵理は頭をもぐらせ野島のすでに硬くなったものを口に含んだ。

恵理と知り合ってから、野島は自分の性欲にとめどないものを感じるようになった。学生時代はグラウンドで何もかも発散できたし、就職してからは仕事に精力を使い尽くして同僚や取引先とたまに遊んでいれば、まあそれでこと足りた。よく誤解されるのだがスポーツマンというのは、案外淡白な人間が多い。野島はボールを手放した後もテニス好きの康子に付き合ってテニスを始め、数年前からは仕方なくゴルフクラブを握って、いつの間にかやみつきになっていた。それが二年前、他愛ないきっかけで十歳以上も年下の恵理の身体を知り、俄然《がぜん》のめり込んでいった。そうなってみると、鍛えた肉体が想像以上に性戯に直結し、自惚《うぬぼ》れ半分、恵理もまた野島に夢中になったのだった。

恵理は性的にはすでに成熟しきっていて、むしろ野島の方が追いかけていった感がある。野島たちの世代（それは三つ年下の康子もそうだろうが）と恵理たちの世代とではセックスにおいて明らかな断層がある。恵理の話す友人のことや会社の同じ年齢層の女子社員の噂を聞いてみても、彼女たちの性体験はひどく奔放のようだ。実際恵理にしても、どこで誰に教わったのか、はじめて寝た時から、ここまでやるのかというくらいに激しかった。

「こんなに凄《すご》いのはじめて」

最初の夜、そんな恵理に褒められて野島は胸がふくらんだ。女性というのは、テニスやゴルフとは比較にならない。ある一時期、ラグビーに感じた陶酔に近似して余りあるものを与えてくれる存在だと身にしみて知らされたのだった。

最初は慎重に扱っていたが、佳境に入ると病身であることも忘れて恵理を力まかせに翻弄《ほんろう》した。恵理の声も高くなる。口を開き、眉根《まゆね》に深い皺《しわ》をよせて小さな痙攣《けいれん》を繰り返しながら首を振る恵理を見下ろし、

「何日目だ」

と訊く。

「中に出しても大丈夫だよ。もうすぐだから中に出していいよ」

「何日目だよ」

「もう二十三日目だもん」

「よおし」

一声叫んで、野島は勢いをつけて思い切り吐き出していた。

下半身がドクドクと脈打ち、過熱しきった空間に自分の性が解き放たれていく。急激な虚脱感と冷静な意識の再生が交錯する一瞬がある。

「すごーい、太郎さん」

恵理が目を開け野島を見ていた。そのまま恵理の上に身体をあずけた。ふたたび小さく脈打

つ感触がある。

「わー」

恵理が笑っていた。

終わった後、恵理を抱いたまままどろみそうになって野島は腕時計を見た。いつの間にか一時半になっている。恵理は小さな寝息を立てて眠っていた。その寝顔を眺め、何とも言えない気分になる。

——俺はこいつをどこまで守ってやれるのだろうか。

楕円《だえん》形のボールをラインの向こうに押し込む。ただそれだけの単純なゲームが複雑きわまりないバリエーションを抱えて、限界をあざ笑うかのように男たちをもてあそぶ。だが、そこには一歩ずつ不可能を乗り越える確実なプログラムが存在した。選手たちを絶望から救い、たゆまぬ努力を強いるのはそうした微《かす》かな確実性がゲーム自体に隠されているからでもある。だが、このゲームにはその確実性が見えない。

首の下から腕を抜こうとしたら、恵理が目を覚ました。

「いま何時」

「一時半だ」

「そう。戻らなくちゃね。ごめんねわざわざ来てもらって」

昼であろうと夜であろうと、この部屋を出るときの挨拶《あいさつ》はいつも同じだった。最近はそれが野島を無性に愚図《ぐず》つかせる。いまも、恵理の声を聞いて野島は逆に起こそうとしていた上体をベッドに戻した。社に戻りたくないわけではない。家に帰りたくないわけではない。だが、そうやって一日を幾つにも区切り、たえず精神を転轍《てんてつ》しつづけることに近頃、倦《う》んできている。背中を向けた恵理の肩を抱いて、こっちに向けると唇を吸った。額に手を当てると心なしか熱は引いているようだ。

「会社には連絡したのか」

そう尋ねた瞬間、昨日、パーティー会場で聞いた話が思い出されてきた。

「したよ。蛇姫様がすっごく厭《いや》な声出してた」

「別に気にすることはないさ」

「だけど、最近ますますヒドイよあの人」

蛇姫様というのは、井村典子という秘書室の古株のことだ。

「橋爪《はしづめ》専務が六月の株主総会で常勤顧問に退くことに決まったからさ。彼女の権勢も地におちるってわけだ。だから苛《いら》ついてるんだろう」

井村女史は橋爪専務の愛人だった。

「そんな話、秘書室では出てないよ」

「まだ、知ってる人は少ないさ。俺は夏川さんから昨日聞いた」

「じゃあ、夏川常務は昇格するのかなあ」

「たぶんね」

「どうりで、最近いやに機嫌いいのよね、あの人」

「だろう」

「でもそうなったら、太郎さん、ポスト変わるのかなあ」

野島が広報課から出たがっていることは恵理も知っている。夏川は国内営業本部長で入社以来の上司だった。野島の後ろ楯である。恵理が何を心配しているかは、野島も分かっていた。野島にも同様の危惧《きぐ》がある。順調にいけばそろそろ現場に戻ることになるはずだった。そうれば次のポストは地方都市の支店長あたりである。転勤ということだ。去年も現場復帰の話が流れて、恵理は気を揉んでいた。野島を仙台支店次長にとの声が役員間であったらしい。だが、野島は心配しなかった。本社ですでに二つの課長ポストをこなしている以上、地方に出る時は支店長だろうと思っている。しかし、今年はほんとうに危なかった。

「俺が転勤したら、どうする」

野島は言う。いつも恵理の答えは「私、会社辞めてついていく」に決まっていた。

「……」

だが、今日の恵理は何も言わずに黙り込んだ。

「昨日、ある所でヘンな噂を聞いたよ」

「なあに」

恵理が身体を密着させてくる。萎《な》えた野島のものを握って遊びはじめた。

「お前が、三共広告の渡辺さんと結婚するっていうんだ」

恵理の手の動きが止まった。天井に向けていた顔を野島は恵理の方に向けた。恵理の大きな瞳《ひとみ》が丸く見開いたまま固着していた。人間の表情が変わっていく有様をこれほどじっくりと網膜に焼き付けていくのは久し振りだった。恵理は、一度まばたきし、右の頬をひきつらせ、そして笑みをゆっくりと顔の上に作り上げた。

「なに、それ」

その睫毛《まつげ》が震え、口許《くちもと》が微妙に歪《ゆが》んでいる。驚きというよりまるで咎《とが》めるような口調だった。

野島が何か言おうとしたら、

「ヘンなの、それ」

と重ねた。顔から笑みが消えていた。

いちどきに様々な想念が頭の中で渦巻いたが、結局、落ち着き先はひどく寛容なものだった。野島は何も言わず、自分から恵理の身体を引き寄せた。恵理も素直に胸に顔を埋めてくる。その小さな身体が腕の中で小刻みに震えているのが分かった。野島は長いため息をついた。同時に、一層の力でまるで締め上げるように恵理を抱きしめる。

小さな生き物を抱いて、冬の午後の光が自分たちを頼りないながらもしっかりと包み込んでくれていることを感じた。いま、この瞬間には一片の偽りもないような、そんな気がした。

強烈なタックルを食らってボールを抱きしめたまま地面に倒れ込み、身体の上に幾人もの重さがのしかかり息が継げず、芝と土と汗の匂いを全身に感じ、意識は遠のいていく。それでもなお屈辱的なまでに身を丸め相手の攻撃を受け止めながら、楕円形のボールを決して手放さない、もうその信念だけでこのまま死んでしまってもいいと思う――それはかつて味わった懐かしい感覚に似ていた。

「よおし」

と大声を出し、野島はベッドから起き上がった。恵理が怯《おび》えたように身体を離した。

4

ホワイトボードに記した帰社時間から一時間も遅れて野島は社に戻ってきた。すでに三時を回っていた。デスクの上にはブリーフィング・ペーパーの素案が置いてある。数本電話をこなして、野島は文章をチェックしていった。といっても、びっしり並んだ横書きのワープロ文字が、なかなか頭に入ってこない。文字の上を素通りして、どうしても想いは恵理の方に向かってしまうのだった。

服を着け部屋を出るまでの間、恵理はベッドから起きることなく野島の仕種《しぐさ》を黙って眺めていた。渡辺との噂について一言も聞き返してこない。いつ聞いたの、誰が言っていたの、なんでそんな法外な話になっているの、幾らでも問い返すことはあるはずだった。しかも、野島がネクタイを締めながら、上着をはおりながら、幾度かきつい視線を送っても別に怯える風もなく、むしろ恵理にしては珍しい強い瞳で見返してくるのだった。野島が口を開けば、言い返すだけの言葉はちゃんと用意している、そんな感じだった。

そうした恵理の反応を見て、噂が本当であることを確信した。

「じゃあ、気をつけるんだぞ。今晩時間ができたら寿司《すし》でも買ってまた来るから」

野島はそれだけ言って、部屋を後にしたのだった。

「ありがとう」

背中で恵理が呟《つぶや》く声が聞こえた。

原稿を机上に戻して、椅子の背に身体を預けた。まだ半分も検分していない。内容には資料で確認すべき数字もいくつかあった。だが、いまはとてもこれ以上手につかなかった。課長補佐の進藤を呼んで、原稿を渡すと、

「ざっと目を通したが、よくまとまってるんじゃないか。数字だけ念のため確かめて清書したやつを企画部と夏川常務のところに二部ずつ届けておいてくれないか。その時、企画部の近江《おうみ》部長に、明日の打ち合わせは午後四時からと伝えてくれ。夏川さんには午前中に伺いたいから時間を作ってくれるよう頼んでほしい。清書したものをぼくのところにも一部頼むよ」

と命じた。文案は明日、企画部の連中とみっちり練り上げればいい。今日はそれどころではない、とすでに心に決めている。

進藤が去ると五分ばかり思案した後、受話器を持ち上げた。背広のポケットから手帳を取り出し電話番号を確認してダイヤルする。三度呼び出し音が鳴って相手が電話口に出た。

「はい渡辺ですが」

久し振りに聞くが歳相応の渋い声だ。野島はことさら親しげな口調を作る。

「新東洋エンジニアの野島です。いやあ、すっかりご無沙汰《ぶさた》しまして、お元気ですか」

渡辺は一瞬、突然の電話に驚いた様子で間を置いたが、

「ああ、どうもいつもお世話になっております」

とクライアント相手の丁寧な物言いで返してきた。

「いやいや、ところで……」

野島は、どうしても今晩、渡辺を連れださねばならなかった。三共広告の雑誌セクションの

部長ともなれば毎晩の予定はびっしりの筈《はず》である。特別な急用でもなければキャンセルしてこちらの誘いに乗ってこない。そこで野島は考えついた作り話を早速切り出した。

「ちょっと、渡辺さんに大至急折り入ってご相談したいことができまして。今晩、何時でも構わないんですがお目にかかれませんか」

「今晩ですか？」

案の定、相手は困った声になった。

「いまこの電話では詳しく話せないんですが、少しうちのトップ絡みでやっかいなことが持ち上がってまして。たしか、三共さんは月刊『経済公論』の中央経済新報社とはご昵懇《じっこん》ですよね」

「ええ、まあ新報さんとは長年お付き合いさせていただいておりますが」

渡辺も野島の話し振りでピンときた様子になった。中央経済新報社は経済誌専門の出版社だが、その中でも月刊『経済公論』は看板雑誌である。企業の人事情報、業績分析では定評のある一流誌の一つだが、また一方で経営トップのスキャンダル記事を売り物にしており、各企業から恐れられる存在だった。

「それで、丸の内レーダー程度の話なら、こうやってわざわざ渡辺さんにお願いすることもないのですが、今回はどうも特集記事の方らしくて、昨日も新報さんの記者の方がお二人取材に来られましてね。まあ、中身はお会いしてからでないと何とも言えないのですが、うちの関口のプライベートな部分で少しばかり耳の痛いことを何点か訊《き》かれまして……」

関口とは現社長の関口孝三のことだった。「丸の内レーダー」というのは『経済公論』の名物コラムで歯に衣《きぬ》着せぬ企業批判で知られていた。

「分かりました、そういうことでしたら早い方がいいでしょう」

渡辺は乗ってきた。広告代理店にとって記事のもみ消しやトーンダウンの工作は重要な業務のひとつである。まして新東洋エンジニアリングクラスの大企業の広報課長が現社長のスキャンダル記事絡みで直々に担当部長に電話してきたとなると、事態が切迫しているのは明らかだった。すべてに優先して、渡辺としては対応せざるを得ない。その代わり、うまく処理できれば新東洋エンジニアリング宣伝部から相当額の雑誌広告が三共に新たに下ろされることになる。これは業界の常識であった。

「ほんとうに申し訳ない。じゃあ、七時半に神楽坂《かぐらざか》の『金城《きんじょう》』で。席は私の名前で予約しておきますので」

「分かりました。では後ほど」

そう言って、渡辺の方から電話は切れた。

受話器を置いて、野島は一息ついた。口から出まかせの理由、しかも自社の社長の名前を使った以上、もし自分の勘が狂っていればこれは取り返しのつかないことだった。考えてみると、昨夜、三共の若い社員から聞いた噂話の他に何もありはしない。恵理もはっきりと認めたわけではなかった。噂が間違っていたり、そもそも作り話に過ぎなかったりすれば、野島の行為は大失態となり渡辺への非礼は償いようがない。互いに会社同士の付き合いである。場合によっては責任問題に発展しないとも限らなかった。

だが、野島にひるむ気持ちはなかった。とにかく一刻も早くこの問題を解決しなければならない。渡辺に直接ぶつける以外に真実を摑《つか》む術《すべ》はないし、また、真実であったなら、いずれにせよ一度は渡辺と対決せねばならない。それなら一気に仕掛けた方がいいに決まっている。

企画部と役員室を回ってきた進藤から、夏川常務とは午前十時で時間が取れたとの報告を受けて、野島はペーパーのコピーを鞄《かばん》におさめると六時半には会社を出た。

タクシーを拾って神楽坂に向かい飯田橋《いいだばし》駅のたもとで車を降りると、坂下からゆっくりと坂を上がっていった。あたりはすっかり夜の帳《とばり》に包まれ、界隈《かいわい》は街灯に照らされた人々の喧騒《けんそう》に満たされていた。日中冷たかった北風も夕方になって凪《な》いだのか、それほど寒さを感じない。

恵理は何をしているのだろうか。少しは元気を取り戻しただろうか。男連れで歩く若い女たちとすれ違うたびに野島は無性に恵理の声が聞きたくなって、通りの公衆電話に目がいってしまう。渡辺と話をつけた上で恵理のところには行けばいい、今晩一晩の辛抱だと逸《はや》る気持ちを呑み込んだ。

三つ目の細い路地を左に折れてすぐの「金城」にはちょうど七時に着いた。

顔なじみの女将《おかみ》が出てきて、愛想のいい声で、

「あら野島さん、明けましておめでとうございます。本年もよろしく御贔屓《ごひいき》のほどを」

と言った。そういえば今年になってここを使うのは初めてだった。「金城」は営業課長時代から接待に利用してきた店で、女将や女将の旦那《だんな》であるオーナーとも昵懇である。二度ばかり恵理も連れてきたことがあった。オーナーは箱根に旅館を持っていて、そちらには何度か家族連れで出かけたこともある。オンシーズンで立て込んでいる時でも野島が頼めば部屋を都合してくれたし、割引料金で泊まることもできた。むろん恵理には旅館のことは言っていない。

いつも使う一番奥の座敷に通され、さっそく女将が茶を運んでくる。

「今日は、お招きはどちらさまですか」

「二、三度案内したと思うけど、三共広告の渡辺部長さんです」

「ああ、あのロマンスグレーの素敵な方ですねえ」

女将は一度連れてきた客ならば名前と顔を明瞭《めいりょう》に記憶している。野島は、渡辺はそういえばなかなかの男前なのだと思い出した。

「お料理は、いつも通りでいいですか」

「ええ。あと三十分くらいでお着きになると思います」

「じゃあ、さきにおビールでも召し上がります」

「いや、これで……」

そう言って野島は茶碗《ちゃわん》を手に取った。女将が立ち上がって襖《ふすま》を開けようとした時、思いついて声をかけた。

「それから、今夜はそんなに長居はしないと思います。申し訳ないが、いつものお弁当を一つ作っておいてもらえませんか。女房が風邪で寝込んでいるものだから、何か胃に負担にならないものを見繕ってください」

「はい、分かりました」

女将は頷《うなず》いて部屋を出ていった。別に具合を訊《たず》ねるわけでもなくあっさりと受け流す、そういう女将の変わらない風情が野島は気に入っている。恵理はここの弁当が好物だった。

案内の声がして渡辺が座敷に入ってきたのは、腕時計の針がちょうど七時三十分を指した時だった。

5

こうやって改めて向かい合ってみると、渡辺はいままでの印象とはどことなく違って見えた。むろんはじめて仕事上の相手としてではなく相対しているせいもあるだろう。だが、それだけではないような気もする。もともと渡辺は、広告代理店の部長職というには、何か異質な雰囲気があって、たびたび顔を合わす間柄ではないが野島は悪い印象を持っていなかった。落ち着いた品の良いたたずまいで相応の身なりだが、広告マン特有の過ぎた洒落《しやれ》っ気もなく、また話し振りにもありがちなアクの強さを感じさせない。遊び人風が板についているのが大半の中にあっては貴重な普通人というたたずまいの人物である。だが、それが逆に彼の存在感を薄味にしていることも否めなかった。ところが、いま目の前に座っている渡辺からは奇妙な重量感が伝わってきていた。自分の方にやはり気後れがあるせいだろうか、と野島は思ってみた。

ビールの杯を交わし、しばらく四方山《よもやま》話をする。渡辺の方も野島が本題に入るのを待っているだけで適当に調子を合わせる。景気の動向や円高での為替差損による打撃、新しく新東洋エンジニアリングがはじめたニューメディアビジネスなどについて野島が主に喋《しやべ》る。

「ところで……」

十五分ほどしたところで切り出した。渡辺がグラスを置いて真剣な表情になった。

「実は、今晩あなたとお会いしたかったのは仕事の件ではないのです。まったく私のプライベートな問題でどうしても話をしなくてはならないことが起きてしまった。さきほど、私が電話で喋ったことはあなたを誘い出すための作り話に過ぎません。まずそのことをお詫びしなくてはならない」

歳の差のある相手に「あなた」とは失礼千万だと内心感じながらも、野島はごく自然にそう言っていた。渡辺はちょっと眉《まゆ》を寄せて怪訝《けげん》な表情を作ったが、やぶから棒の話にそれほど面食らった風もない。

「土方恵理をご存じですね」

そう口に出して、野島は自分が渡辺と会ってどういう筋立てで話を運ぶのかまったく考えていなかったことに思い当たった。ただ渡辺と会う、それだけで熱《いき》り立って先のことまで計算していないのは迂闊《うかつ》だ。

恵理の名前を出した瞬間、渡辺の表情に驚きが走った。反応を見て、じっくりいこうと思う。昔から俺は後半勝負に徹してきた、と自分に言い聞かせていた。

「ご存じですね」

とたたみかける。渡辺には当然野島の真意が見えない。ただ小さく頷いた。

「恵理と結婚の約束をされたと聞きました」

野島は渡辺の面上に不快の色が浮かぶのを見た。

「私は恵理ともう二年になる。もしあなたと恵理とのことが本当なら、これは私にとって聞き捨てならないことです。昨日、あなたの会社の人からその話を聞いて、どうしても確かめなくてはならなかった。まず、この話が真実かどうか教えていただきたい」

渡辺の眼はじっと野島の眼を見つめている。

「渡辺さん、あなたもきっと驚かれただろうが、私もあなたと恵理とのことでは心底驚かされたのです。正直に本当のことを言ってはいただけませんか」

相変わらず野島の顔をまじまじと見つめながら、渡辺は黙り込んでいた。野島は残っていたビールを飲み干すと、手酌でもう一杯あおる。今度は相手が口を切る番だ。

「土方さんは、何と言っていましたか」

土方さん、という言い方を耳にした途端、野島の背筋に冷たいものが流れた。これは一筋縄では行かないと直観的に悟ったのである。

「恵理から直接、あなたのことは聞いていません」

「そうですか……」

視線を膝元《ひざもと》に落として渡辺は呟《つぶや》くように言った。


それから一時間ほど話をして、渡辺と別れた。互いに料理にはほとんど箸《はし》をつけなかった。先に渡辺が席を立ち、三十分ほどしてから野島も店を出た。渡辺が帰った後、女将に冷や酒を頼んで手酌で二、三合飲んだ。これほど苦い酒は初めてではないかと思う。手つかずの膳《ぜん》を黙ってかたづけながら「お弁当、ご用意できてますけど」とだけ女将は言って座敷を出ていった。さらしに包まれた折り詰めをぶら下げて「金城」の玄関をくぐるとき、足元の不確かさに野島はちょっとよろめいた。すかさず後ろから女将が腕を取ってきた。ぷんと化粧の匂いがして思わず女将の身体に寄りかかってしまった。もうたぶん四十の後半だろうが女将は艶《つや》っぽさを失わず、なかなかの女ぶりといっていい。

「ちょっとお酒、過ごされたみたいですね。よかったらもう少し休んでいかれたらいかがですか。お部屋空いてますから遠慮なさらずに」

「いや、大丈夫ですから。すいませんみっともないことで」

「本当に大丈夫ですか」

野島はしゃんと立って気合を入れた。

「ええ、もう大丈夫です。それより渡辺さん、どんなでした」

女将の顔を見ると心配気な表情が浮かんでいる。無性に親しい気持ちが湧いてきて、野島は束《つか》の間、我を見失いそうになった。渡辺の話がそれほど自分を傷《いた》めつけたのか、と痛感する。

「なんだかずいぶん厳しいお顔で出ていかれました」

女将はもう普段の顔に戻っていた。

神楽坂の坂道を下りながら、頭の芯《しん》がどんどん痛くなっていく。耳鳴りまでしてきた。すすめられたようにもうしばらく休んでから店を出た方が良かったかもしれない。酔いばかりは自慢の体力と関係がない。酒には強いはずだが、今夜はしたたかに酔った感がある。たったあれしきの酒でとも思うが、気持ちの有りようもあるのだろう。体力勝負を自任する野島だが、気力が伴わなければせっかくの体力も宝の持ち腐れに過ぎない。そんな単純なことに本日只今《ただいま》気づいたような、情けない心地になってくる。

いつかはこんな日が遠からずやって来るに決まっていたのだ。所詮《しょせん》、恵理と自分との関係はそういう種類のものだったのだ。分かりきったことだ。相手が渡辺でないにしろ、たとえ二十代の青年であったにせよ、結末は似たようなものでしかない。それはもう初めから答えが出ている話ではないですか」

「私と野島さんのどちらが恵理を幸せにできるか、それはもう初めから答えが出ている話ではないですか」


要はさも簡単である、と言わんばかりに渡辺はそう言った。決して彼が野島に好感を抱かなかったのは当たり前だ。だが、それ以上に彼は冷ややかなほどに平静だった。

「あなたはちょうど三年前の私ですよ」

諭《さと》すような口調が耳にこびりついて離れない。

渡辺の言うことが単純に過ぎることは分かる。だが、単純なものの力強さを野島は意識しないではいられない。百キロのバックスにタックルをかまされたような、そんな感じだった。いかなるフォーメーションも駿足《しゅんそく》も、壁のような巨漢の前では無力に近い。学生時代にオーストラリアに遠征した折、野島は厭《いや》というほどそのことを思い知らされた。ラグビーというスポーツの越えられぬ一線を感じた最初の体験だった。彼の体力への信仰はそうした敗北感から導き出された部分もある。認めたくはないが事実だった。

飯田橋の駅まで来たところで、通りかかったタクシーを拾った。

このまま恵理の部屋に行っていいものかどうか、野島は躊躇《ちゅうちょ》した。渡辺と会ってダメージを被ったのは自分の方だった。発作的な衝動から無計画なことをしでかした当然の報いなのかもしれない。手元に切れるカードが一枚もないことを失念していたのだ。作戦を練り直して臨むべきではないか。ここで恵理に見放されたらノーサイドである。自分の本当の気持ちすら今やおぼつかなかった。運転手に行き先を催促されて、野島は困った。膝の上に置いた弁当の重みに、苦しい理由を見つける。

──これだけでも置いて帰ろう。どうせ恵理はあれから何も口にしていないだろう。

「桜上水」と告げてシートに背中を預け目を閉じた。恵理は病気なのだから何か食べさせねば、一度呟くと意識は霞《かす》むように薄れていった。

十時前に恵理のアパートに着いた。わずかだが仮眠できて、タクシーを降りた時はずいぶん気力は回復していた。それでもこめかみがまだズキズキする。弁当をぶら下げて三階までの仄《ほの》暗《ぐら》い階段をゆっくりと上がる。恵理の部屋は三階の突き当たりである。二階の踊り場でふと立ち止まった。女性専用のアパートなので踊り場の窓には太い格子が嵌《は》まっていて、夏でも開いていたためしがないが、いまは透明の硝子《ガラス》窓の向こうは冬の漆黒で、蛍光灯の明かりに鏡のようにくっきりと野島の顔を映し出している。その自分の顔に気づいて野島は足を止めたのだった。

──おいおい、一体何やってるんだ。

モノクロームの自分の姿に思わず、心の中で呟く。車中の浅い眠りのあいだに緩めてしまったのだろう、ワイシャツの襟元ははだけ、我ながらだらしない。折り詰めを階段に置いてネクタイを締め直した。ともかく「よしっ」と一声かけて再び階段を上る。

部屋の鍵《かぎ》をあけ短い廊下の先の扉を開くと、恵理は昼間と同じようにテーブルにいた。

「起きていて大丈夫なのか」

野島から声をかける。何かいつもと異なる雰囲気を漂わせていた。渡辺のことを知られてショックを受けているのだろう。ここは慎重に話さなければ、そう思いながら恵理の向かいの椅子に腰を下ろそうとした時だった。

「一体どういうつもりなの」

俯《うつむ》いていた恵理が不意に顔を上げ、野島を見据えるような目で言った。野島はまさかと考える。もう渡辺から連絡が入ったのだろうか。

「いや、時間ができたからこれ持ってきた。君の好きな金城の弁当。どうせ何も食べてないんだろう」

「そんなことを訊《き》いているんじゃないわ」

恵理は一度短い髪を両手で額からかき上げるようにして、いかにも呆《あき》れたと言わんばかりの表情でテーブルの上で手を組んだ。

「何が？」

野島はとぼけてみせる。

「何がじゃない。渡辺さんに会ったんでしょう。どうしてそんなことするの。あなたにそんなことする権利なんてない」

思わぬ激しい口調で恵理が言い放つ。

やはり渡辺から電話が入っていたのだ。絶望的な気分になる。向かいの椅子に腰掛けてしばらく黙ったあと、それでも何とか気分を立て直し、

「まあ、お茶でも飲もう。せっかく弁当買ってきたんだし、一緒に食べないか。俺も何も食ってないんだ。腹が減ってはちゃんとした話もお互いできない」

注意して野島は平静な物言いに努める。

「どういうつもりなの。太郎さんがこんな卑劣なことする人だとは思わなかった。頭にきたんだったら直接私に言えばいいじゃない。黙ってたのは私の方なんだから」

今夜の恵理はまるで人が変わったようだった。声は尖《とが》り、正面から見ると目がつり上がっている。こんな恵理をいままで見たことがない。

「卑劣ってどういうことだ。俺にあいつと会う権利がないってどういうことだ」

冷静に話そうと思いながらも野島もつい感情的になる。こめかみのあたりがまた激しく痛みはじめた。

「だって卑怯《ひきよう》よ。説明だったらちゃんと私がするわ。あなたと私のことに彼を巻き込まないで欲しい」

「説明だったら、今日の昼間だってできたんじゃないか。それなのに君は黙ったままだった」

恵理は一瞬野島の剣幕に怯《ひる》んだ気配だったが、彼が乗り出した身体を戻し、抑えた口ぶりになったので固めていた姿勢を幾分ゆるめた。

「だって、私が話そうとしたら太郎さん、よおしって声上げてさっさと着替えて帰っていったじゃない。それにまた今晩来てくれるって言い置いて行ったし」

そういえばそうか、と野島は思い返す。恵理の口調もようやく普通に戻っていた。

「しかし、どっちにしろ君はぼくを騙《だま》していたんだ」

「だから、私にちゃんと訊いて欲しかった。黙ってたのは謝るわ。でも、つい言いそびれてしまっただけ」

「一体、いつからなんだ。どうして一度別れた男とまた付き合おうなんて思うんだ。結婚してくれるからか。あんな歳寄りとでも結婚できれば、それでいいのか」

ひとたびこの話になれば気持ちが激し、何をしでかすか分からないような気がしていたが、意外に落ち着いている自分に野島は驚いていた。やはり独身だった頃とは違うのかもしれない。何か突き上げてくる熱のようなものはない。考えてみれば、恵理は自分を裏切っていたのだ。侮辱された男としては怒りが先に立たなければいけないはずだ。ところがそうはならない。自分の立場を思えば強く言えないと分かっているせいもあるが、それにしてもという気がする。どこか、まだ恵理を信じたい部分があるのだろうか。

目の前の恵理はさきほどの剣幕とはうってかわって俯いて黙り込んでいる。

「いつから、渡辺と付き合っていたんだ。いつから俺を欺《あざむ》いていた」

女が弱気になるとつい男は強気になってくる。

「別に付き合ってたわけじゃない」

恵理が呟くように言った。

「じゃあ、何なんだ」

「ただ……」

恵理が顔を上げた。目が少し潤んでいる。

「急に会って欲しいって言われて、それで突然、結婚して欲しいって」

瞳《ひとみ》から涙がひとしずく流れた。

「いつ？」

「今年に入ってすぐ。太郎さんが北海道に奥さんたちと帰っている間」

渡辺に聞いた話と同じだった。本当だろうかと野島はまだ疑っているが、渡辺によれば一月の三日に三年振りで会ってプロポーズしただけ、ということだった。自分は一度、彼女を捨てた男だから、それ以上のことはないと断言した。

「それでOKしたんだろう。すぐに」

すぐなんかじゃない、とポツリとこぼして恵理が小さく頷《うなず》いたように見えた。

「渡辺の話だと、三日後にもう一度会った時、返事をもらったと言ってたぞ」

恵理は黙っている。野島は大きく息を呑《の》み込んで、椅子の背に身体を預けた。

「どうしてなんだ」

背広から煙草を取り出した。恵理が立って、テーブルの横の食器戸棚から灰皿を出してきて野島の前に置いた。

「二度も子供を堕《おろ》したんだろう。そう言ってたじゃないか。そんな男とどうして一緒になろうなんて思うんだ」

前の男のときに二度堕胎させられたと恵理は告白したことがある。付き合いだして半年近くたった頃だった。野島は恵理を抱く際に避妊具を使わなかった。気をつけていたから完全な失敗はなかったが、それでも妊娠の可能性が皆無とはいえないやり方だ。生理が近づいている日は、恵理の中で果てたことも度々あった。現に康子が妊娠したときも野島には確実な記憶はなかった。ただ小さなミスの覚えはあって、それが原因だろうと思っている。「どうして赤ちゃんできないんだろうね」と、ある日、終わったあと恵理が呟《つぶや》き「太郎さん、なんにもつけないのに」と言った。そんな話の中で「前の人はひどく神経質でコンドームをつけた上に避妊フィルムまで私に使わせたんだよ」と言い、野島が呆れてみせると、そうなる前にその人のせいで二回も堕胎させられたのだと恵理は言ったのだった。「私、もう子供ができなくなってるのかもしれない。もしそうだったらどうしよう」と恵理は野島の腕の中で泣いた。それを聞いて何となくほっとした覚えがある。たしかに恵理はこれまで一度も妊娠してはいない。

今晩、渡辺の品のいい顔を見た瞬間、こいつがコンドームと避妊フィルムの臆病《おくびょう》野郎か、と野島は勢いづけに内心で嘲《あざけ》ってもみた。

恵理は何か言おうと口を開きかけた。だが、また黙って俯いてしまう。野島は一本煙草を抜いて火をつけた。ふと壁の掛け時計が目に入ってきた。針はちょうど十時をさしたばかりだった。まだ十時か、と思う。そしてそういえば恵理と時間を気にせずに会ったことなんてほとんどなかったなあと思った。

たった一回きりだが恵理と二人で旅行したことがある。康子たちが法事で金沢の実家に戻り、野島が大阪に出張に出たときだ。もう一年以上前になる。大阪での仕事は簡単で午前中には済んでしまうものだった。それを見越して前日の夕方の新幹線に恵理と二人で乗った。野島は奮発してグリーンを使った。恵理のはしゃぎようったらなかった。ビールのロング缶を何本も買いこんできて二人で飲んだ。大阪を避け京都のホテルに部屋を取った。その晩はほとんど眠らないでセックスをした。明け方少しだけ眠ってその足で野島は大阪で午前中ひとつ会議をこなし、京都に飛んで帰った。河原町で昼飯を食べ二人で嵯峨野《さがの》近辺を散策した。見晴らしのいい寺があったが、あれは何という寺だったろう。たしか太閤《たいこう》秀吉の建立した寺だった。長い石段を手をつないで歩いた。ちょうど夕方頃で京都特有の身を刺すような北風が吹いて平日の境内には人っ子一人いなかった。野島のベージュのカシミアのコートに恵理をすっぽりと包んで、山上から西の空に沈む赤い夕日を眺めた。

「夢みたいだね、太郎さんと二人きり、他に誰もいない」

恵理が言った。京都の街中を歩いている時も恵理は手をつないできて「こうやって手をつないでいても、誰も私たちを知っている人がいないんだよ。こんなにたくさんの人がいるのに」と言った。その晩も京都に泊まって翌朝早く電車に乗った。帰りは普通席だった。新横浜を過ぎて恵理が野島の隣の席から別の車両に移るとき、ぽつりと言った言葉はいまでも鮮明におぼえている。

「私、良かった。本当はこうやって一緒に旅行に行くの心配だったの」

どうして、と野島は訊いた。

「私たちってもっとひ弱な関係なのかと思っていたから。だっていつもこっそり会って、だから太陽に当たったら駄目になるような気がしてた」

ひ弱な関係、というその言葉に野島はさすがに胸を打たれた。恵理が余りに愛らしくて鼻のあたりがむず痒《がゆ》くなった。

「ずっと一緒だ」

しかし野島にはそれ以上の言葉は口にできなかった。

恵理はテーブルの向こうで相変わらず黙り込んでいる。さっきは何を言いかけたのか。

「言いたいことがあったら、言ってみろよ」

上目づかいの眼から、ぼろぼろと涙がこぼれはじめたのはその瞬間だった。唇をかみしめべそをかいた顔になって恵理は真正面から野島を見た。

「だったら、太郎さん結婚してくれる？　いままでずっと我慢してきた恵理にご褒美くれる？」

くしゃくしゃの顔になってわーんと恵理は声を上げた。ずっと、ずっと、ずっと、と恵理は繰り返した。ずっとずっとずっといい子を演じてきたんだよ、太郎さんに嫌われないように何でも我慢して聞き分けが良くて、それで……。

「もう私、疲れちゃったよお。疲れちゃったんだからね」

ほんとだからね、ほんとだからね、と今度は繰り返す。

野島はかける言葉を失ってしまった。


恵理の部屋を出て、三階の窓の方を一度振り返った。明かりの灯《とも》った小さなベランダが見える。殺風景なくらい何もない。洗濯物がいつもかけてある野島の家のベランダとは違った。あの狭い部屋で一人の女がたぶん夜通し泣きつづけるのだ。

明かりを落として人通りのない商店街をとぼとぼと野島は歩いた。薄暗い街灯の下で腕時計を覗《のぞ》く。まだ十時半だ。こうやって恵理の部屋を出ると必ず腕時計を見る。時間を認識することで気持ちを切り換えるのだ。帰り道の野島は妻子のある普通の男に戻る。

泣きつづける恵理の側に近寄ると、「もう疲れたから寝る。明日会社だし具合が悪い」と恵理は言った。「だから太郎さんも帰って」という言葉に野島は唯々諾々と従ったのだった。よっぽど「俺が悪かった」と謝りたかった。だが、それだけは口にするわけにはいかない。もしそう言えば渡辺との話を認めてしまうことになる。

歩きながら、野島はなすすべない自分がふがいなかった。恵理をどうやって宥《なだ》めるというのか。どんな声をかけてやればいいのか。駅の横を抜けて甲州街道に出るまでのあいだずっとそれを考えつづける。結局、思いついたのは「愛している」という一言だけだった。俺は誰よりも恵理を愛している、と思った。

だが、その一語のなんと空疎なことか。

まるで中身のない包装紙だけのような言葉だ、と思った。

6

荻窪の駅前でタクシーを降りた。公衆電話が目に入って不意にタクシーを止めてしまったのだ。まだ十一時前だった。公衆電話から恵理に電話した。呼び出し音が何度も鳴ってゆっくり受話器が上がる音がした。

「はい」

恵理の声だ。妙にくぐもっている。

「泣いているのか」

「うん」

「また、鼻にティッシュ入れてるんだろう」

「うん」

「声が変だ」

「うん」

泣くと恵理はしゃくりあげて鼻水が出る。アレルギー体質で鼻腔《びこう》の粘膜が弱いから、いつも両方の鼻の穴にティッシュを詰め込んで泣くのだ。

「大丈夫か」

「うん」

「渡辺さんには何と言ったんだ」

「はっきり返事なんてしてない。もう少し、時間をくださいって」

「そうか」

恵理は嗚咽《おえつ》している。

「で、彼は何と言ってた」

「分かりましたって」

「俺も考えるから、俺にも時間をくれ」

恵理は何も言わない。

「俺も癌になりたい」

野島が笑うと、恵理もぐすぐすと笑った。

「太郎さんは、癌になんかならないよ」

「そうだな、俺馬鹿だからな」

不意に野島の眼にも涙が滲《にじ》んできた。

「渡辺さん、悪い人じゃなさそうだな」

鼻がツンとしてくる。四十男がみっともないぞと思う。自己卑下すると人間は割りと簡単に泣けるものだ。だから野島はこれまで決して自己卑下だけはせずに生きてきたつもりだ。そんな奴をいっぱい見てきた。ゲームに負けて泣く男がよくいたものだ。どんなに大切な試合を落としても野島は決して泣かなかった。高校三年の秋、花園《はなぞの》まであと一歩という決勝戦で敗れた時もキャプテンの野島だけは涙しなかった。涙は嬉《うれ》しい時に汗のように流すものだと思ってきた。

「泣いてるの」

おそるおそるという声で恵理が訊《き》いてきた。

「いや、ちょっと寒いからな」

野島は鼻から喉《のど》に流れ込んできた液体をゆっくりと飲み下した。

「恵理」

「なあに」

「俺たち、出会ってよかったな」

本当にさらさらと涙が頬を伝うのが分かる。

「そう思わないか」

「うん」

「恵理」

「なあに」

「ずっと考えてみたけど、やっぱりお前が死ぬほど好きだぞ」

うー、と恵理が声を上げた。

「恵理」

もう返事はなかった。

「俺が悪かった」

恵理は泣きつづけている。

「風邪、大丈夫か」

「うん」

「じゃあな」

野島は電話を切った。

7

家の側に来るとめずらしく一階の居間に明かりが灯っていた。こんな時間なのにまだ康子は起きているのだろうか。今夜だけは眠っていて欲しかったと思う。だが往々にしてこういうものだ。「ファイト」と一声かけて野島は玄関の扉を開けた。

居間に入ると康子がパジャマ姿で髪を拭《ふ》いていた。

「どうしたの」

と訊くと、

「何だかベッドに入っても身体が冷えて寝つけないから、お風呂《ふろ》に入ったの」

と言った。

「風邪じゃないのか」

康子は首を振って、

「あなたこそどうしたの、今夜は遅くなるって言ってたのに」

「どうも調子が良くないから、積み残して引きあげてきた。俺の方は、どうやら風邪を引いたようだ」

髪にタオルを巻いて康子が立ち上がった。傍に寄ってきて額に手を当ててくる。

「熱はないみたい。でも何だか顔色が悪いわ。それに眼も少し赤いし」

「そうかな」

「お食事は」

「軽くは済ませてきたけど」

「じゃあ、何か食べる」

要らないと言おうとして逆のことを言っていた。そういえば「金城」でも何も食べず、恵理と一緒に食べるはずだった弁当もそのまま置いてきた。あの分では恵理も手をつけないままだろう。

「俺も一風呂浴びてくるよ。めんどくさかったら茶漬けの用意でもして、先に寝てくれ」

そう言って野島は妻に背を向けた。少しでも一人きりで恵理のことを考えてやりたいと思った。

風呂から上がってくると、食卓にカニとウィスキーの用意がしてあった。大きな松葉ガニが皿に載ってこっちを睨《にら》んでいる。

「どうしたのこれ」

「今日、金沢から送ってきたの」

「へー、旨《うま》そうだな」

自然と胃のあたりの神経が刺激されてくる。康子は長い髪をまとめてほんのりと香水の匂いをただよわせていた。こうやって見るとまだまだ美しかった。学生時代、友人に紹介された時はハッとするくらい綺麗《きれい》に見えたものだ。野島の大学とよく合同コンパをやる某女子大の二年生だった。野島が卒業を間近にしていた頃だ。一目で気に入り付き合いはじめた。就職して三年目、彼女の卒業を待って二人はすぐに結婚した。野島が二十六の時である。四年目に菜緒が生まれ、その後は別に避妊したわけではないが子供はできなかった。結婚するまでのあいだに一度だけ危機があった。康子を紹介される前から付き合っていた女性としばらく続いて、それが康子に露顕したのである。康子は大学を放り出して金沢に帰ってしまい野島は連れ戻しに行った。そのとき初めて向こうの両親とも会い、それで事実上婚約の形になった。前の彼女とは冷えていたから野島にもそれはむしろいいきっかけになった。康子の実家は金沢の旧家で相当な資産家だった。広く古い邸宅の二階の康子の部屋の隣に床をとってもらった最初の晩、高い天井を眺め寝つかれないでいると、そっと襖が開いて康子が入ってきた。野島の布団にもぐり込むとくすくす笑いながら、「きっと迎えに来てくれると思ってた」と康子は言った。大きな窓から冴《さ》え冴《ざ》えとした月の光が射し込み、康子の顔をくっきりと照らしだしていた。それはまるである種の美術品のように優雅で整っていた。こんなに美しい女性でも恋をするのだ――そんなことを思った記憶がある。

その実家で康子を抱いた夜、これで俺も年貢のおさめどきなのだと思った。彼女が生まれ育ったこの古い家、その脈々とつづいてきた血の流れが彼女の中にも歴史として受けつがれ、それをいま自分が継承するのだという厳粛な気持ちに野島はなった。

朝方まどろんでいると、庭で水のはねるような大きな音が聞こえて野島は目を覚ました。隣の康子は起きていた。「何の音?」と訊くと「池の鯉が跳ねているの」と言う。「私が生まれた時からいる主《ぬし》の鯉がいて、それが跳ねているのよ。鯉も喜んでいるのね」そう言って康子は上から抱きついてきた。二人とも裸だった。「そろそろ自分の部屋に戻らないと、お母さんが起きてくるよ」。それでも康子は挑むように野島の唇に唇を重ねてくる。朝の紫がかった光の中で見上げる彼女の顔は、生き生きと生気に満ちていた。「大丈夫、もう私はあなたのものだから」康子はそう言った。

水割りを作りながら「君もやるか」と訊いた。康子が頷《うなず》く。カニをさばいていると、じゃがいもの味噌《みそ》炒めや、ゆでた空豆、牛肉のたたきなど次々と皿が出てきた。カニは口の中でとろけるように甘かった。

隣に座って康子は薄い水割りをすすっている。香水の匂いがほのかにする。住宅街の一軒家で、周囲は静かすぎるくらいだ。グラスの中で氷がぶつかる澄んだ音が耳をくすぐる。心地よい酔いが全身に回ってきた。陶然とした気分になって野島は広いダイニングを見回す。東京でこの広さの家は分不相応なほどだ。菜緒が小学校に上がった年に、康子の実家からかなりの援助を得て建てた家だった。直後に地価高騰が始まり、一時は信じがたい資産価値になった。それも今は昔のお伽話《とぎばなし》のようなものだが、地の利の良さもあって現在でもたぶん一億数千万の値はつくだろう。

ついさきほどまでいた恵理の狭いアパートを脳裡《のうり》に描いた。ベッドと家具でほとんど隙間のない六畳と二人掛け用のテーブルがやっとの台所、それだけ。あの小さな部屋で恵理はいまも泣いているのだろうか。

ふと野島は、このすべてを捨てて俺はあの部屋に帰ることができるだろうか、と思う。順調な会社での出世も、善良な妻も、二階で眠っている愛らしい一人娘も捨てて俺は恵理のもとへ行くことができるだろうか。

ふと野島はまた思う。俺は、恵理を捨て、このすべてを守るだけで果して満足できるだろうか。

答えはどちらでもないような気がした。

恵理と付き合うようになって、ごくたまにだが、野島は自分が実に果報者に思える時があった。恵理といい康子といい、それぞれに野島にはかけがえがなかった。そのかけがえのない二つを同時に享受できる自分はなんて幸福なのだ、と思うのだ。平生はそれに倍する警戒や不安に神経を細らせているのだが、さながら冬のさなかの小春日和のようにふっとそんな風に祝福された瞬間が訪れる。ひび割れのような不安も含めて、だからこそ、生きているたしかな手応《てごた》えのようなものを感ずることができるのだ。

どちらも失いたくない。無責任には違いないが、それが野島の本音だった。

「そろそろ上に行こうか」

グラスを置いて立ち上がった。テーブルの上の皿はあらかた空になっていた。

野島が自分のベッドに入ると、しばらくドレッサーの前で髪を梳《す》いていた康子が明かりを消して野島のベッドにもぐり込んできた。さきほどまでの香水の匂いは薄れ、女の匂いが鼻を刺激した。パジャマのふところに手を差し込み、割りとボリュームのある乳房を揉《も》んでやる。身体は火照ってあついくらいだ。肌の張りはさすがに恵理にかなわなかった。ただその分しっとりとした感触はある。匂いはどの女性も大して違いはない。昼間抱いた恵理の身体を反芻《はんすう》し、それと比べるように妻の身体をなぞっていく。太股《ふともも》のあたりに手をやるともうため息をつきはじめた。

――一体何やってるんだ、まったく。

こんなところを恵理に見られたら言い訳が立つまい。そう思うのだが野島の身体もすでに反応しはじめていた。

――名前だけは間違わないようにせねば。

恵理という名は口をついて出やすく、何度か康子の前で苦し紛れに誤魔化《ごまか》したことがあった。「エリ、エリのあたりが何だか痒《かゆ》いんだけど、赤くなっていないか」といった具合だ。まるで馬鹿みたいである。点検の意味もあって「康子」と名前を一度呼んでみる。吐息が洩《も》れるだけで返事はない。野島は、着ているものを全部はぎ取ると毛布に頭を沈めて妻の身体に唇をあてた。ふと毛布の片側を持ち上げナイトテーブルに組み込んであるデジタルの蛍光時計を見た。十二時だった。明日は午前中に夏川常務と会わなければならない。早く出社してもう一度ブリーフィング・ペーパーをチェックした方がいい。

——三十分で切り上げよう。

そう決めて再び康子の身体に取りかかった。毛布の中にこもった匂いはさらにきつくなり白い下半身は別の生き物のようにくねっている。触るたびに途切れ途切れの声を上げる。

——人間は、ただのけだものなのだろうか。

康子とつながりながら、そう考えた。

8

久し振りに見る夏川は意気軒昂《けんこう》だった。顔は真っ黒に日焼けしている。一昨日まで二週間もバンコクに出張していたからだ。「連日ゴルフで参ったよ」といつもの野太い声で笑った。ブリーフィング・ペーパーには簡単に目を通しただけで、あとはゆったりとした常務室のソファに腰掛け、もっぱら人事の話になった。夏川はこの六月の株主総会で橋爪の後を襲って専務に昇格するという。

夏川は野島が入社して最初の上司だった。当時営業第一課長で、その後とんとん拍子で出世の階段を昇っていった。いまや次の次の社長候補の最右翼である。国内営業本部長を務め、同時に東南アジア担当、広報担当の常務職にあった。野島の抜擢《ばってき》はすべて夏川の手によるものだ。しばらく来期の役員人事について聞かされ、野島が一言も聞き洩らすまいと集中していると、ふと夏川が話を止めた。

「ところで」

あらたまった口調に変わっている。

「お前のことなんだが」

「はあ」

と野島は呟《つぶや》く。

「四月に仙台に行ってもらうことになると思う」

「仙台ですか」

「そうだ」

ついに来たかと思った。しかし仙台支店の次長というのは昨年も噂に上がったポストだ。小さな地方都市でも支店長の肩書だろうと予想していただけに、わずかな失望がある。

「例のLNG基地の案件がどうも上手《うま》く進んでいないんだ。君に任せるから是非力を揮《ふる》ってもらいたい」

LNG基地の案件というのは、仙台市が通産省の肝煎《きもい》りで計画を進めている液化天然ガス備蓄基地建設プロジェクトのことだった。湾岸戦争の教訓から石油備蓄だけでなく液化天然ガスの備蓄も行なおうという話が政府部内で持ち上がり、現在通産省が強力な行政指導によって自治体、石油精製各社に働きかけているもので、仙台はそのパイロットプロジェクトと位置付けられ、計画が進んでいた。それでも総額五百億円を超えるビッグプロジェクトで、ゼネコン各社ならびにエンジニアリング各社がJVを組み、落札をめぐって目下熾烈《しれつ》な競争を展開している。

「大変だが、よろしく頼むよ」

「承知しました。柳井《やない》支店長をサポートして全力を尽くします」

野島の返事に夏川が呆《あき》れたような顔をした。

「おいおい、野島君、何を勘違いしている」

「はあ」

「君が柳井君の後任なんだぞ。仕事を任せると言ってるんだ、むろん支店長で出てもらう」

「えっ」

野島は思わず声を上げた。仙台支店長というのは本社の上級部長職にあたるポストである。戻ってくれれば本社の営業か管理畑の部長をこなし、次は役員を狙うコースだ。今年四十二という野島の年齢を考えれば、優に五年は早いポストだった。三階級、いやそれ以上の特進だろう。

「ちょっと待ってください。常務、本気ですか」

夏川はにやにやと笑っていた。

「もちろんだ。一応内々示だが、決まったものと考えてくれていい」

「しかし……」

「たしかに君より年長の部下がわんさか出来るし、いろいろと苦労もあるとは思う。しかし君にはこれから少し早く走ってもらうつもりだ。仙台で三年ばかりやってくれたら本社に戻す。後は側にいてぼくを支えてくれ。ぼくだって福岡支店長をやった時はまだ四十歳だった。別に怖《お》じ気《け》づくことはない。正々堂々、真正面からぶつかっていけばいい」

「はあ」

思わぬ話に野島は顔が上気してくるのが分かった。もしこの人事が本当に発令されれば社内中大騒ぎになるだろう。それほどの大抜擢と言っていい。

「残念だが今日はいまから昼飯の予定が入っている。また近いうちに飯でも食おう。じゃあ、この件頼んだよ」

夏川はブリーフィング・ペーパーを摑《つか》んで目の前で振ってみせると、先に立ち上がった。急いで野島も腰を上げる。

「承知しました」

夏川に深々と頭を下げて野島は常務室から退出した。ドアを後ろ手で閉め一瞬脱力したように閉まったドアに背中をつけた。いま聞いた話がにわかには信じられない。役員フロアは静まり返り、毛足の長い赤い絨毯《じゅうたん》が体重を全部足元から吸い取ってしまったような気がする。身体が宙に浮く感覚とはこのことだろうか。一つ深呼吸してから常務室の前を離れた。二つ角を曲がって三十メートルほど歩くと、秘書課の受付が見えてきた。野島は我にかえって受付台に近づいた。朝は見かけなかったが、いまは恵理がもうひとりの秘書と共に座っていた。心なしか顔色は悪いが存外大丈夫そうだ。

「どうもありがとうございました」

丁寧に言って野島はエレベーターフロアへと進んで行った。エレベーターを待つあいだ、受付の方を盗み見る。恵理は正面を向いて、こっちを見もしなかった。会社で顔を合わせても恵理は見知った素振りひとつみせない。その辺は徹底していて逆に野島は信頼していた。だれも二人の関係に気づいている者は社内にいないだろうと思っている。

エレベーターが来た。乗っている者はいない。ドアが閉まりかけた時、ふと視線に気づいて顔を受付の方に向けた。恵理がこちらを見ていた。隣のもう一人は席を立っているようだ。野島は思わず手を振った。恵理が小さく笑ったような気がしたが、確かめる前に扉が閉まった。仙台支店長か、よしっ、野島は一人きりのエレベーターの中で何度も繰り返した。

「やったぞ」

大声で叫んだ。一刻も早くこのことを知らせたい。誰に？ と自問する。やはり真っ先に浮かんだのは恵理の顔だった。

――恵理、俺はやったぞ。

野島は心の中でもう一度叫んだ。

一度、広報課に戻って二、三本電話を入れると野島は外に出た。ちょっと早いが昼飯にしたのである。会社のすぐ側の公衆電話から恵理の留守録にメッセージを吹き込む。毎日、十二時前には一度電話する約束になっていた。

「俺だけど、風邪は大丈夫か。さっき見た感じだと少しは良くなったみたいだけど。昨日は眠れたのか。久し振りに昼飯どうだろう。先に六兵衛に行って待っている。うまく抜け出せるようだったら来てくれ。伝えたいこともあるし」

滅多に昼を一緒にすることはないが、会えない日が続いた時などたまに食べることがあった。

「六兵衛」は一口坂《ひとくちざか》を入ったところにある野島の行きつけの寿司《すし》屋である。いつも行くと奥の四畳半の個室を空けてくれた。社の人間とは縁のない店だった。時々恵理とここで食事をする。

電話を切って、新宿通りまで歩いているうちに興奮が醒《さ》めてくると、恵理が来ないような気がしてきた。昨日あんなことがあったばかりである。まして荻窪からの自分の電話は思い返してみれば別れの台詞《せりふ》とも取れぬことはない内容だった。そもそも恵理がいつも通り留守録に吹き込んだメッセージを聞いてくれるかどうかもいまや怪しい。

——それに……。

仙台に赴くことを恵理に一体どう伝えればいいのだ。初めて野島はそのことに気づいた。栄転に目が眩《くら》んですっかり失念していたが、仙台に出れば否応《いやおう》なく恵理と離れ離れになってしまうのだ。この二年間、二人が最も懸念していた事態ではないか。

転勤の話をしたのは昨日の昼のことだ。その時恵理は「会社辞めてついていく」とは言わなかった。それがきっかけで野島は渡辺との噂に不安を覚え、昨夜の成り行きになっていったのだ。

この転勤話は決定的かもしれない。ついさきほどの高揚した気分はすっかり鳴りをひそめ、野島は浮かない気分になってしまった。同時に、大げさに言えば運命的なものを感ずる。これは、恵理との関係を終わらせる潮時ということではないのか。大きな何かが急速にそれを図っているのではないか。そうでなければあまりにタイミングが良すぎやしないか。「六兵衛」で昼休みが終わる午後一時まで待ったが、案の定恵理は姿を見せなかった。野島はにぎりの特上を一人前注文し、ビールを抜いて一人で昇進を祝った。店を出た時には大抜擢も支店長も何だかすっかり色褪《あ》せてしまっていた。

会社の前の公衆電話で恵理の留守録テープを聞いたが、自分の興奮した声が入っているきりで恵理からのメッセージはなかった。

9

午後四時からの企画部との会議が長引き、野島が自席に戻ったのは六時過ぎだった。企画部はいわば社長の側近部隊だから、社長直々に行なう明日の記者会見については、広報課と対等の権限を持つ。野島はつねづねこうした権限の分散に批判的だった。社長のために二重のサポート体制を組むという発想だろうが、現実には互いが遠慮するなり我を張るなりして、最終責任が曖昧《あいまい》になるだけだ。こんなことでいい仕事はできない。午後の打ち合わせでも近江部長をはじめとした企画部の面々は会見要旨の細かい表現にまで手を入れてきて、こちらのメンバーの神経を逆撫《さかな》でした。結果、文章はみるみる官僚的な作文に変わっていく。それでは会見に出席した新聞記者の興味を削《そ》ぐだけだと野島が力説しても、近江は頑として受けつけず、両人のあいだで相当の言い合いになってしまった。隣で部下たちがハラハラした顔で野島を見ているのが分かった。だが、野島はこれまでも自分が正しいと思ったことは、たとえ相手が上席者であってもきっぱり物を言ってきた。

それで、原案の形まで押し戻すのにずいぶんと時間がかかったのだ。

近江は六月退任が決まった橋爪専務の派閥である。もともと夏川派の野島とはソリが合わない。午前中の夏川の話もあって今日の野島は普段に倍して強気に出た。やり合っていても何かしら全身に精気が漲《みなぎ》ってくるのが分かる。最後は野島の気迫に押されて近江の方が折れたのだった。

広報課の会議室で、記者会見について最後の詰めを課員らと行なうと、ポケットマネーを渡して女子職員に用意させておいたビールと簡単なつまみを会議室のテーブルに出させた。十五人の部下たちがおーっと歓声を上げる。

「じゃあ、明日はみんなよろしく頼む。今日は一杯飲んで予定のある人は引きあげてくれ。本当にお疲れさま」

部下たちは三々五々、ビールを飲みながらがやがやと喋《しゃべ》っていた。野島は課長補佐の進藤とさきほどの企画部との会議について話していた。その時、ふと周囲から会話の断片が飛び込んできて耳をとめた。女子社員のグループが「秘書課の土方さん、今日の昼倒れたんだってね」と言っているのが聞こえたのだ。野島は進藤とのやり取りを中断して、彼女たちに顔を向けた。

「おい、いま秘書課の土方が倒れたって言わなかったか」

つい大声になった。女子社員たちがびっくりした顔で一斉に野島の方を見る。佐々木という恵理の同期の子がいたので、野島は彼女に向かって口を開いた。

「今日、午前中に二十四階に行った時、彼女の顔を見たが元気そうだったぞ」

二十四階は役員フロアである。佐々木が、

「そうなんですか。じゃあその後すぐに倒れたんだ。受付台の椅子に座ったまま急に意識を失って秘書課は一時大騒ぎだったそうですよ。あわてて車を用意して病院に連れていったそうです」

「へー」

他の課員もやりとりを聞いている。恵理は二年前まで広報課にいたから顔見知りも多い上、美人なだけに独身の男性社員にとっては興味の的でもある。

「何の病気なんだ？」

内心の不安を面に出さぬようつとめながら、さりげなく訊《き》く。

「貧血だったみたいです。何でもなかったから良かったって秘書課の人が言ってましたから。でも大事をとって一応入院させたそうです」

「そうか、それは心配だな。どこの病院？」

「さあ、それは聞いてないですけど」

そこまでで誰かが「同期のくせにいやに冷たいなあ」と佐々木のことをからかって皆が笑った。野島も一緒に笑い進藤の方に顔を戻した。だが、本当は笑っている場合ではない。

時計の針は七時を指そうとしている。この三十五階の部屋からのぞむ景色はすっかり冬の濃い闇に包まれていた。正面の大きなホテルの窓がきらきらと輝いている。きっと外は寒いのだろう。

「よおし、じゃあ今日はこの辺でお開きにしよう。明日は頑張ってくれ」

野島は一声出して会議室を出た。ぞろぞろとみんなもついてくる。進藤たちを連れて久し振りに銀座にでも繰り出すつもりだったが予定変更だ。「明日無事に終わったら、打ち上げでもやろう」誰ともなく周りに言い訳してロッカーからコートを出す。デスクで一本電話をつないだ。十数回呼び出し音を聞いて受話器を戻す。秘書課はもうみんな出払ってしまったようだ。入院したのなら総務にも届けが出ているはずだ。だが、野島が恵理の入院先を問い合わせるのはおかしい。総務の番号を途中までダイヤルして指を止めた。

ただの貧血だと聞いたが、野島の胸の内は穏やかではなかった。昼間元気そうに見えただけに余計心配が募る。なんとしてでも入院先が知りたいが、ことさら騒ぎ立てるわけにもいかない。懸命に思案しようとするが恵理の顔ばかり浮かんで考えがまとまらない。気が遠くなるような不安が胸にわき上がってくる。

野島はコート姿のまま自分の席に座りこんでしまった。

次々と部屋を出ていく部下たちの後ろ姿をぼんやりと見送りながら、思い立ってもう一度受話器を持ち上げた。もしかして、という気になっていた。恵理の自宅の番号をダイヤルする。不在を告げる恵理の声が聞こえ、暗証番号を打ち込むと留守番録音テープが再生される。「二件です」という最初のアナウンスに望みをつなぐ。最初の一件は昼間に野島が吹き込んだものだった。もう一件にテープが切り替わるまで随分待たされたような気がした。野島は片方の耳に人差し指を差し込み、音声に集中した。恵理の声だった。

「今日、お昼に行けなくてごめんね。たったいまメッセージを聞いたんです。ちょっと具合が悪くなって、いま記念病院にいます。今晩はここに泊まって明日は休みを取ります。昼はホントにすみませんでした。太郎さんも元気でね。じゃあ失礼します」

それだけで言葉は切れ、しばらくテープが回る音が聞こえ、機械的な音声で「水曜日午後六時十分です」と告げて信号音に変わった。

か細い沈んだ声だった。きっと病室を抜け出し病棟の待合室の公衆電話からでも掛けたのだろう。それにしても昼間の不参の詫《わ》びなど繰り返し、肝心の病状や病室の番号さえ吹き込んでいない。相変わらず事の軽重の分からない女だと野島は腹が立った。しかし、それがいじらしさを倍加させる。

「バカヤロウ……」

誰もいないガランとした部屋でひとりごちる。安堵《あんど》で腰から力が抜けたようなあんばいだった。バカヤロウ、ともう一度繰り返す。来ない恵理に業を煮やし暗い気持ちで寿司《すし》を頰張っていた頃、彼女は貧血で倒れ病院に担ぎ込まれていたのだ。恵理を信じきれない自分の堪《こら》え性のなさが情けなかった。

「よおし」と声をかけて野島は立ち上がった。考えてみれば社内で倒れたら当然、記念病院に運ぶに決まっている。そんなことにも思いが至らなかったのがまた不甲斐《ふがい》ない。東洋記念病院は東洋グループが経営する総合病院で神谷町《かみやちょう》にあった。

タクシーを飛ばして七時半には病院の救急玄関に着いた。守衛室で社員証を見せ恵理の病室を尋ねた。八階の内科病棟の八〇八号室だと教えてくれる。面会時間は過ぎていたが守衛さんは別に文句も言わず通してくれた。地階から広いエレベーターに乗って八階に上がった。一般患者もいるが、三分の一程度は東洋グループの関係者で占められているはずで、誰の目があるか分からない。こんな時間に一人で恵理を見舞うのは若干危険ではあった。だがそれぐらい仕方がない。八〇八号室は看護婦の詰所から一番遠い突き当たりの部屋だった。何となくほっとする。入口に六つの名札が掛かっていたが、名前のあるのは四つだった。四番目にマジック文字で「土方恵理」と綴《つづ》ってある。残りの三人の名前に見覚えはなかった。まだ病室は明るい。野島が入っていくと他の女性たちが一斉にこちらを見た。中年の婦人がひとり、あと二人は恵理より若そうだった。恵理は窓際の左のベッドにいた。窓の方を向いて背中が見える。

白いシーツのかかった毛布を肩までかけたその小さな背中を眺め、野島は胸が詰まった。誰も付き添っていない。同僚の誰かがいることも覚悟していたのだが恵理は一人ぽっちで寝《やす》んでいた。

「おい」

声をかけると恵理が振り返った。不思議そうな顔で野島を見上げている。

「太郎さん」

と小さな声で呟《つぶや》いた。

「ごめんね、心配させて」

野島は壁際においてあったパイプ椅子を窓側のベッドサイドに引っ張ってきて恵理の顔を正面に見る場所に腰かけた。他の三人はそれぞれ本を読んだりイヤホンで備え付けのテレビを観たりしている。

「大丈夫か」

野島も声を抑える。

「うん、ただの貧血だから」

だが、恵理の顔はやはり青ざめている。

「来るのが遅れて悪かった。帰り際に佐々木君から聞いて初めて知った」

「いいの。それに亜紀ちゃんがいたから。さっき帰ったの」

前田亜紀は恵理と親しくしている秘書課の同僚だ。

「もう大丈夫だから。ありがとう」

「食事は」

「食べたよ」

「うん、いっぱい食べちゃった」

「ちゃんと?」

野島は怪我以外の病気とは縁がない人生を送ってきただけに、病人というものがよく分からない。恵理は少し笑った。ごめんね、とまた言う。

「ここ危ないから、バレちゃうから、もう帰っていいよ。来てくれただけでもう十分だから」

「知ってる人いるのか」

野島が目配せする。恵理は首を横に振った。

「じゃあ、構わないさ」

「でもいい。もう良くなったから。面会時間も過ぎてるし」

恵理は心配そうな顔をしている。

「渡辺さん、呼んでやろうか」

野島は帰れと言われて、何となく笑いながらそう言った。

「くしゅん」

恵理が呟いて目を逸《そ》らした。「くしゅん」枕元に向けた視線が潤んでひとしずく涙がこぼれた。

「冗談だよ、馬鹿」

恵理の短い髪を野島は撫《な》でる。涙を人差し指で拭《ぬぐ》ってやった。恵理は目を閉じてされるままにしている。しばらくそうやって彼女の頭を撫でていた。

「昨日、寝てないんだろう」

恵理は黙っている。

「ずうずうしいことして、反省してる」

恵理がわずかに頭《かぶり》を振る。恵理の頭はほんとうに小さくて野島の大きな掌《てのひら》ですっぽりと包み込めるほどだ。ふと恵理が目を開けた。もう瞳《ひとみ》は濡《ぬ》れていない。

「それより、伝えたいことってなあに」

「何が？」

「留守録で言ってたでしょう」

「ああ、あれか」

「なあに」

「いや、いいんだ。大したことじゃない」

「いい話でしょう」

「いやそうでもない。どうして？」

「だって、今日の昼間、太郎さん何だかすごく嬉《うれ》しそうな顔だったから。きっといい話だろうと思ったの」

恵理はきらきらと目を輝かせている。表情が明るくなっていた。野島はその顔を見て複雑な心境になる。

「そうでもないよ」

「なあに」

「いいよ、恵理が元気になったら話す」

いま仙台行きのことを告げたら、恵理はまた沈み込んでしまうだろう。だが、恵理は図星を指してきた。

「異動の話でしょう」

野島はびっくりして「どうして？」と聞き返した。恵理はちょっと得意気な顔になった。

「だって夏川常務と一時間も話していたでしょう。どこに決まったの」

野島は迷ったが仕方ないと思い直した。

「仙台」

「支店長？」

「ああ」

恵理はパッと表情をほころばせた。

「すごーい。太郎さんすごいじゃん。おめでとう」

そう言われると野島もまんざらでもない。そんないい加減な自分が疎《うと》ましくて逆のことを言う。

「でも、そうなったらもう会えなくなるかもしれない」

「駄目」

恵理が真剣な目つきになった。

「駄目、そんな風に考えちゃいけない。太郎さんにとって素晴らしいことなんだから、ちゃんと喜ばなきゃ罰が当たるよ」

　声まで高くなっていた。

「だけどさ」

　その時、隣のベッドでわざとらしい咳払《せきばら》いがした。恵理は眉《まゆ》をひそめて微笑み、

「隣の人、すごくうるさいおばさんなの」

　小声で言う。野島も肩をすくめてみせた。

「それで六兵衛でお寿司食べたかったんだ」

「ああ、真っ先に恵理に伝えたくってさ」

「ごめんね、一番大事な時にこんなで」

　本当にすまなさそうにする。

「いいよ」

「太郎さん」

「なんだ」

　恵理が手招きするので野島は顔を近づけた。手でメガフォンを作って耳元にくっつけてくる。

「私たち、こんなに仲がいいのにね」

　耳元で恵理が言った。野島は顔を離し恵理を見た。恵理はうなずいて笑っている。やはり頬は色を失い目元に疲れが溜《た》まっている。その両の瞳から涙が盛り上がってきた。

　笑顔のままでまるで天気雨のようだ。

「仙台、行ってみたいなあ」と恵理が鼻声で呟いた。

10

病院を出たところで短い電話を一本済ませると、野島は真っ直ぐ自宅に帰った。明日は早朝から記者会見場に使うホテルに直行し、設営など現場の指揮をとらなくてはならない。今晩はゆっくり休んでおいた方がいい。九時頃、家に戻ると康子はテレビを観ていた。

「菜緒は？」

たまに早く帰った日は、娘の顔が見たい。

「いまお友達の家に行ってるわ」

「こんな遅くにか」

「一緒に勉強するんだって。もうすぐ帰ってくるわよ」

「大丈夫か、外は真っ暗だぞ」

「大丈夫よ、ほんのすぐ近所なんだから」

テレビにはいま人気の若い男優が映っている。評判のドラマで野島もタイトルだけは雑誌で知っていたが、放送されているのを見たのは初めてだった。

「早かったのね」

「ああ、明日、社長の記者会見が入っているんだ。明日の朝は七時に出るから六時には起こしてくれ」

「お酒でもつけましょうか」

康子がテレビの前から立ち上がった。

「お食事は？」

「何かある？」

「イサキが買ってあるけど焼きますか」

「それでいい」

台所に立った康子の腰のあたりを眺め、野島は昨日の夜を思い出す。結局三十分では終わらず二人でずいぶん夢中になってしまった。

「今日、昼間、夏川常務と話した。四月に部署が変わりそうだ」

康子の背中に声をかけた。康子が振り返る。包丁を握ったまま驚いた顔になっていた。

「今度はどこ？」

「仙台支店。支店長をやってくれだってさ」

とっておきの話だけについ口調が得意気になった。だが、康子の反応は期待したものではなかった。

「そう、また地方なんだ」

結婚した直後に甲府支店に出て、その後もう一度、菜緒が三つの時に一年半ばかり福岡支店に勤務したことがある。地方勤務はそれ以来だった。他の社員に比べれば野島は本社勤務が圧倒的に長く、いわば本社組の筆頭格である。「また地方」などと言われる謂《い》われはない。それに今度は支店長としての赴任なのだからこれまでの転勤とは意味合いも大きく異なった。地方勤務の一言でかたづけられるのは心外な気がした。

「まあ仕方ないさ。言われた所に行くのがサラリーマンの宿命だからな。それに仙台の支店を任されるわけだし」

さばいたイサキをロースターに入れて、お銚子《ちょうし》を一本盆に載せて来ると、康子は野島の正面の椅子に座った。つまみはかつおの塩辛ときゃらぶき、それに胡麻《ごま》豆腐だ。お猪口《ちょこ》に酒を注いで一杯干したところで、お盆を抱いた康子が言った。

「どうするの」

野島は何をどうするのか分からず、首を傾げる。

「何が」

「仙台だったら近いし、週末には帰ってこれるわね」

思いもかけない妻の言葉だった。

「俺ひとりで行けって言うのか」

野島は表情を強張《こわば》らせる。

「今度もそんなに長くはないんでしょう。菜緒の学校のこともあるから……」

菜緒は私立に通っている。来年付属中学に上がる予定だ。東京でも十指に入る名門校である。考えてみれば進学の問題は家族で赴任する大きな障害ではあった。いま康子に指摘されて初めて野島は気づいたのだが。

「さあ、それでも今度は三年はいるんじゃないか。進行中の大きなプロジェクトもあるし、その進捗《しんちょく》具合にもよるだろうけど」

話は野島の予想とはまったく違う方向に進みはじめている。

「じゃあ、そんなに行ってるかどうか分からないわね。案外早く本社に戻れるかもしれないし」

野島は手酌で三杯目をついだ。

「しかし支店長だからね。やっぱり家族も呼ばないと部下たちの手前もある。夫人同伴の会社関係の付き合いなんかも多いだろうし」

どうして自分がこんな言い訳めいた説明をする必要があるのか釈然としない気分だった。

「でも、今年一緒に行くのは無理よ。来年になれば菜緒も中学に上がるから、そしたら一年か二年地方に出てもいまの学校に戻れるけれど、進学だけはしておかないともう戻れなくなるもの。せっかくあんなに苦労して入れた学校でしょう」

「じゃあ、俺に単身赴任しろって言うのか」

「仙台だったら私も時々は行けるだろうし、週末に帰ってきてもいいでしょう。何かあれば簡単に行き来できる距離なんだし」

「しかし……」

支店長が毎週末、東京に帰れるわけがないじゃないか、という言葉を呑《の》み込んだ。

「ねえ、せめて一年だけでも独りで頑張ってくれないかなあ。あなたには申し訳ないけど」

懇願口調だったが、康子の表情は「当然のことじゃないの」と言いたげであった。

野島はさきほどの恵理とは正反対の妻の態度に内心で愕然《がくぜん》とするものを感じていた。

まだ本決まりというわけではないし、正式に決まったらもう一度じっくり考えてみようとお茶を濁して話を打ち切り、食事を済ますとテレビを眺めている康子を置いてさっさと二階の寝室に上がっていった。階下で帰ってきた菜緒の声がしたが顔を見に下りて行く気にはならなかった。煙草を一本吸って一人で床についた。

11

部屋の前まで来て、鍵《かぎ》をポケットにしまいチャイムを鳴らした。しばらく間があって内側からドアが開く。出てきた渡辺の恰好《かっこう》を見て野島は思わず笑みを浮かべた。渡辺も少し決まり悪そうな顔で「やあ、どうも」とだけ言う。

渡辺は胸当てつきのエプロンを身に着けていたのだ。

記者会見が終わった後、一度会社に戻って簡単な報告書を作ると野島は一目散にここにやって来た。だから時間はまだ早い。七時をちょっと回ったところだった。靴を脱いで部屋に上がりながら「恵理はどうですか」と渡辺に尋ねる。「いま眠っているんです」そう言って前を歩く渡辺の腰のエプロンの紐《ひも》の結び目が珍妙で、また野島は可笑《おか》しくなった。

台所に入るとぐつぐつと音を立てている鍋《なべ》や、焼き魚らしい匂いを立てているグリル、銀色のボールに入った生野菜などが目に入った。料理の最中だったようだ。

恵理は炊事は苦手で、野島も滅多に手料理にありついたことはない。いかに彼女が台所に立たないかは、その清潔すぎる流し台を見ただけですぐに分かる。こんな活気にあふれた台所は初めてだ。

「コーヒーでも飲みますか。それともビールにでもしますか」

この家の主《あるじ》然とした様子で渡辺が言った。といってそれほど厭味《いやみ》があるわけでもない。

「じゃあ、ビールでもやりますか」

野島はテーブルに向かって腰掛けた。渡辺は冷蔵庫を開けアサヒを取り出すとグラスと一緒に野島の前に置いて、自分も一缶持って正面に座った。

「それにしても、なかなかお似合いだな、それ」

モスグリーンのエプロンを指さして野島は笑いながら言った。

「いやあ、恥ずかしいところを見られたな。食事の支度が済んだら外そうと思っていたんだけど」

「いやいや、冗談じゃなく十分サマになってますよ」

「また」

今度は渡辺が笑う。野島は口調をあらため、

「今日は済みませんでした。昨日突然に電話なんかして。きっと忙しかったでしょうに、何だか用を言いつけるような失礼なお願いをしてしまって」

「いやいや」と渡辺が手を振った。「ちょうど今日はひまだったんです。会社の方は休みにしましたから」。そして、「知らせてくれて、感謝してるんです。今朝、私が病院に迎えに行くと最初は鳩が豆鉄砲食らったような顔されましたけどね」と渡辺は愉快そうな顔になる。

一昨日、神楽坂で向かい合った時と違ってずいぶん打ち解けた感じだった。

「私の方はどうしても夕方まで外せない仕事があったものですから。迎えに行っていただいて助かりました。恵理もきっと安心したと思います」

野島の方も、そんな渡辺に近しい気持ちをおぼえていた。

「で、恵理の様子はどうですか。帰ってきてからずっと寝ているんですか」

「いや、もう心配ないようですね。ついさっきまで一緒にテレビで相撲を観たりしていたんですが、私が買い物に出ているあいだに眠ったんでしょう」

「そうですか」

渡辺はビールを飲み干すと立ち上がってエプロンを取った。

「じゃあ、そろそろ引きあげます。煮物はもう出来ているし、魚もじきに焼けます。汁は小さい鍋に作っておきました。サラダは冷蔵庫に入っています。ご飯も炊いておきましたから後はおまかせします。あなたの分もあるから一緒に食べていってやってください」

野島は慌ててしまった。

「ちょっと待ってください。ぼくは別にそんなつもりで来たんじゃないですから」

「いやいや」と渡辺はまた手を振る。

「しかし、それじゃあんまりだ。恵理だって目を覚まして困るでしょう。料理まで作ってもらってあなたが帰ってしまったのでは……」

「そんなことは気にしないで下さい。どうせ独り暮らしで、よく自分で飯は作っているんです。この程度のことは何でもないですから」

「いや、それじゃあぼくの方の気がすまない。とにかくもう一度座ってください。でなきゃぼくも一緒に出ます」

そう言って、野島も立ち上がった。瞬間、お互いの眼を覗《のぞ》き込む構えになる。睨《にら》み合うほどではないが、男同士の微妙な間合いの争奪があった。

「じゃあ、彼女が眼を覚ますまではいますか」

意外にあっさりと渡辺の方が折れた。

向かいの椅子に手を差し向けて座るように促し、野島も再び腰掛けた。しばらく二人とも黙り込んでいた。のみさしのグラスを口に運びちょっと喉《のど》を湿らせてから、視線を渡辺に向けると、野島は言った。

「体調はいかがですか」

おや、という顔になったあと渡辺がひとつ咳払《せきばら》いをする。そういう仕種《しぐさ》はやはり五十過ぎの年齢を感じさせた。

「いや、いまのところ問題はないようです。ひと月に一回は検査に行くのですが、まだ転移が見つかったりしてるわけじゃないですし。一応胃の方は完全に除去できたと医者も言ってくれましたからね。私自身、それほど気にはしてないんです。というより、こういうことになって初めて知ったんですが、人間というのはそんなに長い時間深刻ぶったり、悩み抜いたりはできないんですね。自分でも驚くんだが、ぼく自身がたまに病気のことをすっかり忘れていたりしますからね」

一昨日の夜、渡辺の話が骨身にこたえたのは、彼がなぜ恵理ともう一度やり直したいと思い立ったのか、その理由を知らされたからだ。渡辺は昨年の秋口に胃癌と診断され、胃の全摘出手術を受けていた。

「ただね、胃袋がなくなったもんだから、どうも何か飲んだり食べたりすると腹のあたりがきゅっとひきつったみたいな妙な感触があって、やっぱり一度にたくさんは食えないですね」

渡辺はそう言って笑った。

野島はその顔を見ながら、一昨日の重い衝撃が早くも風化してしまっていることに気づいていた。長い時間深刻ぶったり、悩み抜いたりはできないと渡辺は言ったが、それはどんな場合にでも当てはまる真実だ。

癌に冒されて初めて、生涯で最も愛した女とやり直したいと痛切に思った。そのためならば妻子も捨てる。仕事も捨てる。だから恵理を自分に返して欲しい――渡辺はそう言って、身を退《ひ》けと野島に迫った。そして、それが恵理の幸福のためでもあるのだと……。だが、いまの野島には、それは渡辺自身の一方的な都合に過ぎないと思える。覚醒《かくせい》による改悛《かいしゅん》が過去のあやまちをすべて免罪し、時計の針を元に戻す切り札に果してなり得るのか。


――私は今年で五十二になります。人生なんて早いものです。情けない言いぐさですが、自分の人生というのは、どうもこんな筈《はず》じゃなかったのではないか、これは後悔とも少し違うのだが、もっと別の自分が本当はあったような、そんな気がして仕方がありません。結婚には失敗しました。仕事や子育てはそこそこでしょうか。そんなもんです。無理に思い出せばたくさんあるのですが、自然に湧き起こってくる人生の鮮やかな場面というものが、どうも私には余りない。寂しいものです。

去年ちょっと病気をしました。癌です。幸い発見が早くて、胃を取っただけで済みました。医者には一応完治したと言われている。むろん会社には言っていません。胃潰瘍《かいよう》で通しました。

他人に言うのはあなたが初めてです。あとは恵理が知っている。

さきほど私には思い出す場面がない、と言いましたが、実は病院のベッドでたった一つだけハッキリと、しかも何度も思い出したことがあった。三年前のちょうど今頃です。昔の手帳を引っ張り出してみたらその日のページに大きな×印が書いてあった。恵理と別れた晩のことです。恵理とは一年半つづきました。あれはおとなしくてわがままを言わない女です。あなたもきっとそう思っているでしょう。夢のような日々だったと今は思います。あんな愛らしい娘とひとりの男、ひとりの女として一年半もの間つきあうことができたのだから。ちょうど四十代の終わりの頃で、ちょっとした失敗で役員になりそこねた時期でした。初めてとは言わないが、自分の人生の器の底がふっと覗けた、そんな時だった。ざらついた灰色の底でした。それでいて瓶の口はどこにも見当たらないようなね。

まあ、誰でも良かったわけですよ。三十代でも一度似たようなことがありましたし。ただ、誰でも良かっただけに、恵理を知って、改めて新鮮な驚きを感じた。とんだ当たりクジを引き当てたような、そんな感じだった。正直、妻と子を捨てて一緒になろうと何度思ったか知れない。

だが、ぼくにはその勇気がなかった。

一年半もあれば、自分の気持ちや言葉が結局みんな嘘になるには十分だった。あの晩ね、すすり泣く恵理を見ながら人間がこれほど深く悲しむ姿を見たことがないと思った。いまなら彼女の人生はまだやり直せるのだから、と自分に言い聞かせた、わけ知り顔でね。恵理は二十五でしたから。ところが病気になってみて、自分が何にも知っちゃいなかったことに気づいた。出来の悪い人間ですから、取り返しがつかない状況になって、自分の決定的な過ちに気づくわけです。

それでも、どうやら生還できてみると、これからの自分の残された時間がいとおしくていとおしくて仕方がない。本当にやり直せるものならすべてをやり直したいと思う。身辺はきれいにしました。妻と子にほとんど渡しましたが、幾らか手元に残った金もある。おかげ様で、去年役員にもさせてもらいました。

大した差ではないけれど、資格はあなたより私の方があると思うんですよ。あなたには彼女のいない将来もある。仕事もまだこれからでしょう。だが、私は違う。もう幾つものことはできない。

どうか、私に恵理を返していただきたい。そのためなら何でもする。私はいま死にものぐるいなんです。

野島は「金城」で渡辺が語った言葉を反芻《はんすう》した。あの時は予想もしない話にひどく動揺したが、いまになって思い返してみると、それほどの話でもないような気がする。

野島がぼんやりしていると、渡辺が声をかけてきた。

「野島さん、一昨日あなたと別れた後、ぼくも考えたのですが……」

「はあ」

野島は渡辺を見た。

「もし、あなたが恵理を手放さないつもりなら、やはりぼくとあなたで決着をつけるより仕方がないと思うのです」

「どういうことですか」

渡辺は身を乗り出してきた。

「本当は恵理に選ばせるのがいいのかもしれない。あなたもそう考えたから、今日、こうやって三人で会うことにしたのでしょう。とはいえ、もし恵理があなたを選んだとしても、ぼくは納得できないような気がする。ますます恵理が恋しくなるだけのような気がする。あなたにしたって、恵理がぼくを選んだからといっておいそれと引き下がれないでしょう。一昨日来のあなたを見るにつけぼくにはそう思える。そうじゃなきゃ、昨日ぼくに電話なんか寄越してくる筈がない。ぼくの言っていることが分かりますか」

「たしかに」

と野島は言った。

「たしかに、あなたのような病人に恵理を渡すのは、ぼくは厭《いや》だ。失礼だが、あなたの望みは、ちょっとばかり虫がよすぎるようにも思える」

「たしかに」

今度は渡辺が頷《うなず》く。

「だから、ここはぼくとあなたで決着をつけた方がいい。この際、恵理本人はもう関係ないと思うのです」

「それで」

野島は先を促した。渡辺はしばらく考えるような素振りを見せ、不意に言った。

「どうです、ジャンケンで決めませんか。今日、相撲を恵理と見ながら半日考えて、それが一番いいようにぼくは思ったのですが」

「ジャンケン、ですか?」

「そうです。恨みっこなしの一回勝負。負けた方はいまここできっぱり恵理を諦《あきら》めて、この部屋を出てゆく。もう二度と恵理の前には姿を現さない。それでどうですか」

余りに意外な提案だったが、渡辺の眼は真剣そのものだった。

野島が二の句がつげないでいると、渡辺は、

「何か、あなたに他に名案がありますか。そうでもしなきゃ、ぼくたちは二人共に滅んでしまう可能性すらある。そのぐらいのことはあなたにだって分かっていることでしょう」

と言った。野島は自分が恫喝《どうかつ》されていることに気づいた。同時に、渡辺が勝ちを確信していることを知る。相手としては、そういう人間ほど手ごわいものはない。ゲームを落とす時、決まって相手チームにはそうした連中が多かった。その数の差がホイッスルが鳴った瞬間に、巨大なエネルギーとなって襲いかかってくる。勝負は単に実力だけで決まるものでないことを野島はこれまで身体に刻み込んできた。

「ジャンケンというのはどうもね」

意図的にけしかける口調を作って野島は言い返す。

「じゃあ、どうすればいい。ピストルでも手に入れて本気で決闘でもしますか」

渡辺は凄味《すごみ》のある声に変わっている。

野島は、ちょっとにやけて見せた。

「相撲を見て思いついたのなら、腕相撲にでもしようじゃないですか。といってもただの腕相

撲じゃ、あなたに勝ち目はない。ぼくの右手にあなたは両手でかかってきてもいい。それぐらいのハンデは認めますよ」

これで、こんな馬鹿げた話はおしまいだ、と野島は考える。だが、渡辺の反応は予想外だった。

「うーん、それも悪くはないな。だけど、ぼくはジャンケンの方がいい。何だったら腕相撲にするかジャンケンにするか、そのどちらにするかでまずジャンケンするというのでどうですか。ぼくも折れたんだから、あなたもその程度の妥協はすべきでしょう」

渡辺のその言葉に野島は唖然《あぜん》としてしまった。

12

起きてきた恵理に渡辺の手料理を給仕しながら、野島は割り切れぬものを抱えていた。一緒に魚をつつき飯を頬張《ほおば》っているが味がしない。恵理の方はすっかり元気を取り戻したふうで顔色も良かった。ぱくぱくと食べていた。じっと見つめていると、

「どうしたの？」

と怪訝《けげん》そうな声で訊《き》いてくる。

「いや、良くなって安心した。それだけ食べられればもう心配ないな」

「ごめんね」

恵理は眉根《まゆね》に少し皺を寄せる。愛らしい顔だ。渡辺が帰ったと告げても「そう」と一言呟《つぶや》いたきり後は何も言わなかった。箸《はし》を置いて、野島は恵理の名を呼んだ。

「なあに」

「一緒に仙台に行くか」

野島は言った。恵理はびっくりした顔になる。

「会社辞めて俺について来るか」

恵理は何も答えない。真意をはかりかねているような不思議な表情である。

「娘の学校の問題があって、俺一人で赴任することになる。向こうでアパートでも借りてくれれば、いままで以上に一緒にいることもできると思うんだ」

恵理も箸を置いた。

「本気なの、太郎さん」

「ああ、本気だよ。女房はどうせ月に一度かそこらしか来やしないし、俺が何をしていても分かりはしないさ」

「じゃあ、毎日一緒にご飯食べたり、一緒に眠ったりできるの」

「たぶんね。仕事は忙しいだろうけど」

会社まで辞めさせて連れていくとなれば、恵理との関係は抜き差しならなくなるに決まっていた。だが、いまの野島には一連の渡辺の態度を考え合わせると、それしか方法が浮かばない。恵理を東京に置いていくなどもっての外だ。さきほどの一場くらいで渡辺が恵理を諦めきれるはずもないし、恵理にしたところで一人残されれば、野島に対する確かな気持ちも次第にぐらついてくるだろう。

これからの恵理と自分とがどうなってゆくのか、先のことなどむろん予想もつかない。しかし、いまこの時、野島はどうしても恵理を失うわけにはいかなかった。そうならないためなら、どんなことでもするしかない。渡辺も言っていたとおり、こうなれば恵理本人の気持ちなど無関係だ。とにかく力まかせに恵理をつなぎ止める以外に手がなかった。渡辺がそうであったように、後になってどれだけ悔いてみてもすべては手遅れなのだ。

何にしろ、最後はこうやって自分の心に真っ正直になることだ。その一事さえ守り通す力があれば、たとえこの先どのような状況になったとしても必ずや、切り抜けていける。そして、それは自分だけに限ったことではなく恵理にとっても同じだろう、と野島は思った。

「恵理もしばらく仙台でのんびりして、それから向こうで仕事でも探せばいい。勤め先のひとつくらい見つかるだろう」

言うと、

「えーっ、なんなのそれー」

恵理は素《す》っ頓狂《とんきょう》な声を上げ、嬉《うれ》しいのか呆《あき》れているのか分からない表情になった。

「本気で本気、太郎さん」

「ああ」

そして、野島は付け加えた。

「もしお前が厭だと言っても、首に縄つけてでも連れていくからな、俺は」

言いだした時には考えてもいなかった台詞《せりふ》が口から飛び出していた。

だが、一度口にしてみると、自分は最初からそのつもりだったような気が野島にはした。

卵の夢

1

K市立病院の平日の面会時間は午後三時から八時までだった。

坂本にとってはおよそ顔を出せない時間帯である。

バブル経済の崩壊とともにこの国を覆った不況のぶ厚い霧は、年々その陰鬱《いんうつ》さを増していくばかりで、いまだ一向に晴れる気配すらない。

坂本の勤める会社の業績もこのところ、年率五パーセントマイナスという厳しいペースで悪化の一途を辿《たど》っていた。第一線の営業課長としてジリ貧の売上を必死に底支えしている状況では、いくら実父が最末期の膵臓癌《すいぞうがん》で入院中といっても、それを理由に仕事に穴をあけるわけにはいかないのだ。

いや、普段の坂本は仕事に忙殺されて、父の武吉《ぶきち》が死の床で病院の白い天井の上にわびしく時を見送っている事実さえ、意識から消し去っていた。食事をしたり、酒を飲んでいる時、たまに浮かぶ武吉の顔も（それはやはりしみじみとした感情を胸に呼び覚まさずにはおかない）、苦しい会社の現状を考えることで埋めつぶし、それ以上のことを感じないようにつねに努力していた。

そういう時、坂本は脳裡《のうり》に広い運動場の上の二列のトラックを想い起こす。互いに寄り添っているように見えても、人それぞれの人生というのは決して交わることなく真っ直ぐに伸びる、この白い線で囲われたトラックのようなものだ。ふと横を見るといままで隣を走っていた男は消えている。しかし、だからといって目の前の自分の道がなくなるわけでもなければ、足が止まるわけでもない。どこかで不意に道が途切れるその瞬間まで、やはり自分もただ走りつづけるしかない。

所詮《しょせん》、各々の人生に他人が介入することはできない。人間は一人きりで生まれ、そして一人きりで死んでゆく――病院に父親を放っておくことの正当性を、そんな月並みな思いで坂本は無理やり確認しつづけているのだった。

一昨年末から全産業を襲った激しい雇用調整の波は、坂本の住む事務機器業界にも容赦なく襲いかかった。高齢社員を対象にした有無を言わさぬ勧奨退職、不採算部門の統廃合、そしてそれにともなう人員整理、この五年間でみても、坂本の会社「岩谷事務機」の従業員数は実に三十パーセント削減された。

日祭日もなく代理店、取引先に日参している坂本は、父の世話を半年前の入院以来もっぱら妻の由利子にまかせきりである。彼自身は月に二、三度見舞いに行くのがせいぜいだった。

坂本は一度離婚を経験していた。七年前、彼が三十六の時だ。由利子とは五年前に再婚した。彼女はまだ二十九歳、坂本とは十四の歳の開きがあった。

その日、久しぶりに病院に顔を出して、刻限の八時まで父のベッドの脇ですごし、坂本は家路についた。病院から自宅までは駅数にして二つ、三十分足らずの距離だった。病室を出てから、外来のある一階の公衆電話で自宅に電話を入れたが誰も出なかった。

由利子はまた出かけているのだろう。

駅までの七、八分の道のりをゆっくり歩きながら、坂本はつとめて由利子のことを考えぬようにした。駅前の商店街が見えてくるまで、道は街灯の小さな明かりきりで暗い。両脇は駐車場や草むらばかりで、基礎工事を終えたまま放置されている宅地が寒々と広がっている一画もあった。数年前は「都心から急行で一時間」を売りものに新興住宅地として脚光を浴びたこともある郊外地だったが、不況のあおりをまともに受け、虫食いだらけの惨状を呈している。二、三度昼間にこの道を歩いたこともあったが、人間が中途半端に手を加えてしまった土地は子供たちの去った後の砂場のように、ただ無秩序で荒廃していた。それは誰の目にも深い哀しみを感じさせないわけにいかなかった。調和を失った自然の姿は、まるで年老いて毛の抜けた野良犬がうずくまってこちらを眺めているようだ。こうした一郊外地の風景の中にさえ、これまでこの国が驀進《ばくしん》してきた経済的繁栄の浅薄さが如実に表れていると近頃の坂本は思う。

目下の不況に直面し、最初はただ遮二無二坂本は働いた。好景気に浮かれて忘れかけていたビジネス・マインドを自分一人の力で、この波を押し返してやる、と気負ったこともあった。いまこそ取り戻す好機だ、とまるで日本人の代表選手のような気概を感じたこともある。

だが、それも一、二年のうちだった。

不況が長引くにつれて、坂本の心にもじわりじわりと無力感が浸潤《しんじゅん》してきた。多品種少量生産を合言葉に、資源の有限性などお構いなしに、さまざまな製品を毎年開発してきた。便利で洒落《しゃれ》ていて安価であれば、何を作って、どれだけ売っても構わないとすべての日本人が考えていた。むろん坂本もその一人だった。まだ十分に使える製品がつぎつぎと流行遅れというだけで廃棄されていった。それが成長なのだと皆が信じて疑わなかった。

ここ十五年でオフィスオートメーション化が浸透したこの国では、OA機器導入によるオフィスのシステム化が急速に進んだ。その波に乗じて坂本の会社も事業を大幅に拡大していった。OA機器を組み込める事務用机や、社会問題化した事務職の慢性的腰痛を改善する新機軸のチェア、ペーパーレス時代と言われながら逆に増えつづける文書類を収容するロッカー、文書整理道具、そして様々に意匠を凝らし洗練されたスタイルの事務用品類、旧来設備を全部ひっぺがして、そうした新しいシステム機器を坂本たちは日本全国のオフィスに売り込んでいったのだ。

古くなったデザインの製品は、在庫化せずにどんどん廃棄していった。書類ケースやセラミック製の鋏《はさみ》、ステープラーやクリップといった小物から一台二十万円以上するOA専用ワイドデスクまで、単に旧式というだけで最終処分場にトラックで運び込み、処分した。

坂本も何度か、廃棄物処理業者の経営する千葉県の郊外の埋め立て処分場で、そうした自社製品の処分に立ち会ったことがある。十トントラック数台に積めるだけ積み込んだ真新しい製品の入ったダンボール数百箱が、幅五十メートル、全長百二十メートルの巨大な穴底に投げ捨てられ、その上を何台ものブルドーザーが往復した。

箱から飛び出したカラフルな事務用品が赤茶けた土面に散乱し、それをローラーが丹念にすりつぶしていく。

半日そこに立っていると、実に様々な製品が生きたまま殺されていく有様を目の当たりにできた。新品のカメラ、ライターや食器、インスタントラーメン、栄養ドリンク、そしてまだ十分使えるOA機器類が破壊され、土の下に埋もれていった。

坂本と同じような立場の各メーカーの担当者が強い風の吹きすさぶ穴の縁《ふち》でコートの襟を立て、製品が完全に砕け、土の下に見えなくなるまで見届けていた。お互い顔を隠すようにして言葉を交わすことも一切ない。ただ、妙に照れたような、また苦いものでも嚙《か》んだような表情で、穴の底を眺め、持ってきたカメラでその一部始終を写真におさめているのだった。

在庫として抱えてしまえば製品は資産として課税されてしまうが、廃棄することによって損失として控除の対象とできる――そんな単純な資本の論理によって新製品の山がいまだ誰の手に触れられることもなく闇から闇へと葬られていった（写真は廃棄の証明として税務署に提出されるのだ）。

思えば、あれは異常な祝祭の儀式ではなかったろうか。

馬鹿げた話だが、会社が傾きだしてはじめて、坂本はどうして日本人はこれだけ優秀な製品を生み出しながら、その一方でモノを大切にする心をここまで失い得たのだろうかと考えるようになった。自分たちにとって優れた製品というものが、長く大切に使い、愛着を込めるものでなくなってしまったのは一体いつからなのだろうか。坂本は子供時代の昭和三十年代を振り返り、鼻にツンとくるような気持ちでそう思うようになった。二年ほど前からのことだ。

無力感が、また異なった感情に変わったのはその頃からだったように思う。それは経済的困難がもたらす頽廃《たいはい》的心理にすぎないのかもしれない。だが、そうではないような気もしている。

何かが決定的に間違っていたのではないか。

死期を迎えた武吉のもとへさえ満足に通えない、そんな自分の有りようが最近の坂本を尚更《なおさら》そうした思いに落とし込んでいるのだった。

電車を降り、自宅に着いたのは九時少し前だった。十月も半ばを過ぎ、そろそろこのあたりは強い山風が吹きはじめる。今夜は特に冷え込んでいた。駅から十五分ほど歩くあいだに坂本の身体はすっかり冷えきってしまっていた。

チャイムを押したが応答はなかった。窓の明かりも灯《とも》ってはいない。

坂本は鍵《かぎ》を取り出しドアを開けた。

2

由利子はやはりいなかった。一階の台所兼用の居間でテレビを観ながら、ウィスキーを一人すすって彼女の帰りを待った。つまみは冷蔵庫から野菜と豚肉を出して、自分で炒《いた》めて味噌《みそ》をからめたものとチーズだ。

買って五年ほどになるテレビは、三ヵ月も前から映りが悪くなっているのだが、買いかえることができないでいる。ぼやけた画面の向こうではニュースをやっていた。東京証券取引所の平均株価がここに来て再び大きく落ち込んでいる。今日もトップニュースはそれのようだ。日経平均は四百円の大幅下げで、終わり値でついに一万四千円を割り込んだとアナウンサーが伝えている。

坂本はニュースを眺めながら、速いピッチでグラスを重ねていく。四杯目の水割りをこしらえ、ふと手を止め、立ち上がって電話台の前に行くと受話器を持ち上げ、リダイヤルボタンを押した。

「気象庁予報部発表の十月十九日午後九時三十分現在の気象情報をお知らせします……」

ため息をついて静かに受話器を置く。

酔いの回ってきた頭に遠藤信彦の顔がぼんやりと浮かぶ。今日も彼と連絡を取り合ってどこかで会っているのだろう。壁の掛け時計の針はもう十一時を過ぎている。

坂本が由利子に男がいると勘づいたのは半年ほど前のことだった。

ちょうど父の武吉が甲府の病院での検査で癌の疑いを受け、再検査もかねて東京に身を寄せた頃だ。武吉は末期癌と診断され、一週間ほどこの家に滞留しただけで入院した。仕事も多忙をきわめていたし、個人的にも坂本は相当なストレスを感じていた時期だったから、突然の父の死病と入院は、彼の神経をかなり傷めつけた。

しかし、そうやって疲労が重なり、負荷が限界を超えそうな時ほど、人というのは神経をとぎすませてしまうもののようだ。それまでまったく注意を払わなかった由利子の些細《ささい》な仕種《しぐさ》や行動に、不意に坂本は不審を覚えた。

それはたとえば、不自然についた由利子の靴の泥への疑問であり、ふと気づく香水の残り香への疑問であり、試みに押した電話のリダイヤルボタンがしばしば時報や天気予報のテープにつながることへの疑問であった。

そうやって由利子の挙措動作を観察しはじめると、ものの半月で疑いは確信に変わった。男の目星はすぐについた。短大時代から五年近く付き合い、結局、由利子の方が耐えかねて逃げ出した恋の相手、遠藤信彦である。由利子と坂本が一緒になるきっかけとなったのは、この遠藤との関係に倦《う》んだ彼女が職場の上司である坂本に悩みを打ち明けたことにはじまる。親身に相談に乗っているうちに、坂本は十四も年下の由利子に魅《ひ》かれていったのだった。

五年前、坂本から手切れ金をせしめ、東京を離れたはずの遠藤が再び舞い戻ってきたのかどうか、坂本はすぐに確認をとった。遠藤の知人を装って事務所に連絡すると、案の定彼は二ヵ月前にアメリカから帰国したとのことだった。

箪笥《たんす》の引出しや由利子のバッグ類を、不在の間にかたっぱしからひっくり返した。宝石箱の底に大切にしまわれた遠藤の写真展の案内状を見つけた時、坂本は二人の関係が復活したことを知った。その書面には、

――五年間、NYで由利子のことだけ考えながら撮りつづけました。

と一行添えられていた。遠藤らしいキザな台詞《せりふ》だと坂本は思った。だが、きっと由利子はその一ヵ月ほど前の写真展に足を運び、ふたたびあの出鱈目《でたらめ》な男に籠絡《ろうらく》されてしまったに違いなかった。

以来、この半年、由利子の挙動はしだいに大胆になりつつあった。今夜のように帰宅がひどく遅れることも頻繁だったし、武吉の見舞いを口実に外出が自由になってからは、昼間電話を入れても、不在の場合がほとんどだった。しかし、その分、由利子はせっせと武吉のもとに通ってくれていた。小一時間ほども側にいてそそくさと帰るのが大概なのかもしれないが、ともかくも毎日嫁が顔を出してくれることで、衰弱の著しい武吉はずいぶん由利子に感謝しているようだった。

坂本は遠藤のことで由利子に詰め寄ったりはしていない。確実な証拠を握る努力もしなかっ

らない。ただ、確信はあった。あったが、それ以上深入りすれば、由利子と黒白をつけなくてはならない。妻の不貞を許すほど新しい世代に残念ながら坂本は属してはいなかった。

由利子に不審を抱いたとき、真っ先に武吉のことが頭に浮かんだのは、すでにその時点で彼女への愛情が冷めてしまっていたからではないか、と坂本は思う。所詮《しょせん》、十四も歳の離れた女を妻に迎えたときから、ちょっと預かってみるかという気分が自分にあったようにも思う。

そうであるなら、言い訳めいた手術を一度消化したのち、死に向かって確実な助走を始めた父の残り一年足らずの命を思えば、ここで由利子に出ていかれることはどうしても避けたかった。経済的にも、由利子が抜けた穴を埋めるだけの資力は現在の坂本にはなかった。

長引く不況で、ベースアップはすでに三年間凍結され、むろん各種手当の支給も抑制されている。実質賃金は加速度的に目減りしていた。

由利子と結婚した時に無理をして購入したこの家のローンが坂本の首をかなりきつく締めつけている。それどころか、現在の会社の状況を考えれば、彼自身がいつ人員整理の対象になるかさえ予断を許さないのだった。

由利子の不貞はともかく、父の入院以上に坂本の足元を震撼《しんかん》させる出来事が半年前に同時に起こったことも、坂本を臆病《おくびょう》にし、投げやりにさせたのかもしれない。

上司である亀田高雄の突然の解雇がそれである。

亀田の解雇は、坂本の会社人生にとって最大の痛手であった。この事件（坂本にとっては間違いなく事件であった）によって坂本の会社への信頼感は完全に破砕されたといってよい。坂本ははじめて人の組織の恐ろしさを知った。そして、その瞬間、身をちぢこまらせ情けなくなるほど怯《おび》えきってしまった自身を見つけたのである。

ともかくいまの坂本は、何食わぬ顔で由利子との結婚生活をつづけ、彼女に武吉の世話をまかせることで何とか会社での自らの立場を維持しているのだった。

3

坂本は昭和三十年八月八日、山梨県甲府市で生まれた。

「いまや経済の回復による浮揚力はほぼ使い尽くされた。なるほど、貧乏な日本のこと故、世界の他の国々にくらべれば、消費や投資の潜在需要はまだ高いかも知れないが、戦後の一時期にくらべれば、その欲望の熾烈《しれつ》さは明らかに減少した。もはや〝戦後〟ではない」

翌三十一年の『経済白書』がこう結んで、流行語となったように、昭和三十年は戦後経済最良の年であった。また、自由党、民主党の合同、左右社会党の合同によるいわゆる一九五五年体制が誕生したのも、この三十年だ。経済企画庁が誕生し、日本経済の爆発的な成長が幕を開けた年であり、その後延々とつづく自民党一党支配の安定した政治構造が確立した最初の年でもあった。

活力と貧しさが同居し、その意味では国家のエネルギーが横溢《おういつ》した時代に、坂本たちの世代は生まれ育ったと言っていい。

しかし、少年期から青年期にかけて坂本たちが過ごした時代は、その数年後からの世代が育つ、とび抜けて非戦後的なものではなかったし、といってその数年前の世代が感じたような

「大いなる時代の転換」（それは妥協と堕落の産物であり階級的理想社会の実現から程遠いものとして多くの場合強い反発を生んだ）を実感させるものでもなかった。

坂本たちの世代にとっては、ただ、なんとなく豊かな生活が緩慢に成就していく、それはどちらかといえばメリハリに欠ける、退屈な時間経過にすぎなかった。

さまざまなことが新旧交代の途上にあって、何ひとつ明白に失われたものもなければ、鮮烈に確立したものもないという、どっちつかずの状態のままだった。たとえば、東京はいまだ世界都市というには幼く、日本は経済大国とまではいえず、エレクトロニクスは生活を一変するには及ばず、映像が書物を凌駕《りょうが》したわけではなく、自然が完全に損なわれたこともなく、さりとて赤痢やコレラが流行《はや》るような未開が残される余地はすでに消え、学校でイジメがはびこることはなかったが、餓鬼大将の支配する子供社会はとうに失われ、ロマンポルノに興奮するには若く、アダルトビデオが流通するにはまだ間があり、海外に行く者は少なかったが、親が出稼ぎに出て悩むような家庭はもうなかった、というように。

言ってみれば何もかもがドラマチックではない時代だった。従って、時代を表現するヒーローもヒロインも登場しなかったし、心を痛めつける事件もなければ、思わず快哉《かいさい》を叫びたくなるような痛快事も起こらなかった。

東京から特急電車で二時間という町で坂本は育ったが、かといって東京の風は平凡な田舎町を吹き抜けるほど強烈ではなかった。

父の武吉は、地元の電鉄会社に勤める実直なサラリーマンで、坂本はその一人息子だった。母親は彼が小学校三年の時に白血病で亡くなり、以来父と二人きりで高校まで地元で暮らした。

大学は東京の大して有名でない私立に進んだが、学生時代もこれといって思い出に残るような出来事はなかった。人並みに酒と女を覚え、アルバイトや遊びに四年間を費やした。目立ったこととてなかったが、強いていえば、バイト先の学習教材販売会社でセールスの真似事に手を染め、意外なほどの好成績を挙げて、その小さな販売代理店を営む苦労人の社長から、セールスマンとしての資質を高く評価されたことは特記に値するかもしれない。坂本はそのアルバイト収入だけで学費も生活費も調達したし、大学三年の時には、そこそこの部屋を借り、百万円の新車を購入することもできた。彼は大学時代に経済的独立を完全に果たしたのだ。

これはその後の坂本に小さな自負を与えた。もともと早くに母親を失ったことから同世代の誰よりも自分は自立的だと思っていたが、この学生時代、自分という人間は大きな成功は見込めなくとも、どんな状況下に置かれても独力で生活を培《つちか》っていく力を備えているという自信のようなものをさらに手にすることができたのだ。

刻苦勉励という言葉は性に合わないが、自助努力や独立独歩という言葉は昔から好きだった。人に頼らずに最後は一人で生き抜いていくことが人生の要諦《ようてい》である、という抜きがたい感覚がある。その意味で、彼は依存心の強い怠惰な人間は嫌いだった。

これは坂本家の伝統であるという思いもあった。父の武吉自体が、黙々として弱音を吐かず、淡々と勤め人の人生をまっとうした一典型だったからだ。

他のことと同様、武吉との間にもこれといった鮮烈な思い出はなかった。中学に上がるまでは、武吉の母、つまりは坂本の祖母が同居して家事を引き受けたから、武吉は妻を亡くした後も、以前と変わらず仕事中心の日常を保ちつづけた。中学一年の春に祖母は死んだが、その頃には自分一人の始末をつけるほどの才覚は坂本の身についていた。武吉も休みの日には家事をまかなってくれたので、比較的おだやかに父子二人の暮らしは流れていったのだった。

坂本もかなり無口な方だったが、武吉はそれ以上に寡黙な人だった。これといった趣味もなく、酒と川釣りがたまの楽しみで、父との思い出となれば、年に数度一緒に出かけた日帰りの釣り旅行が唯一のものであった。

朝早く、まだ夜が明けそめぬ時刻に家を出て、始発の電車で郊外の渓谷に足を運ぶ。お下がりの竿《さお》を抱え、弁当の入った大きなリュックを背負った父親の後を黙ってついて歩く。陽が山間《あい》を燦々《さんさん》と照らす頃には、清流の岸辺に辿《たど》りつき、そこで日がな一日父と並んで釣り糸を垂らすのだった。

そんな時、父とどんな話をしたのか今となってはちっとも思い出せない。きっと、強く記憶に残るようなやりとりはなかったに違いない。

4

翌朝、目をさましてみると妙に頭が重かった。昨夜、飲みすぎたのがたたったようだ。由利子は十二時過ぎに酔った風情で帰ってくると、短大時代の友人で坂本も面識のある山本ゆかりと飲んでいたのだと素っ気なく言って、さっさとシャワーを浴び、そのまま二階の寝室に上がっていってしまった。一人残されて、坂本はずいぶん遅くまで水割りのグラスを傾けていた。どうやら深酒が習慣になってしまったようだ。といって、昔のように外で飲み歩くゆとりはないから、接待でもないかぎり昨晩のように家に帰ってウィスキーということになる。

単純に年齢のせいなのか、この不況で仕事の張りを失ったことが一番の要因なのか、四十の声を聞いた三年ほど前から、坂本は総じてなにごとにも淡白になった。まず、これまで自慢だった酒にめっぽう弱くなった。酒だけでなく、マージャンや一時熱中したゴルフの方も妙に冷めて面白みを感じなくなった。性欲も三十代の頃のたぎるようなものはもうない。十代の前半から抱え込む性欲を、男は延々と持て余しながら歳を重ねていく。三十代までは、まだこれほどの衝動があって一体どうなるのだろうかと半ば不安になることも再々だったが、それが不意に薄れてしまった。最近は「不惑」とはこういう意味だったのかと腑《ふ》に落ちたような気にすらなってきているから、どうもこの傾向は一時的なものでもないらしい。たまにそういう自分が色あせて見え、情けなくなることもあるが、どちらかといえば諦《あきら》めに似た気持ちが次第に強くなってきている。

ただ、そうはいってもどうにも抑えがたい欲求はあった。しかし、この半年、坂本は由利子を一度も抱いていない。むろん寝室はいまだに一緒だから、その気になればできないわけでもなかろうが、実際には手が出なかった。遠藤の顔がチラつくことも理由ではあるが、内心は妻の不貞をそれで決定的に確認する事態になることを畏《おそ》れているのかもしれない。てひどい拒絶にでもあえば坂本も自制はできないだろう。しかしそれにしても、そうしたいわば頭の中だけの理屈で現実に我慢できてしまうのは我ながら不思議だった。

もっともその我慢のために酒を使っているところはある。酒は、過ごせば一時的に性的興奮を鎮めてくれる。坂本の場合は若い頃からそうだった。その点で、彼にとって酒は週に一度や二度は起こるやみがたい生理をねじ伏せる不可欠の手段でもあった。深酒の習慣を断つことは現在の坂本には無理な相談なのである。

ベッドから身を起こし、しくしく痛むこめかみを押さえながら坂本は階下に下りていった。隣のベッドは空だった。ベッドカバーがきれいに掛かって最初から誰もいなかったような気がしたが、たしかに昨夜そのベッドで由利子は眠っていた。階段を下りきった時、やけに静まり返った家の底にふと冷たいものを感じた。厭《いや》な予感めいたものを覚え、坂本は居間のドアをあけた。由利子の姿はない。壁の掛け時計を見ると、午前七時を五分ほど回っていた。こんな時間に明かりもつけず、朝食の支度をした形跡もなく由利子がいないのは尋常ではない。

――出ていったのか……。

直観的にそう思った。ダイニングテーブルへ目を移した瞬間、何もない茶色のテーブルの上に一枚の白い紙が置かれているのに気づいた。坂本はまだぼんやりした頭でその紙を取り上げた。

「長いあいだお世話になりました。もう帰りません。詳しいことは後日、手紙に書くつもりです。どうか許してください。さようなら――由利子」

読まなくとも分かる文面だった。

いつかはこうなるような気がしていたさ、最初に思いついたのはそんな台詞《せりふ》だった。本当に予想していたかどうかは分からないが、少なくとも静かにそう考えた。自分が気づいていた以上、由利子だって気づかれていることに気づいていたに違いない。なるほどそれは当たり前のことだ。

──またか。

という気もした。前の女房が出ていった時もこうやって突然に、残された書き置きを見つけたのだった。

不意に寒けを感じて、坂本は一枚紙をテーブルに戻し、ガスヒーターのスイッチを入れた。足元に熱風が吹きつけて、そのとたんに全身から力が抜け、絨毯《じゆうたん》の上に座り込んだ。膝頭《ひざがしら》から胸元にまで温かさが広がってきた。

自分でコーヒーを淹《い》れトーストを一枚焼いて食べると、坂本はいつも通り時間に追われ、せわしなく家を出た。ドアを閉めて通りに出た瞬間、鍵《かぎ》をかけ忘れたことに気づいてドアまで引き返した。錠の下りる音を耳にして、由利子が出ていったことを初めて実感したような気がした。

駅まで歩く道々、そして電車の中で、今朝起こった事態について考えた。といっても満員電車で絶えず押し押されするし、注意していないと乗り過ごしかねないから、それほど集中できたわけではなかった。しかし電車を降り、歩いているあいだには冷たい空気にふれて酒気が抜けたせいもあって、ややじっくりと思いをめぐらすことはできた。

九分九厘、由利子は遠藤のもとに奔《はし》ったに相違ない。昨夜、坂本はこれといっていつもと異なる態度をみせたわけではないから、由利子は帰宅した時点で覚悟を固めていたのだろう。きっと遠藤と相談ずくの行動だ。

いまは彼女も興奮状態だ。そんなときに何かこちらから反応をしてみても状況の好転はのぞめない。そもそも、家を出ていってしまった以上、今後由利子とどうすべきか坂本にもこれといった結論はない。いずれそのままにしていった荷物のことや、彼女の実家への手当てなどで連絡がある。結婚した男女が別れるには、衝動だけでは片づかないしがらみが幾重にもあることを坂本は経験ずみだった。まあ、いまはそれほど浮足立たないことだ、と彼は会社の門をくぐるまでに考えをまとめていた。

5

神田《かんだ》の大きな文具屋に顔を出した帰り、坂本はそういえば、と、この近所に亀田が再就職した小さな卸問屋があることを思い出した。

亀田とは、半年前に別れて以来、二度手紙のやりとりをしただけだった。退職直後に挨拶《あいさつ》状を受け取って返事を書いた一度と、それから二ヵ月ほどして、こんどは新しい勤め先を記した葉書を貰《もら》い、すこし長い返信を出した一度である。長い手紙を出したあとは返事を待ったが、何の音沙汰《おとさた》もなかった。それだけ自分を裏切った会社への恨みは根深いのだろうと坂本は思った。たとえ子飼いの部下だった男とはいえ、いまは敵陣の一兵として遠ざけたいのにちがいない――坂本はそう亀田の気持ちを忖度《そんたく》して、なお一層むなしい気分になった。

亀田は、入社して坂本が営業部に配属された最初からの上司だった。その頃は会社の規模も小さく、営業部門は地方の営業拠点を入れても百人足らず、工場を含めた会社全体の従業員数もせいぜい三百人程度だった。岩谷事務機はもともと名古屋に本社を置く小さな文具メーカーとして昭和四十年に設立され、坂本が入社する五年前に東京に本社を移したばかりの後発企業だった。それが大きな躍進のきっかけを摑《つか》んだのは、昭和四十七年、当時としては二億円という莫大《ばくだい》なデザイン使用料を払って、アメリカの人気漫画「フラッターズ」の主人公であるチャーリー・キッドとその愛犬グーニーのキャラクター文具を国内で独占的に生産、販売したことによる。チャーリーやグーニーの絵をあしらったノート、鉛筆、消しゴム、定規、筆箱は爆発的な売れ行きを記録し、岩谷事務機の経営規模は急拡大した。それに伴って業容も広がり、坂本が学卒定期採用三期生として入社した年には、大型事務機の生産、各企業で事務能率促進のためにその頃から導入されはじめたシステムオフィスの総合的な設計施工業務などがすでに始まっていた。

といってもたかだか従業員三百人規模の中小企業が、大学卒の定期採用に熱心になれたのは当時の深刻な日本経済の不況があった。とくに坂本が大学を卒業した昭和五十三年は、四十八年の石油ショックによる世界同時不況がピークを迎えた年で、企業は過剰設備、過剰在庫にあえぎ、繊維、造船といったいわゆる構造不況業種と、自動車、電機といった輸出産業との地位逆転が決定的になった年でもあった。そうした産業構造の転換期であったため、坂本たち新卒学生は徹底的な就職難にさらされた。なにしろ、企業倒産が戦後最高を記録した年だった。

坂本のような無名私大出身者は、岩谷事務機程度の中小企業に拾われるしかなかったのである。

しかし、岩谷事務機は成長まっさかりの活気のある会社だった。もともとセールスが性に合っていた坂本は学卒幹部候補として期待され、希望の営業第一線に配属になると入社早々から思う存分に力を出すことができた。その営業マンとしての彼を手取り足取り指導し、営業センスを磨いてくれたのが上司の亀田高雄だった。亀田は坂本より十歳年長の当時係長だったが、営業部のトップセールスとして一目おかれる存在だった。とくに、彼が発案したジーンズ生地を表紙に使ったノートは、おりからのジーンズブームに乗って岩谷のヒット商品となり、単なるセールスマンにとどまらぬ彼の発想、顧客からのフィードバック能力は経営陣（といってもワンマンの岩谷松太郎現会長のことだが）に高く評価されていた。その亀田に坂本はとりわけ可愛がられた。亀田が順調に出世の階段をのぼることで、坂本も彼の下で陽のあたるポストを与えられていったのだった。

亀田は第一営業部長として、取締役目前であった。それが一週間の関西出張を終え、会社に戻ってきた半年前のある日、突然会長室に呼ばれ解雇を通告された。理由はいまもって判然としない。ただ、六月の役員改選期を前に岩谷会長の代表権外しを画策する動きが会長の長男である岩谷富雄社長を中心に進められ、その謀議の一員に亀田も加わっていたのではないか――という噂が、亀田退職からしばらくして社内に流れた。

亀田がほとんど抵抗することなく辞職を受け入れたことも、その説を裏書きするように思われたが、本当のところは誰にも分からないままだった。

坂本はその説には与《くみ》しない。

亀田は社長派というよりは明確に会長派であった。大手商社から呼び戻され、五年前に就任した現社長は、海外勤務の長かったエリート臭の強い人物で、苦労人の亀田とはソリが合わなかった。一代でいまを築き上げた松太郎会長が亀田を誰よりも買っていたことはたしかだ。むしろ、拡大一辺倒の創業経営者ゆえに不況下での経営になんら指針を見いだせない老会長は、息子から厳しく引退を迫られ、それを免除される条件として営業の事実上の責任者であった亀田の首を差し出さざるを得なかったのではないか。内心、坂本はそう推量していた。

幹部職員の整理に手をつけはじめていた社長とすれば、実績もあり人望も厚かった亀田を辞めさせることは、社内に深刻な現状を告知徹底させる最も手っ取り早い手段だったに違いないし、その後、幹部たちの首切りをスムーズに進めるための恰好《かっこう》の説得材料にもなる。亀田が社長派ゆえに放逐された、という情報はむしろ、人事権者としての憎まれ役は今後すべて会長に被《かぶ》ってもらいますよ、という現社長の意志の表れだという気が坂本にはする。

これまで営々と会社のために実績を積み上げてきた人間の首を簡単に切る二世社長にも、また、腹心の部下を保身のために守りきれなかった松太郎会長にも、坂本は幻滅以外の何物も感じなかった。同時に亀田の右腕と社内でも周知の自分の足元にもひたひたと人員整理の波が打ち寄せていることを彼は実感している。

神田方面に出向く時には必ず立ち寄る岩波ホールの裏手の古いビルのカレー屋で遅い昼食をとった。ここのあさりカレーは坂本の好物である。カレーとは別に焼いた大きなジャガイモが一つついてくる。大辛のカレーをかきこんだ後ゆっくり頰張るジャガイモの甘くまろやかな舌ざわりが、何ともいえず好きだった。

しかし店に入り、席についてプレートのメニューを眺めたとき、妙な感慨を覚えた。つい二週間ほど前まで千五百円したあさりカレーが千二百円に値下げされていたのだ。メニューの紙も真新しい。しかもコーヒーがサービスになっている。

最近、どこに行っても物の値段が下がってきていた。人の溢《あふ》れるこの界隈《かいわい》でさえそうなのか、と坂本はため息になる。成長時代に生きた彼にとって物価が下がるという経験は生まれてはじめてである。たまに顔を出すと店の品書きが新しくなり、諸々《もろもろ》値上がりで腹を立てることがあったが、いまになってみれば、それは成長して古い服の寸法が合わなくなったようなもので癪《しやく》の種でもあったが、何かしら晴れがましさもあったような気がする。逆にこうやって諸色《しよしき》値下がりしてくると、嬉《うれ》しいというより不気味な感の方が先に立つ。

この国の経済がボロボロと崩れはじめている、その哀しい崩壊音を直に耳にしているような怖さが胸に迫ってくる。

空腹を癒《いや》し、薄いコーヒーをすすると、ようやく由利子のことを考えた。いま時分どこで何をしているのか。遠藤信彦の部屋で二人で食事でもしているのかもしれない。自分がこうやって彼女のことを考えているように彼女も自分のことを思い出しているのか。そう想像すると決してそんなことはないという気がした。たとえそれがどんなに衝動的なものであったとしても、行動こそは人の心の行方を決定づける力を持っている。大体が進路というものはそうやって行動に引きずられて出来上がってくるものだ。女性の場合それが顕著だという気もする。ことに由利子のような女は、一度家を出たらもう二度と戻ってこない、それが坂本には何となく分かる。

コーヒーを飲み干し、立ち上がった。亀田の勤め先に寄ってみる気になっていた。

6

手帳で住所を確かめると亀田の勤め先は淡路町《あわじちょう》になっていた。柏《かしわ》商事㈱と書きとめてある。葉書には文具の卸問屋と書いてあったが岩谷事務機とは取り引きのない会社だった。いくつかのツテを介して見つけた再就職先なのだろうと坂本は思った。亀田ほどのやり手ならばこの不況下でも拾ってくれる競合メーカーは幾らでもあるはずだ。彼の摑んでいた問屋ルートは、岩谷にとって太い幹のようなものだった。亀田なら全部とはいかなくとも三割や四割は引っくり返すことができたにちがいない。そうではなく、まったく岩谷と縁のない無名の問屋に勤め口を見つけるところが、万事筋目を大切にする亀田らしいと葉書を見て坂本は思ったものだ。

神保町《じんぼうちょう》の交差点から十五分ほど歩くと、淡路町の入り組んだ路地の突き当たり、狭い問屋街の一角に柏商事の小さな看板が見つかった。

バブル景気の時代に日本橋の外れの土地に新築した岩谷事務機の本社も、他の有名企業に較べればこぢんまりと地味なものに過ぎなかったが、それでもいま坂本が目の前にしている古いしもた屋とでは雲泥の差があった。普通の二階建て家屋で、会社だと知れるのは一階のすり硝子《ガラス》の嵌《は》まった引き戸に「柏商事」とかすれた筆文字が躍っているのと、二階脇の電柱に看板が掛かっているからだった。

坂本は何度も周囲を見回し、たしかにここにしか「柏商事」がないことを確認して、思い切って引き戸を引いた。

一階は倉庫だった。文具類の詰まったらしいダンボールがびっしりと積んであり、ひんやりと静まり返っている。箱の山の間に人ひとりやっと通れるほどの細い隙間があって、その奥が意外に深く、小さな明かりが見えた。きっと裏方に搬入搬出口があるのだろう。それにしても人気《ひとけ》はまったくなかった。

右にガタのきた木製階段がある。「お客様はお二階へどうぞ」とこれも古びて文字のかすれた木札が階段の柱に打ちつけてあった。その急な階段を坂本は恐る恐る上がっていった。踏むたびに足板がぎいぎいと軋《きし》んだ。大地震でもきたらおそらくひとたまりもないだろう。

二階に上がると、急に明るくなった。踊り場の窓にもサッシがはまり、どうやら改築で新しくしてあるようだ。これも真新しいスチール製の茶色のドアがあって「営業部」と白いプラスチックプレートが貼ってある。

二度ノックすると、ドアの向こうで「どうぞ」という声が聞こえた。亀田らしい野太い声のようにも思える。坂本は一つ息を吸って勢いよくドアをあけた。

二十畳ほどの事務所には旧式のスチール机が入口に向かってコの字形に口を開いて五つばかり並んでいた。一番奥に亀田が座っていた。あとは女性が一人帳簿らしきものを開いているだけで誰もいない。入ってすぐに応接セットが一組。壁は両側とも書類の詰まったロッカーで埋まり、亀田の机の背後に大きく頑丈そうな黒い金属製の箪笥《たんす》のようなものがある。左端のカーテンが引かれている先がたぶん台所で、右端の戸のはまっているのが便所なのだろう。床はフローリングになってはいたが昔の小学校の職員室を思わせるような古い造りにかわりはなかった。

亀田は顔を上げ、坂本を認めると口をあけ驚いたような顔になった。「おい」と声が出て坂本が会釈すると、声は向かいの事務員の女性に掛かったもので、彼女も帳簿から目を離しこちらに身体を向けた。その彼女を見て坂本の方がこんどはあっと口をあけた。何度も亀田の自宅に出向き顔馴染《なじ》みになっていた亀田夫人だったのだ。「あら、坂本さん」と亀田夫人も大きな声を上げた。

「お久しぶりです」

坂本はもう一度頭を下げる。二十年近く仕えた上司の前に出て知らず知らず背骨に筋が通ったような軽い緊張感を取り戻していた。

亀田夫妻と応接セットで向かい合って二時間ほど話をして、坂本は「柏商事」を後にした。外に出たときはすでに四時を過ぎていた。四時半に社に来客があることを思い出し、慌てて地下鉄の入口に向かった。

地下鉄に乗って吊《つ》り革に摑《つか》まり、窓の向こうに流れ去る灰色の壁とぼんやり映る自分の顔を眺めているうちに、坂本はやりきれないような気分に陥った。

亀田のさきほどの話が甦《よみがえ》ってくる。

「柏商事」は亀田が懇意にしていた大きな問屋の主人が亀田のために用意してくれた会社だった。数年前から休眠状態だった古い店を買い取り、改装し、仕事一切をまかせる形で主人が亀田に半ば譲ってくれたに等しいのだという。

「前々から、そんな話はしていたんだが、ようやくこっちの身体もあいたものだから、わがままを言わせてもらった。もともと儲《もう》けなんか考えない会社だからね、こっちも気楽にやっていている。それでも、もう少し手を広げようとは思って、こうやって机だけはあと三つばかり用意しているわけさ。いまはこの通り、女房と二人きりだけどね」

亀田はこの半年ですっかり人が変わってしまったのではないか、と思われるほど話し振りも物腰も柔らかになっていた。その分、老け込んだ印象もなくはなかったが、いたって元気そうな顔色をしていた。

坂本が水を向けても古巣のことなどまったく興味を示さない。すっかり過去は水に流してしまったようで、何のこだわりも表情から滲《にじ》んでくることはなかった。

「一階の倉庫の品物見たかい」

坂本が頷《うなず》くと、

「あれねえ、ほとんどが中古品だよ」

「えっ」

そう言われて坂本はびっくりした。

説明を聞いて、倉庫に人気がなかった理由がようやく分かった。亀田は文具類の中古品に限って東南アジア相手の商売をはじめているのだった。

「もう、この国の商売にはうんざりしていたんだ」

亀田は吐息まじりに言った。

「毎年、毎年新しい商品を開発し、去年の品は処分していく。贅沢《ぜいたく》で意匠ばかり凝って基本的な機能なんて一歩も進歩してるわけじゃない。それをなんだかんだと理由をつけて売り込む。子供たちは、消しゴムでも鉛筆でもノートでも使い切るなんてことはまったくない。気にいらなければごみ箱にポイとすてる。コンパスも定規も、鞄《かばん》も机も何もかもだ。君には言わなかったが、ぼくはそういうこの国の子供たちに正直なところうんざりしていたんだ。戦後すぐの紙も鉛筆もない時代に育った自分が、これだけ無駄を美徳と感ずる世の中に加担してしまったことがやり切れなかったよ。ほんとうのところね。学校や文具屋を毎日回りながら、この国はもう駄目だと痛感していた。文具屋に就職したのも、もとはといえば、ノートや鉛筆が小さい時分、きらきら輝いて見えたからだからね。そういったものを使って勉強したくてもできなかった世代としては、思う存分、子供たちの世代には、そういったものを使って勉強して欲しかった。しかし、その結果がこれだ。あんまりだと我ながらいつも思っていたよ」

ぼくたちの子供の頃は、運動会の景品は決まって鉛筆とノートだった。それが欲しくって一生懸命一等になろうと走ったものさ。校長先生からもらったノートや鉛筆はまるで宝物でね、机に置いてそれこそ飽かず眺めたりしたもんだ。それがどうだ、いまの子供たちは……。亀田の真剣すぎる眼差《まなざ》しに坂本は黙って俯《うつむ》いていた。

「世の中なんていつもそうだがね、本当に大切に使ってくれる人間たちには物は届かず、要らない連中の目の前に堆《うずたか》く積み上がる。文具は、ぼくには他のどんな商品よりも価値のある、未来をつむぐ商品だという信念があった。君は知らないだろうが、ぼくが育った新潟の片田舎の漁村は、それは貧しくてね、紙も鉛筆も持ってない子供たちが沢山いた。それでみんな石盤で授業を受けてたんだ。石盤が傷むと困るから、そういう子供たちは学校が終わると浜に出て、砂に文字や数式を書いて勉強していたよ。そんな時代がこの国にもあったことを、いまの人間は忘れすぎてしまった」

まだまだ十分に使える中古品を亀田は全国から集め、廉価で中国内陸部や東南アジアの貧しい子供たちの元へ送り届けるという今の仕事に満足しているようだった。

「日本人はさ、本当は金儲けのためだけで商売していたわけじゃなかったとぼくは思っている。安っぽくいえば、商売の向こうに幸福の実現がなければ、ぼくたちの仕事はただの労働でしかないからね。ただ、ぼくは自分の仕事に最近その確信が持てなくなっていた。会社を辞めたことも、その意味では、まんざら捨てたものではないと思っているよ」

そして最後に、

「人間、ただ一生懸命働けばそれでいいってものでもないだろう」

亀田はそう呟《つぶや》いた。

7

地下鉄の出口から地上に出ると、雨だった。腕時計の針はちょうど四時半を指している。坂本は小走りで会社に戻った。

結局相談しようと思っていた由利子のことは切り出さずじまいで、亀田夫妻の話を聞くだけだった。しかも別れ際、また来てくれの一言も亀田の口からは洩《も》れてこなかった。

来客を帰して、坂本は自分の席でしばらく物思いにふけった。

夫人が無言の亀田の隣で言い添えた、「お父様を大事になさってくださいね」という言葉が頭の中で繰り返し響いていた。

子供のいない夫婦とばかり思っていた亀田夫妻がそうではなかったことを、坂本はさきほどの訪問ではじめて知らされた。

「最近は月に二回は息子のところにも通えるようになったし、本当にホッと一息ついた生活がおかげさまでできるようになったんですよ」

夫人は亀田の横顔を見ながら言った。

夫妻には二十歳になる一人息子がいるのだという。出産時の医療ミスで酸素が決定的に不足して生まれたその子は、重度の脳性麻痺《まひ》を背負ってしまった。小学校に上がる年齢からずっと岩手県にある障害者コロニーに入所して、そこで生活しているとのことだった。亀田が勤めていた頃は、夫人はたまに岩手に足を運んでいたが、亀田の方は仕事の多忙さにかまけて年に数度、たとえば誕生日や夏休み、正月程度しか訪問することもなかったという。それが、退職してからは二週に一度の割で夫婦二人、新幹線で岩手まで通っている。

「宿泊施設もあってね、必ず一泊するようにしているんだが、最初は戸惑っていた息子もようやく慣れてきてね。晴れた日などは牧場も敷地内にあるもんだから、三人で一日芝生でのんびりしたりね。それまでは見たこともなかった空の色や風景が目にしみてくるみたいだよ」

亀田はちょっと照れたような顔で言った。

その施設は「東北の政商」と呼ばれ、政界に闇献金をバラ撒《ま》きつづけて悪名轟々《ごうごう》たる中で先年死亡した実業家が商売度外視で作り上げたものだそうだ。

「彼の息子にも重い障害の子供さんがいて、その子は早くに亡くなったんだが、それで金に糸目をつけずにそこを作ったらしいんだ。人間っていうのは分からないもんだよ、まったく」

どれも初めて聞く話だった。亀田とは特別に懇意にしていたつもりだったが、自分が何も知らなかったことを坂本は痛感した。

「日本人は壊れた物、古くなった物、ちょっとでも傷のある物にほんとうに冷たいけれど、それは人間に対してもおんなじだ。寝たきり老人や障害者はまるでこの世に存在しないような顔でみんな生きている。そして、ぼくもこれまではそういう人間の一人だった。大変な息子を自分自身が抱えていながら、情けない話だ」

そういう言葉を口にする亀田の顔は、これまでどんな時にも目にしたことがなかった。正直なところ坂本には違和感の方が強かった。

――しかし……。

坂本は早々に引きあげはじめている若い部下たちの背中を見送りながら不思議な感情が胸を満たしていくのを覚えている。人員整理が恒常的になり、社員一人ひとりの会社への忠誠心はすっかり廃《すた》れてしまっている。「お疲れさま」と上司の坂本に挨拶《あいさつ》する者もろくにいない。昔は、先に帰るとなれば上司に言い訳をならべ「申し訳ありませんが、お先に失礼します」と頭のひとつも下げたものだ。そんな当たり前の光景が消えてしまった。どこの企業でもいまはそうらしい。不況になれば、なお一層の努力こそが求められるべきだろうが、経済の停滞は人を勤勉にするのではなく、むしろ怠惰にしていく。「貧すれば鈍する」とはなるほどこんなものか、と坂本は思う。

だが、そうした若い社員の生き方を咎《とが》め立てできるだけの器量が現在の岩谷事務機という会社にはない。

末期癌の父親を放っておくような仕事ぶりが何の正当性ももはや持ち合わせていないことは坂本にしても自明のことであった。だからこそ、今日亀田夫妻と会ったことで何か胸を刺すような痛みを自分はこうして感じているのだ、という気がした。

誰もいなくなった営業部の部屋で、坂本はしばらく何もせずにじっと座っていた。壁の時計の針は六時半を指している。すっかり日は短くなり、窓の外は真っ暗である。上着を取った白いワイシャツ姿が暗い窓にぽつんと浮かんでいた。さきほど地下鉄の窓に映っていた顔を眺めたときは感じなかったが、こうやってがらんとした部屋に一人きりの自分を見つめていると、改めて、誰からも見放され、置き去りにされてしまったような寂寥《せきりょう》感がこみ上げてくる。

次々と引きあげていった部下たちにはとりあえず帰るべき場所がある。しかし、今夜からの俺にはそれすらもない。これは痛切な事実だ、と思う。そうやって思ってみると、由利子に対して自分はいままで余りに無関心、無頓着《むとんちゃく》すぎたという気持ちが迫ってきた。ボタンを押せば灯《とも》る電気のように、いつでもそれは決まりきって自分の側にあるものと思ってきた。その存在を感知したい時、ちょっとスイッチを作動させればいいのだと思ってきた。

常態という言葉があるが、結婚してからの彼女は坂本にとっては、蛇口をひねれば必ず出る水、駅を降りて十五分も歩けば必ず到達できる家、夏の次には必ず訪れる秋、といった事々同様に、ほとんど意識することなしにそこにある、まさに常態の一部ではなかったか。その証拠に、こうやって思い出してみれば、五年という結構な歳月を共にしたというのに、彼女のことで鮮やかに思い出すことなど何ひとつないような気がする。大きな病気も事故もなかったし、派手な喧嘩《けんか》をやらかしたこともない。上司と部下との関係に過ぎなかった時代から、坂本は仕事のできる男として彼女に認知され、また頼られもしていたから、結婚した後もずっとそれで通用していると勝手に納得していた。しかし、こうして出ていかれてみると、それはとんでもない勘違いだったような気持ちになる。これまで由利子のことを何も見てやらなかったような気持ちになる。歳も違いすぎているし、それはそれで仕方のないことと、諦《あきら》めを装って独り合点していただけではないのか。

そろそろ子供でも作ろうか、と考えていた矢先に武吉が入院し、そして由利子の不貞が目に入った。子供といっても、由利子の年齢、それに坂本の定年を勘案して、機械的にそういう心算になっただけのことで、実際には一度もそんな話を由利子としたわけでもなかった。

ちょっと預かっているような気分、その感じが抜けないと思いながらの五年間だったが、考えてみれば預かっているなどというのは人間一人と対峙《たいじ》する上で、何といい加減、不遜《ふそん》な態度だろう。荷物でも預かるように、犬や猫でも預かるように自分は由利子を家の中に閉じ込めていただけではないのか。仕事が切羽詰まった、会社が傾く瀬戸際だ、などと空騒ぎしながら結局、最初の妻と別れた後の気楽さを捨てがたく、単に我を張って、若い由利子に我慢を強いてきただけのような気もする。

昼間亀田が照れたように述懐していた「ぼくもこれまではそういう人間の一人だった。大変な息子を自分自身が抱えていながら、情けない話だ」という台詞《せりふ》が、胸に再び響いてきた。

つぎつぎと湧いてくる嫌な思いに辟易《へきえき》して、坂本は思考を中断した。机の引出しから営業日誌を取り出し、久し振りに書きつけることにする。頁をめくると二週間ほど前からずっと空白になっていた。最後に記した日付の欄を見ることなしに見てみる。ひーふーみーよー……、その日一日に歩いた問屋、得意先を数え上げると実に二十軒に達していた。一頁丸々が様々な会社の名前だけで埋めつくされているのだった。

8：45東京事務販売　9：25日栄産業　9：50小宮㈱　10：10新日本事務機　10：45京葉食品　11：10内山田商会　11：50新興電気　12：15㈱コーキ　12：35前田運輸　13：05有村事務用品　13：25文法堂　14：15神田緑屋……

これだけ熱心に外回りをするのは駆け出しの頃以来である。しかし、いくら歩いてみても数字は出ない。それどころか仕入れ量を従前通り確保するだけで精一杯というのが現状だった。この日も日栄さん、コーキさんでは仕入れの二割から三割減を持ち出され、それをくい止めるのに必死の説得をした記憶がある。売上が落ちているにもかかわらず今年に入ってからでも卸値の十二パーセントほどを販促費として問屋に還流させている。昨年が五パーだったのだから、すでに利益はほとんど出ていないといっていい。いまや従業員を養うだけで会社は四苦八苦の状況なのだ。

とにかく売れない。これは、と思う新製品がまったく当たらない。当たらないどころか返品の山となる。売れない営業ほど辛《つら》いばかりで骨身にこたえるものはない。さすがの坂本も二週間前のこの日を境に嫌気がさしたのである。いままで一度も欠かしたことのなかった営業日誌をつけなくなったのがその証左だ。そのこと自体すっかり忘れてしまっていたが、いまこうやって日付だけ入った白いページを繰っていくと、何か精も根もつきはてて倒れ伏した自らの姿がその紙の上に炙《あぶ》り出されてくるようだった。

坂本は、それでも思い直してペンを執った。とりあえず今日一日の仕事だけでも記録しておこう。俺がこんな風では下の連中が意気沮喪《そそう》するのも無理はない、と気を引き締めてみる。と、そのときだった。不意に部屋の明かりが消えた。

坂本は驚いて部屋の入口の方に目をやった。すると窓の外からの灯《ひ》にぼうっと浮かび上がる人影があった。

「これは失礼しました。まだ課長さんいらっしゃったんですか」

と影が恐縮したように頭を下げた。警備員の川口さんだった。

「いや、もう引きあげようと思ってたところです」

「すいませんねぇ、いま七時を回ったもんですから。よろしくお願いします」

「分かりました、ちょっと机の上かたづけますから、もう一度点《つ》けてください」

坂本はそう言いながら無性に気持ちがささくれ立ってくるのを抑えられない。ぱっと明かりが灯った。

「すいませんねぇ、課長さん」

白髪頭の川口が慇懃《いんぎん》な様子でドアの前に立っていた。坂本が部屋を出るまで待っているつもりらしい。夏休み明けの九月から、社では七時になるとこのビルすべての明かりを落としてしまうことになった。社員に残業をさせぬための措置である。労働基準法の関係で極端な残業手当のカットが難しい以上、止むを得ない仕儀ではあったが、その一方でこの措置には、与えられた以上の仕事をすることはむしろ他の社員の雇用を奪うことになる、というメッセージも込められていた。実際、社長は先月の創業記念日の訓示で、そのようなことを全社員に対して喋《しゃべ》りもした。

しかし、坂本のような古参社員にとってみれば、外回りから戻って一時間もせぬうちに部屋の電気を消され、強制的に退去させられるというのは心理的に耐えられぬものがあった。そんなことで、体を張った営業がやれるものか、とつい激しい思いに駆られる。すでに二ヵ月近くが経過し、しかしこうやって明かりが消えるたびに坂本は驚き、また腹を立ててしまうのだった。

川口さんに追い立てられるようにして坂本は会社を出た。

——あの営業日誌はもう二度と記入されることもないだろうさ。

小雨のぱらつく地下鉄の駅までの道を歩きながら、吐き捨てるように心の中でそう呟《つぶや》いていた。

8

地下鉄の車内は相変わらず大変な混みようだった。金曜日の夜だというのに誰もが黙々と家路についている。数年前の「花金」「花木」なる言葉がいまは嘘のようだ。この東京でもたとえば銀座界隈《かいわい》のバーやスナックの倒産件数は、年を追うごとに急増しているという。一丁目あたりのクラブですら居抜きで一千万程度が目下の相場というから、その惨状は目を覆うばかりといっていいだろう。とにかくどこを歩いても人の姿が少ない。土地一升金一升といわれた土地神話も今昔の感である。

地価が暴落したのは一昨年のことだった。関西の大震災を契機として消費税が大幅に引き上げられ、国民総背番号制度が導入されたのが三年前、またその年には都市銀行の経営破綻《はたん》救済を目的に大規模な公的資金導入が実施され、金融機関の連鎖倒産防止の予算措置が恒常化した。同時に政府は地価税廃止という強権を発動、実質的な地価上昇策に転じたが、しかしそれも焼け石に水だった。現在の土地の実勢価格は全国的に昭和五十年代初頭の水準にまで下落していると言われる。住宅取得者に対する税制面の優遇措置や、累算で百兆円にも達する公共投資など、半ば常識を逸脱した景気浮揚策がとられているが、それでも失業率は一向に下がらず、土地需要も景気もまったく上向いてはこない。

昨年暮れには、南米進出の失敗で巨額の債務を抱えていた大手メーカーN自動車の事実上の倒産が世間を震撼《しんかん》させた。中国、東南アジア諸国の需要増による原油価格の値上がりと円安によって、日本が誇ってきた貿易黒字がまたたくまに消し飛んだのもやはり去年のことだ。今年の貿易統計では、赤字国転落が必至の情勢だと今朝の新聞は報じていた。

電車に揺られながら、坂本はこれからどこに行こうかと思案していた。

帰っても誰もいない家はただ侘《わび》しいだけである。かといってどこか馴染《なじ》みの店に顔を出すという気分でもない。最近は他人のいる店で遅くまで飲み明かすといったことができなくなった。酔いにまかせて馬鹿をやらかすほどの気力も体力も底をついてしまったような気がする。翌朝ひどく疲れてさらに生気を失うだけのことだった。

考えてみれば、人間なんて連れ合いの待つ寝ぐら以外に帰るべき場所はないのだ、と坂本はしみじみと感じた。一体いまの自分のように行くあてのない者が何人いるのだろうか、とぎゅうぎゅうの車内で思ってみる。そうやってそれぞれの顔を眺めてみると、そんな人間は自分ひとりきりだという気になってきた。いたたまれないような胸苦しさを覚えて、坂本は人いきれで濁った空気を吸い込む。不意に、

——由利子の勝ちだな。

という言葉が頭をよぎった。

結局、事情がどうであろうと、この社会は取り残され一人ぼっちにされた方が負けなのだ。会社では亀田に置き去りにされ、家では妻に置き去りにされてしまった。亀田は新しい生き方を見つけ、由利子は遠藤という新しい相手の懐に飛び込んだ。それに比べてこの俺はどうだ。仕事に裏切られ妻に見放されて、掌《てのひら》の中はすっからかんである。

暗澹《あんたん》たる気持ちで坂本は人々の顔から目をそらし、電車の壁に張ってある広告ポスターに視線をおよがせた。

「平成サラリーマン川柳傑作選」という書籍の広告ポスターにふと目が止まった。

今年も出来たてホヤホヤ「サラ川」

元気と笑いの素をお届けします。

という惹句《じゃっく》のあとに、多分素人からの応募作なのだろう、幾つかの川柳が並んでいた。

あの頃は　趣味は仕事と　言っていた　（あーあ）

単身を　つい独身と　勘違い　（ホウレンソウ）

さあやるか　昼からやるか　もう五時か　（やる気マンマン）

石橋を　たたいて壊す　経営者　（フォーチュン）

耐えてきた　そういう妻に　耐えてきた　（マスオ）

坂本はしばらくそれらの句をじっと眺め、声を出さずに何度かくちずさんでみた。まず最初の（あーあ）氏の一句に現在の自分を言い当てられたような気がした。さらに二句目の（ホウレンソウ）氏の句の〈単身〉と〈独身〉を入れかえ「独身を　つい単身と　勘違い」と詠んでみて、まさに現在の俺だと思った。（やる気マンマン）氏の三句目は、いましがた挨拶《あいさつ》もせずに会社を出て行った無気力な部下たちを彷彿《ほうふつ》とさせた。つづく（フォーチュン）氏の四句目で、そんな活力のない会社にしてしまった外国かぶれの二世社長の顔がちらつき、さらに、最後の（マスオ）氏の句に、さきほどまでの気持ちとはうって変わって、

――この五年間、俺だって必死の思いで働いてきたのだ。それを昔の男からちょっと色目をつかわれたからと、さっさと乗り換えるなどというのは一体どういう料簡《りょうけん》なのか。

という由利子への怒りがじわじわと湧き出してくるのが分かったのだった。

ああ、俺は本当に根っからのサラリーマンなのだ、と坂本はそういう自分の気持ちの有りように思わず苦笑する。

こんな「サラ川」などというものに共感してしまう凡庸さが由利子にはきっと物足りなかったに違いないとも思った。

そしてそう思ったとたん、一度だけ会った遠藤信彦の痩《や》せた神経質そうな顔が脳裡《のうり》に浮かび、五年前の一件が鮮明に記憶の底から甦《よみがえ》ってきたのだった。

当時、業績の伸び悩みが顕著になりはじめていた営業部で、坂本はトップセールスとして全国の得意先や代理店を飛び回る超多忙の日々を過ごしていた。そんな坂本をサポートするために部長の亀田が特例の形で秘書役として付けてくれたのが小柳由利子だった。彼女は入社四年目、まだ二十四歳の若さだった。雑用係として大して関心も払わず使っていた坂本が、はじめて由利子とまともな会話らしい会話を交わしたのは、一緒に働くようになって二ヵ月ほどしてからだったと思う。前日急な休みを取って出社してきたその日、坂本は由利子の顔を見て一驚する。小さな色白の顔の右頰のあたりに大きな蒼黒《あおぐろ》い痣《あざ》をこしらえていたからだ。どう見ても誰かに殴られた痕《あと》だった。問いただすと由利子は駅の階段でつまずいたのだと陳腐な言い訳をする。その時の思い詰めた表情に坂本は仕事を忘れて、これは只事《ただごと》ではないと直感したのだった。

夜、誘った馴染みの小料理屋で由利子の口から痣の本当の原因を聞き、坂本はありふれた若い娘に過ぎないと思っていた彼女の予想外の打ち明け話に、いつになく心を動かされた。

当時すでに日常的に殴る蹴《け》るの暴行を働くようになっていた遠藤信彦と由利子が知り合ったのは、五年前、まだ由利子が短大の一年生のときだった。場所はその頃新宿で流行《はや》っていたカクテルバーだったという。高校時代の友人に連れていかれたその店でバーテンダーをやっていた遠藤に由利子は紹介される。実は、遠藤はその友人の彼氏だった。会った翌日には遠藤から電話が入った。友人の彼氏だと知らぬまま呼び出され、その夜には半ば力ずくで身体の関係を持たされたという。しかも、それから丸々二年、遠藤は由利子と彼女の友人との間を行ったり来たりするのだ。

「すぐに友達ともそういう関係なんだって気づきましたし、友達の方も私と彼とのことを知ったときは半狂乱になってしまって……。最初の二年間は本当に地獄のような毎日でした」

「なんだい、それは」

坂本が暗然たる思いで聞き返すと、由利子は呟くように、

「でも仕方なかったんです。彼のことが好きだったから。彼女も同じだったんだと思います」

と答えたものだ。

遠藤は整腸剤で有名な某大手薬品会社のオーナー一族の家に生まれ、小学校からK大付属に通ったという恵まれた男だった。それが高校の頃からカメラに凝りはじめ、K大に進学したものの学業を放擲《ほうてき》して写真に熱中したため中退の憂き目にあった。由利子が知り合った頃は実家からは勘当同然で、バーテンダーのアルバイトをしながら好きな写真を撮りはじめたばかりと

いう時期だったようだ。まだ二十一歳の青二才に過ぎなかった。

そういう遠藤の人となりを聞き、坂本ははじめから胡散臭《うさんくさ》いもの、というより強い反発を覚えた。何不自由のない環境の中で自意識ばかりを肥大させ、自分の好きな通り、願うままに自身も周囲も成り立つことが当然と思い込み、他人への感謝も、一つ一つ積み上げていく努力の大切さも一切自覚することがない——そういうわがままでヤクザな男の姿が坂本の脳裡でくっきりと形を結んだ。

「で、いまは小柳さん、彼と一緒に暮らしてるの」

坂本が尋ねると由利子は曖昧《あいまい》に頷《うなず》いた。半同棲《どうせい》のような恰好《かっこう》なのだろうと坂本は推量し、

「その人、仕事は」

と訊いてみる。

「いまはプーなんです、彼」

と由利子が言った。

「プー?」

意味が分からず問い直す。

「プータローのプー」

可笑《おか》しそうに由利子が表情を崩し、坂本は笑顔につられて自分も笑った。言葉の意味が分からず聞き返した年嵩《としかさ》の上司が可笑しかったのか、それとも遠藤のことを思い出してなのか、坂本には由利子の笑顔の理由は分からなかった。

「じゃあ、生活はどうしてるの。まさか小柳さんが養ってるわけじゃないんだろう」

「彼もアルバイトとかたまにしてるんです。小さな自分の部屋も借りていますし。でも最近不況になってきて昔みたいにバイト口もないらしくて。それにいま賞に応募する作品を撮り溜《た》めてて、昼間も夜も撮影で忙しいみたいだから」

なんだ要するにただのヒモではないか、と坂本は思った。

金持ちのボンボンがせっかく一流大学に進学しながら遊びに嵌《は》まって身を持ち崩し、その無頼気取りに魅《ひ》かれる手近な平凡な女の子をひっかけて、まんまとヒモの身分におさまる。実にありふれた、どこにでも転がっていそうな話だと思える。

坂本の見下したような顔つきに目がいったのだろう、由利子は弁解めいた台詞《せりふ》を口にした。

「でも、彼の撮った写真、すごくいいんです。いまの連作もきっと素晴らしい作品になると思うし。それで新人賞がとれればきっと写真家としてデビューできると思うんです」

「いや、俺はそういう芸術とかのことはよく分からないから……。君が言うのなら才能があるんだと思うよ。だけど、写真家といってもなかなか食っていくのは大変だろう。まして女房子供抱えてやっていくには、ポスターだとか広告だとか、そんな名前の出ない仕事もしなきゃならないし、それにしたって競争は激しいだろうからね。いま流行りのヘアヌードなんて撮ってる連中にしたって、そこそこ名前の売れてる人たちばかりだものね」

すると、話の筋を外れて、由利子はムキになったようにこう言った。

「彼はそういうヌードなんかは絶対撮らないんです」

食事を済ませ、もう一軒と誘って連れて行った赤坂のスナックで、一年近く続いている遠藤の暴力沙汰《ざた》の一端を聞き、坂本はかなり深刻な気分になった。

「男女の仲だから、どんなことだってあると思うよ。そのことで君や彼がどうだなんて言う資格は他人の俺にはないさ。だけど、五年も付き合って、しかもずいぶん面倒も見てもらっている、それも女性の君のことをそうやって頻繁に殴ったりするっていうのは、どう見ても普通じゃない。逆にそういう男に引きずられていく君の気持ちも分からないことはないけど、二十四にもなったら、やっぱり自分のことは自分で冷静に判断する必要があると俺は思うよ。彼だって二十六といったらもう若いとは言えないんだからね」

酔った勢いでつい語調を強め、年上面をして喋《しゃべ》る坂本の話を由利子はおとなしく黙って聞いていた。

五年前の坂本は、酒にも強く、不況の入口で立ち往生していたとはいえ、まだまだ覇気に似た気負いが十分にあったのだ。

9

由利子が出ていって二週間が過ぎた。

書き置きに記されていた〈詳しいことは後日、手紙に書くつもりです〉という約束も一向に果たされぬままだ。坂本は家を出、帰宅するたびに郵便受けを覗《のぞ》くのが日課になった。もうひとつ、毎日会社の帰りに必ず武吉の病院に顔を出すようにもなった。由利子がいない家に早くに戻っても所在ないばかりだ。決して大きな家ではないが、深夜一人でいると閑散とした寂しさは避けがたかった。といって、最初の妻と別れる時がそうだったように仕事に没頭して気鬱《きうつ》を紛らわすというわけにもいかない。すでに時代は様変わりしてしまっている。そういうことで、坂本は半ばやむを得ずという色合いもあって父の元に通うようになったのだった。

由利子が来ないのはひどい風邪患いで外出がしばらくできないからだ、と武吉には説明していたが、すでに二週間も経ち、武吉も薄々事情を察しはじめていると思われた。しかし父はそのことに一切触れてはこなかった。

大体午後七時半には病院に着く。病院の決まりからすれば残り三十分ほどしか時間はないのだが、実際には消灯の九時半近くまで病室に居ても咎《とが》められることはなかった。日々二時間、父の側で過ごしているうちにそれがすっかり習慣になった。無口な父子だから別にとりたてて言葉を交わすわけでもないが、随分衰弱してきた父は余り長時間ベッドに腰掛けたり歩いたりすることは辛《つら》いらしく、大半は仰臥《ぎょうが》したまま傍らの息子にぽつぽつと話しかけてくる。好きな釣りや相撲の話題、甲府で坂本と共に暮らした昔話がほとんどだった。

土日も二度あったが、どちらも坂本は朝から病院に出掛けて一日武吉と過ごした。幸い好天が続いていて、武吉と自分用に拵《こしら》えてきた弁当で一緒に昼をとったあと、一人ぶらりと病院の外に散歩に出た。まだ雑木林や畑の残る東京郊外のいなか道を秋の澄んだ陽を浴びながら散策すると、やはり気持ちが穏やかに静まってくるのだった。紅葉の季節は終わったが、枯れ葉の積もった中に群れる裸の木々を通して射し込む透明な光に包まれると、自分の肉体、そして自分の過去から現在までもが真っ白に洗われてきれいになっていくような気がする。定年後の十数年、甲府の古い実家で庭いじりに勤《いそ》しんできた父の姿が目に浮かび、もう少し武吉が元気であれば車椅子にでも乗せてこの爽《さわ》やかな風に当ててやれるのだが、と坂本は何度も思った。

病院の裏手を五分ばかり下ったところにススキの広がる河原があった。真ん中を細い川が流れている。休みの日には親子連れがわっと出て、岸辺に釣り糸を垂らしている。何がかかるのかと近づいてのぞき見ると、驚いたことに武吉の好きなヒガイの小ぶりのやつが美しい銀鱗《ぎんりん》をきらめかせながら魚籠《びく》の中で跳ねているのだった。

もう一度おやじに竿を持たせてやりたかった、とその時痛切に感じた。武吉は二度とこうして天上の光の下で、自由きままに無為の時を満喫することがないのだ。そう思うと鼻のあたりがむず痒《がゆ》くなって目頭が熱くなるのが分かる。もっと元気なうちに最後の時に何を望むのか武吉自身と語り合うべきだった、と坂本は深く悔いた。同時に、そんな当たり前のことにすら思い及ばなかったこれまでの自分に慄然《りつぜん》とさせられた。

三度目の土曜日が来た。

この十数年、坂本は土曜日に休みを取ったことがなかった。殊《こと》に部下を持ってからはそれが当たり前になった。書類作りなどの細かい事務作業は休みの日に済ませておかないと平日の業務に障りが生ずる。管理職になると日曜日も月の半分は会社に出た。盆も暮れも暦を越えて休んだことなどなかった。由利子と一緒になって、もっと休むように勧められたものだ。だが、「あなたももう若くないんだから」といった言い回しが逆に坂本を奮い立たせ、無理を無理で押し込める快感に繋《つな》がっていった。疲労をさらなる疲労で麻痺《まひ》させるというのは、坂本だけでなく同僚たちが異口同音に言うサラリーマンの処世術だった。そうやって誰もが働いてきたし、そうやってこの国の経済を世界に冠たるものに押し上げてきた。日本社会とはその是非は別として、そういう社会なのだと坂本も諒解《りょうかい》して生きてきた。

しかし、この二週間、つづけて土日に休みを取ってみると、会社中心とはまた別の何かしら新しい生活のリズムごときものが自分の身体の中に芽生えてきたような気がした。それはゆったりとした今までにない心地よいリズムだった。

その日、朝早く目覚めると坂本は昨夜引き取ってきた武吉の汚れ物を洗い、部屋の掃除を済ませ、九時半には家を出た。相変わらず郵便受けに由利子からの手紙はなかった。

駅前のハンバーガーショップで目玉焼きとパンケーキの朝食をとり、煙草をくゆらせながらゆっくりとコーヒーを二杯飲んだ。十一月に入って吹く風はちりちりと肌を刺すようになってはきたが、今日も空は青く澄み渡っている。店の二階の窓際に坂本は陣取っていた。大きな窓から見下ろすと駅前の商店街の狭い通りを大勢の家族連れやカップルが往き来している。

深い淵《ふち》に沈み込んだような不景気で、耐久消費財から日用品まであらゆる商品の売上が激減している。流通業界は店舗網の再編成、つまりはスクラップオンリーにいまや躍起だ。そして、不思議な現象が生まれた。これまでの不況時ならば店舗撤退は本店から遠い順に行なわれるのが通例だった。銀座や新宿の本店を生き残らせて郊外店を整理していく。ところが今回の不況はその順序が逆になっている。業界トップのM百貨店が真っ先に潰《つぶ》したのは新宿店だった。I百貨店は日本橋の店をたたんだ。大手スーパーも同様で都心の店から先に手をつけはじめている。

それまでも緩やかに変化しつつあった日本人の消費スタイルがこの不景気で完全に逆転したのだった。こうした休日でも人々は繁華街や行楽地には出かけず、家の近くの街を家族で巡って楽しんでいる。巨大な都市が心臓部の強烈な吸引力を失い、いまや郊外ごとの地方都市化が急速に進行していた。

坂本はそれは当然の現象だと思っている。開国以来この百四十年余り、絶えず膨張してきた東京が早晩破裂するのは分かり切ったことだった。

——東京という都市は慢心増長の極みだった。

と坂本は思う。東京の人間たちは余りに地方をないがしろにし過ぎた。ただ東京に住むというだけで他の日本人よりも一等上だという優越感を持っていた。べらぼうな地価にも、世界一の物価高にも、そうした取るに足らない優越感だけで耐え、結局のところ巨大な羊の群れとして政治的に去勢されてしまったことに彼らは気づかなかった。

——俺も、その一員、もっとも平凡な下級戦士だったわけだ。

東京圏の周縁部から出てきて、三流の大学を卒業し、小さなメーカーで身を粉にして働き、郊外の端にささやかな一戸建ての家を購入する。まさに絵に描いたような新・東京人だ、と人々の群れを眺めながら坂本は思う。

——本当に蟻のようだな。

初めて上京した折の感慨を久しぶりに甦《よみがえ》らせた。同時に、手切れ金を渡した時に一度だけ会った遠藤信彦の台詞《せりふ》を思い出した。

「坂本さん、俺は日本も日本人も大嫌いなんです。ほんとうにこの国の人間はみんな蟻ん子のような奴らばかりですよ。誰にも自分ってものがない。誰も自分の頭で考えちゃいない。誰も他人のことになんか興味がない。そのくせ自分のこともよく知らないんだ。要するにみんなあんたみたいなんですよ。分別を持って、自らを律して、人に迷惑をかけず黙々と与えられた仕事をこなす。別に俺はそれを間違いだとは言わないけど、だからってそんな生き方を他の人間に押しつけていいってことにはならんでしょう。ところがね、日本人ってのは、そうやってちょっと自分と違った奴がいると、妙にムカついて、悔しいもんだから、それを寄ってたかって排除したり潰《つぶ》したりしようとするんだ。説教くさいことを百も二百も並べ立ててね。いまあんたがそうしてるように。あんたみたいにさ、小さな善ですべてを処罰しようとする人間がさ、この国もこの国の人々もみんな駄目にしちまってるんだよ。大きな罪に目をつぶって、小さな悪をことさら追及して、結局大悪人をのさばらせてるんですよ。そんなこともあんたには分かんないんだ」

金を差し出したのは坂本の方だった。別に遠藤が要求したわけではなかった。ただ、遠藤はそれを黙って受け取り席を立っただけだ。

「俺が『お前のこと見損なってた』と言ってたって由利子に伝えておいて下さい」

あの時、遠藤はそう言い残して去って行った。

坂本は三本目の煙草に火をつけ、深く一口吸うと煙をゆっくり吐き出した。

由利子からは何の音沙汰《おとさた》もない。自分の荷物や大切な品もあるだろうに、どうして連絡を寄越さないのだろうか。何もかも捨てて遠藤とやり直すつもりなのかもしれない、と思う。それとも不測の事態が起きて連絡できなくなっているのか。

考えてみれば、由利子が遠藤の元に奔《はし》ったという証拠はどこにもなかった。書き置きには〈長いあいだお世話になりました。もう帰りません〉とあっただけだ。どこに行くとも誰に頼るとも記されてはいなかった。以来、坂本の方からは由利子を探すようなことは一切していない。何の手掛かりもありはしないのだ。

しかし、坂本にはなぜか、由利子が遠藤の元へ帰ったという確信があった。そう、由利子は帰ったのだ、と……。

初めて由利子の身の上話を聞いたあとも、遠藤と彼女とのあいだではしばらくごたごたが続いた。遠藤の暴力はエスカレートしていった。坂本に相談するようになり、次第に彼の異常さに気づきはじめた由利子は遠藤を遠ざけるようになった。それが遠藤を刺戟《しげき》し、過激な行動へと駆り立てたのだった。毎晩の暴行に耐えかねて友人の家に逃げ出した由利子を、遠藤は執拗《しつよう》に追いかけてきた。山本ゆかり宅に隠れていた時などは、金属バットを持って押しかけ警察沙汰にまで発展したのである。その直後、婚姻届を持参し、無理やり由利子の判を取ろうと腕を捩《ね》じり、それで由利子の肩の骨が外れるという大騒ぎが起きた。

入院した由利子を見舞い、見るに見かねて坂本は遠藤を呼び出したのだ。由利子には内緒で百万の金を用意し、遠藤に渡した。彼女の頬に痣《あざ》を見つけてから三ヵ月後のことだった。

入院したのをきっかけに由利子は会社を辞めた。一度は郷里の富山に帰ろうとも思ったようだが、それを止めたのは坂本だった。どうして引き留めたのか、坂本にも今もって分からない。別に由利子と特別な関係になっていたわけでもなかった。ただ、遠藤が去った後も当然ながら由利子の心の痛手はそれほど癒《い》えてはいなかった。そんな状態で新しい暮らしに踏み出しても、脆《もろ》くなった精神は耐えられないだろうと坂本は考えた。ツテを頼って幾つか彼女のために就職口を探したり、違うアパートを見つけてやったりと世話しているうちに、次第に坂本は由利子を特別な対象として意識するようになっていった。

あれは由利子の肩のギプスが取れた日だった。お祝いに夜一緒に食事をした。そのあと案内した麻布のショットバーで、由利子はカウンターの隣に座る坂本の方に治ったばかりの右肩をすり寄せてきた。

「昨日の晩、素敵な夢を私、見たんです。そんな夢見たの高校生のとき以来でした」

「どんな夢」

坂本が訊《たず》ねる。

「卵の夢なんです」

「卵？」

妙な話に坂本は首を傾げた。

「卵の夢って、そんなにいい夢なのかい」

「そうですよ。坂本さんは卵の夢見たことないんですか」

坂本は少し考えてみたが、卵の夢など見た記憶はなかった。そう言うと、

「そうなんだ——。坂本さん可哀相ですね」

と由利子は少し微笑んだ。

「卵の夢って、どんな意味があるんだい」

病み上がりだから一杯だけだ、と坂本に注文をつけられたウィスキーの水割りを由利子はゆっくりと飲み干し、少し黙り込んだ。

「卵の夢を見た人は、どこかに自分を心から愛してくれている人がいるんです。卵が大きければ大きいだけ、その人の愛情は強く深いんです。昨日の夜の卵はいままでで一番、ダチョウの

卵くらい大きかったな」

そう言って由利子は坂本の顔を覗《のぞ》き込んできた。その揺れるまなざしに、壊れるひとつ手前まで追い詰められた由利子の裸の心を見定めた気がした。この人は、最後の救いをいまこの俺に求めているのだ、と思った。

その夜、由利子を抱いた。右の肩をかばってやりながらのぎこちない交渉だった。そして、こんなに優しく女を抱いたのは生まれて初めてだと坂本は感じた。

しかし、本当はその卵の話を聞いた瞬間、心から由利子を愛している男が自分ではないことに坂本は気づいていた。もし由利子の言う夢のお告げを信ずるならば、ダチョウほどもある大きな卵を彼女に届けたのは、他ならぬ遠藤信彦に違いないと坂本は知っていた。そして、由利子もまた知っていたのだろう。

――結局、俺はその卵をこの五年間預かってきただけのことだ。

煙草を揉《も》み消して坂本は思った。

〈五年間、NYで由利子のことだけ考えながら撮りつづけました〉という遠藤の文字を見た時、坂本はその気取った台詞に胸を悪くした。しかし、一方でそこに遠藤の嘘偽りのない気持ちを見たような気もしたのである。たった一度、それも十五分ばかり会っただけの若造だったが、朴念仁の坂本にも遠藤という青年がそういう純粋さを持つ男だということぐらいは分かった。むろんそんな人間でなければ、愛した女を本気で殴りつけたり肩をへし折ったりできはしない。ただ、坂本は、だから遠藤が見上げた男だというつもりはない。ただ、自分とはまったく違うタイプの男であり、それはそれで認めざるを得ないと思うのだ。そしてあんな男を一度知った女は、きっと忘れがたいだろうとも思う。

坂本は腕時計をのぞいて席を立った。もう十一時だった。武吉が首を長くして待っている。

10

武吉は今日ははかばかしくないようだった。ベッドにじっと横たわり、染みの浮いた白い病室の天井を睨《にら》んでいた。側に近づいてもこちらを見るでもない。こんなに目の大きな人だったろうか、と動かない横顔を見つめ、そうではなく顔全体が痩《や》せ萎《しぼ》んでいるのだと気づいた。皮膚に張りはなく、大きくなった目も黄色く濁って眼窩《がんか》に沈んでいた。

この二週間ばかり観察しているに過ぎないが、武吉の生命の灯《ひ》は加速度的にかすみはじめている。衰弱の度合いが次第に激しくなってきていた。

半年のあいだ、間を置いて行なってきた抗癌剤の投与も先月末で四クール目を終え、もはや治療らしい治療は施されていない。医師は「思ったより副作用も出なくて、まあ予想よりはい い結果ですね。こんな風に一進一退がしばらくつづくと思いますよ」と語っていた。たしかに抗癌剤を使い終わった時点で武吉の体調は少し回復した。見舞っていた由利子が「お父さん、最近はずいぶん食欲も出てきたのよ」と言っていたのを思い出す。

しかし、こうやって武吉を見ると、それがただの気休めに過ぎなかったことを思い知る。今日のこの顔はすでに生きた人間の顔から遠く離れてしまっている。

――この人は死ぬのだ。

と坂本はあらためて嚙《か》みしめた。

ベッドの周りの掃除や、湯飲みの消毒、花瓶の花の取り替えなどを黙々とこなし、坂本は武吉が話しかけてくるのを我慢強く待った。三十分ほどしてベッド脇のパイプ椅子に腰を下ろすと、ようやく武吉が坂本の方に顔を向けた。

「つらそうだね」

坂本が言う。武吉は黙って小さく顎《あご》を引いた。

「大したことはない」

声は思ったより元気そうだった。

「何か食べたい物でもない？　買ってくるよ」

武吉は坂本の顔をじっと見ていた。不意に、

「由利子さんは元気か」

と言った。

「ああ、風邪もだいぶ良くなったよ」

「そうか——」

武吉が咳《せ》き込んだ。慌てて枕元のティッシュを一枚とって口許《くちもと》に持っていってやる。かーっと痰《たん》を吐いて、右手を伸ばした先の小さな屑籠《くずかご》に丸めたティッシュを武吉は捨てた。そのとき寝巻の袖《そで》から剝《む》きだされた二の腕のか細さに坂本は見入った。武吉は左腕で枕の側のティッシュの箱のありかを確認し、右腕で屑籠の位置を確かめた。起き上がることが億劫《おっくう》になりだしてからはそれらを使うたびに、必ずその動作を反復する。

いずれ寝たきりとなり、それでも武吉は自分でできることは可能な限り自分でやろうと、そういう工夫や努力を涙ぐましく繰り返すのだろう。用便の度に看護婦を呼ばねばならなくなり、そのたびに武吉は孫ほども歳の離れた彼女たちに丁寧に礼を言うのだろう。

ひとつ大きなため息をついて再び父は息子を見た。

また不意の一言だった。

「由利子さんはいい人だったぞ、隆吉《たかきち》」

武吉はすべてを見透かすような澄んだ目になっていた。

「里子さんもいい嫁さんだった」

里子とは坂本の最初の妻の名前である。

「二人とも、お前の母親によおく似とった」

「そうかな」

と坂本は相槌《あいづち》を打つ。

「隆吉、由利子さんのことは放っておいてやれ。いろいろ考えた末のことなんだろうから」

噛んで含めるような口ぶりだった。

「分かってるよ」

坂本も素直に頷《うなず》く。様々な想いが胸に去来したが、どれもはっきりしたものではなかった。

結局、こうして血を分けた者同士残されるしかないのか、という諦《あきら》めに似た思いが胸を占めるのを感じただけだ。

「俺のことなら心配せんでいい。これでもう十分に生きた気がしている。死んだ母さんの倍も生きたんだからな。俺もそうだが、お前も同じで、人間としての幅が小さいのかもしれん。母さんだって死ぬまで俺には満足してはおらんかったろう。ただ、あの人はあんなに早く死んでしまった」

坂本は武吉から視線をそらし、背中の窓から外を見た。風が出てきたのか病院の裏庭に植わった桜木の梢《こずえ》がかすかに震えていた。

「真面目というのは他人を疲れさせるもんだ。ただ頑固ということだからな」

武吉が言った。

「いまさらどうしろと言っても仕方ないが、もう誰かと一緒になろうなんて思わんことだ。俺やお前にはその器量が足りない。俺が再婚しなかったのもそれが分かっとったからだ。隆吉、俺たちは平凡に一人きり生きていくのがいいんだ」

武吉の言葉を聞きながら、外の景色に「冬が来るんだ……」と思ったあと、坂本は窓から目を離した。

「父さん」

と呼びかける。さきほどのハンバーガーショップで考えていたことを坂本は口にした。

「一緒に甲府に帰ろう。こんなところにずっといることはないよ」

すると一瞬目を細めて坂本を見たあと、父は小さく笑った。

「無理はせんでいい。仕事もあるだろう」

「仕事のことはいいんだ。もう時代が変わったんだよ。俺や父さんのような生き方はもう時代後れになったんだ」

坂本はそう言って、本当に時代が変わったのだと思った。この数年間でこれほどそのことを切実に感じたのは今が初めてのような気がした。

「由利子も出ていって、俺もあの家にいても仕方ないんだ。いま売れば少しは手元に残る。貯金もないわけじゃない。由利子は新しい人生を選んだんだ。もう俺が何かしてやる必要はないと思ってる。このへんで甲府に帰らないか。父さんもそっちの方がいい。こんな病院で死ぬことはないよ」

武吉は黙り込んで、天井を眺めていた。

「そうしようよ、父さん。正月は甲府で迎えよう」

ずいぶんの間があった気がした。ぽつりと武吉が呟《つぶや》くように言った。

「隆吉、時代が変わっても人間は生き方を変えたりはできんのだ。そんなことはせんほうがいい。そういうもんだ」

由利子からの手紙が届いたのは、十二月のはじめのことだった。彼女が出ていってからすでに二ヵ月近くが過ぎていた。帰郷の話を持ち出した十一月のあの日を境に、皮肉なことに武吉の容態は急速に悪化していった。一週間も経たぬうちに起き上がることも叶《かな》わぬようになり、医者も突然の衰弱に驚きを隠せぬほどだった。

坂本の一身上にも大きな変化があった。

十一月の末、突然社長室に呼ばれ、彼は一月一日付で異動の内示を受けたのである。行き先は新潟支店だった。支店といっても昨年に営業部隊はすでに撤退済みで、いまは地元で雇った事務職員二人だけの名ばかりの営業所に過ぎなかった。本社の営業第一課長の坂本にとっては左遷を通り越して明らかな辞職勧告といってよかった。

「まあ、急な話だからね。奥さんともよく相談して、暮れまでに返事をくれればいいよ」

社長は、通告するとまるで物でもどけるような口調でそれだけ言って、これ見よがしに目の前で電話をかけて用談を始めた。坂本は何を口にするでもなく社長室を後にせねばならなかった。

——なぜ、この俺が辞めなくてはならない。

自分の机に戻るまで、頭を駆けめぐったのはその一事だけだった。滾《たぎ》る怒りに坂本は全身が真っ赤に染まる感覚を実感した。

由利子からの手紙が着いた頃には、すでに坂本の異動話は社内中に知れ渡り、いままで親しくしていた同僚たちまでが、まるで潮でも引くように彼の側から遠ざかりはじめていたのだった。武吉を見舞ってから駅前で遅い夕食をとり、夜中に家に戻って坂本は郵便受けにそれを見つけた。待ちに待った物であるはずなのに、不思議と何の感慨も湧いてはこなかった。それどころか、彼はその晩は封を切るでもなく、二ヵ月前に書き置きを見つけたテーブルの同じ位置に手紙を放り捨てて、そのまま寝てしまったのである。

隆吉様
急に出ていった私をあなたはきっと訝《いぶか》しみ、また呆《あき》れていることだと思います。どうか私のわがままを許してください。あなたには感謝してもしきれない思いを今も私は感じているのですから。この半年のあいだ、私は苦しみました。苦しんだ末の結論が、こうやってあなたのもとを離れることだったのです。

昨日、ニューヨークから戻って来ました。信彦さんと一緒です。あなたに気づかれていながら、素知らぬ顔で暮らさねばならなかった日々は本当につらかった。人を裏切ることの恐ろしさを私は深く心に刻みました。

ニューヨークで暮らします。住む所も仕事も見つけてきました。二度と日本には戻らないつもりです。それが信彦さんの希望ですから。信彦さんと一緒に生きていきます。もうどんな苦労が待っていても後悔しません。あなたが一番知っているように、私はそんなに強い女ではないけれど、あなたを欺いたせめてもの償いに、私は強くなろうと思います。どうか私のことは忘れてください。

残していった物は残らず処分してくださって構いません。愚かな女だと笑ってください。私はやはり信彦さんが好きでした。あなたの幸せを心から祈っています。

この五年間、ありがとう。

さようなら。

由利子

封筒にはこの短い手紙と共に、由利子が署名した離婚届が同封されていた。

坂本は、緑茶をすすりながら二度読んだ。そして離婚届はすぐに署名捺印《なついん》して茶箪笥《ちゃだんす》の引出しにしまった。近いうちに市役所に行って出せばいい。

テーブルに向かって座り直し、

——まあ、こんなものだろう。

と思った。

由利子にも言葉にできぬ思いはもっとあるに違いない。武吉のことに一言も触れていないのも彼女らしくはない。しかし結果を求めての交渉という色合いがある以上、夫に対してもこの程度のことしか書けはしないのだ。それは誰でもそんなものなのである。

それにしても、手紙がこれほど遅れたのはニューヨークくんだりまで遠藤と一緒に出かけていたからだとはさすがに予想もしなかった。向こうさんは着々と新生活の足場作りに励んでいたというわけだ。離れてしまった心を取り戻す力は何人《なんぴと》たりともありはしない。由利子が忘れてくれ、というのなら忘れてやる以外にはないのだ。いまの坂本が由利子にしてやれることはそれくらいしか残ってはいない。

もっとも忘れないと幾ら頑張ったところで忘れてしまうのだ。里子との一件で坂本はそれを身をもって体験している。里子もいまは再婚し、子供も二人もうけているという話だ。要するにそんなものなのである。

——俺は里子も由利子も大事にしてやれなかった。

と坂本は思った。所詮《しょせん》、一人きり平凡に生きていくだけが自分の取り柄だった。振り返ると自分という人間はその「一人きり」というところに、大げさに言えば、自身の存在を賭《か》けていたようなところがある。他に秀でる何物も持つことのなかった、情熱も理想も乏しい、ただ真面目であることが唯一の矜持《きょうじ》という坂本のような人間には、それだけが生きる証《あかし》のようなものだった。そんな人間が、誰かと人生を共にしようというのが土台無理な話だったのだ。

茶を飲みおえると、坂本は空いた湯呑《ゆの》みを持って立ち上がった。由利子からの手紙は丸めて流し台の脇の屑籠《くずかご》に捨てた。

11

武吉が危篤に陥ったのは、十二月二十四日、さしもの不況下でも着飾った人々で街が埋まるクリスマスイブの晩のことだった。

翌二十五日午前五時二十三分、武吉は静かに息を引き取った。七十六年の生涯だった。

武吉の亡骸《なきがら》を病院から引き取ると、坂本は業者に無理を頼んで、その足で甲府の実家に運んだ。前夜に駆けつけてくれた従兄弟《いとこ》たちは先に戻り、車の中では二人きりだった。

備えつけの寝台に横たわった父の顔を眺め、いずれ自分もこうやって物言わぬ一個に帰結するのだ、と思った。それはくっきりと現実味を帯びた想像だった。どんなに人恋しくても、最後にはたった一人になってしまう。誰も一緒についてきてはくれないのである。

だが、その反面で、思い直す気分もあった。だからこそ人間というのは、せめて生きているあいだくらいはさまざまな他人と交わろうと努め、そこに夢や望みを託すことができるのではないだろうか。

　そんなことを漠然と考えているうちに、坂本の脳裡《のうり》に、武吉があの病室でぽつりと述懐した「真面目というのは他人を疲れさせるもんだ」という言葉、亀田の「ただ一生懸命働けばそれでいいってものでもないだろう」という呟き、そして、遠藤の「誰も自分の頭で考えちゃいない。誰も他人のことになんか興味がない」という吐き捨てるような台詞《せりふ》が、次々にあらわれ、それらがひとつに重なり合ってくるような気がした。

　いくら真面目で一生懸命に生きてみたところで、たしかにそれきりでは、ただの自分勝手、ひとりよがりでしかあるまい。「一人きり」とは、他人に対する思いやりや慈《いつく》しみをどんどん喪失してゆく、単にわがままで貧しい行為にすぎないのではないか。

　そして、そうした思いの突端で、坂本はふと奇妙な着想につき当たったのだった。

　それこそが、彼一人ではなく、いまのこの国、この日本人の最大の誤り、決定的な間違いではなかったのか、と感じたのである。


　午後の早い時間には、親類たちが待ち構える小さな平屋の家に到着した。骨太のがっちりした体軀《たいく》の父だったが、茶の間に延べた布団に寝かせると、ふた回りも縮んだようで、傍らに座った五つ下の叔母《おば》はすっかり面変わりした父の頬を撫《な》でながら、

「あにさんも、辛《つら》かったろうねえ」

　と涙をあふれさせた。

だが、急速に衰えていく中でも、武吉は最期まで気丈だった。原発部位である膵臓《すいぞう》の腫瘍《しゅよう》がふくれあがって胆管を圧迫し、ひどい黄疸《おうだん》と厳しい痛みに苛《さいな》まれたが、取り乱すようなことはなかったし、意識も昏睡《こんすい》状態に陥る直前まではっきりとしていた。

勧められない限り自分からは鎮痛剤を求めないので、担当医も看護婦たちもその辛抱強さに半ば呆れ、半ば敬意を払った様子で彼に接していた。

「痛むと言ったところで、痛みがなくなるわけでもない」

苦痛を堪《こら》える姿に見かねて訊《たず》ねると、呻《うめ》き声を洩《も》らしながらも、きまって武吉はそう言った。最後の最後までそれは変わることはなかった。

内示を受けた日は、痛みも薄く比較的落ち着いているようだった。

「来年早々に新潟に飛ばされることになったよ。一人営業所だよ」

告げると、武吉は「そうか……」と呟《つぶや》き、しばらく坂本の顔を見つめ、

「俺のことは心配するな」

と以前と同じことを口にした。

「だけど、父さんを置いていくわけにはいかないよ」

強い調子でそう言うと、武吉は何も言わず視線をそらし、上を向いた。しかし、ほんの一瞬ではあったが、その顔がわずかに和んだように坂本には見えた。

ささやかな通夜と葬儀だった。それでも、親類縁者、隣近所だけでなく、どこから伝わったのか、武吉の会社時代の部下たちなどもかなりの人数やって来て、故人を淋《さび》しくさせずにすんだのは有り難かった。

普段は忙しくて顔を見ることも十数年来なかったような遠方の親戚《しんせき》たちも足を運んでくれた。話せば、互いの会社の不景気自慢のようになったが、一方で、こうやって一同集まれるのもその不景気のおかげかもしれない、という話にもなった。

会社には父の死を伝えなかった。クリスマスに若い部下に面倒をかけるわけにはいかなかったし、また知らせたところで彼らが手伝いに来るとも思えなかった。亀田のあとを襲った社長子飼いの営業部長には、急用ができたので二、三日休むとだけ告げて電話を切った。

骨を拾い、骨箱を仏間に安置すると、その夜は皆も引きあげて一人になった。丸三日ほとんど眠っていなかったので、同じ仏間に布団を敷き、早くに寝床に入った。しばらく横になって線香の匂いを嗅《か》ぎながら眠気が訪れるのを待ったが、やはりなかなか寝つかれなかった。一度立って台所に行き、熱燗《あつかん》を一本つけると、誰かが置いていったその日の新聞と一緒にコップ酒を持って部屋に戻った。布団の上にあぐらをかいてちびりちびりすすり、朝刊を見るともなしにめくる。次第に身体があたたまり眠れそうな気がした。

社会面の大きな見出しに目が止まった。

日本人の出生率が十数年振りに大幅に上昇に転じているという記事だった。経済が繁栄し人々の生活が豊かになればなるほど減っていた日本人の数が、長引く不況の時代になってようやく増え始めたのだ。なんと皮肉な話だろうか、と坂本は思い、またそれは考えてみればごく自然なことなのかもしれないと思った。

顔を上げ、父の骨箱を見つめ、その後ろの仏壇におさまった母の位牌《いはい》を見た。

——俺はほんとうに一人ぼっちになってしまった。

坂本は、深々とその思いを噛《か》みしめた。

武吉は、俺たちは一人きりで生きていくのがいい、人間は生き方を変えたりはできないのだと言った。だが、いまの彼には、そんな生き方は生き方でもなんでもないような気がした。現に、武吉にはこうして見守ってくれる自分という息子がいるではないか。

——しかし俺には誰もいやしない。

坂本は残りの酒を飲み干すと明かりを消し、再び布団にもぐりこんだ。

闇の中で目を凝らしてみるが何も見えない。目を閉じ、右手を突き出してゆっくりと開いた掌《てのひら》を閉じてみた。むろん何も摑《つか》めるはずがない。寝不足のせいだろうか、酔いが急速に回ってきていた。微《かす》かだが、身内を流れる血がざわざわとたぎるような感覚がある。

明朝早くに東京に帰ろうと思った。

その足で会社に行き辞表を出そう。そして、ここに戻って父の遺品を整理し、新しい年を迎えたら、遺骨を母の眠る墓地に納めてもう一度東京に出て最初からやり直そう。

そこで不意に強い眠気がやってきた。

まぶたが重くなり、すーっと暗い沼に引き込まれるように全身が弛緩《しかん》してくる。

薄れていく意識の中で、なぜかあの淡路町の小さな事務所のひなびたたたずまいがぼんやりと浮かび、亀田のすっかり柔和になった皺《しわ》の目立つ顔が思い出された。

——もう一度、あそこを訪ねてみるか。

ふとそんな気がして、直後、深い眠りの中に坂本は落ちていった。

夢の空

1

七月十八日（火）　午前七時三十分

ホテルの玄関でタクシーを拾い、大木邦男《くにお》は福岡空港に向かっていた。八時二十五分発の新日本エア246便東京行きで帰る。羽田着は午前九時五十五分、十一時からの営業会議にはなんとか間に合う計算だ。いつも通り慌ただしい出張だったが、それでも一泊できたのは良かった。久しぶりに金親《かなおや》ともじっくり話をすることができた。おかげで一時間ほど仮眠をとっただけでこうして出てきてしまったが、シャワーでとりあえずの眠気は追い払ったから気分は爽快《そうかい》といってもよかった。

金親とは、結局、朝方まで中洲《なかす》で飲み、店を出たのは午前五時頃だった。空はすっかり明かるんで、白々とした街中を一緒に歩いた。中洲の橋を渡り、天神《てんじん》までゆるゆる三十分近くかけて歩いたろうか。彼女とその前に会ったのは一年前のことだったが、その時は日帰りの忙しい出張で、支店の地下の食堂で三十分ほど互いの近況を報告しあっただけで別れた。金親が福岡支店に異動になって四年、昨夜のように二人ゆっくりとくつろいだのは、本当に丸々四年振りだった。

歩きながらどちらからともなく手をつないでいた。

四年前、金親が福岡へと赴任する前日の夜のことを、その相変わらずあたたかく柔らかな手を懐かしく握りしめながら大木は想い出していた。つながった掌《てのひら》を通して、自分の変わらぬ思いが脈打つように金親の身体の中へ流れ込んでゆくのが分かった。互いに黙ったまま歩く。時折、そっと横顔を覗《のぞ》きみる。大木と金親は入社同期だから一つ歳下の金親も今年で三十二になった。そういえば若かったはずの金親の目尻《めじり》にもうっすらと皺《しわ》が寄っている。

彼女は一昨年結婚して、夫はこの福岡で高校の教師をしている。かねてから子供ができたら会社を辞めるつもりだと言っていた。ということは、来年早々には福岡支店から金親はいなくなる。妊娠三ヵ月だと知らされたのは、二軒目のスナックに入って大木が水割りを一杯飲み干した頃だった。すでに時計は午前二時を回り、大木は彼女の身体が気になって「もう帰ろう」と言った。だが、金親は「たまにはこうやってお酒でも飲んでリラックスした方が、胎教にもいいのよ」と笑った。夫は教員研修会で別府に出かけて今夜は帰らないのだという。「邦さん、ちょうどよい時に来てくれたわ」、昔のようにぐいぐいウィスキーを呷《あお》りながら金親は何度もその台詞《せりふ》を繰り返した。金親というのはむろん旧姓で、いまの彼女は西山茜《あかね》という。しかし、たとえ見ず知らずの男の種を胎内に宿していたとしても、大木にとってやはり金親はいつまでも金親であった。

手を握りあって茶色の古びた天神ビルの前まで来て、交差点に付け待ちしていたタクシーに乗せた。「徹夜なんてして、お腹に障るから、今日は有休取ったほうがいいぞ」と言うと金親は「大丈夫」と微笑んだ。「だけど、やっぱり心配だよ」、言い募ると「邦さんは、相変わらずだね。ほんとは誰に優しいんだか分からないのに、女はそういう心配そうな顔見せられると自分だけになのかなって思っちゃうんだよね」

　東京での最後の晩もそうだったように大木は車が見えなくなるまで手を振りつづけ、金親も後部座席の硝子《ガラス》窓に顔をつけ、その顔は点となり視界から消えるまで彼を見ていた。ぐんぐん小さくなっていくオレンジ色のテールランプを目で追いながら、大木邦男はきっと明日の朝起きたら腕の付け根が痛むだろうくらいに力込め、何度も何度も手を振った。早朝の広い通りにはさすがに人影ひとつない。

「さよならー、さよならー」

　ここ数年カラオケの時でもこれほど声を振り絞ったことはないと思うほどに大声を出した。

「さよならー、カナオヤー、いい子供生めよー、いいお袋さんになるんだぞー」

　車が見えなくなって、大木邦男は再び、歩きはじめた。昨夕一度チェックインしたホテルはそこからほんの五分ほどのところにあった。その五分のあいだに〈ほんとうに、人生というのはいろいろとあるものだ〉と、柄にもなく妙にしんみりした気持ちになった。

　東京を離れる金親を見送った晩、これ以上に哀しい出来事がこれからの自分にあるのだろうかと大木は思った。彼女が去った後も金親のいる福岡に飛んで行こうかと幾度も考えた。

　共に三十歳を超え、まだ金親が独り身でいると聞いて、一時期そうした思いは胸を締めつけるほどに高まったことがあった。毎晩深酒を重ね、真夜中に酒場や盛り場の電話ボックスから金親に電話したりした。金親は迷惑な気配もなしに電話口に出てくれた。ただ、

「俺、いまからそっちに行こうかな」

　大木が言うと、

「酔っぱらってそんなこと言っても駄目よ」

いつも笑ってたしなめられた。そして、

「邦さんには、そんなことはできやしないの。奥さんと大事な章太郎君がいるでしょう」

と、決まって付け加えた。

その言葉を聞くたびに、酔った大木はおろおろと心を崩した。一度だけ訊《き》いたことがある。

「どうして、いますぐ俺に来て欲しいって言わないんだ。あの日、このまま一緒に東京を出ようって、お前はなぜ言ってくれなかったんだ」

その時の金親の言葉を大木は忘れない。

「私がついてきて欲しいと頼んでも、邦さんはきっと来なかった。そんなことそれまでの二年間で二人とも分かりすぎるくらい分かってたじゃないの。もう、いまの私が邦さんに来てくれなんて言えるはずないでしょう。あの日だって言えなかったんだから。何もかももうすっかり遅すぎるんだから」

――どんなに好き合っていても、一緒になれない。そんな恋もあるんだよね。

金親と付き合いだして半年ほどした時、ふと彼女が呟《つぶや》いたことがある。

そんなことはあるものか、といまでも大木は思っている。しかし、現実には確かにそうだった。それでも二年前、一度大木は本気で金親のもとへ行こうと決心した。少しずつ身の回りを整理し、かかえている仕事を部下に引き継ぎ、半月ほど着々と自分なりに準備もしたのだった。妻と息子に残す手紙の文面を会社への行き帰りの電車の中で考え、営業の外回りの合間に喫茶店やマクドナルドに入ってポケットワープロで書いたりもした。そのときは、突然スーツケースを提げた自分が金親のマンションのドアの前に立っている情景、ドアを開けた金親の驚く表情、二人で暮らしはじめた最初のまるでままごとのような一週間、などを子細に想像して、何かにとり憑《つ》かれたような高揚した気分に浸されたものだ。あの時、半分ほど書いた長い手紙はいまもフロッピーディスクのまま大木の机の引出しの奥にしまわれている。

そうやって準備しているちょうどその折に、一人息子の章太郎が病気になった。心房中隔欠損症だった。保健所の二歳児検診で発見されたのだ。外科手術を早急にするべきか否かで診断が分かれ、結果、手術になったが、その一件で大木の妄想は現実という巨大な木槌《きづち》にあっけなく打ち砕かれてしまったのだった。

大手術がなんとか終わり、章太郎がようやく元気を取り戻した頃、金親が結婚するらしいという噂を耳にした。福岡に行ってすぐに金親は点字翻訳のボランティアグループに入った。そのことは電話で聞いていたのだが、相手はそこで知り合った高校の教師ということだった。ワープロで妻への拙《つたな》い手紙を書き始め、息子の病気で中断し、といったことがあってから三ヵ月ほど後のことだ。そういえばあれはちょうど今くらいの季節だった。

それからさらに二年。

金親も子を宿し、来春には人の親となる。そんな金親と再び出会い、大した話をしたわけでもないが、それでも下腹に手をあてた金親が「もし、この子が邦さんの子供だったら、どうだったかしらね私たち」と言い、大木も「本当に嬉《うれ》しかっただろうな、俺は」と返す――くらいのやり取りは話の合間にあって、夜が明けるまで二人きり酒を飲んだ。

大木はタクシーの中で、そんな自分と金親に不思議な思いがした。何のために金親と会ったのかと問われれば答えられない。むろん金親を取り戻そうなどと思ったわけでもないし、またそういうことができるはずもない。金親と大木はもはやまったく切れているのだ。だが身体は離れても、どういうわけか心のつながりはずるずると残ってしまっている。それは結局ただの思い出に過ぎないのだろうが、それでも何か愛に似たものに違いない。奇妙なもんだな、と大木は思う。歳を取るというのはこういうことなのか、とも思う。とはいえ、昨夜もこんな会話があったりはした。


「金親は、幸せなんだよな」

「うん」

「邦さんは」

「俺は相変わらずかな」

「どうせ、また昔の私みたいに純な女の子つかまえて、思いっきり甘えてるんでしょう」

「恋愛はこりごりだよ。お前一人でもう十分だよ」

「嘘ばっかり」

「旦那《だんな》さんは良い人なんだろ」

「ええ、とっても」

「どんな風にさ」

「優しい人。邦さんみたいに三十過ぎても不安定なんてことないし、危なっかしくもないし、愚痴っぽくもないし、冷たくもないし、自分勝手でもないし、ね」

「でも、そんなのつまらなくないか」

「そんなことない。一緒に暮らしていて、私だんだん彼のことが尊敬できるようになってきてるの。変にとんがっていた東京時代の自分が何だかとても恥ずかしいような気がする」

「ふーん」

「邦さんもわがままばかり言ってないで、そろそろおさまるところにおさまりなさい」

「まあ、そりゃそうだけどさ」

「いつまでも子供のままじゃ駄目だよ」

「金親ってすっかり教師の嫁だな」

「えっ、なんで」

「だってさっきからお説教ばっかりじゃないか」

「えー、ごめんなさい。気悪くした？」

「そんなことないけどさ」

「でもさ、そうやっていつまでも子供っぽい邦さんが、邦さんらしいとも私、思ってるんだよ」

　そこで大木は少し黙った。ちょっと泣きたいような気がしたからだった。しかし金親は本当に彼が気を悪くしたと勘違いしたのか、しきりに「ねっ、ねっ」と俯《うつむ》いた大木の顔を覗き込み「ごめんごめん」を繰り返した。

　こういう会話は、やはり何か、ただの他人同士でない会話だろう。

　これは愛の先にある男と女のやり取りかもしれない、といまこうやって思い出してみて大木は思った。子供を生めば、金親は会社を辞め、それで大木と彼女とのあいだのつながりは完全に途絶えてしまう。多分、今朝の別れが金親との今生の別れだったのだ。その別れの時に、金親は大木の姿が見えなくなるまで車の後ろで見送り、大木も力の限り手を振りつづけた。

〈金親がもっともっと不幸だったら、そして自分がもっともっと不幸だったら……〉

と大木は思った。

そうだったなら、今朝だってどうなっていたか分からない。金親がすがりつけばむろん大木は彼女を抱き、そして二度と東京には帰らなかったろう。金親にしても大木が強引に身体を奪い、どこかへ彼女を連れ去ろうとすれば黙ってついてきたに違いない。そのくらいの緊張感はまだ二人の間にはあった。

しかし、それは六年前、互いに苦しみ抜いて愛し合ったときの二人とは似ても似つかぬ、ひ弱な緊張感でしかない。

要するに金親が言うように〈なにもかももうすっかり遅すぎる〉ということなのだ。

そんなことを考えながら車に揺られているうちに、大木はうとうとしてしまった。

2

午前八時十分
空港の土産物売り場で妻の陽子と章太郎のために菓子を買った。
空港ロビーの通路をずいぶん歩き、飛行機のハッチに連結されたエプロンに到着する。ゆらゆら揺れる筒型の渡り廊下を大勢の乗客たちと歩きながら、なぜだろう、大木はふと足を止め、四角の窓越しにこれから乗り込むB747SRの機体を眺めた。

南国のすでに眩《まばゆ》いばかりの朝の光を浴びて、白く塗られた巨大な機体はきらきらと輝いていた。だが、睡眠不足のせいで目が霞《かす》んでいるのだろうか、そのきらめきはなんだか靄《もや》のように機体全部を押し包み、それでいて、ところどころまるで金粉でもふりかけたように不自然な尖《とが》った光を周囲に弾《はじ》いているのだった。大木はその輝きに瞬間目を奪われ、そして、直後、胃のあたりにずんとくる重みを感じた。視線を逸《そ》らし、前を行く何十人という乗客たちの後ろ姿を眺める。

大木は目を疑った。これもほんの一瞬だったが、大人、子供そして男女、皆々が真っ白な法《はっ》被《ぴ》を羽織って飛行機の入口の中にスローモーションでも見ているようにゆっくりと吸い込まれていく情景がありありと眸《ひとみ》に映ったからだ。しかし、一度まばたきして見直してみると、彼らはまったく普通のそれぞれの姿に戻っていた。胃のあたりの重さが不意に胸にせりあがって、異様な息苦しさを覚えた。

甲高い声が聞こえた。大木は我に返って顔を上げる。

ハッチに立って案内をしているスチュワーデスが、「お客様、お客様」と呼んでいるのだった。気づけば通路は大木一人置き残して誰もいなくなっていた。

「お客様、ご搭乗お急ぎください」

ここは機体前部の搭乗口だった。大木は後部搭乗口につながれた渡しの方を見やった。そちらもいまは誰も人影はない。多分、一瞬と感じているあいだに、すこし余計に時間が過ぎたのだろう。どうやら自分が最後の一人であるらしかった。

〈どうしよう〉

形容できない妙な思いが大木の胸をよぎる。何かがいつもと違う、そんな気がした。そのときまたスチュワーデスの声が聞こえた。

「お客様、お急ぎください」

大木は、そのスチュワーデスの顔を見た。ちょっと困ったような怪訝《けげん》そうな表情をしている。若い美しい人だった。そして彼女はどことなく金親と似ていた。それで大木は目が覚めた。よし大丈夫だ、と思い「どうもすみません」とスチュワーデスに頭をさげながら急いで入口の方へ駆けていった。

午前八時四十分

無事離陸を終え、機が水平飛行に入ると、さきほどの微《かす》かな危惧《きぐ》はすっかり胸から消えていた。大木の席は機体のほぼ中央部、翼の付け根から四列ばかり下がった左の窓側だった。離陸してすぐに正面のスクリーンで流された午前七時のＮＨＫニュースの録画ビデオによると、今朝の日本列島は大陸性高気圧に包まれ各地の空ともに快晴であるという。「気象庁予報部によれば、これでほぼ全国的に梅雨明けとなったということです」、女性のアナウンサーが告げていた。なるほど、小さな窓から見える下方の空も真っ青に晴れ渡っていた。前方の左翼が太陽の照り返しで銀色に輝きながら小さくたわみ揺れている。エンジン音はほとんど聞こえず、まるで滑るように機は飛行していた。

早朝サービスのサンドイッチを腹におさめると、大木は心地よい眠気を催してきた。食事やジュースの給仕をしてくれているのが、さきほどハッチの所に立っていたスチュワーデスだというのも嬉《うれ》しかった。目前でつぶさに観察すると、ますます彼女は金親によく似ているのだった。

金親も昔はこんなに瑞々《みずみず》しく若かったのだな、と思った。その頃の金親を残念ながら大木は知らない。同期入社といっても大木の会社のような大企業だと毎年二百人以上の人間が採用される。ことに大木が入社した昭和六十一年といえばバブル景気の真っ只中《ただなか》で、四年制大学卒業の総合職だけでも百五十人近くが入社した。専門職を入れれば実に三百人に達したのだ。いくら同期といったって、面識すらない連中が大半だった。大木は三ヵ月の本社勤務のあとすぐに横浜支店に配属され、それから地方と海外の各支店を一つずつ回って六年前に本社に帰ってきた。金親の方は、わずか一年地方支店に出ただけで本社に上がり、大木が現在の部署に入ったときには同期とはいえはるかに先輩格という趣《おもむき》だった。なにしろ本社暮らしだけでいえば、丸二年もの差がついてしまっていたのだ。

〈金親の初対面の印象はそういえば最悪だったな〉

大木は半分うとうとしながら、何とはなしにその頃の金親のことに思いを寄せる。

支店での泥臭い営業にどっぷり漬かっていた大木にとって、本社での勤務はすべてが別世界だった。扱うロットの規模も違えば、任される金額も桁《けた》違いだった。支店ではそれこそトイレットペーパー一個から重機に至るまで何でも商売した。利ざやの多寡など問題ではない。とにかく物であれば何であろうと売り込んだ。インドネシアにいた時など半分腐りかけた大量の海老《えび》を食用と飼料用に分別して日本に送るという作業を半年以上つづけたこともある。浜の冷凍倉庫に毎朝出向いて倉庫ごと買いつけたブラックタイガーの木箱の山に分け入り、現地で雇った作業員たちと一箱一箱、点検していく。熱帯の国で防寒服に身を包み、明けても暮れても海老の品定めを繰り返しているといい加減泣きたくなってくる。

それでいて海老市場の暴落によって、儲《もう》けなどなかった。大量に買いつけ契約してしまった前任の支店長の目算違いを尻《しり》ぬぐいする――それだけの意味しかない仕事だった。いかに損害を薄くするかが問題だったのだ。それでも新任の支店長は血眼で、土曜も日曜もなくこき使われた。これが世界に冠たるソウゴウショウシャの現実か、と大木は日々呆然《ぼうぜん》と過ごしたものだ。

「大木さん、最初見たとき日本人じゃないかと思っちゃった」

金親を含めた新しい同僚たちと初めて飲みに行った時、金親が開口一番大木に向かって言ったのはこれだ。そりゃあ一年半もスマトラの太陽に灼《や》かれれば、誰だって日本人離れした姿に変わり果てるに決まっている。

「だってあんまり真っ黒で、どっちが顔でどっちが頭だか分からないんだもの」

その夜、大木はそれから一言も金親と口をきかなかった。インドネシア仕込みの酒量で、ただただ周囲をあっと言わせ(他に何の楽しみもない彼《か》の地では、毎晩、仲間たちとヤシ酒を浴びるように飲むだけが唯一のストレス解消だったのだ)、すっかり酔っぱらうとバリ島直輸入のレゴン・ダンスを銀座のパブでやけくそ気味に披露して、同僚たちの馬鹿笑いを取った。大口をあけて笑う金親の顔を見るたびに「いつか見返してやるぞ」と大木は心の中で呟《つぶや》いていた。

金親は職場では凄腕《すごうで》で通っていた。抜群の英語力は他を圧倒し、法学部出身の法律知識は契約書一つ作らせてもなるほど一分の隙もなく、万事がさつな大木などからすればまるで宇宙人ともいうべき緻密《ちみつ》さと精確さだった。

知り合った当時の自分と金親とのことを思い出して、大木は思わず苦笑する。

〈まさか、あいつと深い仲になるなんて思いもしなかったもんだ〉

初対面から一ヵ月以上、口ひとつきかない関係だったのだ。

今朝、金親は「変にとんがっていた東京時代の自分」と言っていたが、たしかに当時の金親は超弩級《どきゆう》にとんがっていた。なまじ美人だったから、そのつんと澄ました振る舞いが余計男たちの反発を買っているところもあった。それでも独身社員の中には金親を落とそうとしきりにモーションをかけている連中も少なくなかった。むろんすでに結婚していた大木はそういうゲームじみた恋の駆け引きの埒外《らちがい》にあった。

大木が妻の陽子と結婚したのは二十三歳、大学を卒業し就職したその年のことだった。陽子は一つ歳下の二十二、まだ音大ピアノ科に籍を置いていた。知り合ったのは大木が十九の時で、当時彼が入っていた学生寮主催の合同コンパで隣に座った女の子だった。その晩には半ば強引に身体を奪い、翌日には一緒に暮らし始めていた。同棲《どうせい》してからも、大木は何人かの女性と付き合った。が、結局いつも陽子のもとに帰り、ごく自然に一緒になったのだった。

横浜で所帯を持ち、その九ヵ月後富山に赴任した時は単身で出かけた。金曜の夜に横浜に帰り月曜早朝に富山に戻るという生活が一年。インドネシア勤務を受けると、陽子はかねてから希望していたドイツの音楽大学への短期留学を決め、それでまた別居生活となった。東京に戻ったのは大木の方が先で、半年遅れで陽子も二年の留学を終え帰国した。大木と陽子はそういう夫婦だった。

大木はおよそ芸術などとは縁遠い人間である。郷里は山形で、実家は小さな土建屋だった。いまは一人きりの兄があとを継いでいる。子供の頃から柔道をやって、中、高と柔道に熱中した。上背はあったが肥《ふと》らない体質で、激しい稽古《けいこ》でかなり関節に無理を強いていたからだろう、高校三年の冬に膝《ひざ》をこわし、それが致命傷になって柔道をあきらめざるを得なくなった。それまでは県内有数の選手として将来を嘱望《しょくぼう》されていた。日大への推薦入学もほぼ決まっていたところでの挫折《ざせつ》だった。

柔道がやれないのなら日大に行ったところで何の面白みもない、と大木は一念発起して猛烈に勉強を始めた。そもそもが教科書すら開いたことのないような暮らしぶりだったから、受験勉強なるものが一体どれほど大変なものか、大木にはまったく想像できなかった。しかし逆にそれが幸いしたのか、一年浪人したものの早稲田の政経に合格した。早稲田では精神昂揚《こうよう》会なる妙なサークルに所属した。早稲田百キロハイクなどという馬鹿馬鹿しい催しを主催するような団体だった。この会で中国人の張という留学生と親友になった。張は福建省の出身で、大学二年の時、彼の帰郷に同行してはじめて中国に渡った。そこで中国の魅力に大木はとりつかれ、以後毎年一人で出かけては大陸を歩き回った。いつの間にか中国語も身につき、卒業したら張と一緒に小さな貿易商社でもこしらえ、中国相手の商売でもやろうかと考えていた。ところがその張が昭和六十年に帰国すると折からの民主化運動に身を投じ、とても一緒に商売を始めるどころの話ではなくなってしまった。その後、張は例の天安門事件で学生側の首謀者の中に名を連ね、やはり同じ留学仲間で日本滞在中に結婚した細君と共にフランスに亡命してしまったのだから、彼の運動もそれなりに筋が通っていたのだろうと現在の大木は納得している。しかし、この張の転身でアテが外れ、大木は就職を余儀なくされる。仕方なしに受験したのが今の会社で、どういうわけか面接で役員連中に気に入られ、とんとん拍子に採用までこぎ着けたのだった。

考えてみれば自分ほど行き当たりばったりの人間もいないもんだ、と大木はよく思う。陽子との結婚にしろ就職にしろみんなそうだ。いまでも大木は陽子の弾くピアノがいいのか悪いのか全然分からない。また分かろうという気もまったくない。

「あなたのそういうところが、私には一番合っているのよね」

と昔、陽子はよく言っていた。

金親と知り合うまでの大木は、たしかにそういう底抜けな、どちらかといえば単細胞と言ってもいいような男だった。

3

午前九時三十分

いつの間にか眠っていたらしい。不意にがくんと強い揺れを感じて大木は目をさました。

客席のあちこちで小さなざわめきが起こっている。ほぼ七割の搭乗率といったところだろうか。大木の隣の二席は空席で彼のボストンバッグが通路側の席に載っていた。大木は腕時計で時間を確かめる。三十分ばかり眠り込んでいたようだ。

さきほどの揺れは何だったのだろう。足元から突き上げられるような妙な震動だった。気流の乱れやエアポケットに入った時の揺れとは違うような気がした。だが、もういまは元通り機は静かに飛行していた。窓の外を見たが相変わらず彼方《かなた》まで広がる青一色だ。前方で中年の乗客がスチュワーデスに何か質問している。話の内容は聞こえないが、スチュワーデスが笑みを浮かべて頷《うなず》きながら、大丈夫だと説明している様子だった。客席もすっかり落ち着きを取り戻していた。

機内にアナウンスが流れた。機長が自己紹介をし、くぐもった声で言葉をつづけた。

「えー、ただいま、小さな揺れがありましたが問題はありません。ご安心ください。えー、当機は定刻八時二十五分に福岡空港を離陸、羽田空港に向かっております。今朝の東京地方の天候は快晴、現在伊豆半島の上空を順調に飛行中であります。ただいまシートベルト着用のサインが出ます。次第に高度を下げ、着陸態勢に入りますので、どうかベルトの着用をお願いいたします。到着時間は定刻を若干遅れ、十時十分頃を予定しております。本日もエヌ・エヌ・エー新日空をご利用いただきまして、えー、誠にありがとうございました」

マイクを置くガチャッという音と共にアナウンスが切れると、チャイムが鳴ってシートベルト着用のサインが点灯した。

大木はひとつ大きく息を吸ってもう一度窓を見た。今度は前方に見える銀色の巨大な翼をじっと観察する。油圧ポンプが作動しメインフラップがゆっくりと持ち上がっていくのが見えた。着陸態勢に入ったのは確かなようだ。巨大な二基のエンジンにも異常は見当たらない。それを確認して少し安心した。それでも、さきほどの奇妙な揺れで始まった胸騒ぎはなかなかおさまらない。周りを見回す。誰もが平気な顔で雑誌を読んだり、機内放送をイヤホンで聴いていた。

シートを倒し眠っている者もいる。次にスチュワーデスを観察する。とりたててこちらにも変わった様子はない。中央通路の方に目を転ずるとチーフらしい中年のスチュワーデスが機内電話でコックピットと何かやり取りしているのが見えた。彼女の表情をじっと目を凝らして眺める。別段動揺した色もなく、すぐに電話は終わった。

しかし、大木は何かが変だという気がした。

まずさきほどの突然の機長のアナウンスだ。小さな揺れについて問題はない、と言ったが気流のせいならばそうと言うはずだし、でなければ何も唐突に「問題はありません。ご安心ください」などとわざわざアナウンスする必要はない。機長挨拶《あいさつ》というには時間が遅すぎた。順調に飛行し、すでに伊豆半島上空に達しているというのに着陸時刻が定刻より十五分も遅れるというのも不可解だった。離着陸の混雑で羽田の管制塔から着陸許可が下りないのなら普通はそう言うし、そうならば羽田上空に近づいてきたところでアナウンスするのが通例である。着陸態勢に入ったばかりのこんな時間にわざわざ到着時刻の予定変更を告げられるというのは初めての経験だった。

そしてやはり問題なのは、あの揺れだ。機長が認めたことから、少なくとも「小さな揺れ」がなんらかの原因でこの機の内部で起こったことは間違いないだろう。しかしどうして機内でそんな揺れが発生したのか。何らかの物理的な力が作用したとしか考えられないのではないか。

〈足元の下は多分、格納庫だ。そこで何かが起こったのではないか〉

ふと大木は昭和六十年の日航ジャンボ機墜落事故を思い出した。あの時は客室最後部の圧力隔壁が突然破裂したのだった。それによって垂直尾翼が吹き飛び、油圧系統をやられたジャンボ機はダッチロールを繰り返し、最後には群馬県御巣鷹《おすたか》尾根に激突した。死者五百名を超える大惨事だった。

〈まさか、あれと同じようなことが足元の格納庫で起こったのではないか〉

そう想像した途端、大木は締めつけられるような痛みを胸に覚えた。

この飛行機に乗り込む時に見た不思議な幻覚がくっきりと脳裡《のうり》に再生された。真っ白な法被《はっぴ》を着込み、乗客たちは吸い込まれるように搭乗口に消えていった。あれは皆の死出の旅姿だったのではないか。通路から眺めた機体が白く靄って見えたのはなぜなのか。

頭の中で真っ赤な光が明滅していた。やはり、乗るべきではなかった。あの異様な光景こそは自分の生存本能が察知した予知夢に違いなかったのだ。激しい恐怖が大木の意識を黒く塗りつぶしていった。

午前九時五十分

大木が目を瞑《つぶ》り恐怖に耐えながら、これはきっと思い過ごしにすぎない、あと二十分もすれば無事滑走路に着地し、この愚かな動揺を自ら笑い飛ばすことになるに決まっていると念じている時だった。

「お客様」

という声が耳元でした。目を開けると若いスチュワーデスが雑誌と新聞を持って立っていた。

例の金親によく似た人だ。

「はい」

と返事する。

「シートベルトをお願いします」

彼女が微笑みながら言った。優しげな柔らかい声だ。大木は慌てたようにベルトを締める。

「雑誌、いかがですか」

三冊ばかりの週刊誌を胸の前でトランプのように広げていた。

「いや、結構です」

そう言ったあと、大木は通り過ぎようとした彼女に声をかけた。

「あのすいません」

「はい」

「さきほどの揺れなんですが、原因は何なのですか」

「揺れ？」

思い当たらないという表情になる。

「いや、つい二十分くらい前、ちょっとぐらっときたでしょう」

「ああ」

気の小さな人だ、とでも思ったのか職業的最大限の笑みを浮かべて彼女は言った。

「弱い乱気流に巻き込まれたんだと思います。でも今日の気流は安定していると機長も言っておりましたからもう心配ありません。乗物酔いが御心配でいらっしゃるんですか。でしたらお薬を持って参りますが」

「いいえ、そういうわけでもないんですが。それから、どうして到着時刻が遅れるんですか。ちょっとぎりぎり間に合わせたい会議が入っているのですが」

彼女はてきぱきと答える。

「申し訳ございません。何でも今日、国賓として来日される外国の元首の方がいらっしゃるそうで、その飛行機の関係で羽田のほうが多少着陸を制限されているようです。本当にご迷惑をおかけして申し訳ございません」

「いや、それならば仕方ないですね」

受け答えするその顔を眺めながらあらためて大木は金親にそっくりだ、と思っていた。同時に彼女に尋ねてよかったと胸をなでおろした。

〈やっぱり何でもなかった。考えてみれば当たり前だ〉

彼女の去っていく後ろ姿をしばらく追って、大木はシートに座り直し楽な姿勢になった。いままで身体が知らず知らず強張《こわば》っていたことが分かる。全身から力が抜けていく。

〈大丈夫だ、俺には金親がついている〉

そう思った。

〈俺はそんなに死ぬのが怖いのか〉

と考えた。そう考えてみるとさきほどまでの舌がひりつくような恐怖が急に滑稽《こっけい》なものに姿を変えていった。大木は再び金親のことを思い出すことにした。この四年、何か辛《つら》いことや厭《いや》なことが持ち上がると愛用の胃薬や頭痛薬でも嚥《の》むように、金親との日々を回想してきた。金親にすがって紛らわすというわけでもないが、彼女との思い出に浸るといつも大木は気持ちが落ち着いた。さきほどは、身体が離れても心のつながりだけはずるずると残ると感じたが、というよりも思い出の中で大切な人はそうやって生きつづけるのかもしれない。つながっているのではなく分離して、他人の心の中で人間は幾つもの生を同時に実現できるのではないか。いまこの心の中にいる金親は本当の金親とはまた異なる自分だけの金親に違いない、と大木は思った。

金親と親しくなったのは、大木が本社に配属されて二ヵ月ほど過ぎてからのことだ。

妻の陽子がまだ留学中で、その頃の大木は独り身の気楽な生活を満喫していた。二十歳前に陽子と知り合って以来、考えてみれば大木は東京で一人暮らしというものを経験したことがなかった。学生時代、別の女性に魅《ひ》かれてしばらく家を空けたりといったことはあったが、それも新しい人の部屋に転がり込むのがせいぜいで、純粋に一人でこんな都会に身を置いたことはなかった。

とにかく毎日明け方まで飲み歩いた。スマトラでの耐乏生活を一気に取り戻す、そんな熱の入れようだった。同僚と飲みに行くこともあったが、それはごくたまにで、いつも一人だった。一人が楽しかった。大木は金親を筆頭にエリート然とした本社の人間たちとは馴染《なじ》めなかった。肌合いが違いすぎた。ふた月もすると周囲の方もそんな大木に距離を置きはじめていた。真っ黒な顔、手入れもろくにしていない長い髪、構わない身なりの彼は同僚たちから蔭《かげ》で「スマトラターザン」と呼ばれていた。

一度など入社年次が一年後輩で京大アメフト部の猛者《もさ》だった同じ課の片山という男に酒場で絡まれ、その場で強烈な一本背負いをかけて投げ飛ばしてしまい、社内中の噂に上ったこともあった。スマトラターザンというあだ名も、そんなことに由来して付けられたものだろう。百八十五センチ以上ある片山をカラオケスナックのステージに放り捨てた時は、たまたま金親も一緒で、腰をしたたかに打って呻《うめ》く片山を介抱していた彼女は、まるで野蛮人でも見るような冷たい視線で彼を睨《にら》みつけたものだ。片山は金親と組んでよく仕事をしていた。一部で「金親ペット」と揶揄《やゆ》されていたくらいだった。大木は睨む金親を見返し、内心「ざまあみろ」と呟《つぶや》いていた。この一件があってからは、大木はますます同僚たちとは疎遠になった。

金親と面と向かって対峙《たいじ》したのは、一日中冷たい雨の降りそぼつ六月半ばの週末、金曜日の晩のことだった。

仕事で立ち向かった、というのではない。場所はまた酒場だった。ちょうど大きなプロジェクト輸出がまとまり、その打ち上げ部会が赤坂のステーキ屋を借り切って開かれ、部長直々の音頭取りということもあって、大木は気が進まなかったが参加せざるを得なかった。宴もたけなわを迎え、総勢三十人以上の面々がすっかり酔っぱらってしまった時だった。末席でまずい酒をすすっていた大木に突然甲高い部長の声がかかってきた。部長は中央のソファにふんぞり返りお気に入りの金親を隣にはべらせて、すっかり良い機嫌になっていた。

「おーい、ターザンこっち来い」

そういえば大木はこの金縁眼鏡の部長とは配属以来ほとんど口をきいたことがなかった。上司に呼ばれ渋々立ち上がって、大木は部長の側に寄っていった。部長の二重顎《あご》にしゃくられて、向かいの丸い補助椅子に腰を下ろした。目の前に金親がいた。

「よしよしよし」

部長は真っ赤な顔でしきりに満足そうに頷《うなず》いている。金親の方は表情をきれいに消して大木を見ていた。

「ターザン、お前、酒が強いんだそうだな」

「は？」

金親の隣で直属の課長である浅井がニヤニヤ笑っていた。この浅井は四十をとっくに過ぎてまだ独身で、部下の金親にしきりにちょっかいを出そうとして若手社員の顰蹙《ひんしゅく》を買っている人物だった。しかし金親は彼に対しても実にそつのない応対を心掛け、本心はともかくも百パーセントの信頼をこの上司からかち得ていた。逆に大木は露骨に好悪が態度に出るタイプでもあり、部長の腰巾着《こしぎんちゃく》然とした浅井にはすでに相当疎んじられ始めていた。

「いやね、うちの部の中で誰が一番の酒豪かという話をしていてさ、ぼくはこれまでの観察で絶対金親君だと思うんだが、この浅井君がだね、大木君もなかなか大したもんだと言うんだよ。それでじゃあ一つ、今夜、どちらが真のチャンピオンかぼくがジャッジになってさ、ここで証明しようじゃないかという話になってね」

部長が鷹揚《おうよう》な姿勢で話しかけてくる。

「はあ……」

余りに馬鹿馬鹿しい話に、大木は呆気《あっけ》に取られた。証明するといったところで一体何をするのか。まさか大学のコンパさながら一気合戦でも自分と金親にやらせる気ではあるまい。そう思って大木が俯《うつむ》いていると、そのまさかだったのだ。

「いや、どうかね大木君」

浅井がおもねるような猫撫《な》で声で言った。部長の側で媚《こび》を売っているうちに口調が元に戻らなくなったという感じだった。大木は苦笑する。

「はあ……」

「はあはあってさ、君。部長が提案されているんだからね」

提案だとさ——その言葉づかいに大木は馬鹿馬鹿しさを通り越して腹が立った。適当に誤魔《ごま》化《か》して早くこの場から退散しよう、そう思っていたその時だ。

「大木君、どう、私と飲み比べやってみません？」

突然、金親が大木に向かって言ったのだ。啞然《あぜん》として大木は金親の顔を見つめた。顔は例の気取ったスマイルに彩られていたが眼は笑っていなかった。こいつ先夜の片山の件の意趣返しをこんな方法でやろうというのか、と大木は内心ムッとした。たしかに金親の酒は社内中に聞こえていた。大木も二、三度酒席を共にして、その酒豪ぶりに舌を巻いたものだ。

「いやあ、ぼくは遠慮させてもらいますわ。いまどきそんなアホなこと学生でもようやらんでしょう。それに……」

そこまで大木が言うと、浅井が色をなして声を張り上げた。

「大木君、きみぃ、女性の金親君が一戦交えてもいいと言ってるんだよ。それをここで逃げ出したんじゃ男子の沽券《こけん》にかかわるというものだろう。せっかく部長も楽しみにされておられるんだ」

部長の方は、すでにこちらのやり取りを聞くでもなく別の人間と話をしている。

「あんたのゴマすりなんか部長は見ても聞いてもいやしないよ、この茶坊主野郎」と大木は小さく声に出して呟いた。

「えっ、何だって」

浅井が聞き返す。目の前の金親には聞こえたようだった。一瞬驚いたような表情になって大木を見ている。優等生らしく彼女は言葉を投げた。

「それに、ってなあに、大木君」

「え？」

今度は大木が聞き返す。

「さっき、それにって言って何か言いかけてやめたでしょう」

「いや、別に何でもないですが」

「嘘、何が言いたかったの。私じゃ相手として不足ってわけ」

「いやあ、そういうわけじゃないけど」

「じゃあ、何なの」

金親は彼女にしては珍しく多少ムキになっているようだった。大木は彼女の方にぐっと顔を近づけた。彼女だけに聞こえる小さな声で言う。

「金親さん、あんまり無理はしない方がいいよ。若い女が酔いつぶれるほどみっともないことってないだろ。それにさ、俺、あんたの介抱なんかするの真っ平御免だよ」

この一言で金親の顔色が変わった。彼女はそっぽを向き、可愛いめの女子社員とだべっていた部長の肩を叩《たた》くと、

「部長、大木君、私と飲み比べやってくれるそうです」

部長が相好《そうごう》を崩して再び大木の方を見た。

「そうかそうか、そりゃあ面白い」

浅井も、

「こりゃあ、今夜一番の見物ですね、部長」

はしゃぎ声を上げた。


金親がギブアップしたのは意外に早かった。最初ビールで始め、ジョッキを五、六杯空けたところで一度金親はトイレに立ち、戻ってくるとウィスキーにかえようと言った。大木は同意した。部の連中がぐるり取り囲んで固唾《かたず》を呑んで二人の対決を見守っていた。一杯空けるごとにやんやの喝采《かっさい》が上がる。大木はウィスキーに切りかえてからは意識して自分のグラスの方により多めに注いだ。注いですぐにグラスを持ち上げ飲み干すから観客たちには分からないが、目の前の金親や部長には分かったはずだった。大体三分の一強、大木は金親より余計に飲んでいった。お互いストレートで五杯ずつ空けたところで、金親が、

「もう駄目」

とソファに身を投げたのだった。大木は相変わらず補助椅子に座っていた。眼を閉じ、苦しそうにグレイのスーツの胸元をかきあわせている金親を見たとき、不意に「こいつも女なんだな」という思いに満たされた。女の意地にまともに付き合ってこんなくだらない勝負をやらかした自分が本当に情けなかった。大木は、もう一杯だけグラスを空にすると、

「部長、もういい加減に勘弁してください」

と言った。知らず知らずドスのきいた声になってしまっているのが自分でも分かった。

「いやあ……」

部長が呆《あき》れたような感嘆したような声を出した。

「大木君、聞きしにまさるとはまさに君みたいな奴のことだなあ」

「はあ」

そこで大きな拍手と歓声が上がった。よく見ると浅井が興奮した顔で最も盛大に手を叩《たた》いていた。

その店でそれから十二時過ぎまで飲みつづけた。大木は急に表舞台に立った役者のように皆に取り囲まれ、ことに女子社員たちからしきりに称賛を浴びたのだった。彼は黙々と飲みつづけながらソファの端でぐったりとしている金親の方をときどき盗み見た。彼女はいまは静かに眠っているようだった。あいつも案外、反感買っていたってわけか、と大木は思った。

お開きになって片山が金親を揺り起こすと、彼女は思いのほかしゃっきりと立ち上がり、大木の方にしっかりとした足取りで近づくと、

「今日は私の完敗ね、大木君」

と言って右掌《て》を差し出してきた。「そういう見え透いたぶりっ子がよくないんだよ」と大木はぶつぶつ言いながら金親の掌を握りしめた。ほとんど握力というものがなく餅《もち》でも摑《つか》むような感触だった。これは、相当参ってるな、と知った。

そこで再び大きな拍手がみんなから上がって、浅井が「いやあ今夜はいい会だった。部長本当にありがとうございました」と言って、それをしおに全員が席から立ち上がった。

店の外に出ると、雨足がかなり強くなっていた。「ぼくは、同じ方角だから」と、さっさと

浅井が車を止め、部長を乗せて去っていくと、三々五々皆も店の前に並んだ車を拾って散っていった。金親はちょっと離れたところで赤い傘をさして雨の降る夜空を眺めたりしていた。もうすっかり酔いは醒《さ》めたという素振りで、いつもの端整な表情に戻っている。赤かった顔もいまは普通の色だ。しかし、しっかり観察していた大木には、まだ彼女が充分に酔っていることが足取りひとつ見ても分かった。女子社員の二人組が金親に声をかけて「金親さん、同じ方向だから一緒に乗りましょう」と誘っていた。金親は手を振って断り、「私、少し冷たい風に当たって酔い醒ましていくから」と言っていた。大木も同僚たちの誘いを断った。あっという間にその場から全員の姿が消えた。大木はずっと目で追っていた金親の赤い傘の方へと歩きはじめた。すでに金親は五十メートルほど先を歩いていた。最初は踏ん張っていた足取りが、ベルビー赤坂の交差点を渡り、赤坂東急ホテルの前あたりまで来るとよろけるような歩き方に変わっていた。大木には大体の察しがついていた。金親はホテルのトイレに飛び込もうと、いま必死で歩を進めているのだ。もはや五メートルほど後ろを大木がつけていることすら分からないでいる。

ホテルの車寄せまで来たところで不意に金親は傘を手から落とした。雨まじりの強い風にその赤い傘が跳ねるように転がっていく。大木はうずくまってしまった金親の方に慌てて駆け寄った。せっかくのグレーの麻地のスーツがびしょ濡《ぬ》れである。金親はしゃがみこんで吐いていた。大木が傘をさしかけていることにも気づかない。

車寄せに立っていたホテルのドアボーイが二人に目を留め大きな白い傘をさして近づいてきた。

「大丈夫ですか？」

迷惑半分、心配半分の口調だった。

「どうもすいません」

大木は答え、自分もしゃがんで金親の背をさすった。吐いている金親の背中が一瞬震えたが、振り向く元気もないようだ。

「ちょっと女房飲みすぎちゃって。友達の結婚式の二次会だったんだけど」

ドアボーイにそう言った。金親は胃液まじりのかなりの吐瀉物《としゃぶつ》をアスファルトにぶちまけて苦しそうに息をついていた。意外に華奢《きゃしゃ》な背中をさすってやりながら、そういえば結婚式と偽っても別段不審がられないような恰好《かっこう》をこいつは毎日してるもんだ、と大木は妙なことを考えていた。

「本当に悪いんですが、ツインの部屋一つ用意して貰《もら》えませんか。これじゃあ車に乗せるわけにもいかないですから」

「そうですか……」

ドアボーイが迷うような顔になった。やっぱり夫婦と言っても不釣り合いに見えるのだろうか、と大木は厭《いや》な気がした。

「おい、茜、だいじょうぶか？」

下の名前で親しげに一度声をかけて財布を取り出し、クレジットカードと社員証を抜くと、ボーイに押しつけた。

「これでよろしくお願いします。すぐにフロントに行きますから」

正面玄関のライトで社員証を確認したボーイは、納得したのか、「じゃあ別の者をすぐにこちらに寄越しますから」と言い置いてホテルの中に入っていった。金親は何度かひどくえずいて、それでも出すものを出して少しは楽になったようだった。

「おい大丈夫か」

ようやく彼女は大木に顔を向けた。「私のこと尾行《つけ》てたのね」と皮肉の一つでも言うのかと期待したら案に相違して金親は、

「ごめんなさい、迷惑かけて」

と神妙な声を出した。

「だから、俺、介抱するの厭だって言ったろう。まったく無理しやがってさ」

金親は力なくほほえんだが、何も言い返しはしなかった。

「どこか服汚さなかった？」

そう言って大木の足元あたりを苦しそうな表情で点検している。大木は意外な彼女の態度に何かしら柔らかな感情が自分の胸の奥から湧き出してくるのを覚えた。

「そんなに気をつかうなよ、馬鹿だな。立てるか？」

また金親は予想外の反応をした。いやいやするように首を振ったのだ。

「じゃあ、おぶってやるよ」

大木が腰をさらに落とし背中を向けると金親は素直に身体を凭《もた》せかけてきたのだった。幸い雨足は弱くなっていた。大木が金親を背負い窮屈な姿勢で自分の傘を拾い、二十メートルほど離れたプランターに引っ掛かっている金親の傘の方へ歩み始めたところで、さきほどのボーイ

が玄関から姿を見せ近づいてきた。ボーイに赤い傘の方を指さすと、「お願いします」と一礼してホテルの玄関の方に向かった。

ロビー階に上がるエスカレーターに乗る。金親は大木の背中に身体を密着させ、時々頰をすりよせてくる。大木は妙な心地になっていた。

「おい、大丈夫か、死んだりするなよな」

「大丈夫」

「また吐きたくなってるんじゃないか」

「ううん」

「ほんとか」

「いま吐いたら、大木君、どうする?」

「別に俺は構わないけどな。エスカレーターのゲロ掃除って結構大変なんじゃないか」

金親はまた頰をすりよせた。「大木君」と金親が小さな声で名前を呼んだような気がしたがよく聞き取れなかった。

結局、その晩、大木は金親をホテルの部屋に運び、寝かしつけて自分は隣のベッドに座って窓の外が白み始めるまで金親の様子を眺めていた。「脱がすぞ」と言って大木が金親のスーツやブラウスを剝《は》いでも金親はされるままだった。安心しきったように大木に身体をまかせていた。金親の身体は均整のとれた美しい身体だった。肌が抜けるように白かった。胸も予想外にあって着痩《きや》せする典型だと思った。氷を注文し冷たい濡れタオルを額に当ててやった。目を閉じたまま「気持ちいい」と金親は言った。

隣のベッドに腰掛けじっと寝顔を眺めていると何度か金親は目を開き、大木の方を見た。媚《こび》を含んだ目線だった。大木は彼女のこの二、三時間の意外な反応に戸惑うと共に、まさかという疑問を抱き始めていた。金親が深く静かな寝息を立てはじめたところで、大木は横になった。ベッドサイドのデジタル時計がＡＭ４：25を表示していた。

どのくらい眠ったのだろうか、不意にあたたかさを感じてうつらうつらしながら目を開けた。ちょうど金親が大木のベッドにもぐり込んでくるところだった。毛布を持ち上げ柔らかな身体を大木の懐にすべらせ、金親はすぐに抱きついてきた。アルコール混じりの香水の匂いが鼻を刺激する。

「大木君、好き」

金親は大木のがっちりとした肩に顔をのせてそう呟《つぶや》いた。えーっ、と思い、反面やっぱりそうだったのか、という気もした。

「おいおい」

と、とりあえず言ってみる。

「ずっと好きだったの。初めて見たときから」

金親はうんうんと頷《うなず》き、ひとり納得したようにそれだけ言うと、もう安らかな寝息を吐いていた。

大木はそれから三十分近く目が冴《さ》えて眠れなかった。部屋の白い天井を眺めながらまとまりのないことを考えた。だがそのうち意識が遠のき、金親のあたたかな身体を抱きしめて彼も静かに眠りに落ちたのだった。

4

午前十時十五分

さきほど機長が訂正した到着予定時刻をすでに五分過ぎてしまったが、一向に機は着陸態勢に入ろうとはしなかった。伊豆半島を越えた頃から下降をつづけてはいるが、普段ならば低層の薄い雲を抜け、東京湾上にさしかかった所で急激に高度を下げ、そのまま海面を舐《な》めるように滑空して湾に突き出した羽田の空港滑走路に着地するはずだ。

しかし窓の外を見やっても、一度見えた海はそのまま通り過ぎ、いまは何やら千葉あたりの山並みを眼下に望んでいる。青々ときらめく羽田沖とその海上を白い航跡を泡立たせながら湾の外に進んでいく豆粒ほどのたくさんの船の姿を見たときは、ああこれで無事着陸だな、と大木邦男はほっと一息ついた。しかし機首はちっとも下がらず、あれよあれよという間に機は東京湾を過《よぎ》り、湾岸地帯上空を抜けて、いまだ静かに飛行をつづけていた。どこか外国の元首の専用機が到着するとかで着陸制限を受けている、とさきほどスチュワーデスが言っていたから、羽田管制塔の許可待ちで旋回飛行を行なっているのだろうとは思う。だが、機長からはまだ何の説明もなかった。付近の客席でもさすがに乗客たちが腕時計を睨《にら》みながら、そわそわした様子になっている。やはりスチュワーデスに説明を求めるべきだろうか、と大木が肘《ひじ》掛けのボタンを押そうとした時だった。

マイクが入る音がして、女性の声が聞こえてきた。前方で例のチーフらしいスチュワーデスがこちらに向かって口を開いていた。

「御搭乗の皆様に申し上げます。現在、当機はすでに羽田上空を通過、羽田管制塔の指示によりアウターマーカー外を高度七千フィートを維持しながら着陸に備えて旋回飛行をつづけております。到着時刻を過ぎ、お客様には大変ご迷惑をおかけしておりますが、いましばらく着陸までには時間がかかる模様でございますので、何とぞご了承いただきますよう、よろしくお願い申し上げます。羽田管制塔からの指示がありしだい着陸態勢に入りますので、シートベルトはそのままでお待ちいただきますよう重ねてお願い致します」

アナウンスが終わったと同時に一斉にスチュワーデスたちが、コーヒーやジュースの入ったポットを持ってそれぞれ担当の客席にサービスを始めた。大木の席にも金親に似た彼女が来た。紙コップにリンゴジュースを注いでもらいながら、「やっぱり、着陸制限なんですか」と尋ねた。彼女は「ええ。申し訳ありません、到着が遅くなってしまって。会議のお時間の方は大丈夫ですか」と言う。「しばらくって、あとどのくらいでしょう?」と大木は聞き返した。彼女はちょっと首を傾げ「もうすぐ許可が出ると思うんですが」とだけ言って席から離れていった。去ったあと、何となくさきほどと比べて彼女の態度がぎこちないような気が大木にはした。

この調子では十一時からの営業会議には間に合わないだろう。といって大して重要な議題があるわけでもないから、それはそれで構わない。ただ、遅くなるようなら会社に欠席の連絡だけは入れておかなくてはならない。そう思いついて、大木は席ひとつ空けた通路側のシートの上に載せてあるバッグを引き寄せ、チャックを開いて携帯電話機を取り出した。

電源を入れようとして手を止めた。

そういえば機内での携帯電話使用は禁止されている。電波障害の原因となり飛行機の運航に支障をきたす危険性があるからだろう。遅れるにしろ空港に着いてから連絡すればいいと思い直し、電話機を背広のポケットにしまった。

ジュースを飲み干すと、所在なく大木はシートに身体を預ける。一時間前、足元からの大きな揺れを感じた時と比べると気持ちはずいぶん落ち着いていた。すでに羽田上空に到達しているという思いもある。それは少なくとも機の航行に支障をきたすようなトラブルが発生しなかったということだ。こうして静かに飛行している点からも、この飛行機にさしたる異常はなさそうだ。であれば、やはり着陸指示を待って旋回飛行中という説明はその通りなのだろう。以前にも着陸制限にひっかかって一時間近く着陸が遅れたことがあった。たしか札幌からの帰りの深夜便だった。あの時は、外は真っ暗闇で、時間が過ぎていくうちに不安になった。地上に近づき滑走路を縁取るネオンの縦列を見たときは胸をなで下ろしたものだ。しかし、いまは外の景色も透き通った青空だ。この景色のどこを探しても不吉を暗示する何かを感じ取ることはできない。窓の外を眺めているうちにむしろ大木はだんだん気持ちがゆったりと晴れやかになっていくのを感じた。光の海に抱かれて、のんびりと安らいだ時間を天上の神から偶然にプレゼントされたような、そんな気分にすらなった。

再び軽い眠気を覚え、目を閉じた。

のほほんとしながら、金親はいまごろ何をしているのだろうかと思う。

身重の体で一晩徹夜して、あのまま出社したのだろうか。公私の峻別《しゆんべつ》は徹底する主義の彼女のことだ、きっと一睡もせずに出勤したにちがいない。

よく知ってみれば金親は決して体力のある方ではなかった。それをいつも図抜けた精神力で補っていた。自分の弱さを外部に露出しない、という点で彼女はまさに男以上の女だったと大木は思う。たとえば彼女の酒の強さひとつとっても、初めからそうだったわけではなかった。入社したての彼女はほとんど下戸に近かったという。ところが最初の配属先、新潟支店の支店長が大酒飲みで、何かといえば酒席だった。金親はたった一人の女性総合職だったこともあってそうした席でずいぶんと嫌な目にあった。

「私、社会に出てみて初めて、アルコールとセックスがどれだけ仕事と密接に繋《つな》がっているかを痛感した。この二つが私たち女にとって最大のバリヤなのよ。ちょうど非関税障壁みたいなものね。それは目に見えない男性国家の商習慣で、なまなかなことじゃ突破できない仕組みになってるの。だから、私は誰よりもお酒に強くならなきゃ、と思った」

気持ちが悪くなるとトイレに駆け込み、喉に指を突っ込んでは吐くということを毎晩繰り返しながら彼女は酒を鍛えていったという。

「男の人たちは、若い頃から自然にそういうトレーニングを受けるようになっているでしょう。でも女にはそんなチャンスはほとんどないの。自分一人でやるしかないのよ」

知り合って、次第にそうした彼女の話を聞くようになり、大木は金親という人間に不思議な魅力を感じるようになった。それはなかなか上手《うま》く表現できない感情だったが、言ってみれば、すでに失われたフロンティアを、かつての開拓者がそうだったように、この現代社会で敢然と切り拓《ひら》こうとする者を目の前にしているような——そんな清々《すがすが》しい気分だった。男性社会という未開の蛮地に降り立ち、彼女は徒手空拳《くうけん》、一人きりで密林の奥へ踏み入ろうとしていた。

「なんだか、金親ってクンタキンテみたいだね」

一度大木はそう言ったことがある。

「えっ？」

クンタキンテというのは、大木が小学生の頃に大流行したアメリカのテレビドラマ『ルーツ』の主人公だ。奴隷としてアメリカに連れられてきたクンタキンテの一族は黒人としての誇りを失わず代々血の滲《にじ》むような辛苦を重ね、白人社会で枢要な地位を占めるようになっていく。大木はアレックス・ヘイリー原作のこのドラマを観て、子供心に大きな感動を覚えたことがあった。

「金親みたいな男らしい女は、もういまの日本にはほとんどいないかもしれないね」

「なに、それ。褒めてるのか馬鹿にしてるのか分からない言い方ね」

そう言って金親は笑った。

そんな金親との二年間は、大木にとって新鮮で驚きに満ちていた。金親は今朝「とんがっていた東京時代の自分」を悔やむように顧みていたが、大木はそんな金親が本当に好きだったのだ。

泥酔してしまった金親と一泊した翌朝、大木が目覚めるとすでに隣に彼女はなく、浴室からシャワーの音が聞こえていた。白いバスタオルを身体に巻いた金親が出てきた。長い髪を後ろで束ね細い顔の輪郭があらわになっていた。化粧を落としたその顔は、会社での気の強そうな彼女とは見違えるほどに優しげで美しかった。結局、何もないまま二人はホテルのレストランで一緒に朝食をとり別れたのだった。外は昨夜の雨もさっぱり上がり、久しぶりの陽光が街に照りつけていた。

大木は横浜の家に帰って、なんだか狐につままれたような気分だった。大木のマンションは、同じ横浜に住む陽子の両親が二人の結婚を機に買い与えてくれたもので、防音設備を施した広いレッスン室のあるかなり立派な住居だった。大木は誰もいないレッスン室に入り、音から完全に遮断された部屋の中で昨夜のことを考えた。いくら考えても、やはり金親の気持ちが摑《つか》めなかった。食事をしているときも金親はほとんど口らしい口をきかず、さりとて気まずい思いでいるようにも見えなかった。ときどき大木の顔を見ては嬉《うれ》しそうに微笑んで、マーマレードをたっぷり塗ったトーストを齧《かじ》っている。そんな彼女と向かい合って、大木の方が妙に気恥ずかしい思いを感じていたのを覚えている。そしてホテルの玄関で金親は、

「本当にありがとう」

そう一言いうと、振り向きもせず大木の前から走り去っていったのだった。

翌日曜日のことだ。

突然真夜中に鳴り出した電話のベルで大木は飛び起きた。受話器を取ると金親の声が聞こえてきた。

「大木君、おはよう。寝てた?」

「うん」

はっきりしない意識のまま大木は返事する。受話器の向こうで金親が笑っている。

「ごめんなさい、起こしちゃって。私、どうしても眠れなくて。ねえ、いまから一緒にドライブにでも行かない?」

「えっ」

「私、大木君に会いたくて」

大木はベッドから起き上がり明かりをつけた。枕元の時計を見るとまだ午前四時だ。

「いまから?」

「うん」

「いいけど」

「良かった。じゃあ私待ってるから着替えして降りてきてね」

その台詞《せりふ》にまた大木は面食らった。

「いまどこにいるんだよ」

「大木君のマンションの玄関のところ。車、私持ってきたから。今日もいいお天気だよ」

慌てて顔を洗い着替えをすませてマンションの外に出ると、電話ボックスの側に止まった赤いホンダCRXの運転席で、金親が笑いながら手を振っていたのだった。

大木が運転して茅ヶ崎《ちがさき》の海岸までドライブした。ツーシーターの狭い車内で金親は海に着くまでずっと大木の肩に身体を寄せていた。一昨夜赤坂のホテルでおぶってやったときと同じように柔らかな頬をすりつけてくる。

引き潮の明け方の浜に車を乗りつけ、海岸線の向こうに昇り始めた太陽を車内から二人で眺めた。紫色の浜辺と海の上を舞う数羽の海鳥、そして波の音が聞こえた。

「大木君、私のこと変だと思ってるでしょう」

身体を密着させたまま金親が言った。

「いや」

と大木は呟《つぶや》く。

「そんなことないよ。私だってこんな自分のこと変だって思うもの」

「よく分からないところはあるけど、変だとは思わないよ、俺は。ただ……」

「ただ、なあに？」

そこで大木は口ごもった。

「ただ、金親は俺のことからかってるんじゃないかって」

不意に金親は身体を離した。じっと食い入るように大木の顔を見ている。

「大木君、私、そんな変な女じゃないよ」

「だって変なんだろう。いま自分でそう言ったじゃないか」

大木が笑うと、金親はすこしのあいだ黙り込んだ。そして、

「馬鹿だね、大木君って」

と言った。

「別に馬鹿でもいいさ」

「自分の方から好きだなんていう女は大木君嫌い？」

「さあ、言われたことないからな」

「そうよね。私もいままで言ったことない」

しばらく二人とも何も言わなかった。

「大木君のどこが好きなのか、たくさん言えたらいいんだけど。でも、私にもよく分からない

から言えない」

「ふーん」

それからぽつりと金親は呟いた。

「ただね、初めて見た時にね、ああ、私がもし男だったらこの人みたいになれたのになって思ったの。片山君を大木君が投げ飛ばした時もそう思った。女は結局損よね。いつもいい子ぶった優等生でないと、なんにも上手く運ばないんだから」

「そんなもんかな」

大木は言う。再び金親は抱きついてきた。

「好きよ、大木君。だから私のことも好きになって」

その日、二人は伊豆まで足を延ばし昼近くに湯ヶ島温泉のひなびた旅館に宿を取った。翌月曜日早朝、横浜で大木を降ろしての別れ際、金親は言った。

「大木君、これは私が始めたことだから、あなたには絶対迷惑はかけないから」

それから二年。金親は信じがたいほどの強靭《きょうじん》さでこの約束を大木のために守り通したのだった。

午前十時五十分
機内の騒然とした雰囲気の中で、大木は自分の身に降りかかっている事態の重大さを十分に把握できないでいた。
連れとさかんに大声で喋《しゃべ》り合っている人、俯《うつむ》いてただ黙り込んでいる人、立ち上がってスチュワーデスに何か食ってかかっている人、さらには持っていたカメラでしきりに機内の様子を撮影している人、ビデオカメラを回している人、膝《ひざ》の上に手帳のようなものを広げて一心に書き物をしている人、と周囲の客席はさまざまだった。幸い大木は三人掛けに一人だったから、隣の人に話しかけられることもなく、静かに「その時」を待つことができる。しかし、それにしても、いま起こっていることは真実なのだろうか。悪い夢ではなかろうか。

五分ほど前の機長からの説明は余りに唐突だった。またその口調はひどく事務的かつ楽観的に過ぎた。まるでほんの些細《ささい》なトラブルが発生したといった物言いだった。だが内容を素直に受け止めれば、これは大変な状況に違いなかった。

要するに、着陸するための車輪が「なんらかの原因によって」四脚とも出なくなってしまった。いままで復旧を図るべく最善の努力をクルー全員で払ってきたが、やはり車輪は出ない。そこで羽田管制塔と協議の結果、緊急着陸を行なうことに決まった。現在空港滑走路では、当機の緊急着陸に向けて万全の準備体制を整えているから管制塔の指示があり次第、着陸に踏み切る。これからは乗務員の指示通りに行動し、決して動揺することなく緊急着陸に備えてほしい——という話を機長は淡々と二度繰り返したのだった。

このアナウンスの途中から一斉に乗客たちの間でどよめきが起こった。大木の席の前後でも女性の叫び声があがった。むろんそのざわめきはいまも尾を引いてはいるが、瞬間的に大木が予想したような収拾のつかないパニックにはならなかった。現に大木自身も一度立ち上がりかけたが、すぐに席に腰を落ち着け、いまは黙って座っている。

飛行機は車輪が出ないとなれば着陸は本来不可能な筈《はず》だ。ましてこれだけの乗客を乗せた巨大機が猛烈なスピードでそのまま地面に胴体を擦りつけて着地するというのだ。その衝撃ははかり知れないと思われる。

大木にしろ他の乗客にしろ頭ではそのくらいのことは理解がつくのだが、実際こうやって現実に直面してみると案外、実感が湧かないのだった。これまで幾つかの航空機事故を見てきて、その度に、もし自分が機内に居合わせていたら言語を絶する恐怖に一体どうなったろうかと戦《せん》慄《りつ》を伴って想像してきた。だが、乗務員たちの沈着冷静な態度もあるのだろうが、それほどの恐怖感が襲ってこない。飛行そのものが相変わらず順調で小さな揺れひとつ感じぬことも一因ではあるけれど。

〈大変なことになった〉

という思いだけが頭の中で空回りしていた。

〈どうすればいい〉

自問するが、それにすぐさま覆いかぶさるように〈こんなもの、どうしようもないじゃないか〉という思いが重なってくる。

戦地に駆り出され、砲火凄絶《せいぜつ》な前線に突然放り込まれた兵隊たちも、きっとこんな気分であったのだろうか、と大木は場違いなことを考えたりした。

「大丈夫だよ、脚が出なくたっていまの飛行機はちゃんと降りられるように設計されているんだから」

前の席の若者が隣のたぶん恋人らしい女性に話している声が聞こえた。

「こういう時は、両翼のエンジンタンクの燃料を全部空中に放出して、それから絞れるだけスピードを絞って降りるんだ。だから火災も爆発も起こらないし、操縦さえしっかりしてればちゃんと着陸できるんだ」

若者はやけに自信ありげである。「絶対大丈夫だよ、間違いない」と言い切る。だが、その声音は微《かす》かに震えていた。隣の女性は何も言葉を返さない。

それでも大木はそういう台詞を聞いて、内心気持ちが安らぐのを覚えた。ほとんど気休めに過ぎないような理屈だが、こういうときはそういった楽観がどれだけ人の心の助けになるか身にしみて感ずる。

やはりあの足元から突き上げるような震動は只事《ただごと》ではなかったのだ、と思った。車輪の格納庫に何か決定的なダメージを与える事故だったのだ。あれから一時間半、コックピットの中では事態の把握と対策のために様々な試行錯誤が繰り返されてきたに違いない。最初の機長からのアナウンスに大木が感じた不安は、そのまま的中していたのだ。あの時点でこの飛行機は着陸機能を喪失し、空を漂流する一個の巨大なコンテナと化してしまった。

着陸態勢に入り高度を下げ始めると、おそらく座席ポケットのパンフレットに図解されているように、乗客全員が頭を下げ背を丸めた衝撃防護姿勢を取らされることになる。地に接した瞬間の衝撃は凄《すさ》まじいものがあろう。少しでも機体が傾いてしまえば、こんな薄紙程度の軽量合金で出来た機体は四分五裂、ばらばらに千切れ飛んでしまうに相違ない。中にいる人間など芥子粒《けしつぶ》のようなもので、そこら中に放りだされ地面に叩《たた》きつけられる。むろん命などあるはずがない。

そこで、大木はあの日航ジャンボ機が御巣鷹尾根に激突したとき、焼けただれた残骸《ざんがい》の中から奇蹟《きせき》的に回収されたメモ類のことをふいに思い出した。幾人かの乗客が最後の瞬間に綴《つづ》ったものだ。新聞や雑誌に載った写真を通しても、それらの紙片は血痕《けっこん》や焦げ跡らしきもので爛《ただ》れ黒ずみ、激突の衝撃の大きさを物語っていた。その中に、何かの手帳に書きつけられたらしい、こんな一枚のメモがあった。

コワイコワイコワイ

文字はひどく乱れ、書きつけたときの本人の圧倒的な恐怖をそのまま写し出していた。その震えた文字がはっきりと脳裡に甦《よみがえ》った途端、大木は肚《はら》の底からこみ上げてくる戦慄《せんりつ》を体感した。

〈コワイコワイコワイ〉

それは絶望そのものだった。はじめて死というものが大木の心を捉《とら》えた。

〈俺は、死ぬ〉

死ぬ、死ぬ、死ぬ、死ぬ、死ぬ、死ぬ。全身の毛穴が凍りついてしまったようだった。すべての思考が途絶し、何も見えなくなった。こんな唐突な形で、まさに生きながら身を裂かれるように自分の生命がもぎ取られる。余りに理不尽で残酷過ぎるこの想像は、しかし明瞭《めいりょう》な現実なのであった。

大木は何度も息を吸った。本当に恐ろしいのは、結果としての死であるよりもむしろこの名状しがたい恐怖だ。一刻も早くこの恐怖を除去しなければ自分の人間としての基盤が溶解しつくしてしまう——大木は思った。

〈この恐怖をどうか取り除いてください〉

大木は念じた。念じた先に見えたのは、金親の顔であった。今朝、天神の交差点で別れた折、遠ざかるタクシーの後部座席で自分を見送っていた、その小さな顔だった。

「金親」

大木は口に出して呟《つぶや》いた。すると胸の中に気力が湧き起こってくるのが感じられた。それは最初は微かな糸のようなものだった。その糸を切らないように少しずつたぐりよせていった。しだいに気力の糸は太さを増し、枝分かれして網となり、やがて一枚の生地のような密度をもって真っ白な広がりとなった。

5

午前十一時
機体は徐々に高度を下げているようだった。眼下の景色が窓を覗《のぞ》くたびに大きくなっていく。飛行速度もかなり落ちてきていた。大木は、上着から札入れを出すと、運転免許証と身分証明書を抜いてズボンの尻《しり》ポケットに入れた。緩くなっていた靴紐《くつひも》を強く締め直す。腕時計も着陸する際には外しておいた方がいいだろう。そう考えながら、背広の上着を脱いだ。できるだけ動きやすい身なりにしておきたかった。膝の上で上着を畳んでいる時、ポケットの中にある携帯電話機に気づいた。大木はしばらく考えて、電話機を取り出した。手に握ってしばしダイヤルボタンの数字を眺める。

バッグに入れてあった住所録で金親茜の名前を探した。勤務先の福岡支店の直通番号の下に彼女のきれいな文字で自宅の住所と電話番号が記されている。去年支店の地下の食堂で会った時に直接金親が書き込んでくれたのだった。住所の末尾が「西山方」となっている。一年前、それを見たとき「もう二度と元には戻れないのだな」と大木は思い知った気がした。

瞬間ためらった後、電源を入れ、その自宅の番号をダイヤルした。多分彼女は出社している。わざわざ会社にまで電話するわけにはいかない。この自宅に掛けて、もし金親が出なければ、それで諦《あきら》めよう。すでに彼女は西山茜なのだ。突然こんな状況で電話をして困らせてはならない。驚かせてお腹の子供にショックでも与えてしまっては取り返しがつかない。そう大木は自分に言いきかせる。

呼び出し音が鳴っている。一回、二回、三回、四回、五回。

〈ああ、声が聞きたい〉

と痛切に感じた。同時にやはり金親はいない、と思った。もう彼女はいないのだ、もう彼女は自分の心の中に住んでいるだけなのだ、と思った。

その時だった。耳元で受話器の上がる音が聞こえた。

「もしもし」

という声が伝わってくる。

大木は何か言おうとするのだが、喉元《のどもと》まで出かかっていながらなぜか言葉にならない。

「もしもし、もしもし」

金親の不審気な声が響いてくる。

「もしもし、もしもし」

大木は目をつぶって、その声をじっと聞いた。金親の声だ、と思う。思うと突然涙が瞳《ひとみ》に滲《にじ》んできた。

「もしもし、もしもし」

もうこれで十分だ、と感じた。彼女が受話器を置くまで黙ってこのままでいよう。

「もしもし、もしもし、もしもし」

怪訝《けげん》そうな声が繰り返される。

「邦男さん？」

不意に金親が言った。

「邦男さんでしょう、邦さんね」

「……」

「ねえ、返事をして」

大木は愕然《がくぜん》とした。どうして金親には分かるのだろう。金親と自分との間には何かまだ目には見えない絆《きずな》のようなものがあるのか――そう感じた途端、心が震えた。俺は弱い、俺にはここで電話を切る勇気がない、叫びたいような気持ちで大木は思った。声が口をついて出た。

「もしもし」

「どうしたの？　何にも言わないで」

「いや、携帯電話だから」

「いまどこから掛けてるの？　何かあったの？」

金親の口調は大木に起こった異変をすでに察知しているかのようだ。はじめから不安気な切迫した口調になっている。

「まだ飛行機の中なんだ」

「どうして？　乗り遅れたの？　八時二十五分の便じゃなかったの。十一時から会議が入ってるって言ってたじゃない」

「ああ、そうなんだけど」

「ねえ、どうしたの」

「ああ」

「乗り遅れたのね」

「いや」

「じゃあ、どうしてまだ飛行機の中なの？　十時前には羽田に着いているはずでしょう」

「詳しいんだね」

「さっき、時刻表で確かめたもの」

「どうして？」

「邦さん、今頃何してるのかなあ、って思ったから」

「金親、会社は？」

「邦さんに言われたから今日は休んだの」

「眠ってたの？」

「ううん、起きてたよ」

「大丈夫かい」

そこで金親はしばらく黙った。

「ねえ、邦さん、どうしたの。いまどこにいるの」

やはり自分にはこの人しかいない、大木は金親の声を聞きながら思っていた。この人が生涯でもっとも深く自分を愛してくれた人なのだ、と思った。

「ねえ、ちゃんと説明して。何かあったんじゃないの」

金親の口振りはまるで咎《とが》め立てるようだ。それだけ彼女が真剣に案じていることが分かる。

大木は正直に言おうと決心した。これが金親と話す本当に最後になるかもしれないのだ。

「まだ、羽田上空を飛んでいるんだ。ちょっと飛行機にトラブルがあってね。車輪が両方とも出ないらしいんだ。それでこれから緊急着陸することになった。だから着陸する前に金親の声を聞きたいと思ったんだ。やっぱり、何が起きるか分からないだろう。もしかしたら駄目かもしれないだろう。ごめんな、本当は電話なんかしない方がいいに決まってるのに」

「……」

電話の向こうで金親が絶句しているのが分かった。

「嘘……」

小さな呟きが洩《も》れた。

「嘘」

もう一度。

「でも、たぶん大丈夫だよ。みんなとても冷静にしているし、胴体着陸ってそれほど大したことじゃないんだよ、きっと。ごめん、さっきは変なこと言って。ただ、こういうことになったから、それを口実にさ、俺、いままで金親に言いたくて言えなかったことを言っておこうかなと思ったんだ」

そこまで言って、大木は胸の奥からせりあがってくる激しい思いに心が揺さぶられるのを感じた。この四年間、抱えつづけてきたものが一気にほとばしり出る。

「俺、ほんとうに金親には謝りたいんだ。どうして金親が福岡に行くって言ったとき、会社辞めてでも金親と一緒にならなかったんだろうって。どうして金親と新しい人生に踏み出さなかったんだろうって。どうしてあんなに愛してくれたお前に、俺は応《こた》えてやらなかったんだろうって。女房が妊娠したことだって、章太郎が生まれたことだって、隠したくて隠してたわけじゃなかったんだ。どうしても言えなかった。だって、そんなこと、いくら説明しても説明しきれないだろう。それで金親を失うことが恐くて、とても本当のことを言う勇気が俺にはなかったんだ。

金親は俺に子供が出来たと知って言ったよね。『もう、これだけは取り返しがつかない。私は何も知らない赤ちゃんを傷つけたりできないし、そんなことをしたら自分が自分じゃなくなる』って。ごめんね、金親。俺、お前のこと裏切る気なんてなかった。なのにあんなにお前のことを傷つけて、仕事も生活もみんなお前から奪い取っちまって。

本当にごめんな。

でも、二年前、俺は一度本気で金親のところに行こうって思った。ちょうどその頃、章太郎が心臓の手術したんだ。それで行けなくなったんだ。金親が婚約したって聞いて、俺死にそうなくらい辛《つら》かった。本当だよ。俺ってほんとに間が悪いんだよ。自分で自分が厭《いや》になっちまうよ、まったく。

今朝、金親言ったよね。『いつまでも子供のままじゃ駄目だよ』って。でもさ、俺、人間っていつまでたっても子供のままなんだと思うよ。だから俺みたいにひどいこともするし、沢山の人を悲しませたり傷つけたりもするんだ。だけどさ、それでも子供のままなんだよ。それはいつまでたってもそうで、ただそうなんだよ。金親言ったよね。旦那《だんな》さんのこと尊敬できるようになったんだって。でも、俺はあの時ほんとうは言いたかったよ。尊敬と愛情はやっぱり別物だよって。そして、誓ってもいいけど、お前の旦那さんより、俺はお前のこと愛してるんだって。それも倍、十倍じゃない。何千万倍、いや何億倍も俺の方がお前のこと愛してるよって。金親よく言ってたよね。どんなに愛し合っていても一緒になれない恋もあるって。でもやっぱり、それってそんなことないんだよ。俺はあの頃、そのことが分からなかった。でも、金親だって分かってなかったと思う。俺たち二人ともよく見えてなかったんだ。見ることが足りなかったんだ。自分たちの間にあるものが、どれほどにかけがえのないものであるか、それが見えなかった。そうなんだよ。愛は、やっぱり人を盲目にするんだと思うよ。そういう恐ろしいところがあるんだよ、きっと。

なんだか、自分でも何言ってるんだか分からなくなってきたけどさ、とにかく、俺、ずっとずっとお前のことを愛していたよ。あの、一緒に茅ヶ崎の海に行って遠くから昇る太陽を見た、あの朝からずっとその気持ちは変わらない。お前と別れた四年前と今と、ちっとも俺の気持ちは変わってないと思うよ。誰よりも俺、お前のこと好きだよ。ほんとに、俺、金親のこと死ぬほど好きだよ。人はさ、なかなか正直になれないだろう。自分の気持ちにも人に対してもさ。こうやって、この飛行機が落ちてもう死ぬかもしれないなんて状況になって、なりふりかまわなくなって、何も本当に恐いものがなくなって、そしてさ、もう時間がなくなって引き返すことなんかできないって、そう分かった瞬間にさ、いまの俺みたいにみんな正直になるんだね。ほんと馬鹿みたいだけど」

電話の向こうで金親は黙ったままだ。泣いているようだった。

「金親、聞いてる？」

しばらくして金親が言った。

「いやだ、邦さん、死んじゃいやだ。絶対、生きて戻るの。私のところへ帰るの」

電波の状態が不安定なのだろう、受信音が乱れ、金親の声がかすれて聞き取りにくくなっていた。

「大丈夫、絶対大丈夫。ちょっとジェットコースターの凄《すご》いのに乗って来るようなもんだよ。心配なんかしなくてもいいんだ」

そう大声で答えた時、大木邦男はふっと「おそらく俺は助からないだろうな」と感じた。なぜそんな風に感じたのか理由は分からない。ただ、そう感じた。

「邦さん」

「なに」

「着陸したら、私を迎え――て」

ザーザーと音声が乱れてよく聞こえない。

「えっ？」

「すぐに来るんだよ」

「うん」

もう大木はただ頷《うなず》くだけだった。

「――て、一緒に――――。一緒に暮ら――、喧嘩《けんか》とかいっぱい――、――で悪口言いあって――」

「うん、うん」

「私、邦さんと――いたかった。――んと幸せに――った。ほんとにそうだ――」

「うんうん」

「――、――――、――――、――」

「うんうん」

それからは完全に聞き取れなくなった。だが、電話の向こうで金親が何かを言っているのは分かる。大木は電話機を右の耳に押し当てて、左の耳に指を詰めて必死に金親の声を摑《つか》み取ろうとした。

〈神様、お願いです〉

大木は心の中で祈りを込めた。

〈神様、お願いです、あと五分だけ、時間を下さい〉

するとどういうわけだろうか、突然受信状態が元に戻った。

はっきりとした金親の声だった。

「邦さん、私たち馬鹿だったね」

その声はずいぶん落ち着いている。

「うん」

大木は、ほんとにそうだな、と思った。ほんとに馬鹿だった。

「俺はともかくお前も利口そうにしてて実は大馬鹿だったよ。意地っぱりでさ」

「でも、まだ遅くないよね」

「……」

「ねっ」

「そうだよ。全然遅くなんかないさ」

「私こんな身体になっちゃったけど……」

ここで「うー」という呻《うめ》き声が聞こえ、金親が泣き崩れた。

「大丈夫だよ。金親の子供はみんな俺の子だよ」

「……」

そこまで話したところで、機長からのアナウンスがあった。

「こちらは機長です。これより緊急着陸を行ないます。空港は万全の態勢でバックアップしてくれています。みなさん、客室乗務員の指示した衝撃に備える姿勢をとってください」

さすがにさきほどと違い、緊迫した声だった。スチュワーデスたちが各席を回って乗客一人一人に衝撃防護姿勢を指示している。大木は身をかがめ電話を見えないように隠した。

「じゃあ、そろそろらしいんだ。金親、もし何かあっても流産なんかするな。俺頑張るから。

金親、じゃあ、さようならは言わないから。愛してる、心から愛してる」

「私、ずっと待ってるから。ずっとずっと待ってるから」

金親の言葉は涙でくぐもってよく聞き取れない。

「じゃあな」

大木邦男は電話を切った。

午前十一時二十五分

西山茜は、電話が切れたあとその場にすわり込み、しばらく茫然《ぼうぜん》と放心状態だった。それからゆるゆると立ち上がり、無意識のうちにテレビのスイッチを入れた。

十分ほどぼんやり眺めていると、不意にチャイムが鳴り、画面の上に「ニュース速報」というスーパーが浮かんだ。そして、

「十一時二十分、新日空246便が羽田空港に緊急着陸」

という文字が出た。それが二度繰り返されたところで、突然映像が切り替わり、羽田空港らしい光景が映し出された。画面の右下に白抜きで「新日空機緊急着陸」という手書きの文字。そしてアナウンサーが何やら叫んでいるのが分かる。だが、茜にはその声はよく聞こえなかった。彼女の視線は画面に映った映像に釘付《くぎづ》けになった。滑走路の向こうで真っ黒なものが立ちのぼっていた。それは黒い煙のようだった。やがてカメラはその黒い煙の方に近づいていった。画像が拡大されていく。もうもうと煙を上げながら何かが燃えていた。その周りを豆粒のような何台もの車両や人間たちが遠巻きにしている。

背景の空は真っ青に晴れ渡っていた。その青い空をまるで塗りつぶすかのように黒い煙は猛烈な勢いでふくれ上がっていく。

その時、茜の耳に聴力が甦《よみがえ》り、アナウンサーの絶叫が飛び込んできた。

「……機体はここから見える状況では、真ん中で真っ二つに折れているようです。そして機体全体が真っ赤に燃え上がっているのがはっきりと見えます。たくさんの消防車が、いまさかんに放水しています。着陸態勢に入った246便は、われわれの目の前で大きく左に傾き、左エンジンを滑走路に激突させ、そのままオーバーランして第二滑走路の外に飛び出しました。その数秒後、ご覧のような大爆発を起こしたのです。燃えています。機体が紅蓮《ぐれん》の炎に包まれて燃え上がっています。これは大変な大惨事のようです。ああ、これは大変な大惨事です！」

「イヤーッ」

茜は立ち上がった。両手で耳をふさいだ。

「イヤダー」

もう彼女には何も聞こえず、何も見えはしなかった。

水の年輪

1

病院の玄関を出て、すこし歩こうと三枝《さえぐさ》は思った。七月も半ばをすぎ、外の日差しは溢《あふ》れんばかりだ。病院前のアスファルトの坂道は白く乾ききって微《かす》かな風にも埃《ほこり》を舞い上げている。今年は、十年ぶりの空梅雨だった。近郊の貯水池は涸《か》れ、明後日から東京都は十五パーセントの給水制限に入る。水のない夏が始まろうとしていた。

腕時計を見ると一時前だった。一時半から会議が入っている。外苑《がいえん》東通りまで出て車を拾えばいい。課長級以上が出席する月に一度の営業本部戦略会議だった。三枝は昨夜遅くまでかかって部下たちとまとめた、この夏の営業計画を報告する予定になっている。

ミネラルウォーターを主力商品とする第二営業部第三課長に就任して三年。業績を順調に伸ばしてきた。最初の年は病原性大腸菌による食中毒が全国で猛威をふるい、売上はトータルで前年比一・五倍を記録した。昨年はシェアを二分していた競合企業の製品から黴毒《かびどく》が検出され、二ヵ月の出荷停止処分となり、一気に市場を独占した。

そして今年は、七月中からという異例の給水制限実施だ。東京だけで全販売額の三割を占めるミネラルウォーター業界にとって、まさに天佑《てんゆう》の渇水といっていい。

食中毒も黴毒も共に夏の事件だった。三枝は社内で「夏男」と呼ばれていた。夏男のツキは今回も巡ってきたというわけだ。

給水制限実施の報を受けて、昨日の第二営業部は沸き立った。果汁系飲料を担当する第一課、炭酸系飲料を担当する第二課、そして三枝の精製水を扱う第三課。総勢四十五名が手を叩《たた》いて喜び合った。とはいえ、これは予想されたことだった。

七月、八月の気象予測についてては精確なデータが先月末に入っている。春から三枝の発案で米国の民間衛星リサーチャーに会社独自の調査を依頼していた。年間契約で費用は二千五百万円。この予算を通すのは骨が折れた。しかし、四月から届きはじめた調査情報は水資源の増減だけにとどまらず、全世界の果実の作柄《さくがら》、天然水の湧出《ゆうしゅつ》状況、そして気候・気温の変化予測と詳細を極め、飲料水事業の営業戦略上、決定的な資料を提供してくれていた。

データによると今夏の日本列島は五年ぶりの猛暑だという。予測通り干天がつづけば、給水制限率も二十、二十五と上がっていくだろう。売上は過去二年と比較してもさらに伸びる可能性があった。昨夜の「営業計画（案）」では強気の二百パーセント・アップを目標値として掲げてもいた。

仕事には何の不満も不安もない。いいことずくめと言ってもよかった。

〈まずは会社に迷惑をかけることはないだろう〉

三枝は坂の途中で一度立ちどまり、ワイシャツの襟元から滲《にじ》んできた汗をハンカチで拭《ぬぐ》った。これだけ環境が整えば製品はひとりでに売れていくものだ。課長である自分がいなくなったところで業績悪化はない。

坂を上りきって、今度は家族のことを思い浮かべた。一人娘の真由美は今年、立教女学院に入った。高校生活を存分に楽しんでいる。万事に手のかからない子供だった。勉強もよくできたし身体も健康だった。性格もおおらかで曇りがない。容姿も妻の多加子《たかこ》に似てなかなかの美人だ。真由美のこともそれほど心配の種はなさそうだ、と思う。多加子は三枝がいなくなると知れば、内心安堵《あんど》するだろう。彼女が抱えてきた暗い渦のようなわだかまりも、わずかに解消されるに違いない。

この先の生活に不安があるわけでもなかった。生命保険にも十分の額加入しているし、一昨年、父が死んでまとまった遺産も手にした。娘を嫁がせ、妻が老後を不自由なしに送るくらいの金はのこしてやれる。

そこまで考えて、三枝はなにやら心が浮き立つのを感じた。さきほど診察室で加藤が見せた沈鬱《ちんうつ》な面持ちを思い出し、ひとり苦笑する。加藤は高校時代からの友人で、いまは女子医大の消化器科で副部長をしている。大学も三枝と同じ慶応だ。

胃癌の診断は三枝にとって予想通りの結果だった。

三ヵ月前からみぞおちのあたりに膨満感をおぼえ、先月中旬頃から食後しくしくと小さく痛みはじめた。三年前五つ上の兄を胃癌で亡くしている。兄は四十五だった。その兄の症状とそっくりだった。母も同じ病で死んだ。三枝が中学生の時で、やはり四十代半ばだった。兄も自分も母方の癌体質を受け継いだのだと思う。

この十年、今日、この日を心待ちにしていたような気がする。三月《みつき》前に腹に張りを認めたとき、ああこれで何もかもをおしまいにできるのだ、と思った。そのひと息ついた気分を三枝は忘れない。もともと四十三まで生きたのは生きすぎだ、と感じていた。兄を亡くした年に四十を迎えて半ば茫然自失《ぼうぜんじしつ》した。この世に未練を残し、苦しみ抜いて逝った兄を眺めながら、そんなに死にたくないのなら俺が代わってやれるのに、と何度も病室で呟《つぶや》いたものだ。

加藤にあとどのくらい生きられるのか、と訊《たず》ねた。加藤は「放っておけば半年、延命治療をやって一年」と言った。兄のときはすっかりそこらじゅうの臓器に転移した癌が見つかって、三ヵ月だったから、自分は年齢からいってもっと短いのではないかと想像していた。半年と言われて、長いな、と三枝は思った。「俺、治療は要らないよ。我慢できなくなったら、自分で自分の始末はつけるから」そう言うと、加藤は困ったような顔をしていた。くれぐれも多加子には内緒に、と頼んで診察室を出た。

大通りに行きあたって再び腕時計を見る。一時五分。三枝は手をあげ通りかかったタクシーを拾った。会議にはぎりぎりの時間だ。

2

抗癌剤と放射線による複合治療を強く勧める加藤に適当に相槌《あいづち》を打ちながら、三枝は、聞き出さねばならないことを頃合を見計らって訊《たず》ねた。告知を受けた日から二日たっていた。

「ところで、このまま俺が普通の生活をつづけられるのは、あと何日くらいなのかな」

加藤はいぶかしげな表情になった。

「いや、つまりさ、通常どおりに会社に行って、美味《うま》い飯や酒を口にして、女性を喜ばせて、といったことが当たり前にできるのはあと何ヵ月くらいかと気になってね」

加藤は、眼鏡の奥の細い目をすこし見開いて三枝の顔を注視する。

「そうだな……」

ひとつ呟くように言って、

「人にもよるが、お前の場合は周辺臓器だけでなく、おそらく腹膜にもすでに広がっているだろうから、だいたい四ヵ月というところかな。その頃から痛みと倦怠《けんたい》がひどくなるだろう。通勤や日常の生活は次第にやっかいになってくる」

四ヵ月というのは、三枝には充分すぎる時間に思えた。

「駄目になる兆候というのは、あるのかな」

「というと」

「いや、だからさ、こんな症状が出たら、もう身体がいうことをきかなくなるという、そういうサインのようなものはあるのかと思って」

加藤は三枝が何を考えているのか、おおよその察しをつけたようだった。声が真剣味を帯びた。

「これも個人差が大きいから、なかなか言えないが、まあかなり激しい痛みが突然くる。それに嘔《は》き気や熱発が伴う。腹水のせいで腹もふくれてくるだろう。そうなったらちょっとむずかしい」

半年分の痛み止めを処方してもらって別れた。「こういう処方は薬事法違反なんだがね」と加藤は薄く笑い、診察室を出る間際、「三枝、治療はほんとうにいいんだな」と念を押した。

三枝が頷《うなず》くと「気が変わったらいつでも来いよ。できるだけのことはしてやれるから」とつけ加えた。

3

多加子に病気のことを打ち明けたのは、それからさらに三日後の日曜日だった。

「実はこの三ヵ月ばかり胃の具合が悪くってね。それで、加藤のところで検査してもらった。結果を火曜日に聞いたんだが、どうやら兄貴と同じらしい。あと半年くらいだろうって、そう言われた」

夕方、居間で多加子の作ってくれたつまみを肴《さかな》にビールを飲みながら三枝は言った。真由美はラクロス部の合宿で昨日から軽井沢に出かけていた。ダイニングテーブルの向かいで共にビールを飲んでいた多加子は一瞬きょとんとした顔になったが、何も言わなかった。

「それでね、この一週間いろいろと考えてみたんだが、どうせあと半年の命だしね、この先は自分の好きなように生きたいんだ」

「どういうこと」

さっそく険を含んだ声になって多加子は言う。

「いや、嘘じゃないんだ。何なら加藤に君が直接確認してくれてもいい。加藤が信用できないなら、別の病院に一緒に行ってもう一度検査を受けてもいいよ。とにかく末期癌で、すでに腹腔《ふくこう》内のあちこちに病巣があるらしい。兄貴のときと同じだ」

病気のことを言うとさすがに多加子は黙る。すべてあらかじめ想定済みの問答だった。

「明日、真由美が帰ってこないうちにこの家を出ていきたい。もう君とは二度と会いたくないんだ」

「そう……」

「ああ。この十六年、真由美を育ててくれて感謝してるよ。でもまだ君も四十だろう。ぼくが死んだら、いくらでもやり直しができると思う。真由美も手がかからなくなったしね。金は保険金も入るし、親父の遺してくれたものもある。運用については筒見《つつみ》に頼めばいい。ぼくからも正式に依頼はしておくから」

筒見は三枝の大学時代の友人で、いまは虎ノ門で公認会計士をやっていた。

「で、あなたはどうするの。愛人のところにでも転がり込むつもり」

「いや、そういう人はいないんだ。君はずっと疑っていたみたいだけどね。ほんとうに誰もやしない。動けなくなるまでは都心のホテルを宿にするつもりだ。金は一千万ばかり親父のから貰《もら》うことにするよ。一昨日、ぼくの口座にそれだけ移しておいた。そのくらいは構わないだろう」

「治療はどうするの」

「いまのところその気はないな。兄貴を見て厭《いや》になったし、どっちみちもう手遅れだから」

「真由美にはなんて説明するのよ」

「時機を見て、ぼくの方から連絡する。それまでは長期の出張が入ったとでも言っておいてくれ。一度、真由美とはゆっくり話す時間をつくるから」

そう言って三枝は立ち上がった。多加子は座ったまま、ビールのグラスを口許《くちもと》に運んだ。

「じゃあ、上で簡単な荷造りをして、ぼくは寝るよ。明日は早くに出ていくから絶対見送らないでくれ。これはぼくからの最後のお願いだ。きみにも世話になったね。ぼくたちは結婚が早かった。お互いのことを知らなさ過ぎた。これからは君も思う存分好きに生きていくといい。まだ綺麗《きれい》なんだし、子供だって生める身体なんだしね」

扉のノブに手をかけたとき、背に声がかかった。

「会社は」

「明日辞表を出す。荷物の整理はもう大体終わってるんだ」

振り返らずに答えて居間を出た。ドアの閉まる音と同時にテレビのスイッチの入る音が聞こえた。

4

会社から歩いて十分ほどの帝国ホテルにとりあえず宿をとった。一日七万五千円で一ヵ月、長期滞在の割引が利いて百八十万円ほどだった。辞表を出しても、残務整理や何かで半月近くは出勤しなくてはなるまい。事情が事情だから会社としても慰留はしないだろうが、それでも世話になった上司や部下にはきちんと説明しておく必要もあった。

目をかけてくれていた常務が一人いて、辞表を人事部長に提出した直後、役員室に呼ばれた。病気のことを言うと彼は唇を嚙《か》んで目尻《めじり》にうっすら涙を浮かべた。

「で、これからどうするんだ」

「四ヵ月くらいは普通に暮らせるそうなんで、好きなことをしようと思っています。当分は都内のホテルで気儘《きまま》にやるつもりです。それから旅行にでも出ようかと思ってるんですが」

「そうか……」

呟いて、彼は机の引出しから小切手帳を取り出すと、数字を入れて一枚渡してくれた。一のあとに〇が六つ並んでいる。

「心ばかりの餞別《せんべつ》だ。足しにしてくれ。退職金はできるだけ加算するように常務会で諮《はか》っておくよ。君は社の将来を担う人材だったのだが、とても残念だ」

「こちらこそ御期待に添えず、申し訳ありませんでした」

辞表を出して三日目には、本社中に三枝のことは広まっていた。部下が何人も沈痛な顔つきで最後の仕事を手伝ってくれた。それでも残務整理に十日かかった。毎晩遅くまで残業して、三枝は次の課長への引き継ぎ事項や、今後の営業計画についてのレポートをまとめた。皆に別れを告げる日、普段より一時間早くきて、社内の各フロアを丹念に見て回った。入社以来、岡山支店の一年半を除いて、ずっと本社暮らしだった。営業が大半だったが、商品管理と総務にも二年ずつ配属された。その間に、一年専従で組合の執行委員も務めた。ちょうど二十年の会社人生だったが、長かったようでもあり、あっという間のようでもあった。青年から壮年へと過ごした時間の大半がこんな変哲もないビルの中に埋もれているのか、と思うと懐かしさより虚《むな》しさの方が勝って胸をついてくる。

〈結局、何も残らなかった二十年だったな〉

と思った。サラリーマンとしては順調な方だったが、それでも、自分がいてもいなくても、会社自体は別に変わりがなかったろう。明日から自分が欠けても何一つ変わることがないのと同様に……。

送別会はすべて辞退したので、六時には席を立った。机の上のものがきれいさっぱりなくなって、入社したその日に時間が逆戻りしたかのようだった。最初から自分はこの会社のどこにもいなかったのだ、と強く感じた。部下の何人かがエレベーターホールまで見送りにきた。玄関の受付のところでは同期の課長連中がほぼ全員顔を揃えていたので、これには三枝も驚いた。中には三枝の後を襲って営業三課長に栄転する男の顔もあった。三枝はひとりひとりの手を握って礼を言った。次の三課長には「後は頼んだぞ」と声をかけた。わずかだが、この会社で働いたことの甲斐《かい》を実感できた気がした。とにかく、二十年という歳月を共にした、それは事実なのだから、と思った。

ホテルに帰ると、注文しておいたCDプレイヤーが届いていた。先週の土曜日に秋葉原《あきはばら》に出かけて買い付けたものだ。スピーカーは別売りの高価なものを頼んだ。手当たり次第に選んだCDも二百枚近くあった。全部で百万に近い買い物だったが、常務の小切手をさっそく使わせてもらった。二百枚のCDはけっこうな量で、つづきの部屋のテーブルの上に並べると、それでテーブルがいっぱいになるほどだった。一枚平均六十分として、一回きりでも全部聴けば、一万二千分かかる。半日費やして毎日聴いても半月以上は時間を潰《つぶ》せる計算だ。ルームサービスでシャンパンと簡単な食事を注文し、CDをかけながら一人で乾杯した。若い頃好きだったサイモン&ガーファンクルの「明日に架ける橋」が鳴りはじめたときは、さすがに涙が出た。人を愛ささやかな人生だったが、あの頃は自分なりに夢を見ることもあったような気がした。

し、誰かにつくし、新しい生命を育《はぐく》み、そして後の世に残る何かを築く、といった、誰しもが見る夢を自分も見ていたような、そんな気がすこしした。

5

死は、三枝にとって身近なものだった。早くに母を亡くしたことも大きかったし、兄の若すぎる死もあった。真由美の後に生まれた長男を三歳のときに事故で失っていた。これは三枝にとって決定的な経験だった。皆で海水浴に行き、三枝がちょっと目を離している隙に浅瀬の波にさらわれたのだ。多加子と真由美は海の家で休んでいて、すべての責任は三枝にあった。十年前の夏のことだ。

この長男の死が多加子と三枝を今日のようにした。それは仕方のないことだったと思う。いまも長男の箪笥《たんす》の引出しはそのままだ。多加子はときどき、ちいさな衣類を取り出しては頬ずりしている。年に何度も虫干しして丁寧にたたんで箪笥に戻している。

あの夏、多加子も自分も死んだような気がする。どちらが余計に死んだのかは分からないが、三枝は自分の方ではないかと密《ひそ》かに思っていた。言えば多加子はそんなことは絶対にありえないと憤慨するだろうが。

長男が死んで五年ほどは、いやというほど同じ夢を見た。

砂浜は陽が沈む間際の薄暗さで、周囲の人たちの姿もはっきりしない。黒い生き物がそここで蠢《うごめ》いている感じだ。寄せる波も黒々と濁っていて、波音はない。水から上がった三枝は夢から覚めた直後のように、はっとして顔を上げる。ついいましがたまで、汀《みぎわ》で砂遊びをしていたはずの息子の姿がどこにも見えない。三枝はあたりを見回すが、すでに心は動転してしまっている。目が風景を吸いとれない。やみくもに浜辺を駆け回る。何百メートルも行ったり来たり繰り返す。鼓動は激しく、身体の血の流れが直《じか》に耳に聴こえる。得体の知れない黒い生き物たちに何度もぶつかり、その度に頭を下げて謝っている。結局、息を切らして元の場所に戻った。

なぜかその場所には、もう誰の影もない。真っ白なものがふわふわと揺れているのが分かる。手の届く波間だ。薄暗い景色の中でそこだけ光の溜《た》まりのように奇妙に明るんでいる。三枝は近づいていく。どうしたのだろう黒ずんだ水は不意に澄んで、波の皺《しわ》のひとつひとつがくっきり見える。浅い砂底に何かがあった。揺れている真っ白なもの……。

夢の反復は眠っているときばかりではなかった。地下鉄の車窓に誰かの白い服が映っても、日差しの強い街を歩き、水を吹き上げる噴水にばったり行き当たっても、突然に湧きだして彼の思考を止めた。喉元《のどもと》までせり上がってくる叫びを抑えるのに、全身が引きつるほどの力が必要だった。

時の経過が悲しみを癒《いや》すことは決してない。その激発の頻度が少しずつ間遠になるだけのことだ。だが、そうした感情の磨滅は、また新たな悲しみを根深く執拗《しつよう》に人の心に植え付けてゆくにすぎない。

6

一人で寝起きするようになって、体調はぐんと良くなった。何を食べても下腹に痛みはこない。何時間でも眠れた。とろりと甘い、全身の筋肉がほぐされていくような眠りだった。乾ききった砂に水がしみ入るように、五感が瑞々《みずみず》しさを取り戻していくのが自分でも分かった。我ながら末期癌であと半年の命とはとても思えなかった。

いつも午《ひる》すぎまで眠り、それから外に出た。朝刊数紙を念入りに読みながら、ガイドブックで見つけた有名店で昼食をのんびりととる。どんな記事でも愉快だった。政治面も経済面も外報面もスポーツ面も、そして投稿欄も読んだ。活字が一個一個立ち上がって笛や鉦《かね》や太鼓を小さく鳴らして何やら演奏していた。それはさらさらと流れ、ときに淀《よど》み、ときに逆巻く世界や時代の息吹だった。中途から読む連載小説も面白く感じた。連載回数が若いと、これが終わるまで自分は生きてはいないだろう、と思う。そう思うと、単なる筋運びにすぎぬ登場人物たちの会話や行動が、その場面に自分一人だけ立ち会えているようで、何か小説それ自体とは別の関心を心によび起こすのだった。

半月ほど、街を歩き、人々を眺め、映像や文字や音を追ってみて三枝が痛切に知ったのは、世界の事々、物々そのすべてが強い生命力を帯びているということだった。あらゆる現象が、この世界では生命に集約され支配されていた。死は、この巨大な生命の流れからの脱落なのだった。何もかもが死を一切前提とせずに、奔放に暴れ、しとやかに息づき、やさしく満たされていた。死は遮断であり、滑落であり、塵《ちり》ひとつのようにやがて消し飛んでいく小さな点、またはそうした点の意味のない集合でしかなかった。

伊東屋で大きなカレンダーをひと束買ってきた。各月一枚ごとに分かれている、よく営業所などに貼ってあるやつだ。八月、九月、十月、十一月の四枚を抜きだし、ホテルの寝室の壁に並べて両面テープで止めた。十一月十五日の数字に万年筆で丸囲いをする。加藤の話では、症状が出始めるのはこのあたりだ。逆算して十月十五日にも丸をつけた。この日までには東京を離れているつもりだった。まだ、八月の半分、それに九月まるまる、十月の半分が残っていた。六十日近くあった。ベッドに寝ころがって日付を眺めながら、三枝はちょっと途方に暮れる気分になった。

誰とも話さなくなってずいぶんになるが、人さびしさはなかった。不思議なほどに真由美や多加子のことも思い出さない。こと真由美については、自分ながら薄情なくらいだ、と思う。心配のない経済的基盤を残してきたこともあろう。もともと忙しさにかまけて育児を放棄してきた。それで娘との想い出が余りに少ないという理由もある。だが、それだけではない。長男を失ったとき真由美は六歳だった。一人を失って彼女のかけがえのなさはひとしおとなった。その折に、自分は彼女を妻に全面的に渡しきってしまったように思う。そうすることで、崩落寸前の妻の精神をなんとか保持できるような気があの頃はした。そして、自らの心は別のものに移植してしまった。多加子と真由美とは一切関係のない新しいつながりに、自分は救いを見いだそうとした。

三枝は再びカレンダーに目をやった。

九月二十一日を探す。火曜日だった。立ち上がってその日を二重丸で囲む。あの人の誕生日だった。三枝が、ただ一人、死ぬ前に会いたい人の、それは三十回目の誕生日だ。

7

お盆を過ぎて新宿に宿をかえた。四十五階建ての高層ホテルで、三枝の部屋は三十二階だった。夜になると彼方《かなた》まで大地は輝き、きらきらと一晩中きらめいて尽きることがなかった。さながら星空のようで、都会の空は地上にあるのだという気がした。道路を走る車の列は光の帯だった。発光する巨大なビルと足元の密集した家並みは銀河のようだった。なにもかもがこうして、日々休むことなく流れつづけているのだ、と三枝は思った。夜の闇に包まれたとたん、そういう人間の営みの全体像がくっきりと現れてくる。それは三枝にとってひとつの発見だった。

部屋を移してすぐのある夜、飽かず窓外を眺めていると、とあるビルの屋上に目がとまった。高層ビル街から少し離れた青梅《おうめ》街道沿いのビルで、そこで何人かの若者たちがたむろしてビールを飲んでいるのがはっきりと見通せたのだ。ちょうど神宮《じんぐう》か隅田川《すみだがわ》かで花火大会がある宵で、花火見物のつもりもあって、若者たちは屋上で酒盛りをしていたのだろう。いまどき、ああやって屋上にあがれるビルもあるのだ、と驚いた。緑色の反射硝子《ガラス》に覆われた美しいビルで、かなり新しいようでもあった。

それから、気が向いたとき二度ばかり、三枝はその屋上にあがった。夕方に一回、二回目は夜中だったが、夜間通用口は二度とも開いていて、守衛室の前でちょっと会釈すれば、誰何《すいか》されることもなしに入ることができた。

十六階の屋上へは非常階段を使うとのぼれた。夕方の折は何人か人がいて涼んでいたが、夜中に上がった時は、さすがに誰もいなかった。二度目は風もなく静かな夜だった。広い屋上に一人きりで、床に大の字になって寝ころがり空を仰いだ。星は少なく、やはり地上の光に位負《くらいま》けしているなぁ、と三枝は思った。だが、心地よかった。自分の身体と空気と、そして天上のなにかゆるやかな流れのようなものがひとつに溶け合っていく感覚をおぼえた。身体の中を循環する液体がしだいに蒸発して空に吸い取られていくような奇妙な感じだった。一個の自分というものを意識し、それがほんとうにささやかなものであることを教えられる気がした。ずいぶん長いことといて、夜が明ける直前にホテルに帰った。

8

八月の終わりから十日間ほど旅をした。体調はあいかわらず変化がない。痩《や》せもせず太りもせず、睡眠も十分にとれた。美味《うま》いものが美味かった。岡山に行き、京都に出て、北陸を回った。東京にいるときはあまり意識しなかった欲求が、旅の途中で不意にきざしてきて、いくつか温泉場を巡りながら、かなり頻繁に女性たちを求めた。年齢も姿形もさまざまだったが、精を吐き出すと、それ以上興味をそそられることはなかった。

岡山では営業所時代に住んでいた、社宅がわりのアパートを見に行った。入社二年目で出た地方で、三枝はまだ独身だった。二十年も昔のことだが、アパートはそのまま残っていた。付近のたたずまいもそれほど記憶と異なっていなかった。もともと市の中心部からはだいぶ外れた田地だったから、都市化の波もここまでは寄せてこなかったのだろう。周辺に二、三棟、別のアパートが建っているだけで、あとは、私鉄の駅までの田んぼ道も、駅前の申しわけ程度の商店街もかつてのとおりだった。

気ままな一人暮らしだったから、深夜、寝に帰るだけの場所だったが、それでもとても懐かしかった。二階の自分の住んだ部屋のドアの前に立って、新しくなった郵便受けや、今の人の表札やらをそっと撫《な》で、ドアに耳をつけて中の様子を窺《うかが》ったりした。平日の昼時だから独身者用のアパートに人の気配はまったくない。ベランダの方に回って二階の小さな物干しを見上げた。白い洗濯物が夏の風にはためいている。カーテンが半分開いた一階の部屋の窓から室内を覗《のぞ》いてもみた。三畳の台所と六畳の和室だったはずだが、現在は六畳の方もフローリングになっているようだ。黒いカバーのかかった小さなベッドとその脇の机の上にパソコンが置いてあるのが見えた。自分が住んでいた頃の部屋の中を思い出してみる。折り畳み式のちゃぶ台が一脚、ファンシーケース、それに最初のボーナスで買った虎の子のステレオコンポ、後は整理箪《だん》笥《す》と本棚くらいだったか。いまの三枝の家にはひとつとして残っているものはない。

わずか一年半、仕事に慣れるに精一杯で息もつがずに走り過ぎた時代だと思っていたが、こうやって人の部屋とはいえ小さな生活の形を眺めてみると、それなりに自分の若い日々が、この場所に固く根ざしていたのだろうという気持ちになる。四十三年で閉じることになった人生を考えれば、一年半は決して短い時間とは言えない。

当時は多加子のことも知らなかった。子供たちはまだこの世に存在すらしていなかった。むろん生まれた息子を失うなどとは想像もつかない時代だった。そう思うと、ほんとうに遠いところまで運ばれて、いまの自分になってしまったような気がする。少しずつ様々なことが起こり、だんだんに自分は変わっていった。

駅までの道を引き返しながら、三枝は、不思議なものだなと呟《つぶや》いていた。どのように不思議なのかはっきりしないが、なにしろ自分が生きてきたこと、過去を積み上げながらとにかくも四十三年という長い時間を経てきたことが、ひどく不思議だという気がした。自分という人間はきっとこの世にはいてもよかったし、いなくてもよかったに違いない。何をしたわけでも何を残せるわけでもない。それでも生まれ、そして生きたのだ。

息子を失った時、なぜ彼がこの世界に生まれてきたのか、そのことをずっと考えたことがあった。自分や多加子を喜ばせるために生まれ、そしてこれほどの悲しみを与えるために彼は生まれたのだ、としか思えなかった。だが、いまになってみれば、それは心得違いだったのかもしれない。わずか三年の命だったとしても、彼は彼のために生まれ彼のために生きたのではないか。たとえそのことに意味も理由もないとしても、そうではなかったか。

山陽地方特有のきらきらした陽光が道の両脇の丈高く育った稲に照りつけ、ぬるんだ田の水の面《おもて》をたくさんのあめんぼが走り回っていた。三枝はずいぶん長く路肩に座り込み、明るい緑が遠くまでつづくその景色を眺めていた。昨日の午後岡山に入り、岡山駅前のホテルにチェックインして、夜はむかし同僚たちと飲み歩いた繁華街周辺を散策したのだが、見知った店の看板を見つけても、その繁華街のそばのいまもある営業所の入ったビルや、よく昼飯を食べに通った定食屋に突き当たっても、それほどの懐かしさは感じなかった。なのに、あの頃は脇目に掠《かす》めただけのはずの目の前の風景が無性に郷愁を誘ってくる。どうしてだろう、と三枝はいぶかしく、このがらんとした空間が感傷の入り込む余地を残しているからかもしれないと思ったりした。

京都で二泊して、福井、富山と回った。福井は死んだ母の故郷で、三枝や兄が子供の時分、休みになると祖父母のところへよく遊びに行った思い出の地だった。すでに祖父母も死に、母の実家もとうにないが、一日かけて辺りを歩いた。富山は父の故郷で、こちらには三枝が小学校を卒業するまで住んでいた。父の転勤で東京に出たのはそれからのことだ。まだ叔父《おじ》と叔母《おば》が一人ずつ富山市内に存命だったが、訪ねることはしなかった。

父と母と兄が眠る墓地に参った。三十五度を超える猛暑の中、墓を磨き、枯れた花を取り替え、草を抜き、竹箒《たけぼうき》で掃除をしていると全身汗みずくになった。父が好きだった日本酒を墓石に注ぎ、甘い物に目がなかった母のためにたっぷり買ってきた和菓子を墓前に供えた。焚《た》いた線香の煙がまっすぐに立ち昇って、風ひとつなくとても静かだった。掌を合わせしばらく黙禱《もくとう》した。あと三月《みつき》もすれば自分も往くのだと思うと言葉らしい言葉は浮かばなかった。

父の供養で世話になった若い和尚さんに懇《ねんご》ろに挨拶《あいさつ》し、まとまった金を包んで渡した。兄も娘二人だし、自分も真由美一人だから、早晩、この墓に来る者も絶えるに違いなかった。

9

九月の初旬、東京に戻って来た。さすがに気だるさを覚え、三日間は新宿のホテルで静養した。食事もホテル内で済ませ、外には一歩も出なかった。窓の外の東京は初秋というのに陽の光にむせ返り、眼下の路面では日がな陽炎《かげろう》がくゆっていた。三枝は売店で買った推理小説を読んだり、昼間は館内のプールで泳いだりして時間を潰《つぶ》した。息子を失って以来、三枝は一度も泳いだことがなかった。それが、いまはためらいがなかった。水に入って身体を伸ばしていると、しっとりとした解放感が全身をつつみ、音も色も消えて、さまざまな思い出も見えなくなった。まるで時間が止まってしまったかのようで、いつまでも自分は自分のままで、もう他のなにものにも変わることがないとさえ感じられた。日々よく眠った。ビールを二、三本空けて床につくと、起きるのは翌日の午後なのだった。軽い運動と十分な睡眠が確実に疲労を溶かし出してくれることに改めて気づき、死病を得てようやく、そうした身体の自然なリズムを回復したことに皮肉を覚えた。

四日目には体調は元に戻り、久し振りに外に出た。西口界隈《かいわい》を歩き、カメラ店や宝石店、デパートを冷やかして回った。店員の愛想が良ければなにがしか買った。オートフォーカスの一眼レフ、アクアマリンのペンダント、焦げ茶色のツイードのブレザーなどを手に入れた。一日でそれだけ買うと結構な時間がかかった。よく多加子が休みの日など朝早くからデパートに出かけ、夕方遅くに帰ってきて、抱えた包みを開くと大した品数でもないので、どうしてこれだけ買い揃えるのに丸一日もかかるんだ、と笑ったりしたものだが、実際やってみると「買い物は一日仕事なのよ」という彼女の決まりきった台詞《せりふ》が腑に落ちてきた。「あー疲れた」とため息をつきながら、何だか大仕事を果したあとのような興奮を目にたたえている多加子を見て、女というのはつくづく妙な種族だとも感じたが、なるほど、買い物選びというのはなかなかに面白く、また神経を遣うものだった。三枝のように別段理由もなく気まぐれで買ってみてもそうなのだから、夫の稼ぎを勘案し、必要な品々を順々に、季節を変え、年を改めて集めてゆく作業はたしかに立派な仕事であったろう。

それから三日ばかり、三枝は新宿近辺の店々を巡っては細々とした買い物をつづけた。どうせじきに死んでしまうのだから何も新しく購《あがな》うものなどないはずなのだが、店を見回ってみると色々なものが欲しくなってくるのだった。札入れを新調しようか、腕時計も軽いものの方がいい、この日差しだからサングラスも必要か、最後の一ヵ月は旅暮らしになるのだから手頃なバッグも買っておこう、北の街も歩きたいから厚手の上着も用意しなくては——このくらいならまだなんとか実用にかなってもいるが、たとえば外国製の美しいワイングラスなどふと目にすると、無性に欲しくなる。美味いワインもついでに買って帰って、ホテルの部屋でこのグラスで飲めばどんなにか楽しかろうなどと想像すると、なまじ使える金があるだけに抑えがきかなかった。小さな物欲は女の特質だ、と三枝は思ってきたが、何のことはない男だって似たようなものだと知らされた。

兄が最初の入院を終えてわずかの期間家に戻った折に何着も背広を仕立てたのだ、と通夜の席で初めて兄嫁から聞いて、三枝はその気持ちがよく理解できなかった。

「兄貴は、自分の病気のことが分からなかったのか、それとも最期まで信じたくなかったのかもしれませんね」

三枝が言うと、

「でも、あの人とても嬉《うれ》しそうで、近くの公園に散歩に出るにも着ていくんですよ。やっぱり仕事のことが忘れられなかったんですね。もともと仕事しかない人でしたから」

兄嫁は泣きはらした瞼《まぶた》からまた涙をこぼした。

だが、いま兄と同じ立場に立ってみて、三枝はそういう自分たちの解釈が当時の兄の気持ちからいかに遠かったか、やっと分かったような気がした。

兄は死を目前にして、もう一度自分を新しくしたかったのだろう。自分のことをかまってやりたくなったのだろう。ただ、現在の三枝のように独り勝手に残り時間を費やせる余裕のなかった彼は、限られた範囲でそれをするしかなかった。せいぜい二、三着背広を新調するくらいが精一杯の贅沢《ぜいたく》だったのだ。

自分を新しくする、というこの感懐は三枝にとって意外なほど手応《てごた》えのあるものだった。

死をくつがえし、さらに生きつづけたい、という思いは三枝にはなかった。だが、生きていくことが、常に自らを新しくしていくことならば、こうやって最期の時を迎えたいま、その衝動はやはり自分のような人間にあっても高じてしまうらしい。死を準備するつもりで淡々と日々を送ろうとしながら、自分はそれまでの日常を捨て、いままでやろうと思いながら果たせずにきたことを一気に遂げようと念じている。一片の恐れも悔いもなく死ねる、とうそぶきつつ、思い残すことなく生きようと強く願っている。生と死を、その転換の境界線上で同時に獲得したいともがいている。

三枝は、それでいいのだ、と思った。そして、このひと月ほど払拭《ふっしょく》できずにきた微《かす》かな躊躇《ためら》いが消えていくのを感じた。

あの人に会おう、とあらためて思った。

10

バーやクラブでの水割り専用水だったミネラルウォーターが一般飲料として普及しはじめたのは今から十年ほど前のことだ。以来、市場は急速な成長を遂げてきた。ことにこの数年の消費の伸びは著しく、昨年は売上高五百億円を突破し、日本人の平均消費量も一人あたり十リットルを超えた。それでも欧州の約十分の一、アメリカの三分の一で、市場はさらに拡大していくと予想される。何しろ、ただの水がガソリン以上の価格で売れる。製造原価に比した利益率は化粧品、コンタクトレンズといった製品を凌《しの》いで最も高く、企業にもたらす純益は莫大《ばくだい》なものがあった。当然、競争は激しく二百社以上のメーカーが現在鎬《しのぎ》を削っているが、中でも三枝のいた大日食品の主力銘柄「北上山系のおいしい水」は、シェア六十パーセントを独占するお化け商品として市場に君臨しつづけていた。

この「北上山系のおいしい水」が開発されたのはいまから五年前、三枝が営業部から出向の形で商品開発室に異動した年のことだ。ミネラルウォーターは水道水の危険性が取り沙汰《ざた》されるようになって爆発的に普及したが、特に六年前、東京、大阪大都市圏の水道水から高濃度の発癌性物質トリハロメタンが検出され、このことが大々的に報道されて、売上は一気に倍増した。そこで大日食品は、それまでの主力商品だった「東灘《なだ》の天然水」に替わる新たな商品の開発に乗り出し、三枝はいわばその現場指揮官として商品開発室に送り込まれたのだった。

しかし、入社以来、冷凍食品、レトルト食品の営業に専念してきた三枝にすれば、飲料水事業はまったく馴染《なじ》みのないものだった。ことにミネラルウォーターは、彼には眉《まゆ》をひそめたくなる事業のように思われた。ただの水をリットル二百円といった値段で売りつけるのは法外な話だ。贅沢《ぜいたく》志向に迎合したこんな泡のような商売が長続きするとは当時の三枝には考えられなかった。また「東灘の天然水」がすでにヒット商品として市場に定着しており、これ以上新たな商品を投入することは自社製品同士でシェアを食い合うだけではないか、という危惧《きぐ》もあった。新しい部署への配属の辞令を受けたとき、彼は気乗りがしなかった。それでも、新商品の開発、敷設、製造までに与えられた時間は九ヵ月、自分にとってこれが会社人生の正念場といってもいい仕事であることは分かっていた。

長男を失って丸五年、多加子と三枝のあいだには様々なこともあったが、その頃には、もう取り返しのつかない地点にまで来ていた。身体の関係も途切れ、回復の見通しもまったくなかった。その二年前に多加子は流産した。子を失った夫婦がたどり着くのは結局、新しい子供を生《な》すといった単純な結論だ。だが、そこで三枝たちはつまずいた。以来、多加子は一切肌身を許さなくなった。三枝は三十八歳、忙しさを増す仕事と冷えきった家庭の両方に挟みこまれ、自分を見失いそうな恐怖を抱えはじめていた。

そんな時、彼は長瀬仁美《ひとみ》とめぐりあったのだった。

11

五年前――。

地下鉄の出口を出ると雨が降っていた。鞄《かばん》の中に用意しておいた傘を取り出して広げる。ぽたぽたと粒の大きな、ゆっくりとした雨だった。普段なら午時《ひるどき》の皇居前広場にはたくさんの人々の姿が見えるのだが、雨のせいか人影はなかった。濃紺の合羽を着込んだ皇宮警察官が、ところどころ侘《わび》しげに佇立《ちょりつ》しているばかりだ。傘にあたる雨音を聴きながら、人けのないお濠端《ほりばた》を三枝は憂鬱《ゆううつ》な気分で会社に向かって歩き始める。

環境庁が全国百ヵ所の湧き水や河川を「名水百選」として発表したのは昭和六十年、ちょうど八年前のことだ。これがミネラルウォーターブームの追い風となったが、当然、各企業はこの名水に飛びついた。東京、大阪の大手食品会社だけでなく、地方公共団体、地元企業の参入によって、もはや手つかずの水源は皆無と言っていい。商品開発室に異動して四ヵ月、梅雨も明け季節は夏に入ろうというのに、いまだに源水とする地所の選定も進んでいなかった。その日も、三枝は朝早くから長野に本社を置く醸造元の東京営業所を訪ねて、すでに商品化されている乗鞍岳山麓《のりくらだけさんろく》の源水の所有権買い取りについて打診を行なってきたところだった。営業所は東村山《ひがしむらやま》の小さなバラックだったが、出てきた所長は、電話の話し振りそのままの横柄さで、最大手の食品会社からの申し込みに、かなりの額をふっかけてやろうと算盤《そろばん》を弾《はじ》いている様がありありと見てとれた。

その水とて、天然ゲルマニウムの含有量はともかく、カルシウム、マグネシウム濃度となると不十分で、決して最良の源水というわけではなかった。立地も山ふところで、大量生産をこなすには飛騨《ひだ》一ノ宮あたりまで長距離のパイプラインを敷設する必要があり、製品化にかかるコストも大きかった。それでも一応「名水百選」に入り、また北アルプスの天然水という商品イメージは捨てがたい魅力があった。年内いっぱいという期限を考えると、源水選定の決断は待ったなしの状況だ。乗鞍のこの物件で勝負するしかないか、と三枝は帰りの電車の中で半ば自棄《やけ》っぱちな気分で考えていた。

馬場《ばば》先門《さきもん》の手前で、隣を歩いている女にふと目がいった。

おや、と三枝は思った。いつの間に戻ってきたのだろうと不思議な気がしたからだ。地下鉄の出口で三枝が傘を取り出しているときに追い越していった女だった。誰もが傘を開くか、鞄や新聞をかざしてせわしげに通りに向かうなかで、彼女だけは傘もささず背筋をぴんと伸ばし、雨の中へ踏み出していった。その光景がひどく印象的で、しばらく彼女のまっすぐな背中を追いかけながら歩いた。何かすがすがしいものを三枝は感じた。強い降りではないが、服や髪を十分に濡《ぬ》らす雨だった。なのに彼女は一向に気にする風がなかった。急ぐ足取りでもなく淡々と歩いていた。帝劇の角で右に折れ、すいすいと遠ざかっていくのを、三枝はさきほど横目で見送ったはずだ。

その彼女が、隣にいた。道を間違えて引き返してきたのだろうか。並んで歩きながら傘を持ち上げ、そっと顔をのぞき見た。予想以上に美しい人だった。ノースリーブの台衿《だいえり》シャツにラインの入ったストレッチパンツをはき、足元は踵《かかと》の高いサンダルだった。衿の白以外はすべて黒。その黒がぐっしょりと雨を吸っている。

　その時、にわかに雨足が強くなった。手に持っていた緑色の大きな封筒を彼女はかき抱くように両腕で覆って胸元に引き寄せた。三枝は思わず一歩身体を寄せて、自分の傘を差しかけた。瞬間、相手は驚いたように、三枝を見る。

「風邪、引いちゃいますよ」

　その一言に、すみません、と小さく彼女が呟《つぶや》いた。

「どこまで行くんですか」

「日本工業倶楽部《クラブ》というところなんですが、迷ってしまって」

「この辺はあまり来ないんですか」

「会社は新宿だから」

「そうですか。だったら案内します。ぼくの会社もその近くですから」

ありがとうございます、助かります、と彼女は丁寧に頭を下げた。

日本工業倶楽部の古めかしい建物まで連れていき、そこで別れた。短い時間のことで、話もしなかったし、名前も聞かなかった。

　それが、仁美との最初の出会いだった。

　八月に入ってすぐの金曜日。三枝は久しぶりに定時で会社を出た。日頃の無理がたたったのか、この三日ばかり体調がすぐれなかった。早い夏風邪に当たったようで、全身がだるく熱っぽい。土日はゆっくり休養するつもりでいた。幸い、多加子は真由美を連れて新潟の実家に帰っている。羽を伸ばすことができた。駅前に置いた自転車に乗って、週末用の食料品を買うために近くのスーパーに足を運んだ。買い物をすませ店を出たのは午後七時過ぎ、あたりはまだ夏の明るさを保っていた。夕方の涼やかな風が吹いてきて、一週間で降り積もった疲れが薄片となって表皮から剝《は》がれ落ちていくようだった。三枝はゆるゆると自転車を漕《こ》ぎながら家路についた。

スーパーの駐輪場と三枝の家とを結ぶ緩勾配の坂道を、風を頰に受けながら下っていたときだ。前を歩いていた女性を避けようと右にハンドルを切ったら、背後の物音に反応したのか、その人も右に体をずらし、それで却《かえ》ってぶつかりそうになってしまった。危うく追い抜いた瞬間、彼女が手に提げていた白いスーパーの袋にペダルが接触したのが分かった。くしゃっと小さな音がした。

三枝は慌ててブレーキをかけ、振り返った。

「ごめんなさい」

まず謝って、袋の中をのぞき込んでいる彼女を見て、あっ、と声が出た。向こうも顔を上げびっくりしたような表情になった。

路肩に停めた自転車から降りて、三枝は近づいていった。

「すみません、中のもの何か壊しちゃったみたいですね」

広げられた袋の口に顔を寄せた。卵だった。幾つかの品物と一緒に納まっていたパックがひしゃげ、薄茶色の卵が数個割れて、黄身と白身が流れ出していた。

「あー、ひどいことになってる」

三枝は声を高くして、半ば強引に袋を摑《つか》むと道にしゃがみ込んで、中の品物を一つ一つ路上に取り出していった。

「すみません、弁償させてください」

卵でよごれたウーロン茶のペットボトルや肉の紙包みや醬油《しょうゆ》瓶や台所用洗剤や果物やらを、背広のポケットにあったティッシュペーパーで拭《ぬぐ》いながら三枝は道端に並べていく。途中から彼女が袋の把手《とって》のところを引っ張った。

「あの、もういいですから。大丈夫ですから」

見上げるとひどく困った顔になっていた。そこでようやく三枝は、自分がずいぶん厚かましいことをしているのだ、と気づいた。

「すみません。勝手に他人の物に手突っ込んだりして」

重ね重ねに謝った。女の顔がすこし歪《ゆが》んだ。薄気味悪い男だと警戒したのかと不安になったら、それはやがて微笑に変わった。

「あのぉ、ズボン……。汚れちゃいますよ」

可笑《おか》しさを堪《こら》えるようにして三枝を見ている。そういえばスーツ姿のまま路上に胡座《あぐら》をかいていた。

とりあえず三枝の買い物袋に彼女の品物を詰め替え、三枝のものは自転車のカゴに入れて、並んで二人で歩いた。割れた卵は坂道に等間隔で植えられたケヤキの根元に捨ててしまった。

「ケヤキにはすごい御馳走《ごちそう》ですね」

三枝が言うと彼女はまた可笑しそうに笑った。

「あの日、結構濡れてたみたいだったけど、風邪引きませんでした?」

「大丈夫でした」

「そうですか。ぼくの方は夏風邪引いちゃったみたいで。このところ夜ちょっと寒かったですよね」

「私、寒いのは平気だから。北の生まれだし」

「どちらですか」

「北上《きたかみ》なんです」

「岩手県の?」

「ええ」

「ぼくも生まれは富山なんですけどね。でも寒さは嫌いです。といって夏もあまり好きじゃないですが」

坂を下り終えたところは三叉路《さんさろ》になっていた。三枝たちは立ち止まった。

「ぼくの家はまっすぐ行ったところなんですが、あなたは」

「右の道です」

「立野町の方ですね」

「ええ」

「ぼくは南平なんです」

じゃあ、と三枝は言ってハンドルにぶら下げていた袋を外して彼女に手渡した。

「ほんとうに、すみませんでした。弁償はしなくていいんですか」

「そんな。私の方こそ、この前はありがとうございました」

「とんでもない。これでおあいこというのも、何だか気が引けます」

「じゃあ、失礼します」

彼女はあの日と同じように丁寧に頭を下げ、右手の道の方へ歩きはじめた。三枝はその後ろ姿をしばらく見送っていた。相変わらずまっすぐにぴんと伸びた美しい背中だった。

それにしてもこんな偶然もあるのだな、と思った。つい数日前に傘に入れた人と、もう一度出会うなんて。しかも彼女が自分と同じ町に住んでいたなんて。こういうことはありそうでいて滅多にないに違いない。そう考えた時、三枝には遠くなっていく彼女の背中が、何か大切なものを運び去っていくように見えた。

「あのぉ……」

彼女が足を止め、振り返った。

初めて、二人の視線が一つに重なった。束《つか》の間にすぎないのだろうが、彼女が身じろぎもせずじっと三枝の瞳《ひとみ》の中を見つめている気がした。

「よかったら、一緒に食事でもどうですか。お詫《わ》びのしるしにぼく、御馳走しますから」

彼女はしばらく黙ったままだった。そして再び、その顔が歪むような表情に変わったとき、三枝は胸が詰まる思いで、待ちつづけていたものに自分はようやくめぐりあったのかもしれない、と感じていた。

12

目の前の鉄鍋がぐつぐつ煮えて、旨《うま》そうな匂いが食欲をそそってくる。彼女が台所と部屋を往復しているあいだ、三枝はこの意外な成り行きに当惑していた。たまに話しかけたりもするのだが、どうにも居心地が悪い。彼女の方は実に淡々とした様子で、ビールと簡単なつまみを三枝が座っている座卓の上に運んできて、お酌してくれたりする。かしこまってグラスを手に持っていると、

「ビールでよかったかしら」

などと言う。

「お腹空《す》いてますよね。急いで支度しますから」

まるで、長い付き合いの風情で、物腰からよそよそしさがまったく消えてしまっていた。駅前に引き返してどこかの店で食事でもしようと誘ったのだが、だったら私のアパートに来ませんか、と事もなげに彼女は言った。ちょうどすき焼きの材料を買ったところだし一人で食べるのも味気ないと思っていたから……。

三叉路から五分ばかり歩いたところにアパートはあった。小さな二階建てだが、鉄筋のしっかりした造りだ。オートロック式のエントランスで彼女はインターホンのボタンを押す。押しながら「0921」と口に出して、隣の三枝を見ると、

「私の誕生日なんです。九月二十一日」

と言った。これからはこの暗証番号を使って下さい、と教えられているような気がした。

風邪で二、三日ろくに食べていなかったこともあって、三枝はよく食べ、よく飲んだ。馴《な》れない雰囲気を酒で紛らわせるという気持ちも働いていた。それでも、どうして彼女が自分を部屋に上げ、こうやって食事まで振る舞ってくれるのか得心できなかった。どういうつもりだろうと顔を見るが、当たり前の表情で見つめ返してくる。互いの名前を交換したのも食事が始まってからのことだった。

「なんだか変な感じだな」

思わず三枝は呟《つぶや》く。

「まるで現実じゃないみたいだ」

「なにが？」

彼女は不思議そうな声で言う。

「いや、仁美さんとは知り合ったばかりだし、それがこうして一緒に御飯食べて、お酒飲んで、ちょっと狐につままれた気分だから」

「そのうち眠くなって、ふと気づいたら山の中で身ぐるみ剝《は》がされていたり、なんてね」

仁美はくすくす笑う。

「見たところ狐でもなさそうだし、悪い人にも見えないけど」

「広明《ひろあき》さんも、狼でもなさそうだし、悪い人でもなさそう」

頰が赤く染まって、彼女は少し酔ったようだった。

それからしばらく二人でテレビの野球中継を眺めていた。巨人・ヤクルトが激しい打撃戦を展開していた。八回表巨人の攻撃で三番、四番がつづけてスタンドに白球を放り込んだ。その裏、ヤクルトが五本の長短打で四点取って十一対九と再逆転すると、仁美は歓声を上げた。

「ヤクルトのファンなの？」

「ええ」

素っ気なく答え、彼女は本当に画面に集中しているようだ。見ず知らずの男を部屋に上げて不安ではないのだろうか、と三枝はつい思ってしまう。

ヤクルトの勝利で中継が終わると仁美はスイッチを切った。

「広明さんは巨人ファンなんですか」

「ええ、まあそうですね」

「じゃあ残念でしたね、今夜の試合」

「別に、それほどの思い入れがあるわけじゃないから」

「それなら、良かった」

三枝は腕時計を見た。九時半を回ったところだ。

「今日は御馳走さまでした。とても美味《おい》しかった」

「どういたしまして」

じゃあ、そろそろと三枝は腰を浮かそうとして、再びその場に座り直した。帰るな、と微《かす》かな声が頭の中で聞こえた。三枝は居ずまいを正して仁美をまっすぐに見つめた。彼女はテーブルの上の汚れた食器を重ね、後片づけを始めようとしていた。

「あのぉ」

声をかける。手を止めて仁美も三枝を見た。

「もしかしたら、仁美さんは、自分なんかどうなってもいいって思ってるんじゃないですか」

仁美の表情は変わらなかった。

「いや、間違ってたら謝りますが、ちょっと変ですよ、やっぱり。ぼくのような見ず知らずの男を部屋に上げたりして。とても厭《いや》なことがあって、ヤケッパチになってやしませんか」

そこまで言って、三枝は歯がゆい気持ちになった。一体自分は何を言っているんだろう。

そのとき「ごめんなさい」という、か細い声が仁美の口から洩《も》れた。

「きっとどうかしてるんですね、私。何甘ったれてるんだろう」

まるで錆《さ》びついた戸が軋《きし》むような、自嘲《じちょう》めいた呟きだった。沈黙が流れ、三枝は俯《うつむ》いている目の前の女をどうすればいいのか分からなかった。

「今夜だって」

しばらくして彼は口を開いた。

「誰か、他の人が来るはずだったんでしょう」

仁美はかぶりを振る。

「誰も来ません。ひとりぼっちです。来るはずなんてないんです。とっくに終わってしまったんだから。なのに、こうやって週末になると食事の用意をして待ってるんです。まるで馬鹿みたい」

案の定かと思う。さきほど手洗いに立ったとき洗面台にシェービングキットが置いてあったのを見て、三枝は自分が、誰かのどうでもいい身代わりなのだと見当をつけていた。

「偶然に賭《か》けてみたかったの」

不意に仁美は顔を上げ、はっきりとした声で言った。三枝はその一言に、問い返すように相手を見る。

「あなたには分からないかもしれないけど、あの日、傘に入れてもらった人と、また会って、とても不思議な気がしたの。私、すっかり駄目になっているから、そんな小さな偶然でもすごい驚きだった。だから、この偶然に何かがあるのかもしれないと思ったの。もう自分のことなんて惜しいと思わないし、殺されたって構わない。だけど、もしかしたらまだ救われるようなことがあるのかなって。誰だってそう信じたいでしょう。偶然が偶然だからこそ意味があるってこともあるでしょう」

仁美の顔が再び歪《ゆが》んだ。だが今度は微笑にはならなかった。ぼうっと目の前が霞《かす》んでくるのを知って、三枝は目頭に手をやった。さらさらと涙が溢《あふ》れていた。どうして俺は泣いているのだろう、と思った。歪んだままの仁美の顔が不思議そうにこっちを見ていた。

布団の中で仁美は、

「男の人って泣き虫ね」

と小さく笑った。「みんなすぐ泣くんだから」。抱いているのか抱かれているのかわからない姿勢で、ずっと三枝は仁美にしがみついていた。

髪を撫《な》でてもらいながら仁美の裸の胸に顔をすりつける。甘い女性の匂いが身体の中にしみ込んでくる。何度も何度もため息をついた。そして幾度も深呼吸を繰り返した。

「さみしかった？」

三枝は頷《うなず》く。

「私も」

仁美も三枝の胸に頭を寄せてくる。長い髪がくすぐったかった。布団に潜ってしばらくじゃれあう。ふーっと顔を出すと、仁美は三枝の顔を両手で挟んで持ち上げた。鼻をくっつけて熱い舌先が彼の唇をなぞる。

「さみしさで、人間は壊れてしまうわ」

仁美が言った。

13

長瀬仁美との関係はその夜から三年つづいた。

仁美はその間に三度引っ越し、一つ勤め先を変えた。二番目の部屋は神田川《かんだがわ》沿いで、大きな台風のとき川の増水で床上まで浸水した。二人で丸三日かかって掃除をし、別のアパートを見つけた。転職の際は、三枝が条件の良い就職口を見つけてきた。元の会社の上司が彼女の不倫相手だったから、有無を言わさず職場を変えさせたのだった。

「私、不倫なんて大っ嫌いで、友達なんかがやってるの見て、ほんと馬鹿だと思ってた。自分は絶対そんなことしないって信じてた。なのに、また奥さんのいる人なんだから、自分でも自分が分からなくなっちゃう」

彼女はそのとき二十五だった。

仁美が三枝に与えた最初の幸運は大きなものだった。それからも仁美と付き合った三年のあいだ、仕事の上で様々な幸運を手にすることができた。男を引き立てる女というものがいることを、三枝は初めて知ったような気がした。

まずは一杯の麦茶だった。八月のある日、彼女のアパートで淹《い》れてくれた麦茶を口に含んだ三枝は声をあげた。口の中に広がるほのかに甘い香り、さっぱりとした舌ざわり、いままでに味わったことのない不思議な味だった。

「これ、いやにうまいね」

「そう」

「どうしたの、この麦茶」

「うちの田舎から送ってきた水で煮立てたのよ。美味しいでしょう」

三枝は真剣な顔になった。もしかしたら、と肌が粟立《あわだ》つのを感じた。「田舎の水って、どこの水?」詰め寄るような口調に仁美はすこし首をすくめてみせた。

「私の田舎って北上じゃない。北上市から車で一時間以上かかる所なんだけど、小さな山の懐の村でね、その裏山に昔から湧き水が出ていて、十年くらい前まではみんなその水で生活してたの。山の地下水が何年もかかって湧き出してくるから、ほんとうに美味しいのよ」

仁美の父はその村の村長でもあった。三枝のそれからの行動は素早かった。仁美の父とすぐに連絡を取り、翌週には水質検査技師を連れて北上に向かっていた。仁美にも同行してもらった。検水を採取し、水源が村有地の山林の中にあることを確認して一度引き返すと、データを整理して再び北上に出かけた。この時も仁美と一緒だった。彼女は実家に泊まり、三枝は北上市内に宿を取ったが、毎晩二人は抱き合った。推定湧出《ゆうしゅつ》量だけが未知数だったが、成分値はすべてのミネラルにおいて抜群の数字を示していた。

九月には、水量も十分との調査結果を得、さっそく村との契約交渉に入った。十月には大日食品と長瀬村長とのあいだで、生産プラント建設を含むすべての契約を成立させることができた。

こうして超ヒット商品「北上山系のおいしい水」が誕生した。

仁美は三枝にとって恩人だった。そして三枝は過疎に悩んでいた彼女の故郷に莫大《ばくだい》な資金を提供することができた。二人の結びつきを三枝は運命のように感じ、きっと仁美もそう感じたことだろう。

14

仁美と別れた日、二人で遊園地に出かけた。

両方とも平日に有休をとった。彼女のアパートまで三枝は車で迎えに行った。仁美はバスケットからはみ出すくらいの弁当をこしらえて待っていた。「このバスケット、昨日ハンズでわざわざ買ったのよ」彼女は自慢げに言って楽しそうに笑った。二年前の三月三十一日、水曜日のことだった。

遊園地はさすがに空《す》いていた。咲きはじめた桜が美しく、そのつづく並木道を二人でゆっくりと歩いた。開園と同時に入ったから、まだ花見の陣取りも見当たらず、黒々とした土に花の滲《にじ》むような桜色がくっきりと映えて、あたりの空気まで研ぎ澄まされているかのようだった。仁美はよく笑い、そしてよく喋《しゃべ》った。こんなに喋る仁美は初めてだった。生まれて初めて好きになった男の子のこと、この正月にギリシアをひとり訪ねてきた折の思い出、子供の頃バイオリンを習わされて、先生がひどく意地悪でいつも泣いてばかりいたこと、そして一番愛している音楽。三枝が三年のあいだに一度も聞いたことのない話もあったし、何度も聞かされた話もあった。

メリーゴーラウンドの横の白いテーブルの並んだ場所で弁当を開いたとき、仁美はバスケットの中からインスタントカメラを取り出した。そしてさかんに三枝のことを撮り始めた。「笑って、笑って」そう言いながら連続してシャッターを切る。目と鼻の先まで近づいて、三枝の顔の部分部分にレンズを向けたりもした。「福笑いみたいに、ひとつひとつ切り抜いたらおかしいね」とささやいた。

半日遊園地で過ごし、隣接したホテルに入って夕食をとった。シャンパンを一本抜いて乾杯した。最上階のレストランから眺める夜景は晴れ渡った今日の空もあって、ことのほか綺麗《きれい》だった。すぐそばに遠くまで広がる東京湾が見えた。ぽつぽつと航行する船の明かりが光っている。きっとあの海は波ひとつなく、あらゆるものを包み込む静寂で満たされているのだろうと三枝は思った。

食事の最中も仁美は写真を撮った。三枝がふと腕時計を見ると、

「また時間気にしてる」

唇を尖《とが》らせた。

「別に、ただ癖で見ただけ」

それは本当だった。

「今夜はずっと一緒にいたいなあ」

仁美は呟《つぶや》き、その直後、カメラを構えて「広明君の困ってる顔」とシャッターを切る。フラッシュの閃光《せんこう》に霞んだ向こうで、

「嘘だよ」

と笑っていた。

デザートとコーヒーが済んで、そろそろ九時になろうとしていた。三枝はすこし時間が気になりはじめていた。ここからだと仁美を途中で落として家に帰りつくまで優に三時間はかかる。頃合いだった。

「広明君」

仁美はさっきから三枝の顔をじっと見つめていた。

「何？」

「ありがとう」

三枝は小さく頷いた。

「こっちこそ」

今日が最後だということは、彼女から一週間前に通告されていた。

「さようなら」

「うん」

「絶対忘れないね」

三枝は下を向いた。この場面に耐えられないような気がした。涙が瞳(ひとみ)の表面に盛り上がってきていた。

「ごめん。きみのところへ行けなくって」

半月前に多加子が心神耗弱《こうじゃく》の診断で病院から処方されていた睡眠薬を大量に嚥《の》み、一時危篤状態に陥った。昨日退院してきたばかりだった。多加子は三枝の女性関係を深く疑っていた。仁美のことは悟られてはいなかったが、これ以上つづけていけば早晩、破局を迎えることは明らかだった。そうなれば、きっと三人のうちの誰かの血が流れる事態になるに違いなかった。

だが、それでも三枝にはふんぎりがつかなかった。結局、仁美が思い切ったのだ。三枝はその判断に乗ったのだ。我ながらだらしないと思うが、どうしようもなかった。

「いつか」

三枝は口ごもった。いままでアテのない話だけはしてこなかった。それが唯一彼女に対して守れる礼儀だと思ってきた。しかし、今夜は構わないと考え直した。たとえ可能だろうが不可能だろうが、自分の嘘偽りのない気持ちであれば、口にしていいという気がした。

「いつか、きっときみのところへ帰るよ」

だが、仁美はちょっと困った顔になった。そうだろうな、と三枝は受けとめた。まだ彼女は二十八だ。これから結婚もし、子供も生む。もう三枝とのことは過去の思い出にしなくてはならない。

「たとえ、実際には帰れないとしてもね。それでもぼくは、きみのところへ帰るよ。どんな形か分からないけれど」

「ありがとう」

仁美は呟いた。彼女の瞳から一筋涙がこぼれ頬を伝っていった。

「会えて良かった。もう思い残すことはないよ、ぼくにはね」

えへっ、と声に出して微笑み、仁美はVサインを作った。そして、

「私、広明君と結婚したかった。子供生んで、一緒に生きていきたかった」

しっかりとした口調で言った。

車から降りるとき、「ここも引っ越すし、会社も変わるね、私」と告げられた。アパートの玄関に向かうあいだ、運転席の三枝の方を彼女は何度も何度も振り返った。

15

広い部屋を物珍しそうに眺めている真由美をソファに座らせ、ルームサービスでオレンジジュースとコーヒーを注文して、三枝も向かいの椅子に腰かけた。

二日前、一ヵ月半ぶりに三枝は自宅に連絡を入れた。電話口に出たのは多加子で、意外に明るく冷静な声だった。一度真由美とゆっくり話がしたいのだが、と言うと多加子は「いつでもいいわ」と答えた。今度の日曜日、ホテルの自分の部屋で構わないだろうかと申し込み、多加子は、午後真由美を部屋に行かせると約束してくれた。

「一人で来たのかい」

真由美は首を振った。

「お母さんが下のロビーのコーヒーハウスで待っててくれてる」

「そうか」

こうやって面と向かってみると、彼女が子供の時代を終え、一人の女として成熟しはじめていることが分かる。さらりとした生地のワンピースは黒で、白のドットが一面に散っている。その服も、光る硝子《ガラス》粒が嵌《は》まったチョーカーも、焼けてひきしまった真由美の肌によく似合っていた。細胞のひとつひとつがはじけているような肉体だと、まだ薄い胸元を眺めながら三枝は思う。その生命の輝きに、めまいに似たものを感じた。このところ腰がだるかったり、夕方、首筋がほてったりで、袖口《そでぐち》を濡《ぬ》らすような微《かす》かな不安に気持ちが湿っているせいもあるのだろうが。

真由美は落ち着かない風情で、窓の景色に目をやって三枝の顔をなかなか見ようとしない。

「学校は、どう。もう二学期になったね」

「たのしいよ」

持ってきたピンクのバッグの紐《ひも》をいじりながら気のない口ぶりで答えた。

「そうか」

呼び鈴が鳴って、コーヒーとジュースが届いた。取り分けて再び正面に座る。真由美はストローでオレンジジュースを半分くらい飲んで、グラスをテーブルに戻した。

「お父さんが病気だってことは聞いてるね」

ひと月半も家を空けている。多加子もまさか出張だと言いつづけてきたわけではあるまいと思った。

「昨日はじめて」

「じゃあ、それまでは」

「急に、二ヵ月の海外出張になったって。オーストラリアのブリスベーンに出来る精肉工場の仕事で、ピンチヒッターで出かけたんだって……」

真由美の表情が曇った。おや、と思っていると、思い詰めるような、言葉を選んでいるような長い沈黙があって、不意に彼女は顔を上げ、早口で言った。

「お父さん、エイズなの」

「えっ」

三枝は娘の口から飛び出した言葉に、一驚した。

「どうして」

覗《のぞ》き込むような不安気な目で真由美は三枝を見ている。

「お母さんが、お父さんはもう二度と私とは会えないような病気になってしまったって」

「どういうことなんだ」

「お父さんとお母さんで話し合って、こういう風にしたんだって」

三枝は唖然《あぜん》とした。何と返事していいか分からない。真由美は身を乗り出して言葉をつづけた。

「ねえ、ほんとうにエイズなの。いまどうしているの。お母さんはお父さんが何してるのか言わないし、いまお父さん入院してるの。それとも一人でどこかで暮らしてるの」

三枝は、コーヒーカップを持ち上げ、一口すすった。冷めた苦みが口中にひろがる。憮然《ぶぜん》たる思いが胸を満たしていた。

「お母さんがエイズだって言ったのか」

しばらくたって訊《たず》ねた。絞り出すような掠《かす》れ声になっている。真由美は頷《うなず》いた。

「はっきりとは言わなかったけど、まだ私が小さい頃、お父さんが浮気をして、それで罹《かか》った病気だって。お母さんも検査しなくちゃいけなかったって」

「そうか」

「私、すごいショックだった……」

真由美が顔を伏せた。

「他にお母さん、何か言ってたかい」

「来週から、お父さんアメリカに行くんでしょう。アメリカでいいお医者さんが見つかったって。だから、もしかしたら治るかもしれないって」

多加子は一体どういうつもりなのか、と三枝は考え込んだ。三枝の突然の家出の辻褄《つじつま》合わせに思いついた理由が、エイズということなのか。父親に捨てられたと娘に感じさせない、母親としての苦肉の配慮というわけか。それにしても余りに突飛で詐術的な作り話だった。三枝は、妻の胸中にある陰湿で鋭い憎悪をあらためて強く感じた。多加子自身、三枝が末期癌だと完全に信じてはいないのだろう。というより、彼女にすれば三枝の病気などどうでもいいのだ。理由が何にしろ、自分から逃げていく行為そのものが、きっと許しがたいに違いない。

「お母さんは……」

三枝は娘の顔を真っ直ぐに見つめながら話した。

「お父さんがエイズだと勘違いしているのかもしれない。急に家を出ると言いだして、ひどい病気だと言ったから」

「じゃあ、エイズじゃないの、お父さん」

三枝は大きく頷く。

「お父さんも混乱していて、お母さんにちゃんと説明できなかったんだと思う。お母さんに話したときは、お父さん自身もひどくショックを受けていたからね。だけど、お父さんはエイズじゃないよ。お前のおばあちゃんや、広和《ひろかず》おじさんと同じ癌なんだ。進行性の末期癌で、あと半年くらいだとお医者さんに言われた。お父さんはよおく考えてみた。そして、残りの人生がほんの僅《わず》かなら、自分のしたいことを思う存分にしようって思ったんだ。だからこうやって一人で暮らすことに決めた。お前には薄情に思えるだろうが、お父さんはお父さんであると同じように、一人の人間だし、一人の男なんだ。これまで一生懸命働いてきて自分の時間もなかったし、お母さんやお前と一緒に暮らしたあの家で、ただ死んでしまうのを待つだけじゃ、とても寂しい気がした。お父さんは、最後の時間を自分のために思いっきり使ってみたかった。真由美に何の説明もなしに勝手に家を出たのは悪かったけど、そうでもしないと決心がつかなかった。ようやく気持ちの整理もついたから、そのことをお前にちゃんと話しておこうと思ったんだ」

真由美は父親がエイズではないと知って、ほっとした顔になっていた。その表情を見て、三枝はふと、多加子のさらに奥深い企《たくら》みを見た気がした。多加子はあらかじめこうした成り行きになるよう仕組んだのではないか。真由美にエイズだと告げておいて、それを三枝本人から否定させる。そして同時に、三枝の抱えている深刻な現実は切実さを失い真由美に届かなくなる。そこまで多加子は計算しているのではないか。

三枝はなんだかひどく自分のしていることが滑稽《こっけい》な気がした。自らの死病を娘に宣告して、厳粛な一場を演じたいと思ったわけではない。だが、それにしても娘に話すべき幾つかのことがあるような気はしていた。四十年余で知り得たささやかな感懐の一部を、この日の情景とともに娘の記憶にとどめておきたいとは思っていた。しかし、のっけからエイズなのか、と問いただされてしまっては、気持ちの張りも集中もなくなってしまう。よくもまあここまで愚弄《ぐろう》してくれるものだ、と三枝は多加子の顔を久しぶりに思い描きながら、ため息をついた。

目の前の真由美までがまるで赤の他人のように見えた。血が繋《つな》がっているとはいえ、さほどの付き合いでもない。十六年同じ屋根の下で暮らしはしたが、共に過ごした日数はその十分の一以下だろう。愛らしく可愛かった子供時代の面影は脳裡《のうり》に焼き付いているが、自我がめばえ、ひとりの人間としてこの世界につかまり立ちを始めた頃には、もう三枝は仕事一筋で家族を顧みることはなかった。そもそも長男を死なせたその日から、家中のどこにも彼の居場所などなかった。

考えてみれば、別にあらたまって話したいこともない気がする。元気で、正直な心で、大切な友をつくり、そして自身を愛する以上に深く誰かを愛し、幸せな結婚をしてくれればそれでいい。あとは結局、自分で見つけ自分で考え自分で解決していくことばかりだ。親がしてやれることなど金銭的な支援を別にすれば大してありはしない。

「お父さん」

呼ばれて三枝は思考を中断した。重苦しい気詰まりな空気が漂っていた。真由美はさきほどまでとは打って変わって素直な表情になっていた。小さな笑みを懸命に頬に浮かべている。

「なんだ」

「お父さん、私のこと好き？」

その微笑は多加子の若かった頃を思い出させた。

「私のこと愛してる？」

今度はまた何を言い出すのだ——三枝は困った気分になった。が、答えは口をついて出る。

「もちろんだよ。お父さんは誰よりも真由美のことを愛しているよ」

真由美は笑みをさらに広げて、ちょっといたずらっぽく瞳《ひとみ》を光らせた。

「お母さんもだよ」

「え？」

「お母さんも私のこと、きっと誰よりも愛してくれてると思う」

「それはそうだよ。そうに決まっている。きっとお父さん以上に、お母さんはお前のことを愛してるさ」

「だったら、それでいいじゃない」

真由美は残ったジュースを飲み干して、しっかりとした目つきで三枝を見た。まるで大人の女のようだ、と思う。

「何が」

「お父さんもお母さんも私のこと誰よりも愛してくれているんなら、きっと、お父さんとお母さんも、それぞれのことをとても愛しているんだよ。だって真由美はお母さんにとっては半分お父さんだし、お父さんにとっては半分お母さんなんだから。お父さんとお母さんが、そうやって愛し合って、それで真由美は生まれたんだから」

「そうかもしれないな」

三枝は笑って頷いた。ひどく哀しい物音が頭の中に響いてくるようだった。こうして娘とたぶん最後になるだろう会話をしても、自分にはどれひとつとして真実を語る資格がない。またその確信もない。人間同士のつながりの希薄さは本当に目を覆うばかりだ。たとえ父と子であっても、結局すれ違うしかない。

「かけがえのないものを共有してるのって、どんなきずなよりも強いきずななんでしょう。だから、お父さんとお母さんはいまでも十分に愛し合っているんだって真由美は思うよ。広多加《ひろたか》が死んだことだって、お母さんはお父さんのこと絶対恨んだりしてないよ。ただ、お母さんはずっとずっと淋《さび》しくて、お父さんに助けて欲しかったんだと思う。なのにお父さんは、自分のことばかり責めて、お母さんのことちっとも慰めてあげないから、それでお母さん、すごく辛《つら》かったんだと思う」

何年ぶりかで死んだ息子の名前を耳にした。自分と多加子の名前を二つに割って、祈りを込めて付けた名前だった。三枝は「絶対恨んだりしてないよ」という真由美の言葉を短い時間吟味した。答えはわりあい簡単に出る。だが、それを目の前の娘に伝える気にはならなかった。壊れてしまった関係の殺伐さを、ことさら語ってみたところで何の意味があるだろうか。

やはり真由美に自分が話すべきことなど一つもありはしなかったのだ、と三枝は感じた。

16

九月二十日月曜日。

その夜更け、三枝はブランデーを舐《な》めながら、明日訪ねる仁美のことを考えていた。彼女の消息については、三枝は会社を離れる前に伝《つて》を頼って確認していた。といっても調査会社を使ったわけでもないから、それほど詳細ではない。現在の住まいの所番地と電話番号、勤務先、そして彼女がまだ独り身でいること、そのくらいだった。

別れてのち、この二年のあいだ仁美とは一度も会ってはいない。三枝の方から連絡するはずもないし、むろん彼女からも電話一本なかった。そんなところに、突然三枝が会いに行ったら彼女は一体どんな顔をするだろう。想像するだに、良い結果は生まれない気がした。それでも構わないと三枝は決めていた。もう自分には、あれこれと思い迷う余裕がない。

三枝は、仁美と再び会い、死ぬまでの短い時間を共に過ごして欲しいと頼むつもりだった。病気のことも包み隠さず打ち明け、元気でいられる最後のひと月を彼女と旅してみたかった。加藤の話だと、十一月になれば症状が出始めるという。耐えがたい痛みが間断なく襲いかかってくるだろう。鎮痛剤はたっぷり貰《もら》っているが、その程度ではとても癌の苦痛は防ぎきれない。兄も最後のひと月は面貌《めんぼう》が一変するほどの苦しみに蹂躙《じゅうりん》された。若い体は恐ろしい速度で癌細胞を増殖させる。兄の腹腔内は癌ではちきれんばかりとなり、腹壁小結節の除去手術の後は抗癌剤も放射線もまったく効果がなかった。大腸内に転移した腫瘍《しゆよう》のかたまりが直接脊髄《せきずい》神経の付け根を押さえつけて、彼にすさまじい苦痛を与えた。死ぬ半月前には、脊椎《せきつい》にエピドラカテーテルを打ち込み、局所麻酔剤を常時注入するという最新のペインクリニックも施したが、転移しつづける癌部位のすべての神経をブロックするためカテーテルの数はつぎつぎと増し、兄は全身の自由を失ってベッドの上で身動きひとつできない有様となった。それでも最後には顔面と脳までもが癌細胞に冒《おか》され、苦悶《くもん》のうちに死んでいった。

その兄の姿を見て、三枝は自分が同じ病に罹《かか》ったときの身の処し方を心に刻み込んでいる。

この数日明らかに身体は変調をきたしはじめていた。以前のように食べられなくなった。少しのものを口にしただけで腹が満たされてしまう。痛みや吐き気はないから、まだそれほどの不安は覚えないが、相変わらず夕暮れ時になると身体が妙にほてったし、腰のだるさも抜けない。眠っているあいだにひどく汗をかいた。この分だと加藤の言うより早く痛みが出てくる可能性がある、と三枝は予感していた。

17

いまや、仁美のことも遠い記憶になっている。姿形や顔立ちもありありと浮かぶわけではない。きれいな身体だった、と反芻《はんすう》し、しかしその一部一部を再現しようとすると像はぼやけてしまう。つまるところ、残っているのは三枝自身の彼女への思いだけだった。仁美の仁美らしさではなく、三年間の交わりの全体がかけがえのない記憶としてしみついていた。案外そんなものかもしれない。誰だって一人一人であって、どんなに愛し合ったところで自分はいつまでも自分で、別のものにはなれない。だが、二人になったときは二人であることで生まれる何か新しいものがある。一人の自分につけ加わってくるものがある。三枝に今残っているのは、彼女と自分が共に生きたという、その記憶だった。それが、死を目前にしてどうしようもなく懐かしく、美しく思い出されてくる。

いまでも俺は彼女が好きなのだろうか、と三枝は自問した。別れてしばらくのあいだ、もしほんとうに好きだったならば、たとえどんなことがあろうと別れなどしなかったはずだ、と彼は悩んだことがあった。自分もそうだし仁美にしてもそうだったはずだ、と。

だが、そのうち思い直すようになった。いくら愛し合っても人はやがて別れる。何十年共に生きても必ず期限は来る。ならば、愛は時間によって保証されるものではない。だからこそ、ほんの束《つか》の間の交わりが、何十年も一緒でいる以上の深い愛ともなり得るのではないか。

いまでも俺は彼女が好きだ、と三枝は思った。思ってみるとほんとうにそうだった。短かった人生のなかで、たった一つそれだけが真実のような気がした。それだけがきらめくもののように思えた。だが、そういった感情は、じきに死んでしまう自分だから分かるのかもしれないという気もした。生命という単純で否応《いやおう》なしの力にぐいぐいと引っ張られているあいだは、人はただ考えなしに前に進んでいくばかりだ。何が自分にとって大切であるか、など思いも及ばない。過ぎ去ってもなお最後まで残るものがあることに気づけない。いまの自分のような状態になって初めて、過去の様々なことの中から、大切さというものが立ち現れてくる。そしてそれがにわかに明るく輝くようになる。

三枝はテーブルの上の腕時計に目をやった。午前三時をすでに回っていた。つらつら考えているうちにずいぶん時間が過ぎてしまっていた。見ると手元のブランデーのボトルも中身が半分に減っていた。食事が楽しみでなくなって、その分、酒が身体に沁み入るようになった。それにしても今夜はちょっと飲みすぎだ。明日のことで少し興奮しているのかもしれない。グラスの残りを飲み干し、三枝はベッドに行こうと立ち上がった。

その時だった。突然に胃のあたりから突き上げてくる感覚が起こって、横隔膜が激しく痙攣《けいれん》するのが分かった。同時に生暖かい感触が一気に喉元《のどもと》まで駆け上がってきた。と思うとしぜんに丸く開いた口許《くちもと》からシャーッと音立てて何かが噴き出してきた。それは、まるで噴水のように遠くまで迸《ほとばし》り、とめどなくあとからあとから湧き上がってくる。嘔吐《おうと》の苦しさはまったくなかった。三枝は直立の恰好《かっこう》のまま、自分の身体から吐き出されているとも思えずに、目を見開いてベージュのふっくらした絨毯《じゅうたん》一面に広がっていく、その焦げ茶色の液体を眺めていた。絨毯を染めたシミをタオルで拭《ぬぐ》うと、胃の内容物の一部とともに糸引く粘液がこびりついてきた。それは赤黒く、明らかに血液だった。その汚れたような血の色を見て、三枝は初めて自分の病を直視した気がした。身体の中に別の生き物がいて、それが自分を食いつくしていく光景が脳裡《のうり》に浮かんだ。吐き方の異様さが、そういった感覚をより一層際立たせた。腹の中に巣食う生物が、勝手に三枝の体液を放出したという感じだった。

自らの意志とはまったく関係なく肉体が変化を始めている——十分予想したことではあったが、やはりそうやって実感してみると、空恐ろしい気分は避けがたかった。三枝はベッドに横になり、日比谷のホテルから持ってきたカレンダーを眺めた。十月十五日と十一月十五日が丸で囲んである。今日九月二十一日の日付は二重囲みだった。

加藤は「かなり激しい痛みが突然くる。それに嘔《は》き気《け》や熱発が伴う。腹水のせいで腹もふくれてくるだろう。そうなったらちょっとむずかしい」と身体が崩れていく兆候を説明していた。四ヵ月は普通に暮らせる、という言葉に安心していたが「個人差が大きい」とも言っていたはずだ。あんな印などつけて十一月までは大丈夫だと高《たか》を括《くく》ってきたが、考えてみれば一切の治療を放棄し、酒を飲み、旨《うま》いものを食い、夏の盛りに旅に出たり、と何の節制もなしに過ごしてきた。その間に、まだ若い自分の肉体はみるみる癌細胞を増殖させてきたに違いない。

三枝はじっと身じろぎもせず、横たわっていた。もし痛みが襲ってきたら本格的な症状のはじまりのような気がした。だが、気味悪いほど何もなかった。胸やけも腹部の膨満感もない。さきほどあれだけ大量に吐いたのがまるで嘘のようだ。痛みの影に目をこらしながら長いあいだそのままの姿勢で彼は静止していた。

その日は、午後遅くまでベッドの中にいた。吐いたのは一度きりで結局痛みも襲ってはこなかったが、明け方まで寝つかれなかった。

身支度を終え、三枝がホテルを出たのは午後四時頃だった。新宿東口にある銀行の支店にまず寄って、CD機を使って預金を五百万円ほど引き出した。A4サイズの茶封筒に詰めても、五百万となるとなかなかの嵩《かさ》だ。通帳の残高はこれで二百万弱で、まあ葬式代くらいにはなるか、とつぶやいた。それから新宿駅に向かい、小田急線に乗って狛江《こまえ》まで行った。狛江駅の改札を出るとき腕時計を見た。ちょうど五時半だった。

18

駅前の地図で仁美の住所を確認した。岩戸《いわど》北一丁目となっているから市役所の真裏あたりのようだ。標示板によると隣は保育園だった。まだ、仁美は勤めから帰ってはいないだろうが、とりあえず行ってみることにする。ここからでも歩いて十分程度の距離だ。

途中市役所の前を通り過ぎようとして、三枝はふと足を止めた。こぢんまりとした市庁舎の屋上から長い垂れ幕が二本下がり、そこに太く大きな文字で、

「市民みんなで節約しよう、大切な水」

「どうか、節水にご協力ください　狛江市役所」

と書かれていた。

がらんとした駐車場には青色の東京都水道局の給水車が数台停まっていた。

〈そうか、今度の水不足は戦後最悪と言われるほどにひどいのだったな〉

三枝は久しぶりに、水のことを思い出したのだった。この二ヵ月、ずっとホテル暮らしをつづけてきたから、現在の東京の深刻な水不足を彼は実感することがなかった。そういえば毎日見ている新聞やテレビニュースでも、都内の給水制限の厳しさがさかんに報道されていた。だが、会社を去ってからというもの、三枝には水不足などただの他人事でしかなくなっていた。こうやって、そのことを思い浮かべることすら退社以来初めてといってよかった。

七月から始まった給水制限は、八月半ばに制限率が三十パーセントまで上がり、水圧の低下

によって高台の一部では断水となる地域も出た。だが、お盆過ぎに一度まとまった雨が降って、それで制限率は十五パーセントに戻ったはずだった。その報道を見て、三枝は旅行に出た記憶があるから、その頃は多少はこの水不足に関心を持っていたのかもしれない。

あとはここ数日の報道を無理に思い出しての話だが、水不足が深刻化したのは九月に入ってからのことだったようだ。期待された秋雨前線の発達も見られず、今年は台風もなぜか関東地方を避けて通り、真夏日が延々とつづいていた。九月に入って一滴の雨も東京には降っていない。これは観測史上の記録らしかった。利根川《とねがわ》をはじめとした水源地の水は涸《か》れ果て、とうとう、都は今週はじめから四半世紀ぶりという全都下での夜間給水停止を実施した。これに伴い、断水地域は拡大、町々を給水車が走り回るという、ふた昔も前の光景が東京に現出した。昨日は、給水車の前に白いポリタンクをぶら提げて行列する人々の姿を、どのテレビ局も延々ニュースで流していた。

気象衛星による予測では五年振りの猛暑ということだったが、それをはるかに上回る水涸れになったものだ、と三枝は思った。これならば、今夏の売上は二百パーセント・アップどころの話ではない。

〈「北上山系のおいしい水」は飛ぶように売れているだろう〉

三枝は、あれは自分と仁美が送りだした、二人が出会わなければ決してこの世界に存在することのなかった製品なのだ、と思った。それが、二人が別れてしまって二年もたった今、しかも生みの親の一人である自分が死んでしまうその年にさえ、この広い東京中に次々と出荷され人々の手に送り届けられている。三枝広明という男と長瀬仁美という女が、ある雨の日に隣り合わせ、しかも偶然に再会しなければ、その水が自分たちの口に入ることなど絶対になかったとは、当然「北上山系のおいしい水」のボトルを手に取った誰一人として知るよしもない。

なんて不思議なことなのだろう、と三枝は思った。自分が死んだあとも、自分と仁美の生んだ水はずっと生きつづけていく。そういった残る形が、仁美とのあいだにはあった。偶然の産物に過ぎないにしても、やはり人と人とのつながりには決して摑《つか》めない何かがあるような気がした。そして、いくつかの光景がその思いに引きずられて目の前に甦《よみがえ》ってくるのを三枝は感じた。

三枝は市役所の敷地の中に入り小さなベンチに腰を下ろした。思い出されてくるものを少し味わってみたい気分になっていた。

最初に見えたのは、やはり仁美と出会った日、皇居前広場を濡《ぬ》らしていた雨の光景だった。そしてぐっしょりと濡れた黒い服の仁美。そこに、この夏岡山に出かけたとき、畦道《あぜみち》で飽かず眺めたきらきら輝く田んぼの水面が重なってきた。さらに、一人きりで退職を祝った夜、ホテルのボーイが抜いてくれたシャンパンが泡吹きながらグラスに注がれる光景。次々と昔のことが再生されていく。「さみしさで、人間は壊れてしまう」と言われたときにこみ上げてきた涙は仁美の胸をびっしょりにした。こんな平凡な自分でも、数えてみれば数え切れぬほど泣いてきたんだなあ、そう思ったら、こんどは海岸の光景がまざまざと浮かび出した。光る波間の底、白い砂の上に眠るように横たわっていた広多加の小さな身体。茶色く細い髪だけがゆらゆらと揺れていた。抱き上げたときの凍るように冷たい肌。砂浜に寝かせ胸を押すと、口から噴《ふ》き出した信じられない量の海水。広多加の身体は拭《ふ》いても拭いてもいつまでも濡れていた。

あんなに死が近しく感じられたことはかつてなかった。ほんとうに……。

思えば、昨夜自分が吐いた水は、あの広多加が吐いた水だった。そして、あの焦げ茶色は、仁美の部屋で飲まされた一杯の麦茶と同じ色だった。広多加が死んだ直後、錯乱した多加子が頭から熱湯をかぶり、絶叫しながらむしゃぶりついてきたとき、物音に目を覚ました幼い真由美が、目をこすって二階の寝室から降りてきた。あわてて多加子を自分の身体で覆い隠し、真由美を怒鳴りつけて追い返した。多加子は顔は幸い無事だったが、首筋から背中にかけては見るまに水ぶくれができ、浴室に連れていき、シャワーの冷水を彼女の身体中に何時間も浴びせつづけた。

仁美と別れた夜、暗い東京湾を渡る船々の灯火を見つめ、広多加を奪った海のことを、どうして自分は懐かしく感じることができたのだろうか……。

とりとめのない連想が三枝の意識の表面に現れては消えていった。そんなことは岡山の畦道でぼんやり遠くの明るい景色を眺めたとき以来だったが、内容はあのときよりもさらに茫漠《ぼうばく》としていた。だが、死んだ広多加の姿をこんなに静かに回想できたのは、初めてだった。同時に何かしら足りないものがあった。そうした個々の記憶は、今では忘れてしまったもっと大きなひとつの景色を呼び覚まそうとしているようなのだが、どうしてもそこにつながっていかないもどかしさがあるのだった。

三枝はベンチから腰を上げた。時計を見るとちょうど六時だった。ともかく仁美の家まで行こう。ここからだともう目と鼻の先だ。

19

市役所の裏を抜けると、通りがあって、そこを挟んで向かいに小さな保育園が見えた。「さつき保育園」という看板が出ていた。住所で言えば、この保育園の斜《はす》が仁美の部屋のあるアパートのはずだ。

三枝は通りを横切り、保育園の正門が見えるミラーのついた脇道に入っていった。細い道の右手の方を見ていくと何軒か住宅が並び、その先に小さなブティックがあった。小さいといっても、三階建ての真新しいブルーのビルで、一階がブティックで、二階、三階は住居のようだった。メモしておいた仁美の住所はA―201で終わっているから、きっと彼女の部屋はこの二階のどこかだと思った。

ブティックの隣の入口を入るとエレベーターホールがあり、その脇に郵便受けがあった。A―201からA―302まで四つある。各階二戸ずつ全部で四戸らしい。どの郵便受けにも名札は入っていなかった。エレベーターとのあいだは硝子《ガラス》扉で遮られ、オートロックになっていた。これでは二階まで上がって表札で仁美の名前を確認することができない。ためしに201―0921とボタンを押してみたが扉は開かなかった。三枝は表に戻って、ビルを見上げた。左右に一つずつ大きなベランダがある。どちらが201号室なのだろうか。

そうやってずっと二階のベランダを見上げていると、ブティックから女性が出てきて、シャッターを下ろし始めた。下ろしながら不審気に三枝の方を見ているので、彼は声をかけてみることにした。

「あのぉ、すみません」

「はい」

三十そこそこといった感じのきれいな人だった。仁美もいまはこの人と同じくらいの歳回りだ。

「長瀬仁美さん、という方を訪ねてきたんですが。この二階にお住まいだと思うんですが、ご存じありませんか」

「長瀬さんなら、この上の部屋ですけど」

「あっ、そうですか」

「ええ。私が隣の202ですから」

「そうですかあ」

そこで三枝は無理に笑顔を作った。

「でも、せっかくですけど長瀬さん、しばらくは帰って来ないと思いますよ」

「え?」

「失礼ですけど、どういうご関係の方ですか」

女性がちょっと疑わしそうな様子になっていた。

「いや、ずいぶん前に仕事関係で長瀬さんにお世話になりまして、それでしばらく東京を離れていたんですが、ようやく戻ってきたのでご挨拶《あいさつ》だけでもと思いまして。ところが会社も変わってらっしゃるし、一度いただいた転居通知の住所がここだったんで、先週から電話もしてみたんですが誰もお出にならなくて、それで会社の帰りに土産だけ持ってちょっと訪ねてきてみたんです。どっちみち私の家もこの沿線なものですから」

しばらく帰って来ないと聞いて、三枝は少し具体的な説明をつけてみた。

「そうだったんですか。でも彼女、いまハネムーンで海外だから。多分帰ってくるのは再来週くらいだと思います」

「長瀬さんご結婚されたんですか」

「ええ。先週の木曜日に。式には私も呼んでもらいましたから」

「そうだったんですか」

「ご存じありませんでした？」

「ええ、まったく。この二年ばかり地方に出てましたし」

20

三枝は駅前まで戻って小さな喫茶店に入った。アメリカンコーヒーを注文してひとくち口をつけたが、苦みが妙に舌に残って飲むのを止め、かわりに生ビールを一杯頼んだ。ビールが来て一気に飲み干すと、胃のあたりが軽くなっていく気がした。そうか、仁美は結婚したのだ。ようやく暗くなりはじめた駅前の風景を眺めながら三枝は呟《つぶや》いた。

偶然にしろ、その事実をこういう形で知るというのは意味があると思った。二年前の別れが彼女と自分の終着点だったのだろう。自分たちは行き着く所まで行って、しっかりと別れたのだ。そのことをこの偶然が証明してくれたような気がした。「きっときみのところへ帰るよ」と三枝が言うと、仁美は困ったような顔をした。三枝はその表情を単純に受け止めたが、彼女は、あのとき、これが本当に二人の終わりであることを心底知っていたのだ。もう二度と元には戻れないことを知りつくしていたのだ。

三枝は仁美とのことが、これでようやく完全に閉じて、自分ひとりの思い出として結晶化したような気がした。

相手はどんな人なのだろう。あの隣人の女性も結婚式に出たというから、聞いてみてもよかったかもしれない。仁美を幸せにしてくれる人であればいいが。とはいえ、ずっと不倫ばかり、とこぼしていた彼女がとうとう伴侶《はんりょ》を見つけたのだ。まずはよかった。

もう一杯ビールを頼んで、三枝は鞄《かばん》から茶封筒に入った五百万円の包みを取り出した。こんなこともあるか、と引き出してきた金だ。二杯目が来たので、こんどはちびりちびりやりながら、仁美の住所を書きつけてきた紙の裏に、ボールペンで短い手紙を書いた。B5のメモ用紙だから、多少のことは書ける。

長瀬仁美　様

久し振りにちょっと会いたくなって、訪ねてみましたが、お留守のようなので帰ります。

と、ここまで書いて、彼女が結婚したことは知らないままだったことにしておこうと思った。その方が、自分が死んだことを知ったとき、彼女の負担が軽くて済むだろう。

事情があって遠くに行くことにしました。その前に挨拶だけでもと思ったのですが、やはり会わずに帰ることにします。心ばかりのもの、昔のお礼のつもりで置いてゆきます。少し額が多くて、驚くかもしれませんが、もうぼくには必要のないものなので。

遠くに行くというのも曖昧《あいまい》だが、金が必要のない世界となれば、大体は察しがつくに違いない。旅行から帰ってきて、慌てて三枝の会社に連絡を入れ、それで三枝が死んだことを仁美は知るだろう。夫と一緒に帰宅して、郵便受けにこの茶封筒を見つけて、一瞬、彼女は処置に困るだろうが、表に三枝と名字だけでも記しておけば夫に分からない形で包みを開くことはできる。それからあと、夫に相談するしないは彼女の判断だが、黙って受け取ってくれるのではないか。三枝の家の事情は知っているから、返送するわけにいかないことも彼女はよく分かっている。

決して怪しいお金ではなくて、きみと別れて二年のあいだで手元に残したものです。きみにはほんとうに世話になりました。何もしてあげられなかったことがずっと気になっていたのです。このくらいのことしかできなくて、ごめんなさい。

ここまで書いて、三枝は一度ペンをテーブルに置き、読み直してみた。まずまずだと思った。

では、お元気で。きみの幸福を心から祈っています。さようなら。

三枝広明

九月二十一日

九月二十一日と日付を入れて、三枝はちょっと考えた。わざわざ彼女の誕生日に訪ねたというのも、後で負担になるかもしれないという気がする。それに隣人の女性ともさきほど出くわしている。何のきっかけで、その話が二人の間で出ないとも限らない。

三枝は二十一の「一」の上に二本線を入れて「三」に直した。

九月二十三日――これならば問題はない。どうせ当分戻って来ないのだし、この程度の嘘は構わないだろう。

三枝は書き終えると、メモ用紙をたたんで茶封筒に入れ、表に仁美の名前と三枝という名字だけ記して、封をした。

百万円の札束五つだが、縦に三つ並べて、その上に二つ並べるとそれほどの厚みにはならない。これならば、あの郵便受けにも入る。ビールを飲み干し、彼はもう一度、仁美の部屋のある青いビルに出向くために席を立った。

21

八時過ぎに狛江から新宿に戻ると、ホテルには帰らず、最近行きつけになった西口の土佐《とさ》料理の店で軽い食事をし、生ビール二杯と冷酒を二合ばかり飲んだ。十時までその店にいて、それから外に出た。ゆっくりと歩いて、青梅街道沿いの緑のビルをめざした。

成子坂下《なるこざかした》にさしかかったとき、頬に冷たいものがあたった。それはやがてたくさんの滴となって三枝の身体を濡《ぬ》らしはじめた。酔いで火照った頬や首筋に心地よい雨だ。

そのビルの屋上に上がったときには、雨足はずいぶん強くなっていた。三枝は突端の二メートルほどのフェンスの前にしばらく座り込んで、全身を雨が激しく打つにまかせていた。そのうち酔いはきれいに抜けて、気分が澄んできた。仁美への手紙に「二十三日」と記したのは失敗だった、と気づいた。十九なり二十なり、以前の日付にすべきだった。二十三日は、考えてみればもう自分はこの世界にはいないのだ。あれではまるで、お粗末な怪談話のようなことになってしまう。

だが、もうその程度のことはどうでもいいなぁ、と三枝は苦笑した。哀しいことだが、今夜死んでしまう三枝にとってはかけがえのない仁美ではあっても、仁美からすれば三枝という人間は、べつにそれほど大切な人間というわけではない。

仁美の面影が、この強い雨に洗い流されるように、次第に心の中で薄れていくうちに、三枝はさきほど狛江の市役所でベンチに腰掛けていたときにどうしても思い出せなかった光景が記憶の暗い背景から少しずつ滲《にじ》み出してきているのを感じた。

三枝は立ち上がり、上着を脱ぐと金網のフェンスをよじ登った。

雨足はさきほどよりは弱まっていた。それでも、今夜一晩は降りつづきそうな豊かな厚みのある雨だった。いまは静かに地上のすべてを濡らしていた。フェンスを越えると一メートルほど先は、もう何物も阻むことのない夜の闇だった。三枝は佇立《ちょりつ》して、記憶の奥から浮かび上がってきたかつての光景に目をこらした。

22

そこは、夏だというのに格別の涼しさだった。木漏れ日が射し込むカツラやトチの林をずいぶんと歩き、ふっと視界が開け、その場所に三枝たちは辿《たど》り着いた。

一面の草地だった。

登りはじめたときは、山の中腹にこんな広い場所があるなどとは想像もつかなかった。冷たい風が遮るものもなく自由に吹き渡っている。

草地の入口に立ったところで三枝は下界を見おろした。中途まで歩いてきた沢伝いの険しい道が木々の広げる枝葉の向こうに細くうねり、その道のつづいた先のまだ先に小さな集落がぽつんと結ばれている。あれが、つい二時間ほど前にあとにした、仁美の生まれ育った村にちがいない。

遠くの景色に目を転ずると、そこはただ青々と連なる山々で、北東の方角にひときわ高くそびえる早池峰《はやちね》の峰がおぼろにかすんで見えた。

その山並みに背を向け、三枝は草地を見渡した。全身の汗が引き、どこかちがう世界に迷い込んだような気がした。緑の草は風に音もなく揺れ、あたりは静けさに満ちている。時間はもう何万年も前から深い眠りについてしまったかのようだった。

仁美が三枝の手をとって、草地の真ん中へといざなった。

緩い勾配《こうばい》があって、中心は窪《くぼ》んでいる。草地の入口からは見えなかったが、近づいてみると微《かす》かな水音が聞こえた。濡れた赤茶色の地面が不意に姿をあらわし、その中心に小さな泉がぽっかりと口を開けている。そこからこんこんと水は湧き出していた。

三枝たちは泉の縁にしゃがんで、そっとのぞきこんだ。

夏の透き通った光が水の底へと射し込んでいるが、底は深く、漆黒の芯《しん》となって光をはね返していた。あふれる水がその光のはね返しのように見えた。

仁美は膝《ひざ》をつき、隣の三枝の顔を一度確かめるように見た。そして、三枝の手を握ったまま、ゆっくりと泉に腕を沈めていった。付け根まで水に入ったとき、冷たく尖《とが》った感触がさわさわと揺れる水流にすうっとほどけ、凛《りん》とした涼気が全身に広がった。自分が新しくなっていくような、そんなすがすがしさを三枝は感じた。

「あなたや私が生まれるずっと前から」

仁美が呟《つぶや》くように言った。

「この泉は、静かにこうやって水を湧き出させているの」

二人の白い腕は結び合って、永遠に涸《か》れることのない泉に浸されていた……。

23

三枝は夜の闇へと一歩近づいた。そして再び空を見上げた。顔一面に柔らかな雨が降りかかる。この慈みの雨もやがて大地を濡らし、地中にしみわたり、再びめぐって、あの泉のように地上に湧き上《めぐ》がってくる。その循環は永遠に果てることなくいつまでも繰り返される。

「さようなら」

三枝は、呟いた。

「さようなら、三枝広明」

三枝広明、お前とはほんとうに長い付き合いだった。だが、そろそろお別れのときのようだ。もう二度と会うことはないだろう。世話になった。自分はいまようやく、自分自身からも解き放たれ、広多加がいたところ、そして帰っていったところへと帰ってゆくのだ。仁美も多加子も、もはや、何ひとつとして哀しみはなかった。

そして真由美もやがて戻ってきてくれる。

「ありがとう、三枝広明、そしていま、永遠の別れだ」

夜の闇の向こうに、静かに泡立つような水音がはっきりと聞こえた。

三枝は耳をそばだて、その音の源をめがけ、ひと思いに跳躍した。

不自由な心

1

江川一郎はむっつりと黙り込んでいた。

妹の祥子《しょうこ》が静かにティーカップを持ち上げ紅茶を一口すすった。左手の薬指にはまった銀色の指輪を江川は見つめた。店の窓越しに秋の澄んだ光が彼女の横顔を照らしている。こうやって化粧した妹と向かい合うのは久し振りだと思った。あざやかな口紅と真新しい感じのライト・ブルーのスーツが普段の祥子をまるで別人のように仕立てていた。まだ祥子が若く独身だった頃、たまに外で待ち合わせて一緒に食事をしたり、映画を観たりしたことがあった。いつも約束より少し遅れて近づいてくる妹は、兄の江川からみても華やかに輝いていたものだ。連れだって歩いているとなにやら誇らしい気分にさえなった。森山啓介《けいすけ》にはじめて紹介した晩も、江川の隣でかしこまって丁寧に挨拶《あいさつ》する祥子を、啓介は束《つか》の間息を呑《の》み、驚いた様子で見とれていた。その啓介の面貌《めんぼう》を江川はいまでもはっきりと思い出すことができた。

「そうか、ぜんぜん気づかんかった」

ずいぶん口をつぐんでのち、江川はそう呟《つぶや》いた。

「お兄ちゃんには黙っときたかったんやけど」

「そうか」

「ごめんね。きっといろいろ迷惑かけると思うけど」

「いや、そんなことは構わんけど。それより俺がもっと気いつけとけばよかった。同じ会社におって何も知らんで、すまんかったな」

「ううん、そんなことないけん」

「親父やお袋には話したとか」

「まだやけど」

「親父たちには時機をみて俺の方からちゃんと言うけん、ちょっと待っとけ」

「うん」

江川は喫茶店の壁の掛け時計に目をやる。二時を三分ばかり過ぎていた。そろそろ会社に戻らなければならない。ぽつぽつと話す祥子の話を聞いているうちに時間は経ち、ろくに相談に乗ってやれなかった。

「もう一度じっくり二人で話し合ってみんか、と言っても啓介が滅多に帰って来んのなら仕方なかけどなあ」

「あの人には、もうその気がないのは分かったから。あとは私が決めることと思うんよ」

「そうか」

祥子は今年で二十九になった。まだ二十九、いくらでもやり直せるとも思えるし、逆にすでに二十九、再び一から出直すのは女にとってはしんどい事とも思える。

「啓介に、一度俺の方から話してみよう。何だったら夕方にでも摑《つか》まえてみる」

今夜は一件用事が入っている、とちらと思い出しながら、そう言った。

「今日から彼、出張やから。このまえ帰ってきたとき、火曜日から出張とか言うとったけん。本当かどうか分からんけどね」

その言葉に江川は少しほっとした。兄の表情にそれを汲《く》んだのか祥子は心持ち挑むような目になって付け加えた。

「何度か、会社に乗り込んでやろうかと思ったんよ。でもお兄ちゃんのいる会社に私が乗り込んだら、彼やその女だけやなくてお兄ちゃんも体面をなくすと思ったら、それもできんかった」

江川は、その言葉に内心でうなずいた。と同時に一力真希《いちりきまき》の顔を思い浮かべた。そういえば何度か馴染《なじ》みの居酒屋で啓介と彼女が飲んでいるところに出くわしたことがあった。最初はいつだったろう。二人きりもあったが大体は啓介のいる営業二課の連中大勢とだったから江川は気にもとめなかった。「一年も前からできてたらしいの」と祥子は言ったが、最初に二人を見たのはもっと前だったように思う。たしかに一力はなかなかの美人で、男の社員には人気があった。しかしあの啓介が同じ課の女性に手をつけるなど、江川には想像もできないことだ。まして祥子と彼は一緒になってまだ三年である。

この三年、たまに啓介と飲んだこともあったし、二人のマンションに満代《みつよ》と美奈子《みなこ》を連れて遊びに出向いたりもしたが、妹夫婦はごく自然に上手《うま》くやっているようにしか見えなかった。真っ直ぐな道の途中で突然、通行止めの標識に行き当たったような理不尽さを江川は祥子の話を聞きながらずっと感じていた。

「とにかく」

「啓介とは近いうちに話してみるけん、そのあとでもう一度話そう」

と江川は呟き、

と言った。

「別にあの人と会って欲しいなんて思っとらんから。ただ、急に別れたりしたらお兄ちゃんもびっくりするし、どうせその女と一緒になれば会社でいろいろ噂も立つやろう。それまでお兄ちゃんに黙っとったら、お兄ちゃんが困ると思ったから今日は来ただけやけん」

言葉とは裏腹に、祥子の顔は悔しさを滲《にじ》ませているようだった。いかつい父親似の江川とちがって、美しかった若い頃の母に祥子は良く似ている。細面の顔にすうっと真っ直ぐにのびた鼻筋、切れ長の目、はっきりとした二重の瞼《まぶた》、それに何といっても肌が抜けるように白い。ショートカットの髪に浅黒い肌、大きな眼をいつもさらに見開いて活発そうな印象の一力真希とは比較のしようもないが、兄の欲目を割り引いてみても、この妻を袖《そで》にするほどの理由が本当に啓介にはあるのだろうか。

「分かった。お前もあんまりくよくよするな。あとはちょっと俺にまかせて、何《なん》やったら少し田舎にでも帰っとったらどうね。どうせ、あいつが戻って来んのなら一人で部屋におっても気持ちが暗くなるだけやろう」

兄妹の郷里は九州の福岡だった。「窓の雪」という古い銘柄の醸造酒をつくる県内では大手の造り酒屋である。父も母もまだ元気に働いているし、地元の女子大に通う千穂という妹もいる。しかし目の前の祥子は小さくかぶりを振った。

「あたし、逃げ出すのは嫌やから。それじゃあの人の思うつぼでしょう。最後まできっちり見届けてからこの先のことは考えたいから」

　これはきっぱりと祥子が言った。


　その夜十時頃、江川は同じ総務部の津村みゆきと青山の小さなスナックのカウンターで水割りをすすっていた。ここは江川の行きつけの店で、みゆきも二、三度連れてきたことがある。コの字形の長いカウンターと窓際に並んだ背の高い黒テーブル数脚きりで、入口から一段上がったフロアには大きなグランドピアノが置いてあった。せっかくのスペースを占領しているそのピアノは、しかしいつも蓋《ふた》を閉じたままで演奏されているのを見たことがない。暗い店内にはスウィングジャズが低く流れていた。

「なんだか、今夜の江川さんは元気がないですね」

　ウィスキーグラスの中のテニスボールほどもある大きな丸い氷を細い人差し指でつつきながらみゆきが言った。

「どうして」

「いえ、なんとなくですけど」

「そんなことないよ」

「そうですか」

「うん」

　そう言って、残っていた酒を江川は飲み干した。

「じゃあ、怒ってるのかな」

みゆきが意外なことを言う。ちょっと驚いて江川はみゆきの方に顔を向けた。

「なんで？」

みゆきもこっちを向いていた。黒目がちの大きな瞳《ひとみ》が笑っている。そういえば彼女も二十九で祥子と同じ歳回りだった、と江川はその少しくたびれたようなみゆきの顔を見ながら思った。

「だって、せっかく紹介してもらったのに、私うまくできなかったし」

「そんなことないよ。むこうも結構気にいってたみたいだったよ」

「そうかなあ」

バーテンダーが寄ってきたので江川は同じものを注文し、みゆきのグラスもそうするように促した。

「それより、津村さんの方はどうなの。俺はわりと彼、いい線いってるように思ったんだけどね。感じもいいし、仕事にも自信持ってるみたいだったしね」

「そうですね」

「藤城《ふじしろ》のおばちゃんの前評判じゃないけど、たしかに二枚目だったじゃない。あれだったら申し分ないような気がするよ、俺は」

みゆきは新しいグラスを両手に包んで黙っていた。

「津村さんもまんざらじゃないでしょ」

「はい」

みゆきはこくりと頷《うなず》いた。

津村みゆきはこの四月の異動で江川のいる総務部に配属されてきた。それまでは営業の一線で働いていたのだが、事情があって内勤の総務に回されてきたのだ。配属が決まった日、江川は総務部長の田所に呼ばれて、みゆきが来るに至ったその事情というものを聞かされた。「そういうわけで、しばらくのあいだ彼女のことを注意して見てやってくれないか」と田所は厄介な社員のお守り役を江川に押しつけたのである。

みゆきはある意味でたしかに厄介な社員だった。彼女は江川の会社の監督官庁である通産省の幹部の娘で、役員推薦で入社してきたいわばお客さんだ。お客さんである以上、二、三年もすれば相応の便宜供与という勘定を支払って結婚退社してくれるはずだったのが、そのまま居ついてしまった。もともと能力評価で採用した人材ではないから、これは会社にすれば困った事態と言っていい。男性社員であればある種の光背はいずれ仕事の上で役にも立ってくるものだが、女子の場合はむしろ逆である。余り長居されては処遇に窮するし、送りだした親元と会社との関係も、彼女が仕事にかまけて婚期を逸したりすると却《かえ》って気まずくなる。あんまり手荒な扱いもできないから所詮《しょせん》、仕事も覚えない。要するにお客さんはたちどころにお荷物になってくるのだ。しかし現実には、そういう縁故入社の高学歴の女子社員が最近はなかなか辞めようとせず、これは会社にとってかなりの頭痛の種になりはじめていた。

それに加算してみゆきの場合は特別な問題が起こった。わざわざ江川がお守り役を命じられたのもそのせいである。みゆきは営業時代に軽い神経症になり、出社不能に陥ってしまったのだ。もともと上司の男とソリが合わなかったらしい。お嬢さん育ちでまるですれたところがないから、時々とぼけたしくじりをやって、なまじの係累がむしろ同僚たちの偏見を助長し、相当に営業内では浮き上がっていたようだ。それがひょんなことから、彼女の自律神経を失調させてしまった。

最初の出社拒否が起こったのが二年ほど前のことで、その頃、彼女はダイエットのためもあって肉食を止め、菜食だけの生活をしていたという。それですっかり基礎体力が落ちていたある日、上司と得意先に出かけた帰り、急な冷たい雨に降られて、しかもその上司はいわゆる精神論一点張りの猛者《もさ》だったから、ふたり傘も買わずにそのまま最寄りの駅までの長い道を歩き通してしまった。これでひどい風邪をみゆきは引いてしまい、その風邪が元で四、五日欠勤となり、一人暮らしを始めたばかりだということも手伝って、すっかりノイローゼ気味になってしまったのだという。それでも一回目はひと月ほど療養して復帰できたのだが、そこで会社が父親の手前もあって過剰に気をつかった。新人社員がやるような楽な仕事に回してしまったため、逆に彼女の自信喪失につながり、またしばらくして体調を崩した折、再び出社できなくなってしまったのだった。

この時は通っていた近所の病院の誤診も再発のきっかけになった。リューマチとの診断に彼女も納得して二週間ほど休みを取ったのだが、三週目に入る際に診断書提出のため会社の経営する病院で再検査を受けたところ、リューマチでも何でもなく別に異常はないということが分かってしまったのだ。最初から詐病の魂胆で病名を偽ったならともかく本人も信じていたのだから、これは相当に彼女には打撃だったらしい。結果的にはズル休みしたことに変わりはない、と塞《ふさ》ぎ込み、そのせいで会社に出ていく時機を失ってしまった。とうとう三ヵ月ほど長期の休養となり、その休養明けがこの四月で、出社を促す最後の手段として彼女は総務に転属になったのだった。

こうした詳しい説明を田所から受けた時は、江川も気が重くなった。それでなくても女性社員ばかりの総務部で数少ない男性中堅社員として早すぎる中間管理職の悲哀を充分に味わっていたのだから、これ以上余計なものを背負わされたらかなわん、というのが正直なところだった。

しかし実際にみゆきと顔を合わせ、初日から昼飯に誘い、仕事を一から教え、と手取り足取りやっているうちに江川のみゆきへの見方は大きく変わっていった。たしかに余りに世間ずれせず、話し方もなんだか悠長過ぎて、自分のデスクの上に大好きなDAKINとかいうアメリカ製の蛙のぬいぐるみを平気で置いている——その個性には面食らったが、いざ仕事をさせてみると英語も抜群、OAにも明るく、文章もなかなかのもので事務処理は実に的確迅速、彼女は大した能力の持ち主だった。その上、商家育ちのがさつな江川とは違って、物腰、会話に刺《とげ》など毛ほどもなく、これまで四大卒の総合職の女子社員とは万事ウマが合わなかった一般職の女子たちともあっという間に打ち解けてしまった。

「まあ、あんまり意識しないで気軽にしばらく付き合ってみるといいよ。俺はもう一切干渉しないし、あとのことは興味もないからね」

江川が言うと、

「やっぱり今日の江川さんは冷たいな」

みゆきはすこしふくれっ面になった。その顔を見た瞬間、江川はどういうわけかふと昼間聞いた祥子の話をみゆきに打ち明けたくなった。なるほど江川は藤城、それに相手の若い医師、みゆきと四人でふぐをつついていた先程はどうみても無愛想だった。理由は祥子と啓介の一件につきる。実の妹の連れ合いを三年前に斡旋《あっせん》し、それがものの見事に裏目に出たと知らされた当日、今度は可愛がっている部下の結婚相手を周旋している自分がひどく滑稽《こっけい》で、また軽率に思えて仕方なかったのだ。その辺の江川の機微をみゆきは見抜いていたわけだ。席上みゆきが盛んに話題をふっても江川は上の空だった。初対面の藤城にしきりに江川のことを訊《たず》ねているみゆきを一度たしなめ「俺のことはいいから、彼のことを恥ずかしがらないでもっと聞きなよ」と言った時も、思えば口調がちょっときつかったような気がする。苛立《いらだ》った江川のその台詞《せりふ》に瞬間座が静まってしまったほどだった。みゆきも「ごめんなさい」と神妙に謝って、藤城がなんとか雰囲気を戻してくれたからよかったが、そうでなければもともと神経質なみゆきのことだ、気落ちして黙り込んだままだったかもしれない。

「実はさ……」

江川はそんな自分の大人げない態度をみゆきに弁解したいような気になっていた。

「たしかにちょっとさっきは虫の居所が悪くってね。なんだか相手の男の顔を見たら急にこんな見合いめいたことさせるんじゃなかったと後悔したんだよ。手塩にかけた娘を嫁にやる親の気持ちがほんの少し分かったような気分だったな。自分でお膳立《ぜんだ》てしておいて無責任ったらない話だけどさ」

そこまでで江川は言葉を切った。やはり祥子と啓介との事を同じ会社の人間にあけすけに喋《しゃべ》るわけにもいくまいと思い直したのだ。

「だったら流しちゃえばよかったんです」

しばらく黙っていたみゆきが唐突な感じで言った。

「そんなことできないだろう。藤城のおばちゃんが一生懸命段取りつけてくれたんだから。それに津村さんも持ちかけた時は乗り気だったろう。今夜だって会って良かったじゃない」

「すみません、いつも江川さんにはお世話になって」

「いや、別にそんなことないけどさ」

「今度は私も少し頑張ってみます」

「頑張るってのもちょっと違うような気もするけどね。肩の力抜いて楽しめばいいじゃない。男と女はなんにしろ一緒にいると楽しくなるようにできてるからね。少なくともお互いのことをよく知るようになるまではさ」

「それって励ましてるようで、全然そうじゃないような気もしますね」

「そうかなあ。食い物でも何でもそうだけど、最初の一口が旨《うま》けりゃ案外最後までかたづけちゃうものじゃない。恋愛も似たようなものでさ、最初の一口が一番なんだよ。後は惰性ってわけでもないけど、人間食わなきゃ生きられないのと一緒でさ、必要に迫られてそこそこにはやっていけるようになってるのさ」

江川は自分でもずいぶんいい加減なことを言っているなあ、と思いながら話していた。少し酔ったのかもしれない。

「でも私って駄目なんですよね。最初の一口が肝心だったらやっぱり結婚相手は自分の力で見つけないと本物じゃないですよね。そのことは分かってるんだけどどうしてもできないんです。ほんとうは今夜みたいに人に紹介されて、何の出会いもないまま男の人と知り合うなんてルール違反でしょう」

「そんなことないさ。運命的な出会いだと思っても最悪の組み合わせってのもあるしね。それこそケースバイケースだと俺は思うよ」

「だったら江川さん、見合いなんかで知り合っても極上の一口だったたってことあると思いますか」

「そりゃそうだよ。出会いなんて言ってみれば包装紙みたいなものでさ、要はそのあと出てくる中身の善し悪しだろ。当たり外れでいえば、見合いの方がずっと打率はいいはずだよ」

「そうでしょうか」

「そうだよ」

みゆきは考える素振りになった。江川はすでに眠くなってきている。腕時計を覗《のぞ》くと十一時を過ぎていた。そろそろ引きあげる頃合だった。

「私、最近、恋愛がしたいのか結婚がしたいのか分からなくなってるんです。というより恋愛を諦《あきら》めるために結婚したくなってるような気がして」

不意にみゆきが不思議なことを言ったので江川は耳をとめた。

「何、それ。まるでたったいま男に振られましたって台詞じゃない」

「そうじゃないんですけど。ただ、私って恋愛は無理なのかなあって思うんです。自分の性格を考えてもこれまでのことを考えても、駄目だって気がします。そうじゃなきゃもう二十九でしょう、一度や二度は何かあるのが普通だと思うんです。それが全然ないのは、私には恋愛の能力が欠けているからじゃないかって気がするんです。でも結婚だったらちがいますよね。結婚って案外誰でもしてるじゃないですか」

「それって愛のない結婚のこと」

「いえ、そういう意味でもないんです。ただ、女って男の人と違って一生ひとりで生きていくのって難しいじゃないですか。だから結婚は人生の必需品なんです。江川さんがさっき言ったみたいに何か食べなきゃ生きていけないみたいな。でも恋愛はあればあるに越したことないけど、なくても死ぬわけじゃないっていうか。うーん、あんまり上手に言えないんですが、結婚が主食だとすると恋愛っておかずみたいなものですよね」

「おかずねえ」

また江川は祥子のことを思った。だったら亭主に浮気されてそのおかずとやらを失ったからとすぐに主食まで放り捨てる祥子は愚かなのだろうか。

「でも、男の人にとっては恋愛も結婚もそれほど大したものじゃないんですよね。両方ともおかず程度なんですよね」

「そうかなあ」

「そうですよ。だから男の人って浮気性なんです」

「今日が洋食だったら、明日は和食ってわけ」

「そうですね」

「でもさ、津村さんだって実家のお母さんがうるさくなきゃ、まだ結婚しなくたって平気なんだろう。この前そんなこと言ってたじゃない」

江川が昵懇《じっこん》の藤城晶子《あきこ》に頼んでみゆきの相手探しをしてやろうと思ったのは、彼女の口からそういう実家との軋轢《あつれき》を聞いたからだ。藤城は小さな広告代理店を経営している四十半ばの姐《あね》御肌《ごはだ》の女社長で、出身が同じ博多《はかた》ということもあって江川は宣伝部時代にすっかり仲良くなり、いまも月に一度は一緒に酒を飲んでいる。彼女は仕事がら幅広い人脈を摑《つか》んでいて、大企業の社員や若手官僚たちの見合いの斡旋を頻繁にこなしていた。「医者でも弁護士でも役人でも、なんでもござれよ。誰かおたくの社員で結婚したいのがいたらまかしときい、江川ちゃん」と常日頃から言っている。父親が通産省幹部、上の弟が日銀、下の弟が大蔵省という遜色《そんしょく》ない家柄のみゆきであれば、藤城ルートはもってこいと江川が思い立ち、初めて見合いの周旋を頼んだのは二週間ほど前のことだった。

みゆきは母親の奔走ですでに数回見合いをこなしていたが、どうしてもうまくいかず最近は悩んでいた。いま彼女は三田で一人住まいしているのだが、成城の実家に帰ると母親からしつこいほどに結婚を迫られて、この二、三ヵ月は実家にほとんど足を向けていないらしい。休日は八ヶ岳《やつがたけ》の別荘で馬に乗るのだけが気晴らしなんです、とみゆきがしんみりこぼしたのがちょうど半月前で、それで急遽《きゅうきょ》藤城女史の出番となったのだ。

みゆきの件を持ち出すと最初藤城は彼女らしいことを言った。

「親は通産官僚で、兄弟二人は日銀と大蔵で、本人は雙葉《ふたば》出て東大行って、会社に入ったら江川ちゃんのような上司がいて見合いで医者と結婚させてもらえる。ハッキリ言っていい。そんなのふざけてるわよ。許されないわよそんなの。苦労の一つもしないで思いっきり楽チンな人生歩んで、そういう女は、この社会じゃ使い物にならんよ。結婚相手ぐらい自分で見つけなくてどうすんのよ。まったくもう」

そう言いおわると深夜だったにもかかわらず赤坂のバーから携帯電話ですぐに目星しい男に

藤城は電話を入れた。

「ああ、山内さん、あたし藤城、元気？　ところですっごいいいお見合いの話あるんだけどどう？　山内さんいま彼女いるの？　あっ、そう。あのねえ雙葉出て東大。親は通産省で兄弟二人も東大出て大蔵と日銀。顔もすっごく可愛いの。二十九歳。ねえぴったりじゃない。見合いする？　会ってみるだけでもいいじゃない。何日だったら空いてる。仕事忙しいの？　こういう話は早い方がいいよ。早い者勝ちよ。えっ、来週は駄目、学会で京都。だったら再来週。分かったオーケー、二十五日ね。うん分かった。じゃあ相手の人の都合聞いて明日電話するからね。場所はこっちで決めるから。分かった分かった。じゃあね、バイバイ」

　あっと言う間に話がまとまり江川は唖然《あぜん》とした。その二十五日というのが今夜だったのだ。

電話機をバッグにしまうと藤城はにやっとして小指を立てた。

「でも、その子、もしかして江川ちゃんのコレじゃないの」

「ちがうちがう」

「そういうのって結構あるのよね。この前も物産の部長がさあ、どうしても会社の子で医者と結婚させたいのがいるっていうから、私、必死になって医者とくっつけてやったのよ。それで披露宴に行ったらさ、物産の連中がみんな来てて、えっ藤城さん知らなかったの、あの子、部長のお手つきで有名だったんだよ、だって。もう私、びっくりしちゃってさ」

　その時は「ふーん」と江川は相槌《あいづち》を打っただけだったが、いまのみゆきの話を聞いているとなるほどと妙に得心がいく。

「なんか最近、うちの母、変なんです。ノイローゼみたい。でもそれが母親の時代の女の知恵なんですよね。女は早く結婚して家庭に入るのが一番だって信じてるんです」

みゆきの言葉に江川は思い出した藤城の言葉をかき消した。

翌朝、啓介のデスクに電話してみるとたしかに彼は火曜から大阪に出張だった。戻りは週明けという。ついでに電話口に出た女子事務員に一力真希が在席しているかどうかも訊《き》いてみた。「一力さんならいますけど、かわりますか」と言われて言葉を濁して受話器を置いた。週明けということは五日後だ。金曜日まで仕事をこなして土日は一力と大阪で羽をのばす魂胆だろう。啓介の奴、きっとそれを愉《たの》しみにせっせと大阪の街を飛び回っているに違いない。そう想像すると、江川は腹が立つというよりいじらしいような気分になった。昔の自分を思い出すようで、たとえ妹を裏切っている男とはいえ憎む気になれない。

同時にいまの啓介に一番痛い方法で懲らしめを与えてやろうか、とも思う。

一力はたぶん金曜日の夜の新幹線か飛行機で大阪に向かうはずだ。その夕に一力を呼び出して祥子の件で責め立ててやればいい。あることないこと吹き込んですっかり彼女を落胆させてしまえば、啓介のもくろんでいる翌日からの蜜月《みつげつ》旅行はとりあえず惨憺《さんたん》たるものに変わり果ててしまう。これは浮気、もっとも啓介の場合は本気に近いようだが——の当人にとってはしごく堪《こた》える。男の浮気というのは相手の女性次第で浅くもなり深くもなるが、それ自体はもともと他愛のない遊び心に毛が生えた程度のものだ。金のやり繰り、時間のやり繰りで最中は擦り切れるほど消耗するから、いきおいその時その時の刹那《せつな》的な快楽だけが拠《よ》り所となる。そういう刹那的な快楽が抜き差しならない現実で水をさされると、男というのは何とも言えず辛《つら》い気分に陥るのである。

今の啓介がもっとも恐れているのは、江川が一力との関係を知ってしまうことだろう。いずれ露顕するとは予測できても具体的な想像まではしていないはずだ。地震に備えるようなもので、来ると分かっていても切実感はない。その柔らかな喉元《のどもと》に突然刃《やいば》を突きつけてやろうか、と江川は思った。旅先で逃げ場のない状況の二人にそういう冷たい現実をなすりつけてやれば、案外関係自体が綻《ほころ》びたりもしかねまい。祥子の話では、啓介は一力と一緒になる気でいるらしい。そういう一途《いちず》さは啓介らしいが、だからこそ小さなアクシデントや計算違いは彼を混乱させもする。祥子が離婚が決まる前に相談に来た裏には、江川の力で一力と啓介の仲を裂いて欲しいという願望が隠されていたのではないか。たとえそれで夫婦の縒《よ》りが戻らなくても、妹の女の一分《いちぶん》を立てるためには最低限それぐらいは兄としてすべきかもしれない。

まあ、どのみち金曜まではまだ二日ある。その間にどうするか思案しようと江川は啓介の出張を確認したあと自分の机で考えた。

2

榎本《えのもと》静子から電話があったのは、その日の午後のことだった。

それは突然の電話で、静子の声を聞くのは実に二年振りだった。いまではたまにしか彼女のことも思い出さなくなっていた。彼女が会社を辞めてからの多少の消息は耳にしていたが、それも江戸川の方で家業の布団屋を手伝っていて独り身のままだ、といった社内の噂話程度だった。静子が会社を辞めた本当の原因については江川以外に誰も知らない。彼女らしいそういうきっぱりとしたところは、いまでも江川には好ましく思えるし、そんなことを言える立場ではないが感謝もしていた。とはいえ、もう二度と顔を見ることもあるまいと思っていた相手から急に連絡が来て、今夜にでも会いたいと言ってきたのだから江川の困惑は一通りのものではなかった。

江川の方から指定した待ち合わせ場所、赤坂のホテルのコーヒーラウンジに着いたのは午後七時をちょっと過ぎた頃合だった。約束は七時半だ。まだ静子は来ていなかった。窓際の二人掛けの席に腰を下ろしぼんやりと外の景色を見下ろした。右手に高速道路の巨大な立体交差があってその向こうに大手洋酒メーカーの東京本社のビルがある。沢山の車がそのビルの中程を横に切り裂くように流れていた。すでにあたりは夜の帳《とばり》に包まれている。左手では赤坂の街へと分け入っていくサラリーマンたちの人の波が途切れることなくつづいていた。中秋も過ぎてすっかり秋の気配が深まった東京だが、今日は日中から暖かく誰もがコートなしのスーツ姿である。

こうやって人の群れを見下ろしていると江川は何とはなしに虚《むな》しい気分になる。百年も経てばこの数限りなく見える人々の誰一人としてもう此処《ここ》にはいないのである。カラフルな衣装をまとった若い女性たちも、その横で颯爽《さっそう》と歩く男たちもみな生きてはいない。それは儚《はかな》い夢のような一瞬の光芒《こうぼう》に過ぎない。誰もがやがて墜落する巨大旅客機に搭乗している乗客たちだ。むろんこうして上から眺めている自分もその乗客の一人に違いない。いまこの瞬間も自分を積んだ飛行機は静かに滑空し次第に荒々しい茫漠《ぼうばく》たる大地へと落下しつづけているのである。

熱いコーヒーをすすりながら江川はやって来る静子のことを思い浮かべた。

静子とは四年前に知り合って二年ほどつづいた。江川は会社に入ってすでに十五年になるがその間に五人の女性と付き合った。一人を除いて残りはみんな会社の同僚だった。同僚四人の中で二人目に付き合ったのが現在の妻の満代だ。学生時代にも四人ほど肉体関係を持った女性がいたから江川のこれまでの女性経験は合わせて九人。まあ歳相応かなと自分では思っている。

通し番号で言うと、満代が⑥で静子が⑨ということになる。ぱっと想起できるのは、この二人とそれに①、⑦くらいか。①は最初の女性だったし、⑦は結婚後初めて親しくなった女性だった。その女性が社外の人である。といっても取引先の会社の人だったが。この⑦とのことはもう金輪際思い出したくない。あとの②③④⑤⑧については記憶もすっかり淡くなっている。学生時代の相手とはむろんそれきりだし、⑤の人も⑧の人もすでに結婚して会社を去っている。

そういう順位付けで言えば静子は思い出深い人だった。付き合った期間も妻になった満代を除けば圧倒的に長い。同時に、これでしばらく女性は卒業だと江川に踏み切らせるほどの痛い思い出を残してくれた相手でもあった。以来、この二年のあいだ江川は特定の女性に深入りしたことはない。たまに出張した折などそれなりの遊びはいまでもするが、心を通わせた付き合いというのは一度もない。大勢の男女が働く大組織に身を置いていれば、⑤⑥⑧⑨がそうであったようにきっかけは絶えずあるが、現在はそういう場面から身を引く術《すべ》を心得ていた。それもこれも静子との一件のおかげともいえる。

静子は当時江川がいた国内営業一課の若い同僚で、まだ入社二年目、二十四になったばかりだった。いわゆる雇用機会均等法世代の総合職社員で、東京の名門の女子大を出てそのまま営業部に配属されてきた。雇均法以降二、三年目までの女性たちは学校の成績は優等で語学にも堪能だったが、実際現場で仕事をさせてみると案外に気力に欠け、そのくせ自負心だけは人一倍で、戦力となる人材はほとんど育たなかった。会社の方も次第に採用に慣れ、ちょうど静子たちくらいの世代からそこそこに役に立つ女性総合職が出てきはじめた。静子も仕事は捌《さば》け、気配りも十分で最初から評判は良かった。

なぜ静子とそうなったのか、江川にも深い理由は分からない。ただ、一緒に年中顔を合わせ外回りをやったり残業をしたりしているうちに親しくなった。仕事帰りに一緒に飲みに行って互いの事情なども気兼ねなく話せるようになり、ごく自然に身体の関係ができたのだ。よくある話ではあろうが、たとえ仕事上の出会いであったとしても、自分と静子とがあの時ああなったのは仕方のないことだった、と江川は思っている。

江川はこれといって男前でもないし、仕事ぶりが他を圧しているたぐいの人間でもなかった。ただ、小さい頃から家が商家で歳の離れた妹ふたりの面倒をずっと見させられていたから女性に対する不慣れや気後れのようなものはまったくといっていいほどなかった。学生の頃から好きになればすぐに声をかけたし、不首尾でも立ち直りは早かった。しばらくするとまた別の人が好きになる。友人たちからは「懲りない江川」とあだ名されていたくらいで、彼らはそうした江川を見て、よほど適当にやっていると信じ込んでいたが、実際はそういうわけでもなかった。たしかにいつも女友達とばかり飲んだり遊んだりはしていたが、といってその子たちと片端から寝るなどということはできるはずもなかった。江川にはそうやって遊んでいるあいだも別に続いた仲の女性が必ずいたし、そうでない女たちとは本当に映画を観たり酒を飲んだりするだけの関係だった。もっとも、長く付き合っている方も、そうした付き合いの中で、ひょんなことから身体の関係に入ったというのが実情ではあったが。

男と女が身体の関係になるのには偶然が最も大きいと江川は思っている。好きでたまらなくても寝ないままでいる場合もあるし、そこそこ好きでも寝てしまうことはある。もちろん寝てしまったあとから本当の恋愛が始まるというところもある。

正直なところ大抵は酒である。少なくとも酒の好きな江川はそうだった。

親しくなって楽しく付き合えるようになると、必ず飲みに頻繁に出かける。たまに二人とも充分な時間があって、その上なんだか酔いまかせの人寂しさにお互い浸《ひた》され——などという両方の気持ちが交錯する瞬間があるものだ。エアポケットにぽっと入るようなものだ。そういう折につい相手の部屋に上がり込んだり、ホテルをとったりする。

はっきり数えてきたわけではないが、二人きりで六、七回飲みに行った相手とは江川は寝てしまう。ただ六、七回も自分の酒に付き合ってくれる女性というのは滅多にいないものだ。大体の人が男をつくっているのだからそんなヒマはない。また好きでもない男とはなかなかそこまで女性はしないものだ。だから江川はよく、酒を飲まずに女と寝る男というのは一体どんなまじないを使うものかと不思議になる。

男女関係なるものは要は愛情というよりもっと物理的な接触時間の問題なのかもしれない。寝てしまった後は、これはまったく先方次第といっていい。男の場合は皆そうなのではあるまいか。恋愛は女性のものだ、とよく言うがそれはその通り、恋愛で生きているのは女性だけのような気がする。草を食える動物と食えない動物があるように、そこには種差に近い差があるようにも思う。恋愛という草を食って女はしだいに大きくなっていく。男はそれを半ば憧《あこが》れ、半ば呆《あき》れて見ているだけだ。

静子との関係も、何度目かに江川がしたたかに酔ってしまい、それで彼女の住む一人暮らしのアパートに立ち寄り、そこで関係ができてしまった。そのあと三、四度寝て自然に別れてしまうことも往々だが静子とはそうならなかった。なぜそうならなかったのか、それはやはり江川が静子を好きになったからだ。

江川は何にしろ他人の身の上というものに敏感だった。困っている、苦労している、悩んでいる、傷ついている、そういう人間を見るとつい世話を焼きたくなる。別に反感を抱くほどではないが、環境に恵まれ善意の中だけで育ち能天気に生きている連中には、男女を問わず江川は興味が持てない。だから彼がこれまで付き合ってきた女性たちは、よくよく知ってみると何かしら生い立ちや周囲に困難を抱えている人たちだった。

静子の場合はまだ小さい時に母親をなくしていた。死んだのではない。失踪《しっそう》したのだ。しかもその失踪というのがちょっとびっくりするような話で、最初に聞かされた折、江川はえも言われぬ気分にさせられてしまった。

「私が小学校の三年生の時だったの。その当時私たちは父の郷里の山形に住んでいて、父はその町で曾祖父《そうそふ》の代からつづいてたお布団屋さんを切り盛りしてた。お正月、元旦の日だった。いまはどうかしらないけど、その頃はお正月になるとね、うちの田舎では木彫りの樟《くすのき》の大黒様《だいこくさま》を売り歩く行商の人が一軒一軒訪ねてくるの。小さな荷車に大きな大黒様を載せて、一つがあの時代で五万円とかするの。なんでも埼玉あたりからお正月になるとやって来るんだって言われてた。お店は町の真ん中にあったんだけど家は町外れの小さな丘の上にあって、玄関から見下ろすとくねった道がずっと下までつづいているの。お正月だからもちろん私たちは家にいたのね。元日の朝、母さんと私は早起きしてお正月の支度をしてた。着物を着せてもらったり、おせちをテーブルに並べるの手伝ったり。父さんはまだ起きてなかった。朝七時くらいかな、台所に母さんといたら、チリンチリンって鈴の音が外から聞こえてきたの。ほんと静かな田舎町だから、澄んだ鈴の音だけがまるで耳元で鳴っているみたいに聞こえたわ。手を止めて二人で玄関に出たの。そしたら下の道から荷車を引いてゆっくりのぼってくる男の人の姿が見えた。荷車には大黒様が載っていたわ。家の方に向かって近づいてくるの。やっぱり商家だから、毎年大黒様を一つずつ買って、玄関のところに飾ってあった。それで今年も来たんだって私は思ったの。そしたら母さんが『静子ちゃん、お部屋で待っててね、お母さんちょっと行ってくるからね』って言った。また一つ買ってくるんだなって思って私は家の中に戻った。そしてそれっきり母さんは帰って来なかったわ」

ずいぶん待っても母親が戻って来ないことを知って、静子は再び外に出てみた。すると母親の姿は道になく、あの大黒売りの行商人の姿も、そして大黒人形を積んだ荷車もどこにも見当たらなかったという。慌てて父親を起こし二人で探したが、母親は見つからなかった。それどころか、大黒様を売って歩いていたはずの行商人の姿を見た者も近所には誰もいなかった。

「まるでキツネにつままれたようっていうのはあんなことを言うのね。神隠しにあったみたいに母さんは消えてしまったの。お正月の着物姿で前掛けをつけて、荷物ひとつ持たずにいなくなったのよ。あとから家の中を調べてみても、持ち出した物なんて写真一枚さえなかったの。

午後になると警察が来て、付近を捜索したわ。町中総出で探し回ったの。でも母さんはいないの。それで私がいくら大黒売りのことを言っても、近所の誰も知らなくて取り合って貰《もら》えなかった。私はきっとあの大黒売りの男が母さんをさらっていってしまったんだと思ったのに。でも、そんな男はどこにもいないって周りの人は言うだけ。だけど私はいまでもくっきりとあの男の姿形をおぼえている。ありありと眸《ひとみ》に浮かべることができる。大黒様の大きな人形を車に載せて、古ぼけた青い背広の上に緑色のジャンパーを羽織って、それでいて顔はまだ若い、痩《や》せたあの男の姿が私の目に焼きついているわ。そしてその男のいる方へ、まるで吸い寄せられるように坂を下って行った母さんの後ろ姿も、私は忘れることができない。いくら総出で探しても母さんは結局見つからなかった。どういうわけか本当によく分からないけど、母さんはあの男と一緒に家を捨てて出ていってしまったのよ」

それから父親と静子はしばらくして店をたたみ、東京に出てきた。父と娘二人きりで誰の力も借りずに都会での暮らしを重ねていったのだ。

静子にはやけに明るい反面、誰も側に寄せつけない何かしら身構えたところがあってそれが魅力になっていた。弱音と愚痴を一切吐かないのも珍しかった。その彼女から、親しく一緒に仕事をするようになってそういう身の上を聞かされ、江川はひどく彼女に気持ちを傾かせたのだった。

「私には分かるの。いまもきっと母がこの世に生きていることが。そして母は毎年、お正月のとっても寒い朝にあの男と二人で荷車を引いてどこかの町で大黒様を売り歩いてる。その姿まではっきりと見える。その空想は母が出ていった途端から私の頭にいつも浮かんでは消え、いまではもう習慣というより、私にとっては間違いのない一つの現実になっているの。そして、あんなに優しかった母が私たちを捨てていったように、私の巡り合った人はきっとある日何の理由も告げずに私の前から消えてしまうんだって。だけど、本当に恐ろしいことは別ね。それは私が自分自身のことを考えるとき、ある瞬間、ふっと深い場所で母とつながっている自分に気づくこと。私もまた、きっと何の理由もないままに愛する人や家族を捨てて、突然出ていってしまうんじゃないか。自分でも分からない何かの力に引きずられるように。そう考えると私は私自身のことが本当に怖くて、とても分からなくなって、まるで自分の中に別の生き物が棲《す》んでいるような気がする。

違う、それもきれいごとね。

本当に私が怖いのは、きっと母が出ていったあの日でさえ、何となく母が私たちを捨てたことを私自身が許していたんじゃないかってこと。そうなのよ、私にはあの日、あんなに小さかったのに、出ていった母の気持ちのようなものが心の底から理解できていたのよ。そして自分もきっとそうなるんだって……」

酔っぱらって喋《しゃべ》る静子の横顔を眺めながら、江川はこの時、小さな感動を覚えた。

「江川さん、私、いつもね、自分の邪魔をするやつはみんな死ねって思うの」

静子と寝たのは、その晩のことだった。

3

一度別れた女と、もう一度寝ることは難しいのだろうか、それとも初めての女と寝るよりも容易《たやす》いのだろうか——江川は静子のことから思いを離してそんなことを考えていた。時計の針は七時半をとっくに過ぎ八時になろうとしていた。この問いには、難しいと答える男と易しいと言う男といるだろう。もちろん体験に基づく見解の差が二分される主要因だろうが、江川は難しいと考える。彼の場合そんな経験はそもそもなかったが、別れ方がたとえどんな形であったにせよ、女は一度別れた男にはなかなか心を開かないような気がする。心を開かないかぎり再び身体を開くこともない。女性の側からこの問いを考えると質問自体が成立しまい。たとえ一度別れた男でも、寝るだけなら女性にとっては簡単だろう。だから男の恋愛などというのは一格落ちとも言える。もしかしたら静子は来ないのかもしれない。何か来られない事情ができたのか、それとも誘っておいて途中で嫌になったのかもしれない。それはそれでいいと江川は思った。あと三十分待って来なければ帰ることにしよう。

この前読んだある小説にこんなことが書いてあった。その作家はすでに七十の歳を過ぎ淡々とした短い文章を書き綴《つづ》っている。自分の戦争体験をありのままに物語って名を成した人である。表題はたしか『日常』というものだった。

——何を思い出しても、切実なものがない。年を取ると人は涙もろくなるというけれども、かつては、思い出しただけで泣きたくなったようなことが、もう、どうでもよくなっている。気持ちに生気がなくなり、鈍く虚《うつ》ろになっている。

五十代の私は、少年期を甘く思い出していた。戦場の面白さや理不尽を人に語りたかった。妻に対して後ろめたく思う感情にみずみずしいものがあった。それが薄れ、平たくなっている。女たちのことを思い出してみても、他人事のようである。絵空事のようである。何人かの女を、たまに思い出すことがある。しかし、遠くになりにけり、である。

もう二度と会うことのない女との過去の情事の追憶など、疎くなる一方だ。しかし、もう少しばかりの話をするぐらいの関係になっているとしても、付合があるとすれば、今の付合の方が過去の情事より重い何かである。

女に限らない、友人にしても、死んでしまった友や、消息不明の過去の友の追憶など、遠くなるばかりだ。食品に賞味期間があるように、追憶にも期間があるようだ。期間を過ぎると褪《あ》せてしまうもののようだ。

この「追憶の賞味期間」という言葉が江川には面白かった。この伝でいけば、静子との思い出はどうだろうか。案外賞味期間を過ぎているのではないか。ただし他人事、絵空事というにはまだ熟れているような気も片一方でする。

別れた女ともう一度寝ることが容易か否か、などという質問は質問自体がくだらないのだとようやく思い至った頃、榎本静子がコーヒーラウンジの入口を入ってきた。時間はちょうど八時だった。

二十四の時に知り合って二十六の時に別れ、いま二年が過ぎているのだから目の前の静子は二十八歳になっている。が、一見するとどこも記憶の中の彼女と違っていないように江川には見えた。「静子は可愛い顔立ちだから老けるのも早いぞ」などと昔よく言っていたものだが、こうやって見ると、ほぼ同年の祥子やみゆきに比べてずいぶん若く見えた。変わったというなら自分の方がよっぽど変わってしまった、と思う。江川は今年で三十六になった。二年のあいだに下腹がずいぶんせり出し、髪にも白いものが目立つようになっている。

「ごめんなさい、遅くなって。店を閉めた後、ちょっと寄る所があって、そこで時間がかかってしまったの」

向かいに座ると、静子はそう言って丁寧に頭をさげた。短かった髪が肩までのびている。辛《か》子《ら》色《し》のジャケットをはおり、下も同系色のボトルネックのニットだった。ホワイトデニムの細身のパンツをはいている。落ち着いた雰囲気だが、表情を見ると会社にいた頃より却《かえ》って若返ったような気さえする。大きかった胸がニット越しに余り目立たないのは少し痩せたせいだろうか。江川はしばらく何も言わずに静子の懐かしい顔や姿に見入っていた。学生の頃、油彩をやっていたが、展覧会などに出品して会場の壁に掛かった自分の絵を眺めた時、愛着は湧くのだが何だか自分のものとは思えぬものを前にしているような妙な気分になった。かつて一度は愛した女を目の前にして、江川はその感覚を甦《よみがえ》らせていた。他人であるとも、他人でないとも言える、そんな感じだった。

「久しぶりだ」

「そうね」

「元気だった」

「ええ。あなたは」

「まああかな」

ウエイターが水とメニューを持ってきたので、

「何か食べる」

と江川は訊《き》いた。

「いいわ。あまりお腹すいてないし」

そういって静子はミルクティーを注文した。江川もコーヒーを追加する。

そのあと「ぼくなんか呼び出して」と言おうとして江川は言葉を切った。

「どうしたの、急に」

「きっとびっくりしたでしょう」

静子は小さく笑ってみせた。

「そうでもないけどね。もう二度とぼくの顔なんか見たくないはずなのに、とは思った」

「あなたにとっても、そうね」

「いや、そんなことはない。ぼくにはそんな資格はないからね」

江川は背広のポケットから煙草を取り出すと一本抜いて火をつけた。一口深く吸って、窓硝《ガラ》子《ス》に映った静子の端整な顔を見ながら煙を吐く。静子はじっと江川の方を見つめ黙ったままである。紅茶とコーヒーが運ばれてきた。ミルクピッチャーからたっぷりミルクを注ぐと静子はカップの把手《とって》を人差し指でゆっくりと撫《な》でている。しかし一向にカップを口許《くちもと》に運ぼうとはしない。

「全然変わっていないね」

「何が」

「いや、君のこと」

「そんなことないわ」

目の前の紅茶が冷めていくように、あたたかに思えた自分の感情が冷えていくのを江川は感じていた。考えてみれば、すっかり終わってしまったのだ、と思った。もはや自分と彼女とを繋《つな》ぐものは何もなく、また付け加える何物も存在しない。

彼女との別れは見るも無惨なものだった。一方的に江川は彼女を傷つけ、放り出したのである。あんなにも幸福だったものが、どうしてここまで暗転してしまうのかと江川は人と人との結びつきの不思議さを噛《か》みしめたものだ。彼女と別れる時には、知り尽くしていたはずの人間が見知らぬものにどんどん変貌《へんぼう》していく有様を高速度撮影で一息に見せつけられた気がした。

愛の終わりは人の死に似ている。静かに眠るように息を引き取ることもあるが、難病に冒され全身が腐り、血みどろになって崩落するように死ぬこともある。生きながら焼かれるような死もある。酒や薬に酔ってわけもわからぬうちに死ぬこともあろう。静子との終わりは苦痛に満ちた醜い死だった。

だが、それもいまははっきりとしない。こうやって向かい合ってみても実感として思い出すことはもうできなくなっている。さきほどの「賞味期間」という言葉が浮かぶ。

「お金、貸してほしいの」

不意に静子が言った。

静子は別にきまり悪い風でも、また詰め寄る風でもなしにごく当たり前の顔と口調で繰り返した。

「お金、貸してほしいの。お願いできればと思って」

江川は瞬間、足元が少し揺れたような気がした。へえ、どうしてと思った。

「そういうことか」

ずっと黙っているわけにもいかず、といって何と言っていいのか知れず、少し間をおいて江川は言った。静子はようやく紅茶を一口すすった。カップを皿に戻すと何も言わない。

「いくら」

「百万円くらいかな」

あっさりと言う。江川の頭のなかをさまざまな意識の断片が交錯する。だがどれも一つの意味となって理解されるわけではない。はっきりとした思考になったのは、百万という金を自分が用意できるかどうかという現実的な計算だけだった。不可能ではない、と結論した途端、もう断れないな、と江川は思った。

「いつまで」

「できるだけ早く」

「来週でもいい？」

「ええ」

「じゃあ、今日とおなじ水曜日の同じ時間にここで」

「ごめんなさい、ありがとう」

ふっと静子の身体から力が抜けるのが分かった。

江川の方は返事をした後で、形にならなかった意識の断片がどんどん組み合わさり、結晶化するように頭の中ではっきりとしてきた。一体どういうつもりなのだろうか。それほど切迫した事情があるのだろうか。そもそも踏みにじるように自分を捨てた相手に金の無心をするとはいかなる料簡《りょうけん》なのか。遅ればせながらの意趣返しか、当然の請求と思っているのか、それとも本当に行き詰まった末の最後の救いを求めているのか。腹は立たなかったが彼女の真意がまったく摑《つか》めぬような気がした。

しかし目の前の静子は、というと至って平静である。おいしそうに冷めた紅茶をすっていた。何も言わない。そういう静子を見ていると疑問をぶつけようという気にならない。次の水曜までにいろいろと想像もし、金を渡す時に聞くべきことは聞こうと決める。

江川は思い出した。堕胎の費用にと金を渡した時、静子はその場で白い封筒ごとそれをびりびりに引き裂いてしまった。足下に散った白と茶のまだら模様の紙片を見つめ、こんなに細かく千切ってしまっては修復は不可能だな、と真っ先に思った。「もったいないじゃないか」と呟《つぶや》くと「あなたは自分の子供を殺すことの方は何とも思わないのね」と静子は冷えきった瞳《ひとみ》で江川を睨《にら》みつけ、しかし声を震わせてそう言った。

――あの時の方がまだ分かりやすい。いまはもう全然この人のことが分からなくなっているんだ。

と江川は思った。

伝票を摑むと江川は立ち上がった。

「じゃあ、先に行くよ」

静子は江川を見上げ微笑を浮かべて頷《うなず》いた。

勘定を済ませコーヒーラウンジの出口で一度静子の方に目をやったが背中を見せて座っている彼女は、横の窓をじっと眺め、振り返りもしなかった。

翌日、江川は財形貯蓄の切り崩しを出入りの銀行セールスに頼んだ。たしかめてみると積立額は三百万ほどであった。最初は百万と言ったのだが、考え直して百五十万に変更した。週明けの火曜日には用意してくれるように念を押した。

金の工面を済ませてデスクに座っていると何となく一力真希のことを思い出していた。明日の金曜日、やはり彼女を呼び出してみるか、という気になった。一力とはほとんど面識はなかった。江川が総務に移ってのち営業に回ってきたから、啓介に紹介されて一、二度昼飯か何か食べたことがある程度である。だが、彼女の方はきっと啓介に義兄の江川のことはよく聞かされているに違いない。

電話すると最初から一力真希は緊張した声を出した。のっけから江川は用件を切り出した。

「君と啓介のことでちょっと事情だけでも聞きたいんだ。妹から連絡があって、予想外の話だったからぼくも驚いてしまった。ちょうど啓介が出張に出ている時でもあるし、明日の夜にでも君と一対一でとりあえず会いたいんだけれど駄目だろうか」

一力が息を吞《の》む気配が受話器を通して伝わってきた。考えてみれば一回り以上も歳下の娘だ。

不意に江川から召喚されるような恰好《かっこう》になって、頼みの啓介も不在で、縮み上がっているのだろう。

「このことは啓介にはまだ内緒にしておいてくれないか。まず君と会いたい。約束してくれるよね」

押さえ込むような口調にどうしてもなってしまうので江川は喋《しゃべ》りながらもどかしい気持ちになる。

「どうせ大阪に行く予定でも入れているんだろうけど」

周囲の耳もあるのだろう、一力は、

「承知しました。何時頃でしょうか」

とだけか細い声で答えた。

「七時頃でどうだろう。麻布の『アヴァンティ』は知ってるよね。啓介がよく使ってる店だけど」

「はい」

「じゃあ、あそこにしよう。席はぼくが予約しておく。夕方一本会議が入っているからぼくの方はもしかしたら少し遅れるかもしれないが、そのときは先に行って待っていてくれないか」

「はい」

「じゃあ、よろしく頼むよ。くれぐれも啓介には言わないこと。却《かえ》ってややこしいことになっても困るからね。分かった」

「分かりました」

「悪かったね、仕事中に邪魔してしまって。じゃあ明日七時によろしく」

そう言って江川は社内電話を切った。

4

翌朝、社で大きな事件が持ち上がった。午前十時からの経営会議の席上で榊原《さかきばら》副社長が突然倒れたのだ。秘書室から連絡が入り、江川が津村みゆきと共に役員フロアに駆けつけたのは十時三十分のことだった。部長の田所と次席の岡村は系列企業の総務部長会議で朝から出かけてしまっていた。会長室隣の広い会議室内は騒然としていた。連絡と同時に会社が経営する五反《ごたん》田《だ》の総合病院に知らせ、院長と携帯電話で回線を繋いだまま非常階段を使って十六階の役員フロアに上がったのだが、榊原はソファにうつ伏せに横たわり苦悶《くもん》していた。意識ははっきりしているらしく、しきりに胸を押さえ額に脂汗を浮かべながら呻《うめ》いている。江川は副社長を取り囲んだ役員たちを遠ざけ、院長に症状を伝えた。

「心筋梗塞《こうそく》の疑いが濃厚ですね。すぐに運んでもらいましょう。救急車の方はこちらから手配します。十分以内に到着しますから、そのまま患者は決して動かさないでください。患者には心配はいらないと言うこと。たとえ梗塞でも三時間以内であれば充分に処置は可能ですから。とにかく患者の不安を取り除いてください」

さすがに院長は冷静な声で言い含めるように告げる。江川は「分かりました。救急車には私も同乗します。この電話はずっと繋いでおきたいのですがよろしいでしょうか」と訊《き》く。「構いません。容体の変化をひきつづき報告してください」そう言った直後、院長が秘書に救急車の手配を命じているのが聞こえた。

救急隊員が上がってきたのは間もなくだった。担架が車椅子型なのに江川は感心した。狭いエレベーターを想定していまはそうした装備になっているらしい。身体の大きな榊原を持ち上げ、車椅子型の担架に座らせる。少しでも揺すられるたびに榊原は大きな声を上げた。院長と連絡を取りながら、江川とみゆきは一緒に会社玄関まで向かった。会議室を出るとき総務担当常務の金田が「江川君、よろしく頼むよ」と声をかけてくれた。

会長、社長たちもぞろぞろと役員フロアのエレベーターホールまでついてきたが、役員連の中で下までついて来る者は一人もいなかった。中断した会議を、このあと再開するのだろう。

隣で唸《うな》っている初老の男を見下ろしながら、江川はエレベーターの中で小さな怒りのようなものが胸に湧き上がってくるのを覚えた。この榊原は次期社長候補の筆頭に挙がっている人物である。バブル経済の崩壊、株安・円高、金融環境の急激な悪化によって、他のメーカー同様、業績の低迷に悩んでいる社では、来年六月の株主総会を機に二期四年を務め上げる社長の退任が取り沙汰《ざた》されだしていた。もともと四年前に現社長と社長レースを争った榊原にとって、これが最後のチャンスだ。上層部ではすでに熾烈《しれつ》な権力闘争が始まっているともっぱら噂されている。社長の腰巾着《こしぎんちゃく》と言われるさきほどの金田にしろ、社長にしろ、そして会長にしろ、現体制護持派の面々にとって、今日のこの榊原の失態は大きなプラス要因なのであろう。そのことは、さきほど会議室に集まっていた役員連のそれとない好奇の眼、にわかに活気づいて見えたそれぞれの佇《たたず》まいなど、全体の雰囲気で手に取るように江川には感得された。

それにしても、と江川は救急車にみゆきと同乗しながら思った。会長にしろ社長にしろせめて玄関までは見送りにくるべきではないのか。いや、本当ならばこうやって部下に同行を任せるのではなく自らが病院まで付き添ってしかるべきである。しかし、この組織社会ではそういう人間的な現象は起こったためしがない。人というのは集団となって、その集団のために働き貢献するような理屈を構築しながら、集団の中にあってこそ限りなく利己的に振る舞えるのだ。江川は十五年になる会社暮らしで、そのことは身にしみていた。

車がバンクやカーブで小さく傾き、揺れるたびに榊原は苦しそうにもがいた。

「副社長、絶対に大丈夫ですから心配しないでください。もう少しで病院に着きますから。気を確かにもってください。外の景色が見えますか。いまから自分が行路を言いますからよおく聞いていてください。今、車は大手濠《おおてぼり》沿いに竹橋《たけばし》の交差点に向かっています、そこから三宅坂《みやけざか》に下りて桜田通りを抜け、五反田に向かいます。道も空《す》いていますから二十分程度で到着します。心臓発作でも三時間以内に対応すれば絶対に大丈夫だから何の心配もない、とドクターも言っております。副社長は運が良かったんです。自分が全力で守りますから、一切不安になることはありません。あとすこしの辛抱です」

そう言って沿道のビルやホテルの名前をひとつひとつ江川が口にすると、榊原はくぐもった微《かす》かな声で復唱した。江川はみゆきに榊原の手を握るように命じ、みゆきは青ざめた表情でその大きな左掌《て》を両手で包んだ。

「江川君、だね」

焦点を懸命に合わせるような目つきで榊原が言う。

「そうです、副社長。随分前に一度欧州出張に随行させていただいたことがあります。覚えておられますか」

「ああ、覚えているよ」

そう頷くと、榊原は、

「今日はほんとうに迷惑をかけて申し訳ないね」

何度も息を呑《の》み込みながらつけ加えた。

「そんなことはありません。奥様にもさきほど連絡しておきました。会社の車を回していますから病院ではご対面になれる手筈《てはず》です。とにかく万全の態勢を敷いておりますから何の心配もございません」

「うむ……」

江川は苦痛に顔を歪《ゆが》めている榊原を見つめながら、その無力な姿に身につまされる思いがした。

「副社長、こんなことでへこたれてはなりません。頑張ってください」

途中、渋滞に一度巻き込まれはしたが、病院に到着したのは午前十一時十五分、江川が会議室に呼ばれてからわずか四十五分後のことだった。

榊原副社長はすぐに処置室に運ばれ、数人の循環器専門医の診察、治療を受けた。そのあいだ江川とみゆきは処置室の外の椅子に座って待った。

午後二時二十五分、すでに到着した夫人、大学生の一人娘に看取《みと》られて副社長は息を引き取った。左冠状動脈の結節部位が九十九パーセントの梗塞を起こしており、心筋壊死《えし》が思わぬ速度で進行、カテーテルによる血管確保もままならぬまま榊原は六十三年の人生に幕を下ろしたのだった。江川はその死を知った時、「丸の内消防署」、「毎日新聞」、「最高裁判所」、「IBM」、「明治学院」などとまるで幼児のように江川の言葉を口移しにしていた榊原の声と顔が脳裡《のうり》に再生されるのを感じた。こんなことになるのならもっと違うことを喋らせてやるべきだった、と強い後悔にさいなまれる。何か語り遺すことを聞いてやれなかったのか。死んだと知って泣きじゃくるみゆきの肩を抱いて、三々五々病院に駆けつけてきた榊原の部下たちに後をまかせ江川は病院を出た。通夜、密葬、告別式、死亡広告、諸関係への連絡などを庶務課と合同で迅速に進めなければならない。帰社すると、連絡を受け会議を切り上げて戻っていた田所が沈痛な面持ちで「ご苦労だった」と迎えてくれた。

一力との約束の時間が近づいていたので、夕方、江川は田所に外出の許可を取った。大体の段取りは終わったし、七時半から榊原の自宅で行う仮通夜はごく親しい者だけに通知するにとどまった。それが遺族の意向だったからだ。通夜の準備に出ようとしていたみゆきが、江川が同道しないと知って不安気な面持ちになっていた。

「江川さんは一緒じゃないんですか？」

「ああ、ちょっと大事な約束が入っていてね」

「そんな、私だけじゃ心細いですよ」

「大丈夫だよ、杉山課長も先に行っているし、正垣《まさがき》さんや堀間さんも手伝いに出ているんだから」

「でも、こんな経験、私ははじめてだったし、まさか副社長が病院で亡くなるなんて夢にも思ってなかった。だって救急車の中では意識もはっきりされていたし、江川さんとも言葉を交わしてらっしゃったし……」

どうやらみゆきはかなり動揺しているようだった。また瞳《ひとみ》が潤んでいる。こんなことがきっかけで再び出社できなくでもなれば、これまでの自分の努力は水の泡だと江川は思った。それに今日は冷え込んでいる、寒空で長時間受付などやらせるのは心配でもあった。

「分かった。九時過ぎには俺も顔だけ出すから、それまで一人で頑張ってくれよ。一緒に帰ろう」

この一言でようやくみゆきの表情はほころんだ。

「必ず来てくださいね、待ってますから」

みゆきに見送られるようにして江川は会社を出た。腕時計を覗《のぞ》くとすでに七時五分前になっていた。

5

『アヴァンティ』は西麻布の交差点から広尾《ひろお》の方に五分ほど歩いたところにひっそりとある小さなレストランだ。一昔前流行《はや》ったヌーベルキュイジーヌ・ブームの頃、この界隈《かいわい》に氾濫《はんらん》したフレンチダイニングバーの一つだが、他の店が次々と姿を消していく中で、手頃な値段とそれなりの味で生き残っている。江川ももともと啓介に教えられて使うようになった。といっても半年に一度顔を出すか出さないかくらいではあったが。

階段を下りて重い木製の扉を引くと、いつものように中は仄暗《ほのぐら》く、振り分けになって左右深くのびた店内は、若いカップルでほとんど埋まっていた。各テーブルに一つずつ置かれた蠟燭《ろうそく》の赤い焰《ほのお》が黒光りのする木の床を照らし、むっとするような熱気である。店員に導かれて左奥の席に江川は案内された。一力真希が座ったまま江川の方をじっと見つめていた。パープルのカシミヤの上にベージュのジャケットを羽織り、三連の真珠のネックレスを首につけていた。髪は蠟燭の明かりのせいもあるのだろうが、以前見たときよりもさらに茶色く染めているようだ。透明のマニキュアを塗った手をテーブルの上で組んでいた。向かいの椅子に座り、こんなにも間近に彼女の顔を見るのは初めてだと江川は思う。これは啓介が血迷うのも無理ないな、という気がした。大きな瞳は鳶《とび》色で、眉《まゆ》はくっきりと弓型に揃えられてその瞳の魅力を見事に引き出している。グロスで光る唇はしっとりと濡《ぬ》れ、浅黒いが艶《つや》めいた肌とあいまって限りなくあやしい香りをくゆらしていた。本人の意志にかかわりなく、女性が男をひきつけるための成熟を遂げた、その季節の真《ま》っ只中《ただなか》にいまの一力はいるのである。

――こんな女に夢中になられたら、男はひとたまりもあるまい。

予想した以上に一力は祥子にとって手ごわい女になっている。恋、しかも困難な恋がこの女を強く確かにしているのだ。

ふと、江川は椎名《しいな》成美《なるみ》のことを思い出した。満代と結婚した後初めて付き合った人である。成美もちょうどこの一力と同じくらいの歳恰好《かっこう》だった。目の前の一力も美しいが、成美はこれ以上だったように思う。ずっと封印してきた思い出の一端が一力を見て鉛の記憶箱から漏れ出してきそうな不安に江川は駆られていた。成美とのことは決して甦《よみがえ》らせたくはない。

「待たせてしまって申し訳ない。榊原さんの一件でてんてこ舞いでね」

「お亡くなりになったんですね、副社長」

眉をひそめるようにして一力が言った。表情の変化のひとつひとつが蠱惑《こわく》の色彩を帯びて江川はわずかだが怯《ひる》む気持ちになる。美しい女は、存在それ自体がある種の脅威だ。

「一緒に病院まで行ったんだけどね、お気の毒だった。最後まで意識はクリアだったよ。苦しくはあったろうが自分の死のプロセスを嫌というほど丹念に嚙《か》みしめさせられたんじゃないかな」

「心筋梗塞《こうそく》だったんですか」

「うん。あとから田所部長に聞いたんだけど、あれは並の痛みじゃないそうだ。背中から刀で斬《き》りつけられたような痛みというんだってね。象に胸板を踏みつけられたみたいだ、と表現する人もいるらしいよ」

「へえそうなんだ」

「私の祖母も心筋梗塞でした」

「祖母も家族たちに『死にたくない、死にたくない』って言いつづけながら息を引き取ったんです」

「辛《つら》い光景だね」

「ええ、とっても」

「君もその時、立ち会ったの」

「はい」

「そうか。ぼくは人の死というのは余り見たことがないんだ。身内だと、まだ小さい頃に祖父が亡くなったくらいでね。それも今じゃあはっきりとは覚えていない。ひどい肺癌で、死ぬ前には洗面器一杯分くらいの血を吐きつづけていたそうだけど、ぼくの記憶には残ってないしね」

一力は顔をしかめて頷いた。

「人が死ぬってのは、誰のことにしろ嫌なものだよね」

「私、時々思うんです。自分も死ぬんだなあって。でもとても信じられないですね」

「ほんとだ。ぼくもよく眠りに落ちる瞬間にそんな気がする。これで目を覚まさなかったら死ぬんだなって」

「たまに死にたいなんて思うことがあるじゃないですか。というか今だったら死んだって平気だって。でもそういうのってただの感傷で、本当には死なないって絶対信じているからそんな気になれるんですよね。だから、私、死にたくなったら旅行することにしてるんです。どっか遠いところに飛行機で出かけるんです」

「へえ、どうして」

「自分が本当に死にたいのかどうか飛行機に乗ればちゃんと確かめることができるでしょう。あの狭い密室の中で小さな窓から夜の空や白い雲を眺めて、もしこの飛行機がこのまま墜落したらどうだろうって真剣に想像するんです。そしたらそのうち恐くて恐くてどうしようもなくなるんです。それで、そうか自分は全然死んだりしたくないんだってはっきり分かるんです」

ふーん、と江川は思わぬ話の成り行きに戸惑いながら呟《つぶや》いた。これは自分がこれから話すことへの牽制《けんせい》なのだろうか、と思った。江川は一昨日の今頃、静子を待ちながら赤坂界隈の人の波を眺め、自分が墜落の軌跡を描く巨大な飛行機の乗客に過ぎないと感じたことを思い出していた。しかしいま目の前にいる女は、逆に本物の飛行機に乗って自らの生への力を確認するという。

ボーイに簡単なコース料理と赤ワインのハーフボトルを一本注文して、江川は話を本題に切り換えた。

「ところで、君と啓介のことなんだけど」

一力は面接でも受けるようにまっすぐに江川に視線を向けた。

「三日前に妹が突然訪ねてきてね、君と啓介が付き合っていて、それで啓介が家に戻って来なくなったと言うのさ。ちょっと信じられない話なんだけど、そんなこと嘘で言えることでもないだろう。ただ、一応確認しなきゃいけないしね。もしかしたら妹の勘違いかもしれないし、単に誤解しているだけかもしれない。ぼくから見たところ二人はずっとうまく行っていたし、あの啓介がとてもそんなことをするとも思えないしね」

相手は黙ってじっとこちらを見つめていた。

「事実なのかな?」

江川はつとめて柔らかな表情をつくって尋ねた。

一力真希は不意に笑みを浮かべた。口許《くちもと》をわずかに切り上げ、その大きな瞳をやや細め、眉間《みけん》に薄い皺《しわ》を集めた。とみるみるうちにその瞳から涙があふれ、目尻《めじり》から大粒の雫《しずく》がこぼれ両頬を伝ったのだった。

江川はそれを見て、電気に触ったような痺《しび》れる感覚が背筋を抜けるのを覚えた。

「おい、おい、何も泣かなくったっていいよ。別に君を責めるために呼び出したつもりはないんだ」

だが、あふれた涙はつぎつぎと最初の筋を伝って彼女の頰を流れ落ちていくのだった。さらさらと音もたてずに流れるそれはまるで小人の国の川のようだ。普段の一力の印象との落差に、改めて女性の持つ不思議に打たれてしまう。急いで背広のポケットからハンカチを摑《つか》んで差し出した。一力は黙って受け取るとそっと涙をぬぐった。今日はいろいろなことがある、と江川はその姿を見ながら考える。一人の人間は死に、一人の女はこうやって泣いている、と。

「もう……」

一度顔を振って、思い切るような、気持ちを立て直すような仕草を見せて一力が言った。

「帰っていいですか」

そう言うと立ち上がっていた。椅子の肘《ひじ》掛けにあったショルダーバッグを肩にかけて彼女は一度も江川の方を見ることなしに背中を向けて、ゆっくりと江川の前を離れていったのだった。

黄色いクロースのかかったテーブルの上には白いハンカチが残されていた。

ちょうどボーイがワインを運んできたので、料理を一人前キャンセルすると江川は注がれたワインを一息で飲んだ。これならウィスキーにでもすれば良かったとふと思った。それから江川は考えてみれば今日はじめての食事をゆっくりと一人で味わった。腹が満ちてくるうちに、一力は最初から作戦を立てて今夜の席に臨んだのだと気づいた。新大阪行きの新幹線は九時過ぎまでである。その列車の時刻も計算して、ああした態度に出たのだろう。そう推測すると、もう少し巧みな話の切り出し方もあったのか、と江川は思案した。だが、どのみちあの女とでは話はできなかったろう。やはり森山啓介本人と話してみるしかない、とわずかなワインで思いのほか酔ってしまった頭で彼は結論づけたのだった。

店を出て、酔い醒ましの目的もあって六本木の交差点まで二十分ほどの道のりを歩いた。時間は八時だった。みゆきには九時頃行くと言っておいたからまだ余裕があった。まさか役員の通夜の席に赤い顔で出向くわけにもいくまい。六本木で地下鉄日比谷線のホームに下りた。榊原の自宅は東急東横《とうよこ》線の学芸大学駅の側であった。この線を使えば一本だ。中目黒《なかめぐろ》方面のホームに立つと大勢の人々で満杯だった。すぐ近くに、髪を赤や紫に染め、耳にピアスをし、中には鼻に小さなリングまでつけた若者連れがいた。そういう連中を見つけると奇妙に気持ちが苛《いら》立《だ》つのを感じた。

自然と連中の方に近づいていた。いつの間にか彼ら三人連れの隣に立っていた。始終喧嘩《けんか》に明け暮れた学生時代のことを江川は思い出していた。何でもいい、何かきっかけを摑もうとして脇目《わきめ》に三人の若者たちを観察している一見酔ってうなだれたような自分の姿が脳裡《のうり》に映った。よろけるようにして身体をぶつけるとしたらすぐ横のこの背の高いやせっぽちだなと目星をつけている。喧嘩というのは決して仕掛けるものではない。それとなく誘い込むものだった。ちょっとした双方の感情の軋《きし》みを利用して、一気にどす黒い暴力の舞台に相手を引きずり出すのだ。肩を当てた刹那《せつな》に肘で小さくこづきでもすれば充分だ。仲間を頼んだ相手は必ず怒りの小さな芽を吹いて睨《にら》みつけてくる。その瞬間をつかまえて絡んでいく。それで人間を殴る無上の感触を誰でも手に入れることができる。

江川が久しぶりに人でも殴ってみようかと考えているところへ銀色の電車が辷《すべ》り込んできたのだった。それが正気に戻してくれた。たかがみてくれがちょっと気に入らないという理由だけで本気になりかけていた自身に内心で呆《あき》れてしまった。三十になった年、二度と喧嘩はすまいと誓ったはずである。

「みんな、こんなくだらん暮らしやけんむしゃくしゃするったい。それをこっちがむきになったっちゃ仕方なかろうも。最近俺は頭にきたら、まあこいつだって色々あって疲れとっちゃけん勘弁してやっとかなって、心の中で自分に言い聞かすっとよ。そしたら昔みたいに本気で腹かいたりせんでもよかけんね」

一緒に博多から出てきて大学時代ずっと同じ空手部で修行した野口が死ぬ三日前飲んだ折に口にした言葉を江川は噛《か》みしめた。あれ以来、人を殴ったことはない。それがどうして不意に殴りたい衝動に駆られてしまったのか。その理由が自分のことながら判然としなかった。三人組から離れ、満員の車内に乗り込んでため息をついた。そこでようやく、やはりさきほどの一力の態度に自分は腹を立てているのだと気づいた。だが、電車の窓越しに暗い風景を眺めているうちに自分が本当に腹を立てているのは森山啓介に対してなのだと思い直した。それは、妹を苦しめあんな小娘に生意気な応対を使嗾《しそう》しているという怒りだけでなく、ある種の羨望《せんぼう》をも含んだ複雑な感情だった。

やるなら啓介の面と腹だな、と江川は拳《こぶし》を固めて思った。

学芸大学駅に着くと改札を出たところで自宅に連絡を入れた。呼び出し音を聞きながら駅の時計を見ると九時五分前だった。

数回呼び出し音が鳴って娘の美奈子の声が耳に響いてきた。

「お父さんだけど、お母さんはどうだ」

「もう寝ちゃったよ」

「河合《かわい》さんは」

「まだいるよ」

「ちょっと代わってくれる」

「お父さん、今日も遅いの」

「ああ、ごめん」

「お母さんが会いたそうにしていたよ」

「分かった。今度の土日はちゃんと休みとるから。河合さんに代わってくれ」

「うん」

美奈子は受話器の向こうで河合桂子を呼んでいる。すぐに若い女の声に代わった。

「どうもすみません。今日、急に会社の幹部が心筋梗塞《こうそく》で亡くなりまして、その通夜やら何やらでまだ時間がかかりそうなんです。美奈子のことよろしくお願いします。よければ泊まっていってやってください」

河合桂子は満代が動けなくなってから雇った六人目の家政婦だった。もうそろそろ二年になるのではないか。いままでの人と違って歳もまだ二十六と若い。どうしてそんな仕事をしているのか詳しく尋ねたことはないが、美大を出て絵を描いているという。午後から家に来てもらい満代の世話を頼み、美奈子が学校から帰ってくると夕食を作ってくれる。最近は満代の調子が悪く、たまに夕食の後も美奈子の面倒を頼んでいるのだが、彼女にとっては大体が午後から夕方までのそういう仕事は好都合らしくいつも丁寧に妻と娘の世話をしてくれていた。美奈子ともいまでは歳の離れた姉妹のように仲良くやっているようで、江川の帰りが遅くなる日は泊まってくれることもある。江川にとっては本当に頼りになる存在だった。昔、江川が絵を描いていたことも桂子と江川の間をつなぐ要素になっていた。たまに早く帰って四人で食事をする折にはもっぱら絵の話をした。

「じゃあ、今夜は泊まらせてもらいます。江川さんも気をつけてくださいね、外はとっても寒そうですから」

「いつもすみません」

「いいえご心配なく」

「じゃあ、美奈子と満代のことよろしくお願いします」

そう言って江川は携帯の終了ボタンを押した。

駅の東口を出て目黒通りに向かう真っ直ぐの道を歩いた。五十メートルおきくらいに電柱に「榊原家」と書かれた黒い縁取りの紙が貼られ、そのうちの何枚かは冷たい風にひらひらと下半分が翻っていた。今日の昼間見た榊原の歪《ゆが》んだ表情が頭に浮かぶ。かさかさと揺れる紙の音が微《かす》かな風音と混じって、救急車の中の榊原の苦しそうな息づかいとだぶった。

——榊原さんはあんな突然の発作の中で、はたして死を受け入れることができただろうか。

江川はふと思った。

彼の魂は、はためくこの一片の紙きれのように、天上に高く舞い上がることも叶《かな》わず未練を引きずって夜の闇の中で途方にくれ、いまこの瞬間も地上を彷徨《さまよ》っているのではないか。

そして江川は一力がさきほど言っていた話を思い出していた。

「本当には死なないって絶対信じているからそんな気になれるんですよね」

さらに、会社を出るときのみゆきのおびえたような瞳《ひとみ》に感じた小さな違和感をも江川は思い出した。

榊原の苦悶《くもん》も、一力の台詞《せりふ》も、みゆきの怯《おび》えもその根底にあるのは死への恐怖に尽きる。忌み嫌い、目をそむけ、拒絶している限り、死はいかなる時も人を脅かし混乱の極みに連れ込む。だが、はたしてひとしなみにすべての人々を包み込む死がそれほどに恐ろしいものなのだろうか。もし死が恐怖であるとすれば、それは何が何にとってどのように恐ろしいのか。自らの死に拘泥する以前に、幾らでも恐怖すべきことがあると江川は思う。たとえば愛する人の死は自らの死よりもはるかに恐ろしくはないか。日々の営みの中で人々を小さく傷つけつづけることはさらに恐懼《きょうく》すべき所業ではないのか。

人は人であるだけで大きな罪人である、とよく言うが、江川はその通りだと思う。長く長く罪人であることに人は耐えられない。であれば死はその罪を贖《あがな》う平等な手段に違いない。いまの江川が死を恐れるとしたら自身の人生の途絶のためではなく、それは単に他者、たとえば娘や妻への責任感からでしかない。あとはどうせ手に入れてみれば大したこともない浅い快楽への幻想に、半ば酔わされた結果生じるつまらない未練に過ぎないような気がする。死ぬことを心から恐れるためには、生きることを心から愉《たの》しまなければならない。しかし、生きることを、一体どれだけの者が心底愉しむことができるだろうか。少なくとも自分には、もうそんなことは、何がどうなっても不可能なことのように思える。

たしかに死は最後の悲しみには違いないが、そこですべては終結してくれるのである。

そんなことを考えながら歩いていると、榊原の家の前に着いていた。花輪もなにも飾られず小さな門扉に榊原という文字入りの提灯《ちょうちん》が二張《はり》掛かっただけのその家はひっそりとしていた。明かりは消え玄関は静まりかえっていたが、葬儀社の社員らしい痩《や》せた男が一人立っていて「裏庭の方にお回りください」と言う。

促されてそれなりに大きな構えの平屋の建物の脇の細い道を通り抜けると、かなり広い芝地の庭にでた。そこに小さなテントがひとつあって、その屋根には社の社章が染め抜いてある。テントの下の細長いテーブルの向こうに喪服姿の若い女性が三人並んでいて、真ん中の一人が津村みゆきだと分かった。

6

縁側の広い座敷の一枚硝子《ガラス》の大きな窓を開いて弔問客——主に隣近所の人々のようだったが——の焼香を受けていた遺族たちに一礼し、立派な祭壇の真ん中に掲げられた榊原の笑顔の写真にむかって手を合わせる。夫人や娘のうなだれた喪服姿に胸が詰まった。写真一枚きりに変わり果てた榊原はともかく、遺《のこ》された家族たちもまるで無機質な置物にでもなったかのように生気を失っていた。そういえば夫人も娘も病院に駆けつけた折には化粧顔で身なりも整い、さすがに重役の妻子とは違うものだなあと妙に江川は感心したりした。それがいまは、表現は悪いが濡《ぬ》れそぼった捨て犬のように貧しげだった。

受付台の前で立っていたみゆきの顔があまりに蒼白《そうはく》なので、江川は危惧《きぐ》が現実化した気がして憂鬱《ゆううつ》な思いにとらわれた。

「津村君ちょっと変なんだ、様子が。悪いけど家まで送っていってやってくれよ」

課長の杉山が江川の耳元で囁《ささや》いた。

十五分ほどで榊原邸を後にした。駅までの戻り道をみゆきと二人で歩く。みゆきは喪服の上にアンゴラの上等そうな白いコートを羽織っていた。それでも首のあたりが寒いのか襟元を右手で掻《か》き合わせていた。左手には黒革のバッグを提げている。

「身体が冷えただろう」

「はい」

「何か食べた」

「いいえ」

そういったやり取りをしているあいだもしきりに彼女は後ろを振り向いて榊原邸のある方を見た。相変わらず顔に色はなく表情は硬い。まるで何か恐ろしいものが追いかけて来ないかとおののいているかのようである。それでもしばらくは当たり前の顔で江川は並んで歩いていたが、よほどみゆきが振り返ってばかりいるので、たまりかねてちょうど駅まで半分くらい来たところで足を止めた。

「津村さん、一体どうしたの」

まっすぐにつづく街灯に照らされた道があって、そしてみゆきがいた。道の真ん中だったが通る車も人もない。ひっそりと周囲は静まり返っていた。じっとみゆきの大きな瞳を見つめると、みゆきも揺らしていた視線を収束させて江川の顔を見上げてきた。こうやって間近に向き合ってみると思いのほかみゆきは小さかった。江川の上背は百七十五センチだったが、この分だとみゆきは百五十七、八しかない。なんだこの人はこんなに小柄だったのか、とはじめて気づいたような気がした。目の前のみゆきはいまにも泣き出しそうな表情になっている。江川はもう一度繰り返した。

「どうした、何か嫌なことでもあったのか」

そう口にした瞬間にみゆきが抱きついてきた。小さいな、と思った時から江川の方にも受け止める気持ちが芽生えていたのかもしれない。ごく自然に彼女を胸のなかにおさめる。

「怖い」

みゆきは顔を江川の胸につよく押し当てながら呟《つぶや》く。

「私、怖いんです」

江川は直後には冷静になっていた。みゆきを抱きとってやりながら道の前後に油断なく目を配った。社の人間にこんなところを見られたら完璧《かんぺき》に誤解されてしまう。しかしみゆきは江川の懐でがたがたと震え、その震えはどんどん激しくなっていく。

「どうした。何かあったのか」

そう言いながらみゆきの小さな頭を撫《な》でてやり、

「もう大丈夫だから。ちゃんと約束通りに迎えにきただろう。もう何も心配することなんてないから」

と、その身体を引き離した。

「駅前でタクシーを拾って家に帰ろう。送っていってあげるから」

みゆきは素直に離れ、その代わり江川の腕に手を回してきた。

「さあ行こう」

声をかけると小さく頷《うなず》いて一緒に歩きはじめた。

駅のロータリーでつけ待ちのタクシーに乗り込んだ。車の中でもみゆきは江川の肩に身体をあずけ彼の二の腕を握りしめている。「三田まで頼みます」と運転手に告げ、目黒通りを走り抜けていく車窓から外の景色を江川は無言で眺めていた。

隣のみゆきが一体どんな精神状態にあるのか分からないが、この様子だとマンションの前で彼女を降ろして「じゃあ、おやすみ」とはなかなかいかないのではないか。何に怯《おび》えているのか判然としないが、たしかに彼女は何かに怯えきっている。このままでは抜き差しならなくなると結論して、江川は思い切って話しかけることにした。肩を揺すって眠っているように見えるみゆきに合図する。

「津村さん、津村さん」

みゆきは目を開き、顔を持ち上げた。

「一体、何があったんだい。よかったら教えてくれないかな」

一瞬みゆきはきょとんとした顔つきになった。さっきとはうってかわって平気な面持ちである。そしてただ黙っている。

「ねえ……」

江川は催促した。みゆきは再び江川の肩に身を寄せ、さっきよりさらに強くしがみついてきた。そして猫のように身体をべったりと張りつかせると何度も身じろぎして自分の居場所をたしかめた。小さなため息を洩《も》らす。

「ねえ、さっきはどうしてあんなに怖がっていたの」

江川は仕方なくその肩に深く手を差し回し抱き寄せた。何だかもうどうでもいいような気になった。車は音もなく辷《すべ》るように空《す》いた道を走っている。一、二分そのままだったろうか、ふっとみゆきが口を開いた。

「榊原さんが、あの祭壇の前をふわふわ揺れながら行ったり来たりしてたんです」

江川はすぅーっと背筋が寒くなるのを感じた。

「まるで自分の座る席を探してるみたいに、ちょっと困ったような顔をして。真っ白な着物を着て奥さんや娘さんの前を漂うように歩いているんです」

「何、それ」

と聞き返す。相変わらずみゆきはしがみついたままで視線は江川の足元にあるようだ。

「あの人、自分が死んだことが分からないの。まだ生きていると思っているの。だからどこへ行ったらいいのか分からなくてうろうろしているんです。奥さんも娘さんも、それが全然見えないで泣いていて……。でも、私にはあのテントの奥からでも、そんな副社長の姿がはっきり見えたんです。半分かすんでしまって、のっぺりと紙切れみたいに薄いんだけど、やっぱりあれはあの人でした。彼の霊魂はとっても困惑してました」

「……」

「ゆうらゆうら揺れながら、みんなのことをじっと見てるんです。私とも何度も目があって。真っ白な顔で小さく微笑んでくれましたけど」

江川は喉元《のどもと》が詰まったようで言葉が出ない。

「私が六つになったばかりの時に、岡山のおばあちゃんが亡くなったんです。そのときも夜、部屋で寝ていたらおばあちゃんが私のところに来て、私の肩を揺すって起こしてくれて。そして『みゆき、おばあちゃんだよ。元気で大きくなるんだよ。ずっとずっとおばあちゃんはみゆきの味方だからね』って言って窓から出ていったんです。人の霊を見たのってあの時以来です。それでびっくりしてとても怖かった。でも、いまこうやって江川さんと一緒にいたら何だか怖くなくなってきちゃいました」

みゆきは小さく笑った。

「江川さん、全然信じないですよね、こんな話。また私が変になったんじゃないかって思ってるでしょう」

急に身体を起こして、江川の顔を覗《のぞ》き込んできた。

「ほら、とっても薄気味悪そうな顔してる。でも私は普通ですよ」

なるほどそう言うみゆきは普段のままだった。

「ごめんなさい、変な話して、江川さん」

江川はみゆきの顔から視線をそらして前を見た。車のフロント硝子越しにホンダアコードのテールランプが目の前にある。

「嘘じゃないんです」

そう呟くと、ハァーとため息をついて再び江川に凭《もた》れかかった。

「江川さんも身体が冷えてるみたいですね」

江川の手に掌《てのひら》を重ねてくる。それを軽く握り返して、

「別に信じるとか信じないというわけじゃないけどね、ちょっと唐突な話だろう」

江川はようやくそんなことを口にした。

「もういいです。でも私大丈夫だから。そんなに心配しないでください」

そうやってみゆきを抱いた姿勢のままタクシーは三田のマンションに到着した。

みゆきは素早く身を起こすと、バッグから財布を出して代金を運転手に渡してしまった。ドアが開き左席の江川が先に降りると釣りを受け取って「ありがとう」と言いながら出てくる。当然、タクシーはドアを閉めて走り去ってしまった。その一部始終を何とはなしに江川は眺めているだけだった。二、三度近くまで送ってきたことはあったが、この辺は大きなマンションがずらり並んでいて、いつも古川橋の交差点で降りるみゆきの部屋がどの建物にあるのか江川は知らなかった。こうやってエントランスまで来たのは初めてだったが、見上げると砂岩のような素材を使った薄茶色のタイル張りのマンションはずいぶんと豪華だ。高さも十六、七階はあるだろうか。

タクシーを見送るとみゆきは江川の方に身体を向けた。

「ああ、お腹空いた。江川さんは何か食べたんですか」

「さっき出たときに済ませてきたよ」

「そう。私これから部屋で何か作るつもりですけど、よかったら一緒にいかがですか。お腹い

っぱいだったらお酒だけでも」

「どうしようかな」

「いいじゃないですか。まだそんなに遅くありませんよ。十時くらいでしょう」

江川は時計で時間を確かめる。十時五分過ぎだ。

「ねっ」

みゆきが自分に対して好意以上のものを持っているらしいことは江川も前々から勘づいてはいた。しかし、下に女性の部下がつけばどんな部署にしろそこそこそういうことはあった。男の盛りは大方いまの江川くらいの歳回りからだろう。女性の扱いにしろ仕事の捌《さば》き方にしろある程度の経験を積んで手慣れたところがある。同年代の男より、そうした歳上の男にひかれる若い女性がいるのはしごく当たり前だ。ことに会社に入れば、若い男性社員というのは実に哀れなものである。だからこそ、こちらの自制が大切なのだ。そうでなければのべつまくなし色恋沙汰《ざた》で悶着《もんちゃく》を起こしかねない。江川の場合も散々そういう場数を踏んできた。行きずりならともかく真剣な情事は往々にして手ひどい結果を招く。椎名成美の時もそうだったし、榎本静子との間も惨憺《さんたん》たるものだった。それで十分に懲りたはずである。にもかかわらず、いまこういう成り行きになっていることに江川は途方に暮れる思いだった。やはりここは厳しく律すべき場面であった。

「ま、今日は遠慮しとくよ。津村さんも大丈夫のようだしね。今夜はゆっくり休むといい。いろいろあったけどまあ元気出してさ」

するとみゆきは急に顔色を変えた。

「私、江川さんだからと思ったんです。本当に信用しているから。今日はとっても寒いし、それにとっても怖かったし。このまま一人で部屋に上がるのはやっぱり不安だから」

それはまるで挑むような口調だった。本当に信用している、という一言が江川の心を刺した。何か見下されたような気持ちになったのだ。

「じゃあ、本当に一杯だけ貰《もら》っていこうかな。そういえばぼくも少し疲れたよ」

「ええ」

もうみゆきはにっこりと笑顔になっていた。

みゆきの背中についていきながら江川は、俺の場合はもともと後ろにつっかい棒がないからな、と思っていた。数年前、椎名成美との一件であの不幸な事故が起こり、以来妻の満代は車椅子の生活を送っている。すでに夫婦生活は絶えていた。

まあそれほど気にやむものでもない。別に彼女の部屋に上がったからといって何がどうなるということもない。江川はそう自分に納得させる。前を歩くみゆきの腰のあたりを意識的に眺めてみても別段たかぶるものはなかった。これなら大丈夫だろう。

また一方で、つい二時間ほど前、六本木の地下鉄のホームで蘇《よみがえ》らせたものを反芻《はんすう》してもいた。色恋も喧嘩《けんか》と似たようなものだ。仕掛けるのではなく誘い込むものなのだ。そしてそれで言えばやはり男より女の方がはるかにしたたかだ。女は仕掛けられたように装いながら、実際は大抵男を誘い込んでいる。そういう術《すべ》については生まれながら万人の女性が備えている気がする。

一緒に狭いエレベーターに乗って、点滅する各階の表示灯を何食わぬ顔で見上げているみゆきの横顔を見つめながら、こいつらはやられるふりでやるだけだな、と江川は内心呟《つぶや》いていた。

みゆきの部屋は十二階の突き当たりだった。百平米はありそうな立派な部屋なので江川は少々驚いた。とても若いOLが一人暮らしするような部屋ではない。広いリビングダイニングに通され、重厚なサイドボードや様々な器物の納まった硝子《ガラス》棚と向かい合って大きなダイニングテーブルの前に腰掛けると、さっそくビールが一本出てきた。三彩《さんさい》の壺《つぼ》や古伊万里《こいまり》と思われる絵皿、中東あたりの銀器類を眺めながら江川はゆっくりと切り子のビールグラスを空にした。さきほどの赤ワインで濁った全身の血液がビールで洗われていくような気がする。腹にしみわたるように旨《うま》い。

生活感のない空間に、さきほどまでの気負いがすっかり薄れ、まるでどこかのバーで飲んでいるような気安さが生まれてくるのを感じていた。みゆきはキッチンで背を向けて何かやっている。コトコトとまな板を叩《たた》く包丁の音が聞こえる。

こうやって女が台所に立つ姿を眺めるのは何年振りだろうか、とふと思った。静子と別れて以来にちがいない。

「ねえ」

と江川はみゆきの背中に声をかけた。すでに着替え、グレイのぴちっとしたスカートをはき、ざっくりしたセーターを身につけていた。背中で細密な編み込み模様のトナカイが一面の雪景色の中で雄叫《おたけ》びをあげている。上半身が膨れている分、みゆきの下半身は一層細く、スカートの下からのぞく両足はすらりとまっすぐにのびきっていた。

「なあに」

みゆきが振り返る。

「ここは津村さんの部屋なの」

「そうですよ」

「それにしちゃずいぶん豪華だね」

「えー、違いますよ。ここはもともと私の両親の持ちものなんです。いまは官舎住まいだから私一人でここにいるだけなんです」

「そうか。どうりでこんなものがやたらとあるんだ」

そう言って江川は壺や皿を指さした。

「君の歳でこんなもの集めるのが趣味だとしたら、どうかしてると思ったんだ」

「ヒドーイ江川さん」

みゆきは包丁を右手に持ったままくすくす笑った。

「それにしても」

と江川はつづける。

「こんな部屋から君は毎晩下界を見下ろしてるわけだ。まるで雲上人《うんじようびと》の暮らしだね。これじゃあ世間の脂ぎった風はどうにも性に合わないだろう。まったく東京というのは空恐ろしい所だよ」

「どうして?」

「だって君のような人種が腐るほどいるんだからさ」

ビール一本空けただけなのにずいぶん酔ったようだ、と江川は思った。言葉の抑制がうまくきかない。

「それって馬鹿にしてるんですか」

「まあね。とんだお嬢様だよ君は」

「ひどいなあ」

「ぼくも、ろくなもんじゃないけどさ」

みゆきは黙って江川の顔を見ていた。

「ビール」

と江川は言った。「まるで亭主みたいな言い方だな」と自嘲《じちょう》めいた口ぶりで付け加える。みゆきは冷蔵庫の扉を開きビールを出した。「君も一杯つきあったら」と声をかけるとグラスを持って江川の隣まで近寄ってきた。腰のあたりを江川の背中にすりつけてくる。持ったままのグラスに注いで自分のグラスにも注ぎ、「乾杯」と言う。

「榊原さんの幽霊に。彼がちゃんと無事に天国に行けますように、だな」

カチンとグラスのぶつかる音が静かな空間に響いた。

「乾杯」

とみゆきも呟いた。

しばらく二人とも何も言わなかった。

「何つくってるの」

ゆっくり飲み干して再び自分のグラスをいっぱいにすると江川は訊《き》いた。

「何もないから、寄鍋《よせなべ》でもしようかと思って。銀鱈《ぎんだら》の新しいのと紅鮭が残っていたから。江川さんお鍋は嫌いですか」

「いや、寒いからあったまるね」

「よかった。じゃあ、いまポケットコンロ出しますから」

そう言ってみゆきは飲み干したグラスをテーブルに置くとキッチンに戻っていった。


向かい合って二人で土鍋をつついている。

ほかに辛子菜《からしな》のおひたしやアスパラの牛肉巻き、あさりの佃煮《つくだに》などの小鉢が並んでいた。鍋の具もなかなかのもので大きな蛤《はまぐり》や海老も揃っている。途中でみゆきは一度立って、するとスライスしたからすみにさらし大根の薄切りを載せて皿に並べて持ってきた。

「なんでまたこんなものあるの」

「嫌いですか」

「いやそうじゃないけどさ、こんなの若い一人暮らしの女の子が買うものじゃないだろう」

「あっそうか」

みゆきはそういって舌を出してみせた。

「津村さん、誰かパパでもいるんじゃないの。この部屋もそのヒヒジジイの持ち物でさ」

「愛人ってやつですね」

「そうそう。料理も手慣れてるみたいだしね」

「どうかなあ」

その曖昧《あいまい》な表情を見て、江川は半分本気でそうじゃないかと思ってしまう。

「怒ったんですか」

江川が黙り込んでしまったのでみゆきはちょっと不安気な顔になった。

「違うんです。時々父が勤務が遅くなったりすると泊まることがあって。それで母がいつもこういうの揃えておいてくれるんです。そんなことあるわけないじゃないですか」

「ふーん」

江川はそう言ったきり黙々と箸《はし》を動かす。ぷりぷりした銀鱈は絶品だった。

「江川さんってすぐ怒るんですよね」

不意にみゆきが呟いて江川は箸を止め顔を上げた。

「何、それ」

「だから、江川さんは怒りっぽいってことです。会社でも急に怒りだすから皆びっくりするんです。総務の女の子たちみんな言ってます」

余りに意外な話だった。江川はいまの部署に来て極力感情をおもてにせぬよう努めてきた。面と向かって下の人間を叱《しか》ったことなど一度もないはずだ。

「まさか、嘘だろう」

「ほんとですよ。知らなかったんですか。みんな江川さんのことわがままで怒り屋さんだって言ってるんですからね」

「誰が」

「うちの部の女の子全員です」

「ぼくが怒ったりしたところ見たことある」

「当たり前でしょう」

「いつ」

そこでみゆきはビールを注いでくれた。こっちこそ意外だ、という顔で身を少し乗り出してくる。

「だって今日だって、私のこと怒ったでしょう」

「えっ、いつ？」

「夕方、江川さんが会社を出るとき」

「なんて」

「私が出ていっちゃうんですかって聞いたら、すごくムッとして、課長も正垣さんも堀間さんも行くんだから問題ないだろう、なんでそんなことで呼び止めるんだって顔したでしょう」

「まさか」

「そうですよ。江川さんって急に怒るんです。ムッとして、どうしてそんなこともできないんだって顔にすぐなるんです。全然デリケートなところないでしょう。めんどくさがりで気分屋なんです。親切なときはすっごく親切だけど、そうじゃないときは取りつくしまがないみたいだし。他の男の人みたいに女だからって相手を小馬鹿にしたりは全然しないけど、でも、その分、江川さんって酷薄だから、みんなびくびくしちゃうんです」

「ふーん」

江川はそんなことを言われたのは初めてだった。まして部の女性たちが口を揃えて言っているというのは少なからずショックだった。

「ほら、もうムッとしちゃった」

「別にムッとしたんじゃないさ。ちょっと驚いているだけだよ。そんなこと指摘されたの初めてだから」

「他にも江川さん、いろいろ言われてるんですよ。営業にいた時も有名だったし、いまも女の子が集まるとひとしきり江川さんの話で盛り上がっちゃうんですから」

「嘘だろ」

「ほんとですよ。でもそういうの江川さん全然気にしたことないでしょう。だから分からないんです」

「いろいろって他に何て言われてるの」

江川は自分はサラリーマンとしては可もなく不可もなしだと思ってきた。とりたてて目立った業績を上げたこともないし、同期入社の数十名の連中と比べてみても歩いているコースといい昇格の時期といい、まあ平均かちょっと落ちる程度の部類である。そもそも満代の体調のこともあって営業から総務に自ら希望して移った時点で、所詮《しょせん》会社人としてはそこそこで終わると見切りをつけてもいる。

「ねえ、何て言ってるのみんな」

焦《じ》らされて江川はいらいらしてきた。みゆきは半分面白がっているようだ。

「まだビールでいいですか？　それともウィスキーにします」

などと外してくる。

「ビールでいいよ」

つい突《つ》っ慳貪《けんどん》な言い方になった。

「ほらね」

みゆきが笑う。江川も苦笑してしまった。江川が「もういいよ」と言おうとした時、「教えてあげます」とみゆきが先に言った。

「江川さんって一見まじめそうだけど、結構ワルだって」

「えっ」

またまた驚くような話である。

「おんな好きだって」

みゆきはくすくす笑っていた。

「馬鹿馬鹿しい。だってそんなの根も葉もない話じゃない。そういう噂になりようがないよ」

「そうかなあ」

わずかなビールで頰をすっかり赤くしてみゆきは思わせぶりに首を傾げてみせる。

「ねえ、ちょっと。どうでもいいけどさ、一体どんなでたらめな話が流れてるの。ぼくにはまったく身におぼえがないから、思い当たること全然ないんだよ。真面目な話さ、そういうの困ることもあるから」

「分かった」

みゆきが大きな声を出して江川はびっくりした。

「何が分かったんだよ」

みゆきの瞳《ひとみ》がきらきら輝いている。それは眩《まぶ》しいほどで、いま胃袋に流し込んでいる酒以上にその光に酔っぱらってしまいそうな気がした。夕方会った一力真希の妖《あや》しさに、こんな女に夢中になられたら男はひとたまりもないと感じたが、それとは違った意味合いで、男はこういう女の眼差《まなざ》しに触れるとやはりどうにも自分を抑えがたくなる。

「江川さんって、怒りんぼうで気分屋なだけじゃないんだ」

「じゃあ、あとは何だよ」

みゆきはひとつ息をついた。そして右手の人差し指を江川の鼻のあたりに向ける。

「嘘つき、なんだあ」

「俺のどこが嘘つきなんだよ」

「ほら、また怒る」

「別に怒ったっていいさ。どこがどう嘘つきなのか言ってみろよ、お前」

お前呼ばわりして、江川は自分が生身をさらしてしまったような気がした。いまさら社内で何と噂されようが、そんなことはどうでもいい。さきほどはまるで心当たりがないと言ったが、本当はありすぎるほどあるのだ。江川にみゆきの言葉を咎《とが》める資格はなかった。

だが、目の前のみゆきはそれまでの快活さが急になりをひそめて、こんどは妙に沈み込んだ風情になった。

「ごめん、怒鳴るつもりはなかったんだけど」

江川は素直に謝った。半ば調子に乗って怒ってみせたのだが心根のやさしいみゆきには痛かったのかもしれない。それにしてもみゆきは何か考え込むような表情で俯《うつむ》いている。胸に突き上げるものを堪《こら》えるような微妙なゆらめきが全身から感じられた。どうしたのだろうか、と江川が案じはじめた時、すっと顔を上げてみゆきは江川の目を厳しくにらんだ。

「江川さんは嘘つきです。私、静子とは同期だったんですよ。彼女が会社を辞めるその日まで大の仲良しでした。江川さんと静子との間に何があったか、私全部知っています」

突然、思いもかけないような言葉がみゆきの口から飛び出して江川は呆気《あっけ》にとられてしまった。とっさにはみゆきの言った台詞《せりふ》の意味が摑めなかったほどだ。

「江川さん、他にもいっぱいいたでしょう。大沢さんも久我《くが》さんもそうでしょう。もっともといるでしょう江川さんが捨てた人。みんなとても傷ついてるんですよ、きっと。江川さんの奥さんって会社はじまって以来って言われるくらいの美人だったんでしょう。そんな人をお嫁さんに貰《もら》ってるのにってみんな言ってるんですよ。どうして江川さんは気づかないんですか」

大沢？　久我？　名前を聞いた瞬間、意識の隙間に火花が散り、すぐにこのあいだ反芻《はんすう》した⑤と⑧のことだと江川は気づいた。どうしてそんな昔のことをみゆきのような若い社員が知っているのだろうか。そういえば、榎本静子に関しても幾人かの同僚からそれとなく遠回しに聞かれたことはあった。他にも社内で何人かの女性について自分との噂が出回っていることを耳にしたことはある。しかし、どれも確証があっての話というほどではなかったし、中にはまったく関係のない名前も沢山あった。そういう無責任な噂について江川はいつも言下に否定してきた。それで事足りたものと思ってきた。

しかしそれはとんでもなく甘い認識であったようだ。

それにしてもみゆきが静子の親友だったとは。思い返してみれば静子があの頃、津村さん津村さんとよく話していたような記憶はある。だが、当時は津村みゆきなんて江川にとっては何の実体もない煙のような存在に過ぎなかった。まさかその人とこうやって二年後に一緒に面と向かって鍋などつつくようになるとは誰が予想できよう。一力の横着な態度といい、何かすべてが仕組まれているかのようである。二年振りの静子の登場といい、金の無心といい、みゆきのこの詰問。

この場で他に取るべき態度もなく江川は箸《はし》を置いて席を立った。すっかり酔いも醒《さ》めてしまったようだ。何か言いたいような気もしたが、それもいまさら仕方がないことに違いない。テーブルに椅子を戻すとリビングの大きなソファの背に掛けておいたコートを手に取る。

みゆきはじっと下を向いて身じろぎもせずに座っていた。だが、江川がドアの方に一歩踏み出したとき、不意に立ち上がった。

江川は無視してさらにドアに近づく。みゆきが通せん坊するように立ちはだかった。江川は足を止めみゆきを見た。やはり小さいな、と思った。そのとき、みゆきは抱きついてきたのだった。意外さよりも、なんだやっぱりそういうことか、という思いが江川をとらえた。自分でもどういう感情なのか分からなかったが、それがまるで静子への償いでもあるかのように江川はみゆきを抱きとっていた。

「ごめんなさい。私ひどいこと言って。ごめんなさい」

胸の中でみゆきが呟《つぶや》く。彼女は誰に謝っているのだろうか。静子へか、それとも江川へか、それとも江川の妻に対してか、それとも自分自身にだろうか。江川にもこの展開が一体いかなる意味を持ち、いかなる者の手による産物なのか見当もつかない。だが、自分の意志とはまるで関係ないかのように両腕の力は増し、すすり泣いている一人の女を彼はきつく抱きしめていた。

7

江川が封筒を差し出すと、榎本静子は押し戴《いただ》くようにして両手で取り上げ、中身を半分まで封筒から引き出して一瞥《いちべつ》し、そのまま手元のハンドバッグの中にしまった。求めた額より五十万円多いことに気づいたかどうか。バッグを膝《ひざ》に置いて江川の方に目をやると、

「本当にありがとう」

としか言わなかった。百五十万入っている、と知らせようかと江川はよほど思ったが、口にはしなかった。静子にすれば、かつて江川に被《こうむ》った深傷《ふかで》を思えばこの程度の金額は償いにもならぬのだろう。きっとこの十倍、二十倍でも満足できないに違いない。

約束を果たしてしまうと、二人向き合っていても何も話すことがない。二年も前に別れた女に今更こうやって手切れ金まがいの金を渡している自分の人の好さに、次第に自己嫌悪の念が湧いてくるのを江川は感じていた。先週会った折にもそう思ったが、もはや頭のてっぺんから爪先《つまさき》まで、この女はまったく自分とは関係がないのだ——という衝動のようなものが突き上げてくる。

赤の他人ならば別に思いやる必要もない、どうせだったら聞き出せることは聞き出してしまおう。そう決めて江川は口を開いた。

「ところで、そのお金だけど何のために要るのかな。よかったら教えて欲しいんだけどね」

静子は微《かす》かに笑みを浮かべている。

「知りたい？」

と言った。

「いや、話したくないなら構わないけど」

「そうね……」

「そうか」

そこでまた静子は愉快そうな顔で江川を見つめた。

「きっと江川さん、驚くと思う」

「何が？」

「いただいたお金の使いみちのこと」

思わせぶりな言い方だが、ふと気づいてみると目の前の静子はどこか厳粛な、そして高みから人を見下ろすような目つきになっていた。江川はその顔つきに不思議なものを覚える。何かに酔っているような眼差しでもあった。

「でも」

静子が呟く。

「江川さんは、このお金を出したことできっと救われる。もう私はあなたのことを憎まないし、怨《うら》まない。それにあなた自身も遠い世界に一粒の種を蒔《ま》くことができたのよ。それであなたはとても深く浄化され救済されるのよ」

江川は静子の口から飛び出した奇妙な言葉に怪訝《けげん》な気持ちになった。表情もますます不可解なうっとりとしたものになっている。

「よく分からないな。どうしてぼくが救われることになるのかなあ」

つとめて冷静な口吻《こうふん》で尋ねる。

「江川さん、あなたはこの世界がこれからもこうやってそのままつづいていくと思う？」

「は？」

静子は真剣な目で江川を見つめていた。

「これだけ人間が大地や海や空を汚し、毎日どこかで人と人とが殺し合い、貧しさも憎しみも全然解決できなくて、誰もが利己的にますます好き勝手に生きるようになっている、そんなこの世界がこれからも長続きすると思う？」

江川はまじまじと静子を見つめた。

「ちょっと待ってくれないか。よく君の言っていることが見えない。少なくとも、その世界の将来のことやぼくの救済ということと、いまぼくが君に渡したものの間にはどんな関係があるんだろうか」

「信じなくてもいいけど……」

そう言うと静子はやにわに上体を乗り出してきた。

「もう江川さん、人類の罪は贖《あがな》えないものになってしまっているの。もう何もかもが遅いの。あと五年もしないうちに人類が滅亡する日が来るの。世界中で地震や噴火が起きて、ほとんどの大陸の沿岸は水没してしまう。すべてが無くなってしまうの。これは妄想なんかじゃない。本当にそうなるのよ。神の御遣《みつか》いであるマザー、私たちはその方をそう呼んでいるのだけれど、マザーがはっきりと予言されているの」

「ええ、大いなる神の御遣い。私たち人類の救い主」

「マザー?」

「じゃあ……」

そう呟いたあと江川は二の句がつげない。ちょうど一週間前にこのコーヒーラウンジで二年振りの再会をしたとき、ちっとも変わらぬ静子の姿に、江川は時計が逆戻りしたような錯覚さえおぼえた。だが、それが外見だけであって、目の前の榎本静子はこの二年で大変な変貌《へんぼう》を遂げていたようだ。

しかしそういう類《たぐい》の人々が往々にしてそうであるように、静子は江川の驚愕《きょうがく》ぶりなど一向に気づかぬ風で、たてつづけに喋《しゃべ》り始めた。

「私だって最初は信じられない気持ちだった。でも薦められてマザーに会って、いままでの自分の考えや想いがどんなにみじめで浅はかなものだったか思い知らされたの。マザーは会った途端に私の母親のことを言い当てたわ。いま母は九州に住んで、一人で暮らしているんだって。マザーにすれば、幼いけれど、それでも神の教えに遠くない小さな教団で信仰の生活を送っているそうよ。マザーは、その教団の名前も母の住所もみんなその場で初対面の私に告げたのよ。信じられない思いだったけど、私、すぐにマザーの目の前でその教団に電話したの。そして母の名前を言ったら、たしかにその名前の人がいますが、いまは外出しているって。マザーは言ってくださった。『シズコ、もうお母様を自由にしておやりなさい。お母様とあなたは深くつながり、たとえ遠くに離れ、また死が二人を分かとうとも決してその絆《きずな》が失われることはないのだから』。あなたのこともマザーは赦《ゆる》しなさいって言った。『その男性はとても不幸なのです。

背負っている不幸の荷が重すぎて、彼が生きていくためには他の人にその荷を少しずつ分けていくしかない。そんな哀しい人なのだから。そんな彼が救われるようにあなたは日々祈りなさい。私もこれからあなたと一緒に祈りましょう』って言ってくださった」

静子の瞳《ひとみ》から涙が滲《にじ》んでいた。

江川は目の前の涙ぐんでいる女をまるで別の生き物を見るような気持ちで眺めた。彼女の話を頭におさめ、一枚一枚カードにして朱筆でも入れるように検分してみる。それはどうみても見え透いた詐欺話でしかない、と思われた。そもそもそんな「お告げ」はトリックに過ぎない。どうせ最初から筋書きはできていて静子が電話した教団などありはしないのだ。電話先は九州の信者の家か何かであらかじめ示し合わせて彼女の母がいると答えたのだろう。静子の母の失《しっ》踪《そう》話は、そのマザーとかいう教祖を紹介した信者が教祖に事前に吹き込んでおけばすむ。お告げなど簡単にでっち上げられる。江川はしかし、そのことを静子に糺《ただ》したいとは思わなかった。それよりも後段の江川にまつわる話に強い衝撃を受けていたのだった。マザーなる者が言った台詞《せりふ》にではない。そんないかがわしい詐欺師に縋《すが》らねばならぬほど、自分が静子の心を傷つけていたことに驚いたからだった。二年たったいまでさえ、静子は詐欺師のでたらめな気休めを支えに生きている――その事実が江川にはこたえた。なるほどこれじゃあ「救われない」というのは当たっているな、という気がした。

「そのマザーっていう人と知り合ったのは何時《いつ》なの？」

江川はおそるおそる聞いてみた。

「あなたと別れて半年くらい経ってから」

「その人は日本人なのかなあ」

「ええ、姿は日本人。でも本当は日本人でも外国人でもない。すべての人々を救うために生まれた光の人だから」

「マザーっていうんだから女性だよね。そのお、外見はさ」

静子はうんざりした表情になって頷《うなず》いた。

「へぇー」

江川は言うべき言葉もなくただ感嘆したような声を出して誤魔化《ごまか》す。

「この世界の滅亡を示す恐ろしい災厄がこれから次々と世界中で起こってくるわ。この国でも大噴火や大地震が近いうちに発生して、沢山の人たちが死んでいくの。マザーの予言だと来年早々に再び大きな地震が日本のどこかで起きて、いままで経験しなかったような恐ろしい被害が生まれる。そうやってこの五年のうちに人類は死滅するの。そして、それはこの地球を永遠に守りつづけるための大いなる浄化なのよ。人々にとっても解放の証《あかし》なのよ。すべてが滅ぶことで人間という種族は、もう二度と死ぬことはなくなるんだから。破壊と死のこの不幸な連鎖から、ようやく人類は解き放たれて世界中の不幸が蒸発してしまうの。それは大きな祝福の日だとマザーはおっしゃっているわ。でもね、そうやって死滅した大地の中でごく僅《わず》かな人々は生きつづけなくてはならないの。それは世界で数千人くらい。その人々は死んだ六十億の人間たちの罪を一身に背負って、また新しい世界を築いていかなければならないの。もう二度とこうした醜い世界を作らないために、彼らは何百何千の世代を重ねて、本当に美しい地球を作り上げなければならない。マザーはそれを『美しい庭園の管理人たち』と呼んでおられるの。私たちは――」

そこで一度静子は言葉を切った。「私」がいつの間にか「私たち」に変わっていた。来年早々に大地震が起こるだとか人類が滅亡するだとか、物騒極まりない話をしているくせに彼女はまるで何かおとぎ話をしているような恍惚《こうこつ》とした様子である。

「どうせ、あなたは信じないと思うけど、でも来年になったら次々とこの国でも災害が起こって、きっといま私たちの言っていることが真実だということが分かると思う」

江川は「なるほど」と相槌《あいづち》を打った。これ以上、彼女の妄想に付き合っても意味はないが、渡した金がどうやらそのマザーとやらに巻き上げられそうな気配にひどい徒労感をおぼえる。

「で、どうなんだろう。その、ぼくが救済されることになるというのは、どういう形でそうなるのかな」

「いただいたお金は『美しい庭園の管理人たち』が人類滅亡後の世界で生きていくための聖なる糧や聖なる寝所を準備するために使われるのよ。そのことによってあなたの行為は一粒の種子として未来につながっていくの」

「じゃあ、いわゆるその管理人とかいう人たちのための食糧の備蓄やシェルターの建設みたいなことのために使われるっていうこと」

「ええ」

静子は力強く頷いた。

「そうすると、その生き残る数千人というのは、たとえば君なんかも入っているわけなんだね」

せめてそのぐらいのことは保証して欲しいような気がする。

「さあ、それは分からない」

「どうしてさ」

「だって、生き残る数千人の人々はマザーの手によって選ばれるのだから」

「だけどお金を出せば、選ばれる可能性は増すんだろう。そのくらいのことはマザーも約束してくれるんだろう」

そう口にした途端、静子は暗い表情になった。いかにも憐《あわ》れむような瞳で江川を見る。

「ちがうのよ江川さん。生き残るということは辛《つら》い役目を背負うことでしかないの。なぜなら彼らは浄化されることなく、荒廃した世界で生き続けなければならないのだから。私のような弱い人間はとてもそんな苦しい使命を果たすことはできないわ」

「じゃあ」

江川はしっかりとかつて愛した人を見た。もうこの先、二度と彼女を見ることはないのだと思う。これが一生で彼女と交わる最後の場面なのだ。そう考えると不思議なほど透明な哀しみが全身を包み込んでくるのだった。

「もうすぐみんな死んでしまうんだ。君もそしてぼくも」

そう口にして、なるほどそれは当たり前のことなのだと江川は気づいたのだった。ただそれが静子の言うように五年後なのか、それとも五十年後なのかという単純な違いがあるだけだ。彼女はちょっとばかり早目に死んでしまいたいに過ぎない。だが、一方で自分の死に意味をあてがおうとしている点では五十年後の死よりよほど積極的でもある。

「そう。私たちはみんな浄《きよ》められ、永遠の安寧の中に入るの」

「君はそれを心待ちにしているんだね」

「そうよ。そしてその日、あなたでさえ神は救ってくださる」

静子は刺すような冷たい目になって、そう強く言い切ったのだった。

8

汗ばんだ自分の身体をみゆきから離しながら、江川はやり切れない気分を噛《か》みしめていた。いま何時頃だろうか。静子が最後にみせたぞっとする瞳から逃れたくて江川は彼女と別れたあとすぐにみゆきの部屋に来た。あの晩みゆきと関係をもってからすでに五日が過ぎている。土日はともかく月曜からこれで三日間みゆきのところに入りびたりであった。大体午前一時まではマンションを出て、通りで車を拾うようにしているが、今夜は何か自棄《やけ》っぱちな気分で、八時過ぎに訪ねると、ずっとこうして狭いベッドの上でみゆきとじゃれついている。交わりもこれで三度目だ。さすがに身体の芯《しん》が溶けるような深い疲れを感じた。もうとっくに一時を回っているに違いない。明かりを消した真っ暗な部屋の中は時間から遊離してこの大都会の中空を彷徨《さまよ》っているような錯覚を与える。ちょうどベッドの足元から数メートルに大きな窓があってブラインドが上がったままで、濡《ぬ》れたような晩秋の夜空が硝子《ガラス》越しに広がっていた。この寝室の窓からは周囲に犇《ひし》めくマンションもビルの看板や広告塔も見えず、夜の闇を遮る物はひとつもない。

江川は時間を気にすることをやめ、何か違うことを考えようと思う。考えないにしろ別のことを思い浮かべよう。そうやって思ってみると、たとえばどうして自分はこんなところで会社の同僚の女の子などと一緒に、夜の空を眺めたりしているのだろうか、といったぼんやりとした疑問が生まれてくる。意識というのは集中を欠くと得てして自分の置かれた状況への無感覚に近い疑念につきあたり、何もかもを価値のないものに作りかえてしまう。いま江川が思ったのはその類《たぐい》の曖昧《あいまい》な疑問であった。

――この女は何を考えているのだろうか。

江川の腕枕に頭をのせ、彼の裸の胸に頬を埋《うず》めて、起きているとも眠っているとも知れぬまま微《かす》かな吐息を吐いているみゆきのことを思う。少なくとも三日間、彼女とのあいだにあったほとんどは身体の交わりだった。ろくに口をきくこともなくひたすら二人は身体を絡めお互いをお互いの体液で染め、そして唸《うな》り声を上げた。それだけと言ってもいいくらいだった。漠然とだが、しばらくこうした状態がつづくような気が江川にはしていた。というのもかつて似たような経験があったからだ。その人の時は、一週間ひたすら身体を重ねるだけで、それがとりあえず終わったのは彼女の生理が来てからだった。

「ねえ……」

不意にみゆきが口をきいた。

「今夜は泊まっていけるの」

江川は顔を横に向けてみゆきの顔を見た。終わった直後の倦怠《けんたい》はすでになく、丸くあどけないみゆきの顔が愛らしかった。期待にふくらんだ表情を見て江川は、

──この人ともいずれ別れてしまうのだろうな。

と突然に思った。それは無残なざらついた思いだった。そうすると無性にみゆきが愛《いとお》しく感じられた。再びきつく抱きしめると、みゆきは勘違いしたのだろうか江川の部分に手をあてがいそれを強く握ってきた。しかしさすがに江川の身体はもう反応しなかった。江川はみゆきの身体を抱きしめながら、さきほど別れた榎本静子の身体を追憶しようとしていた。そしてさらに遡《さかのぼ》り椎名成美の身体を、そしてさらに過去の幾人かの女の身体を反芻《はんすう》しようとした。だが、そのどれもが大差のないものだったのか、ちっとも思い出せないのだった。ただ、いまここにあるみゆきの身体だけが熱を帯びて息づいているばかりだ。そういう風に感じた時、ふと江川は、

──もしかしたら、俺は誰とも別れてなどいないのではないか。

という気がした。過去の女たちが数珠《じゅず》つなぎになっている光景が脳裡《のうり》に浮かんだ。そのどれもがはっきりとした像を結んではおらず顔つきも身体つきにも特徴はない。ただ乳房とやわらかな白い肢体を持った女の連鎖に過ぎない。だが、それはたしかに一つの物であって一人一人は一部分である。次に、走馬灯のようにくるくると回る光に満ちた沢山の景色が意識の底から浮かび、さらに一枚一枚仮面を取っていく髪の長い真実の顔の見えぬ裸の女と向き合っているイメージが重なってきた。たったいま別れてきた静子がみゆきに姿を変えて自分の目の前にこうやっているのではないだろうか、という馬鹿げた妄想に一瞬とらわれて江川はみゆきの顔をまじまじと見つめる。

みゆきは不思議そうな目で江川を見返している。

「大丈夫？　帰らなくて」

江川は曖昧に頷《うなず》いた。そして昨日みゆきが言った台詞《せりふ》を思い出していた。

昨夜、手料理を食べながら水割りを飲んでいるとき、食べ終わってじっと江川を見つめていたみゆきがこんなことを言った。

「私、お店屋さんの夫婦って昔から憧《あこが》れてたんです」

箸《はし》を止め、江川は「どうして」と訊《き》いた。

「だってずうっと旦那《だんな》様と一日中一緒にいられるでしょう」

「どうしてまた急にそんなことを言いだしたの」

そこでみゆきはくすっと笑った。

「だって今の私たちってお店屋さんの夫婦みたいでしょ」

「なんで」

「そうですよ。一日中一緒にいるじゃないですか。今日なんかもう半日以上ずっと一緒なんです」

そしてみゆきは付け加えた。

「会社の隣の席に自分の好きな人がいるのって、結構たのしいですね。私なんてはじめてだから、そんなこと。きっと江川さんは飽き飽きしてるかもしれないけど」

女というのは深く知れば知るほど、最初の印象から離れていくものだが、みゆきの場合もそうだった。はじめに思い描いていたみゆきとは違う彼女が次々と現れてきて、絶えず軽い裏切りに見舞われる気分を嚙みしめる。江川はみゆきは男には疎い女なのだと信じていた。処女であるのかもしらん、とすら思っていたのだ。しかし、実際に抱いてみると身体の反応は予想外に奔放で、口を吸ったときなど江川の方が逆に吸い込まれるようだった。この人も幾人かの男がその身体を通り過ぎていったのか、と半分は失望したがまた半分では、そうした彼女の意外性に興味をそそられたのだった。

いま、みゆきを誰よりも近しく、それはもしかしたら自分自身よりも親密に感じながら、しかし自分がこの手で触れているものはみゆきという一人の女ではなく、そうした彼女の彼女たる個性をすべて削《そ》ぎ落とした、ただの女に過ぎないのではないか、と江川は考えるでもなく考えていたのである。

「ねえ、どうしてずっと何も喋《しゃべ》らないんですか」

みゆきが訊いてきた。

ふと我に返ったような気がして、江川は口を開いた。

「いや、ちょっと考えごとしてた」

「なにを」

「いや、別に大したことじゃない」

「お家《うち》で何かあったんですか」

「どうして」

「だって、今夜はずいぶんゆっくりしてるから」

「なんにもないさ。ぼくの家はもう何か ありようもないからね」

「じゃあ、なに」

みゆきが毛布の下から手をだして江川の鼻を摘《つま》んできた。

「うーん、何ということもないけどね。たとえばどうしてこの世界には人間以外の動物がいるんだろうかとか、そんなことだな」

「なんですか、それ」

「いや、自分が犬だったり猫だったりしたらどうだったろうか、とかね」

「へー、江川さんってそんなこと考えたりするんですね」

「いや、別にそう考えてたわけでもないけど。まあ要するに何も考えてたわけじゃないってことさ」

「私、犬の方がいいな」

「なんで？」

「さあ、別に理由はないですけど」

「ふーん」

「江川さんは？」

「さあ、どっちかな。ライオンとかの方がいいかな」

「江川さんって、よく分からない人ですね」

「なんで？」

「だって、自分ではとても普通だと思ってるくせに実はすごく変で、みんなも変だと思っているし、結構ワルだし、それに……」

「もういいよ。それこの前聞いたから」

江川は五日前の話が蒸し返されるようで少し不愉快になった。

「どうしてそんなにすぐ怒るんですか。女の子は怒られるのが好きだとでも思ってるんですか」

みゆきはくすくす笑ってまた江川の鼻を摘んでこんどは捩《ね》じった。「痛い！」と言って江川はその手を払いのけた。その瞬間、何とも言えぬ幸福感が江川の胸を満たした。こうした他愛ない一瞬にだけ、かけがえのないものがひそんでいるような気がした。

「違うんか。女は男が怒ってみせたら結構喜ぶもんやないか、って俺は思っとるんやけどな。ようわからんけど、そうやないんか」

「わー、江川さん博多弁喋れるんだ」

「当たり前やろうが」

「江川さんって多重人格ですよね。自分でも本当の自分がどれだか分からないでしょう」

「そんなの、誰だってそうだろう。君だってそうさ」

「そうでもないですよ、私は」

「そうか」

「そうです」

そこだけみゆきはきっぱりとした調子で言い切ってみせた。江川は、案外そうかもしれないなと思った。だからこそたまに出社できないほどみゆきは煮詰まったりするのではないか。

「本当の自分なんてどこにもないさ。どれもみんな嘘っぱちなんだよ。そう思えば何をしてもくよくよしなくてすむだろう」

「でも、私はそれでも本当の自分ってあると思います」

「ないよ、そんなもの」

「あります」

「じゃあ、君のほんとうの自分ってのは何だ」

みゆきはしばらく黙った。江川はみゆきを腕枕から離し、その髪を撫《な》でてやった。犬の方がいいと言ったが、首をすくめるその仕種《しぐさ》はやはり猫に近いと思う。

「よく分からないけど、こうやって抱かれてすっかり馬鹿みたいに安心している、赤ちゃんみたいな自分って本当の自分だと思う。というより本当の自分という状態って気がします」

江川は、ふーんと呟《つぶや》きながら、少し感心していた。安心している自分、というより自分が安心している状態がそのまま本当の自分だというみゆきの言葉はなぜか江川の心に深く染み渡っていった。そうした安心から、自分はいつも遠ざかろうとばかりしているような気がした。

「じゃあ、いろんな本当の自分があってもいいのか」

興味を惹《ひ》かれて江川は訊いた。

「そうかもしれないですね。いろんな自分でも、それがその時に安定して安らかであれば」

「そうか……」

江川は少し考えてみる。

「だったら、俺がたとえ多重人格であっても、別にどれが本当の自分か分からないというわけでもないだろう」

「そこがちょっと違うんです」

みゆきは俄然《がぜん》訳知り顔になっている。

「どうして」

「だって江川さんの多重人格は、なんだかどれも不自然な感じがするから。というか、江川さんって気持ちを緩《ゆる》めないように緩めないようにってずっとコチコチになっていろんな顔を作っているようでしょ。そのくせ人を傷つけたりしてるんです。きっと江川さんって本当に心から安らいだことがないんだと思う。その前に中途半端に他人のことを心配したりするの。違います？」

「それ、ずいぶんな皮肉だね」

みゆきは意外そうな顔になった。

「どうして？」

「だってそうだろう。中途半端だろうが何だろうが、誰かが自分のことを心配に思ってくれることは有り難いことじゃないか。たとえ俺がほんとうに安らぐことのできない人間だとしても、それは俺のせいばかりってわけじゃない。だいたい、君なんてそうやって人から心配してもらおうと嘘ばっかりついてきたんじゃないのか」

「えっ」

みゆきの顔が緊張した。別に江川は責めたてるつもりもないのだが、口調が自然きつくなっていたのかもしれない。

「そうだろう。男なんか一人も知らないような顔をして、私は恋愛には向かないんですなんて平気な顔で大嘘ついて、純情なぼくの同情を買おうとしていた。そうだろ？」

江川は、女性につきものとはいえ、かまととぶったみゆきのこれまでの態度にちょっと釘《くぎ》を刺したくなっていた。もしかしたら自分はこの女に魅《ひ》かれはじめているのかもしれないと思った。

みゆきは、びっくりしたような顔で江川の瞳《ひとみ》をみつめていた。

「でも私、本当に誰かのこと好きになったのってこれが初めてだったから」

ぽつりと言った。

「嘘つけ」

江川はすかさず切り返す。

「ひどーい、江川さん」

みゆきはそう言って小さな笑い声を上げ、再び江川の胸に身体をあずけてきたのだった。

結局、江川はその晩みゆきの部屋に泊まってしまった。満代が事故に遭って以来この数年、江川は決して外泊しないようにしてきた。その禁を初めて破ってしまった。だが、目を覚ました時、予想したほどの後ろめたさはなく、満代のことも余り気にならなかった。むしろ都会の明るく広々とした部屋で迎えた朝は彼を爽快《そうかい》な気分にさせてくれたのだった。

みゆきがシャワーを浴びているあいだに自宅に電話を入れた。時間は七時を過ぎたところだ。満代はまだ眠っているだろうが美奈子はもう起きて学校に行く準備をしているだろう。たしか昨夜は河合桂子が泊まってくれているはずである。

二、三度呼び出し音が鳴ってすぐにつながった。

「はい、江川ですが」

案の定、桂子の声である。

「ああ、すいません江川です」

すると桂子が冷ややかな声で「おはようございます」と言った。

「すいません、昨夜遅くなってしまって、いま同僚の家から掛けてるんですが今朝はこのまま社に出るつもりなんです。申し訳ありませんが満代と美奈子のことよろしくお願いします」

「分かりました」

桂子はそう短く言うと、電話口の向こうで少し次の言葉を潜ませてから、

「江川さん、もうちょっと美奈子ちゃんのことも考えてあげてくださいね。私がこんなことを言うのは口幅ったいかもしれませんが」

と言った。

「分かっています。じゃあ」

そう答えて江川は電話を切った。さっきまでの爽《さわ》やかな気分が途端にしぼんでいくのを感じた。ひとつため息をついた。

――もともと家庭など持ってしまったのが間違いだったのだ。

いままで幾万回となく繰り返した後悔をまた繰り返す。

本当にたったそれだけの話なのだ。満代と一緒にならず美奈子が生まれていなければ、自分はまったく異なる自分だったのだ。満代にとっても美奈子にとっても、そして成美にとっても静子にとっても、さらにみゆきにとってもそれが一番良かったのではないか。昨夜、みゆきは

安心している状態が本当の自分だと言っていたが、そんな状態を継続させようとすると人間は誤るのだ、と江川は思ってみた。すると、その着想は大層重大なことのように思えてきた。

――要するに、愛というのは決して長つづきしないということだな。

言ってみればそういうことである。別に愛だけが安心の根源でもなかろうが、それは人間の安寧にとって最も重要な要素であるには違いない。その愛が儚《はかな》いものであるがゆえに人は皆この世界で余計に苦しんでしまう。

「こうやって抱かれてすっかり馬鹿みたいに安心している、赤ちゃんみたいな自分」が本当の自分だとみゆきは言ったが、そんな不用心な弛緩《しかん》を愛は精神にもたらすから、愛を失ったときまるで裸の下腹をナイフでひと刺しにされたような痛手をこうむることになる。みゆきは江川のことを「いつもコチコチになっている」とも言ったが、それは自分にしてみれば大怪我をしないための最低限の構えに過ぎない――という気が江川にはする。「だからいつまでたっても本当の自分が分からないんですよ」とみゆきに言い返されてしまえば、元も子もない話かもしれないが。

シャワーを済ませたみゆきが髪にドライタオルを巻いて戻ってきた。

こうしてみるとみゆきの身体はなかなか均整がとれたいい身体だった。普段余り目立たない服装をしているからぼてっとして見えるが、身体の線を活《い》かすようにすればぐんと魅力を増すのではないか。小さなショーツに白いタンクトップをまとっただけのいまの姿など、見直すほどに美しい。特に腰から下は細い両足の透けるような白さもあって最高だった。

「江川さんもシャワー浴びません？」

タオルを取って、軽く頭をマッサージするように黒い濡《ぬ》れ髪をいじりながらみゆきは言った。

「ああ」

そう言って江川は、みゆきに近づいた。軽くおでこに口づけする。少し汗ばんで熱を持っている。みゆきの方から唇に唇を寄せてきた。尖《とが》った舌先がすっと江川の口の中に入ると、意外なほど強い力で動き回る。そのまま江川はみゆきの身体を抱いて、昨夜の交わりですっかりシーツが乱れてしまっているベッドの上に押し倒した。みゆきは下から激しく抱きついてくる。それほど昂《たかぶ》っているわけでもなかったが、子供が玩具《おもちゃ》箱の中身をとりあえず確認したくなるのと同じで、江川はなんとなくみゆきの下着に手をかけていた。みゆきは腰を浮かしてさまたげにならぬようにする。

目の前に開かれたみゆきの股間《こかん》を眺め、所詮《しょせん》この物体に始まり、この物体に終わるのなら、愛は小さな旅の繰り返しのようなものでしかないのかもしれない、と何とはなしに江川は感じた。

9

途中の駅で安物のネクタイを一本買って締め替えると、普段より三十分ほど早く江川は会社に着いた。部屋で別れたみゆきは定時に出てくるだろう。誰もいないがらんとしたオフィスで給茶器から汲《く》んだ渋茶をすすっていると、妙にしんみりした気分になった。

よく考えてみれば、案外自分というのは変わっているのかもしれないな、とふと思った。

みゆきから再三指摘されて改めて目を凝らしてみると、なるほど、いままで普通だと信じてきた自分の行動や置かれた状況が世間的に見ればかなり特殊なもののようにも思える。女性関係にしても、大概の男たちがこの程度のことは経験しているだろうといままでは考えてきたが、たとえば同僚や上司たちの顔を一つ一つ思い浮かべて検討していくとそうでもなさそうな感じもある。

椎名成美の時には、妻の満代とのあいだで壮絶ないさかいとなり、結果として満代は大きな交通事故を引き起こして半身不随の車椅子生活を送るようになってしまった。こうした出来事はたしかに尋常なことではあるまい。しかも自分はその後も懲りずに静子と関係し、二年も経たぬうちに今度はみゆきと関係してしまっている。これでは自分のせいで一生を棒に振った妻に顔向けができない話だ。だが、どうもそうした自覚が薄い。江川は切実感のないそんな自分の感覚が自分ながら不思議であった。

といってみゆきのことを本当に愛しているかと言えば、そう断言するのは憚《はばか》られる。そもそも何がどうであれば愛しているということになるのかがよく分からない。それは誰でもそうなのかもしれないが、江川の場合、付き合ったどの女性からも、面と向かってそのあたりの曖昧《あいまい》さを突かれてきた。

「あなたは、人を愛せない人なのよ。本当は心の芯《しん》が氷のように冷たいくせに、うわべだけは優しくてあったかく見える。それでみんなを騙《だま》してきたのよ」

これは成美に言われた言葉だ。それも別れ話になってからではない。付き合ってすぐに言われた。他の女性の場合も似たりよったりだったような気がする。

しかし、そう言われてみても江川にはどうしようもない。また、どの女性もそうやって江川の不実を詰《なじ》りながら、それでいて彼から離れていこうとは決してしなかった。持て余して先に手を切ったのはいつも江川の方だった。

江川からすれば、いつも女の側の理解不能な恋の情熱に引きずられてきた感が強い。誘い込まれたという受け身の感覚がどうしてもあった。女というのはマッチのような特質を誰もが持っていて、一度火が点《つ》くと燃え上がって身を焦がし、灰になっても悔いないといった空恐ろしいところがある。

――本当にそうだな。

と江川はひとりごちてみる。

呟《つぶや》いて、ふと森山啓介の顔を思い浮かべた。そういえば啓介はもう大阪から戻っているはずだ。みゆきとのことや静子の一件もあって、一力真希に先週会って以来すっかり放念してしまっていた。それどころではなかったという面もあったが、祥子と啓介とのことは何となく気が重く、余り積極的に介入する気持ちになれない面もあった。しかし、放っておけるものでもない。一力と会ってみて、啓介と話すしかないと決めた。近いうち、場合によっては今夜にでも啓介と会うべきだろう。啓介の方も一力の口から江川に呼び出されたことは当然耳にしているはずである。それで何の連絡も寄越さないのは、いずれ江川の方から言ってくるのを待っているということだ。

――しかし、こんな俺に、何か啓介に言うべき言葉があるのだろうか。

と江川は思った。自分のことを棚に上げて他人を責めるのでは筋が通らない。とすれば、いまの彼に啓介の非を咎《とが》め立てる資格はない。みゆきと関係など持たなければ過去のことはともかく、まっさらな気持ちで存分に啓介を非難することができたろう。

しかし江川自身が現在進行形で啓介と同じことをしているのだから、いまとなっては同じ穴のむじなである。そう考えてみると、みゆきなどと関係するべきではなかったと江川は後悔した。みゆきの存在自体が面倒で疎《うと》ましいものに感じられてくる。

渋い茶を飲み干して、江川は憂鬱《ゆううつ》な気分になった。

午前中は二本会議が入っていたが、二つとも予定時間を大幅にオーバーしてしまい、結局二つ目の会議が終わったのは十二時過ぎだった。総務担当役員の長広舌に辟易《へきえき》しながら江川はメモ用紙にボールペンで悪戯《いたずら》書きをし、ときどき津村みゆきのやはり退屈そうな顔を盗み見たりして時間を潰《つぶ》した。

そのあいだ、いろいろと漠然とした物思いに耽《ふけ》った。最近は滅多に思い出さなくなった野口昇平のことがなぜか頭に浮かんだ。野口のことを思い出す触媒となったのは次の二つだった。一つは一力真希と麻布で会った後、六本木の地下鉄の駅でとっぽいお兄さん三人組と絡みそうになって、野口の死ぬ三日前の言葉を脳裡《のうり》に浮かべたことを改めて思い出したことによる。あの時、結局三人組とは一つ離れた車両に乗って「やるなら啓介の面と腹だな」と思った。そうやって自分の握りこぶしを久し振りにまじまじと眺めた瞬間、かつて共に汗を流した道着姿の髪の長い野口の姿がありありと目の中に像を結んだ。

――野口なら理屈など言わず、妹を裏切った男をのし上げてしまうだろうな。

と江川は自分のこぶしを凝視しながら電車の中で考えたのだった。

野口に思いが至ったもう一つのきっかけは少々迂遠《うえん》なものだった。しかし、江川にとっていま思い出す野口は、こちらの方から導き出された色合いが強かった。

それはみゆきから聞いた話であった。

江川は榊原副社長の仮通夜の晩、タクシーの中でみゆきが言ったことがひどく印象に残っていた。みゆきは榊原が成仏できずに通夜の席をさまよいながら自らの占めるべき場所の不在を嘆いていた、と言った。そして、自分は小さい頃にも、亡くなった祖母が別れの挨拶《あいさつ》に来たのを知っている、とも言った。それで江川は寝物語にもう一度その話を催促した。するとみゆきはさらに別の興味深い話をしてくれたのだ。

小さい頃に亡くなった祖母というのは母方の祖母だったそうだが、今度は存命中の父方の祖母の話であった。

「もう五年も前のことだけど、父方のおばあちゃんが心臓発作で倒れて浜松の病院に担ぎ込まれたんです。真夜中のことで、大きな市民病院なんだけど当直の若い医者しかいなくって処置が遅れて。ベテランの先生が呼ばれた時にはもうおばあちゃんは瀕死《ひんし》の状態で、手がつけられない状況だったんだそうです。きっと榊原さんと同じで心筋梗塞《こうそく》だったんですね。私たち家族は東京にいたから駆けつけることもできなかったし、結局あとから話を聞かされただけなんですけど。

医者は『もう手遅れです。今晩一晩もつかもたないかでしょうね』って匙《さじ》を投げてしまって。おばあちゃんは薬で意識を失っていたらしいけどすごく苦しがっていたそうです。ちょうどそこへ、といっても病院に運んで二時間くらい経ってからだと思うけど、静岡に住んでいるおばさんが連絡を受けて病室に飛び込んできたんです。このおばさんは父の妹なんですが普段はおばあちゃんと仲が悪くて滅多に行き来してない人なんです。そのおばさんが瀕死のおばあちゃんを見て、すごく驚いて、それからとっても怒り出したんです。どうして私に挨拶ひとつしないで行っちゃうんだっておばあちゃんを怒鳴って。まわりのおじさんたちはびっくりしてただ呆然《ぼうぜん》としていたんだけど、このおばさんがちょっと変わり者だっていうことはみんな知っているから、遠巻きにしておばさんの興奮がおさまるのを待っていました。このおばさん、或《あ》る新興宗教に凝って、その教団の役員なんかしてる人で、毎週、長野にある本部に出かけていって勤行《ごんぎょう》みたいなことしているんです。山岳信仰か何かの一種らしいんですが。うちの父なんかも、そういうのって関わりたくないから、この人とはほとんど縁切りしたような具合でずっときてて。

そしたら、興奮がおさまったおばさんが、今度は何か取り出して掌《てのひら》に握りしめると寝ているおばあちゃんを起こして背中から抱きしめて一心に呪文《じゆもん》のようなものを大声で唱えはじめたんです。

その握っていた物っていうのは、後から聞いたら小豆《あずき》とお塩を詰めた小さな晒《さらし》の小袋だったそうです。

『死神は背中からくる、うちが追っ払ってやるかんねえ！』

ってておばさんは叫んで、そうやって二時間くらい小さなおばあちゃんの身体を背中から抱きしめて凄《すご》い声で呪文を唱えつづけたんです。そうしたら、おばあちゃん、本当に生き返っちゃったんですよ。慌てて先生を病室に呼んできたら、脈拍とか血圧とか機械で計って『一体どうしたんですか。信じられない、奇跡だ』って目を丸くしちゃって。明け方にはおばあちゃんすっかり元通りになって、ちゃんと自分で歩いて退院したんです。それからこの五年間、すごく元気にしてるんです。ねえ、びっくりする話でしょう、江川さん……」

江川は、この話にもすっかり感心してしまった。

「へえ、死神っていうのは背中からやって来るんだ」

「そうらしいです」

みゆきは真顔で答えた。

そこで思い出したのが野口のことだった。死にゆく野口を看取《みと》りながら、江川はあのとき何を見、何を考えていたろうか。

「それでね」

とみゆきが話をつづける。

「おばあちゃんの話だと、意識を失った後、おばあちゃんの魂は額から抜け出て三途《さんず》の川みたいな川の岸辺にたどり着いたんだそうです。そしたらそこにずっと前に死んだおじいちゃんが待っていて『まだ早い、来るな』って言ったんです。それでおばあちゃん仕方なく引き返してきて。でも帰ってきてからは、おばあちゃんにはおじいちゃんが見えるようになったんです」

「見えるって？」

「ええ。おばあちゃん、よくおじいちゃんと話したりしてるんです。私には見えないんだけど、おばあちゃんに『おじいちゃんは？』って聞いたら『その辺にいるよ』っていつも答えてくれて。私が小さい頃におじいちゃんは死んだから、私、おじいちゃんのことあんまり憶《おぼ》えていないんですけど、おばあちゃんに『みゆきのことおじいちゃんは何て言ってる？』って聞いてもらうと『みゆきは本当に良い子だよ』っておじいちゃんニコニコしながら言うんだそうです」

江川はみゆきの話を聞きながら、さらに榎本静子の話も思い出していた。静子はこの五年のうちに人類のすべてが滅亡してしまうのだと言っていた。そのことによって世界中の悲劇や悲惨がいっぺんで蒸発し、人間は破壊と不幸の連鎖から解き放たれるのだと。しかし、もしみゆきの話のようだとすれば、六十億の人々が一気に命を失った場合、死後の世界はひどく窮屈で混乱するのではないか。また死への恐怖を乗り越えたとしても人間の魂が現世の愛憎を残したままに存続するのなら、そんな世界に本当の平安などあり得るのだろうか。マザーとやらはそこらあたりをどう説明しているのだろう。そんなことを江川は考えた。

「だけど、おじいちゃんはどうしておばあちゃんの側にずっといるのかな。普通は死んだ人は遠い霊の世界に旅立つんだろう。そうじゃないと成仏できないんじゃないの」

江川はいい加減なことを言ってみる。

「さあ、どうしてかなあ」

みゆきは意外なほどあっさりと言った。下手をすると人生の価値観をすべてひっくり返すような事を話しているくせに、まったくつきつめていない風である。それどころか、こんなことを言うのだった。

「私、病気なんかして、もう死にたいって思ったりしたでしょ。いまでも時々、何か嫌なことなんかあるとそういう気持ちになるじゃないですか。でもね、そんな気分でいると必ず枕辺におじいちゃんが出てくるんです。たとえば、おじいちゃんのお葬式をしている夢なんか見て、私はお葬式の花を祭壇に飾って、それから台所に行って会葬の人たちのための沢山の湯呑《ゆの》み茶碗《ぢゃわん》を冷たい井戸水で一つ一つ洗っていたりするんです。そうしたらどういうわけか死んだはずのおじいちゃんが私の隣にいて、黙って哀しそうな目で私を見ているんです。ああ、私が死にたいなんて考えているから、きっとおじいちゃん悲しんでるんだなって思って。そう思うと死ねないなって気になるんです。きっとそうやっておじいちゃんは私のことを守ってくれているんですね」

「君たち女にかかると幽霊も、ボディガードになっちまうんだね」

とその時の江川は笑った。笑いながら、一力真希が言っていたことを再び思い出していた。

「本当には死なないって絶対信じているからそんな気になれるんですよね」

江川は、人は死ぬからこそ生きたいと願うのだと思う。生の衝動や情熱はその基盤に死を置いているのである。まさに「有死無生　何足悲」―死あって生なし、何ぞ悲しむに足らん―であると思う。しかし、こういう考え方はどうも男性に顕著なものであって女性には余りないような気がする。女性はどちらかというと生きたいから生きるのであって、死ぬしかないから死ぬのである。彼女たちにとっては生と死は截然《せつぜん》と区別され、つながりのないものなのかもしれない。

ともかく、その時のみゆきの話を会議中に思い出しているうちに江川は野口昇平が死んだ頃のことを思い出したのだ。

野口が死んだのはいまから八年近く前のことだった。江川はまだ三十前、美奈子が生まれたばかりで、椎名成美と知り合う一年ほど前だった。当時を振り返ってみると江川が成美に溺《おぼ》れた理由の一半に野口の死があった。彼の死は江川の胸に癒《いや》しがたい傷を与えた。野口は江川にとってただ一人、友と呼べる存在だったのだ。

あれは二月、雪まじりの寒い風が吹く夜だった。

三日前に池袋で会って明け方まで飲んだばかりの野口が瀕死の状態で板橋《いたばし》の大学病院に担ぎ込まれた、という知らせが江川のところに入った。深夜一時過ぎのことだった。

慌てて病院に駆けつけた時には、顔の上半分を包帯でぐるぐる巻きにされた野口がベッドに横たわっていた。傷つかなかった右眼の部分だけ包帯がくり貫《ぬ》かれ、そこから青く腫《は》れた瞼《まぶた》を重そうに持ち上げじっと天井を見つめている黒目がちの眸《ひとみ》がのぞいていた。

知らせを聞いた瞬間に江川の胸を過《よぎ》ったのは「とうとうやってしまったんだな」という思いだった。だから、病院で生きている野口と対面できたことがむしろ意外なくらいだった。

世の中にはいくら慰めても慰めようのないことがある。またどんなに慰めても慰められない人がいる。精神的に逞《たくま》しい人間ほど、他人を慰めることはできても自らを慰安することができない場合が多い。野口もその典型のような男だった。絶望というのは重たいものだけに膂力《りょりょく》がないと抱えつづけることができない。しかし野口のような男にはその力が十分に備わっていた。そして、彼の抱えている絶望を前にして、これは他人がどうにかできるものでないことを江川もよく分かっていた。もし、自分が彼であったなら過半の可能性でやるだろうな、ということを実際に野口は実行したのであった。

野口を死に追いやったのは二つの不幸だった。最初の不幸は彼が死ぬ半年ほど前のことで一人娘の死であった。そして二番目の不幸は彼が死ぬほんの二週間前に起きた。妻の死である。

野口が結婚したのは学生時代のことだった。彼が二十二歳、妻はまだ二十歳だった。一年後に娘が生まれた。この最初の結婚が破綻《はたん》したのは野口が二十五歳の時だ。妻が別の男と関係し、まだ幼い娘を残して男と共に姿を消してしまったのである。それからは野口が男手一つで娘を育てた。そんな彼が再婚したのは三年後だった。相手は野口が娘を連れてよく食事に行っていた近所の定食屋で働いている人だった。野口より二つ歳上だったから、その時三十歳だった。この再婚の折には大学時代の友人などを招き、江川が幹事になって小さな祝宴を開いたりした。野口は幸福そうだった。それまでの苦労もあったから、江川は彼の再婚を心から祝福した。

野口はもともと生きにくそうに生きている男だった。求道者《ぐどうしゃ》然とした性格と風貌《ふうぼう》の持ち主で、昔であればひとかどの武術家にでもなっていただろうと思われた。空手の腕前は格段で、大学一年の時すでに「江川、俺の両足はもう両手と変わらんごとなった」と別に自慢するでもなく言ってのけた。むろん江川たちの通った大学にはとても彼に歯が立つ者はいなかった。全日本選手権でベスト4に勝ち残る超一流の選手だった。その分、処世の方には疎いところがあり、最初に勤めた会社も二年もしないで辞めてしまった。

一度、新宿で六人のチンピラと殴り合ったことがあったが、江川がそのうちの一人を相手にしているあいだに残りの五人をいっぺんで片づけたのには驚嘆したものだ。突きと蹴《け》りのスピードと威力は凄《すさ》まじかったが、それでいて野口はすべてうまく急所を外してもいた。

——こいつは人を殴り倒す天才だな。

と江川は思った。そのころまだ野口は会社勤めをはじめたばかりだったから、江川は彼に拳《けん》闘《とう》でもやってみないかと真剣に勧めた。「お前なら世界を狙えるんじゃないか」。野口も一時は乗り気になって熱心にジム通いもし「会長からは、年齢でちょっとハンデが大きいけど、それでもお前ならマジで賭《か》けてみてもいいぞって言われとるとよ」と嬉《うれ》しそうに語っていた一時期もあった。つづかなかったのは子供が生まれたあとすぐに前妻とのあいだでごたごたが起こってしまったためだった。

再婚して二年目に娘が再生不良性貧血と診断された。まだ小学校に上がったばかりだった。しかも病気の性質が悪く発見された時には脳にまで障害が広がっていた。化学療法と放射線治療が行なわれたが、放射線の影響で娘は歩行、言語に著しい障害をきたし、結果的には何の治癒効果もないまま枯れ枝のように痩《や》せ衰え苦しみ抜いて、最後は父親の顔も判別できぬようになって死んでいったのだった。まだ七歳であった。葬儀の日、野口は号泣して言葉が出ず、会葬者への挨拶《あいさつ》は彼の兄が代わりにつとめた。江川はそれからしばらく娘の美奈子の顔を見るたびに野口のことを思った。

さらに三ヵ月もしないうちに今度は妻の子宮癌が発見された。これも子宮体浸潤型の性質の悪い癌だった。義理の娘の看病で自分の身体の不調に気づくいとまもなかったことが発見を遅らせたのだ。

「不正出血が四ヵ月もつづいとったとぜ。それをあいつは病院にも行けんかった」

ようやくほんの微《かす》かな立ち直りの気配を見せていた時だっただけに野口の受けた衝撃は想像を絶するものだった。江川は叔父《おじ》が勤務する大学病院を紹介し、そこで彼女は手術を受けた。手術自体は成功したが子宮癌手術の特徴である術後のホルモンバランスの不調で、退院後、彼女はすっかり精神的にまいってしまったようだ。子を生めぬ身体になったことの苦しみ、再発の恐怖などもあって鬱《うつ》状態に陥り、心療内科の治療を受けねばならなくなっていった。その妻が縊死《いし》したのが、野口が死ぬ二週間前のことである。

その夜は飲んで野口の帰りが遅くなり、せっかくの眠りをさまたげないようにと別の部屋で寝《やす》んでしまったのが徒《あだ》になった。午前七時に起きて寝室で妻の変わり果てた姿を発見するまで野口はまったく気配に気づかなかったのだ。死亡推定時刻は午前二時から三時、泥酔した野口が帰宅してわずか後のことだった。遺書はなかった。

野口の怪我自体は致命傷ではなかった。池袋から乗った西武電車の中で、酔った彼は突然奇声を発し、扉の硝子《ガラス》窓に頭をぶつけたのである。頭突きで鍛えられている。一撃で窓硝子は粉砕され、野口は頭部から顔面まで血だらけになった。乗っていた乗客たちが悲鳴を上げ、暴れる彼を次の駅で降ろして救急車で板橋の救急病院に担ぎ込んだのだった。

すでに病院に駆けつけていた親族からその場の様子を聞いて、江川は電車の硝子窓に気合をかけて頭をぶつけたときの野口の気持ちを思った。死への明確な意思があったわけではないのだと結論し、半ば安心すると同時に、彼は誰にむかって鍛えた刃《やいば》を向けたのかと想像した。彼ほどの腕を持っていると安易に技を使うことはありえない。その頭突きは本当に一撃必殺の威力を秘めているからだ。そう思って、江川は気づいた。夜の電車の扉窓に映っていたのはきっと野口自身の姿だったに違いない。であるならば、彼はその暗い窓にくっきりと映った自分自身を葬ろうとしたのではないか。

――野口らしいやり方だな。

と江川は思った。

野口の病態が急変したのは明け方である。死因は敗血症だった。半日全身痙攣《けいれん》で苦悶《くもん》し、粘膜という粘膜から血を流しながら野口は死んでいった。しかし、死ぬ直前まで意識は明瞭《めいりょう》で、彼の口からは苦痛を訴える台詞《せりふ》はおろか呻《うめ》き声ひとつ洩《も》れることはなかった。側に江川がいることを彼は知っていた。最後の野口の言葉は、

「江川、これでようやく死ねるよ」

というものだった。意識が白濁してからは不思議なほど痙攣はおさまり、野口の歪《ゆが》んだ顔はしだいに優しい野口らしい表情に戻っていった。死は静かに訪れた。妻も子も失い、女手ひとつで兄弟を大きくしてくれた母も彼が大学時代に亡くなっていたから、最期に彼の手を握っていたのは長兄と江川だった。

この野口の死は江川に幾つかのことを教えてくれた。

その中で最も大きなものは、死は別の死によって贖《あがな》われるものだということである。野口の人生は悲惨なものであったが、彼は死に際して一片の恐怖も抱いてはいないようだった。なぜなら彼には自らの死によって失われるものが何もなかったからだ。人は愛する者の死や自らの罪で追いやった他人の死によって、自分の死を受け入れることが容易になるのだと江川は知った。

そこに江川は愛の実相の片鱗《へんりん》をかいま見た気がした。愛とは愛を営むことにその本質があるのではなく、それを相手の死によって失った時に本当の輝きや価値を生むのではないか、と考えたのである。本当に自分の愛する者を失くしたとき、この世界の他のすべての価値は色あせ、人は生への執着からはじめて離れることができる。ということは最も愛する者への最大の愛の

証《あかし》は、その人の腕の中で死んでやることなのではないか。それによって彼ないし彼女は、自分が愛する人の究極の恐怖を除いてやることができるのだから。

しかし、みゆきの「本当の自分」という話を聞いたときも思ったが、それほどに深く人を愛することが人間には難しいのである。というよりも、愛情だけでは本当の愛にならないのかもしれない。そこに悲劇的な犠牲や理不尽な不幸が介在しなければ、それは死を贖うほどに深まることがないのかもしれない。

野口の傍《はた》から見れば余りにも哀れな最期を看取《みと》りながら、娘を失い、妻を失い、そして何の生への執着もなく死を迎えることができた野口の幸福を江川は深く羨望《せんぼう》した。

あの時のあの実感は、いまも忘れることができない。

人間が決して忘れてはならないのは、幸福な思い出ではない。しかし人は野口のような希有《けう》な悲劇を味わうことがないために、いつまでも生への衝動を放棄できないのだ。死を死で贖うことが可能な者だけが、死を受け入れることができるとも言えるのである。それは何と恐ろしいことだろうかと江川は思った。

椎名成美とのことで半ば自殺ともいうべき事故を起こした満代が、あの事故でもし死んでしまっていたなら、と江川はこれまで何度も考えてきた。その筆舌に尽くし難い満代の不幸を食らうことで自分は死を十分に受け入れる素地を持てたに違いない——この余りに独善的な妄想に江川はいまも時々おののくことがある。

長かった会議が終わり、遅い昼食をとりに地下の社員食堂に降り、急いでカレーをかき込んでエレベーターに乗ると、二階で森山啓介が乗り込んできた。啓介は江川を見ると一瞬こわばった表情になったが、すぐに隣に割り込んできて、笑顔をつくり、話しかけてきた。

「久し振りですね」

「ああ」

「元気ですか」

「ああ。お前、大阪に行ってたんだろう」

「はい」

「聞いてるよな、俺があの人と会ったこと」

「はい」

その受け答えの様子から、江川は啓介の無理に作った余裕がすぐに消えてしまったことに気づいていた。営業部時代の部下であり年齢も五つも下である。こうやって面と向かうとどうしても啓介の方に気後れが出る。まして事情が事情であった。啓介はなかなかのハンサムだ。男にしては色が白く、細面に切れ長の澄んだ眼をしていた。背もすらりと高い。独身のころからかなり女にはもてていた。小学校からずっと慶応で、歳に似合わず遊びもきれいで世慣れたところがあった。それでいて根が真面目なところを江川は買っていたのだった。仕事もさばけたし頭も悪くなかった。しかし、いまの江川にはそのつるりと端整な顔が無性に癇《かん》にさわってみえる。

――この野郎、なめやがって。

ニタニタした彼のさきほどの表情を思い出して江川は思った。青黒く膨れ上がるまでこいつの面と腹に突きを入れてやろう、と本気で考えた。

「で、どうするんだよ、お前」

ドスをきかせて、同乗者の目をわざと惹《ひ》くように江川は啓介の細い肩を抱いた。啓介は全身を硬くして黙り込んでいる。

「今夜あたり顔かしてくれよ。久し振りに一杯やろうや」

「いいですね」

ようやく気持ちを立て直したのか、啓介はふたたび笑みを浮かべて答えた。

「分かった。じゃあ一緒に社を出よう。七時頃、俺の席に来てくれ」

「分かりました」

そこで総務部のある十二階に到着した。エレベーターから出ながら江川は念を押した。

「すっぽかすなよ、森山」

啓介のうなずく顔が奇妙にゆがんだような気もしたが、すぐに扉は閉まり、はっきりとは分からなかった。

10

「祥子とのあいだにはもう燃えるものがないんです」

森山啓介は言った。彼の行きつけだという神田《かんだ》の小さな割烹《かっぽう》料理屋の小座敷に二人向かい合って、ビールで軽く乾杯したあと、

「まずは、お前の言い分というのを聞きたいんだけどな」

と江川が切り出すと、ずいぶん沈黙があった後に啓介はそう呟《つぶや》くように口にしたのだった。

「どうして?」

江川はつきだしの八幡巻きを口に放り込みながら聞き返す。

「祥子を嫌いになったわけじゃありません。そうじゃなくて真希のことをそれ以上に好きになってしまったんです」

「ふーん」

と江川は言う。啓介は手酌で空になったグラスにビールを注ぐと一気に飲み干した。江川と違ってもともと酒に強い方ではない。再び瓶を摑《つか》んだので江川は制止した。

「おいおい、酒は話のあとだぜ」

啓介は一瞬手の動きを止めたが、やはり注いでまた一息でグラスを干してみせた。江川は苦笑した。

「で」

先を促す。啓介が怪訝《けげん》な表情を浮かべた。

「で、だからお前はどうするんだよ」

もう少し柔らかに話を始めるつもりだったが、どうやらそうもいきそうにないなと江川は思っていた。ならば、最初から啓介の存念を単刀直入に聞いた方が早い。

「祥子とは別れるつもりです」

啓介が言った。

「ずいぶん簡単に言ってくれるじゃないか」

「江川さんには、申し訳ないと思っています。詫《わ》びても詫びきれるものじゃないと思っています」

神妙な顔つきになっているが、思いのほかするりと結論を口にできて、何やら覚悟が決まった安堵《あんど》感を表情に滲《にじ》ませている。気の小さい奴だな、と江川は思う。

「へぇー」

と大げさに唸《うな》って笑ってみせた。啓介が眉《まゆ》をひそめた。

「他に好きな女ができました、だから今の女房とは別れますってわけか。それでお前、この世界、通用するとでも思ってるのか。三十一にもなって、そこらへんの犬猫と同じこととしといて、それで、はいそうですかって話になると思ってるのかい」

江川は笑みを浮かべたままで声を落としてそう言った。

「どうなんだよ」

と重ね、

「それで済むと本気で思ってるのか」

と圧力をかける。

啓介は黙りこんだ。仲居がお椀《わん》を持ってきた。盆に載った黒塗りの椀をじっと見ている。

「どうなんだよ。そんな話ですべて片づくと思っているのか」

ようやく啓介は顔を上げた。

「江川さん」

と顔を引き締めて言う。

「これはぼくと祥子の問題なんです。祥子とはきちんと話し合うつもりです。いままでもぼくの気持ちは伝えてきたし、祥子も多少は理解してくれたと思うんです。彼女には本当にすまないことをしたと思っているんです」

江川は、彼の落ち着かない表情を見ながら、あまり追いつめても仕様がないなと考えた。多少語調を緩める。

「だから、そうやって謝ればそれで済む話じゃないんじゃないか、と俺は言ってるんだよ。お前の責任はどうなるのかと聞いているだけだよ。祥子と結婚して家庭を持った、そのお前の、男としての責任をどうするんだと聞いてるんだよ」

椀のフタを取ると甘い蕪《かぶら》の香りが鼻をくすぐった。箸《はし》を入れ一口含むととろけるように柔らかい。

「責任はちゃんと取ります」

「どうやって？」

「できる限りの償いはするつもりです」

また江川は笑った。

「じゃあ、離婚なんかとんでもないな」

突き放すように言ってみる。

「祥子の気持ちはこのまま結婚をつづけたいってことだ。お前ができる償いはただひとつ、すぐに一力と別れて祥子に土下座して謝ることだ。そうすればお前は許してもらえるかもしれない」

　啓介は唖然《あぜん》とした顔になっていた。男同士なのだから、もう少し別の方向に話が広がるのではないかと気安く考えていたのかもしれない。そういうこの男の甘さが江川は気に食わない。

「さっきも言ったろう。犬猫じゃないんだ。一度結婚したら、嫌になったから別れるってそう簡単にはいかないんだよ。お前はそれを承知で祥子と一緒になったんだ。それがお前の責任ってことだろう。好きな女ができたからそっちに乗り換えるなんてのは独り者の時に言える台詞《せりふ》なんだよ。もうお前にそんな甘えたことを口にする資格なんてまるでないんだよ」

「それは、できません」

　思い詰めた表情になって啓介は言った。

「どうして？」

「もう気持ちが離れてしまったんです。もういままでのようにはならないんです。分かってくださいい江川さん」

「それは、祥子もおんなじだろう」

　啓介は意外そうに口をあける。

「だからさ」

　と江川は諭《さと》すように啓介の方に身を少し乗り出した。

「お前の気持ちが離れようが、どうしようがそんなことはどうでもいいってことなんだよ。いまは一力の方が好きなんだろう。それは人の気持ちだから、俺がとやかく言ってもどうにもなるもんじゃないだろう。だから、俺はそのことでお前を咎《とが》めたりするつもりはないいんだよ。一力が好きなのは分かったよ。そんなことはもういいよ。しかし、だからといって祥子と離婚するというのは、ちょっと筋が通らないよ、と俺は言っているだけだよ」

焼き物が運ばれてきたので、そこで話が一旦途切れた。啓介は、江川の言うことが理解できない風で冷えた蕪を一口で呑《の》み込んだ。

箸を箸置きに戻し、改まった姿勢で彼は江川を真っ直ぐに見た。

「じゃあ、どうすればいいんですか」

「離婚は無理だってことだよ。だってお前が一方的に悪いんだろう。それとも祥子にも非があるとでも言うのか」

啓介は反応しない。

「そうじゃないだろう。お前が外に女を作ったってだけだろう。それは結婚という契約に反した行為だろう。それで祥子の方がもう結婚は止めだというのなら話は違うが、祥子は離婚は嫌だと言ってるんだよ。だったらお前の都合だけで離婚ってことにはならんだろう」

「もう、ぼくたちは駄目なんですよ、江川さん」

啓介は半分泣き出しそうになっている。祥子が「別れたくない」と言っていたわけではない、と江川は思っていた。しかし、そんなことより自分自身が啓介に怒りを感じていることにすでに十分に気づいていた。

「だから、駄目だってのはお前の感情の問題だろう。俺がさっきから言っているのはそういうことじゃない。お前の責任の取り方を言っているだけなんだよ。駄目だろうが駄目でなかろうがお前は祥子と別れるわけにはいかないんだよ。もっとハッキリ言えば、お前がいくら一力に惚《ほ》れていてもそれが離婚の理由にはならんのだよ。そんなに一力のことが好きなら、一力を説得して、このまま祥子との結婚をつづけながら彼女とうまく付き合っていけるようにすることだな。俺はそれでも構わんと思ってるんだよ。とにかく、お前があの女と別れたんだと一度祥子に思い込ませてくれりゃ、あとはお前がどうしようと勝手だってことだよ。俺も朴念仁じゃない。そのくらいのことは呑み込んでやってもいいさ。俺の言ってることの意味が分かるだろう、なあ啓介」

「じゃあ、祥子を騙《だま》して結婚をつづけろと江川さんは言うんですか」

一力と別れることなど啓介の頭には塵《ちり》ほどもないようだ。だからこそ彼は少し元気になってそんな提案に飛びついてくる。江川としては思うつぼという気分だった。

「場合によってはな。誤解するなよ、別に俺がそう勧めているわけじゃないぜ。俺が言いたいのは、いまお前の勝手な意志で離婚なんてできないってことだ。結婚して三年しか経っていないことを考えれば、外に女を作ったのは、たしかにふざけた話ではあるが、まあやっちまったんだから仕方ないさ。誰だってそんなことの一度や二度はあるもんさ。それですぐさま離婚してたんじゃ、何回結婚したって足りないって話だろ。みんなそうなんだよ。いまのお前を見ていると、一力にたぶらかされて目の前がまったく見えなくなっている。だからあいつのことを俺がとやかく言ったって意味がないから言わないさ。ただ、そんなお前の気持ちもあと半年もすれば冷めちまうに決まっている。はしかに罹《かか》ったみたいなものだからな。

お前は祥子とうまいぐあいに別れたら一力と一緒になろうとでも思ってるんだろう。どうせ一力にその程度の約束くらいしてるんだろう。あの女と会って、俺はそう思ったよ。だけどな、啓介よ、女房持ちが女作ったときに、別れて結婚するからって言うのは、これはルール違反だろう。一力の方が祥子より好きだと言ったが、それはお前の話であってさ、一力からすればお前が女房と別れて一緒になる気配だから熱を上げてるってところも大きいんだよ。要するにあいつは単なる恋愛をしているだけさ、若い者がその辺でちょろちょろやっているようなさ。しかし、お前は違うだろう。もう結婚もし祥子という妻に対しての責任もある。その責任を惚れたはれただけでどっかにうっちゃらかすほど、お前はもう若くはないってわけだ。

お前、一力のことも少しは考えてやれよ。結婚を餌に女漁《あさ》るのは外道のすることだろう。本当にお互い好きだったら、別に結婚なんて関係なく付き合えばそれでいいだろう。お前がもしそう考えないで一力と付き合ってるんだったら、お前自身がとんでもない勘違いしてるんだと俺は思うぞ。祥子が嫌いになったわけじゃない、なんていうお前のさっきの台詞は、ふざけた馬鹿野郎の言う台詞だよ。俺はお前のことを見損なってたという気分だな」

江川の長広舌を啓介がどの程度真剣に聞いているのかは判然としなかった。ただ江川の家庭のことも知っている啓介にすれば、江川の言っていることがあながち絵空事でないことは理解できるだろう。

「しかし……」

啓介は呟《つぶや》く。カレイの焼き物をむしっている江川の手元を見つめ、一度ビールを口に含むと、

「ぼくは好きでもない人と一緒に暮らすことはできません。それはぼくだけでなく祥子にとっても不幸なことだから」

「この馬鹿！」

指を舐《な》めながら江川は鋭く言った。

「好きだろうが嫌いだろうが、とにかく一緒に暮らすってのが結婚だろうが。そんなに長いこと同じ人間を好きでなんかおられるわけなかろうも。それを諦《あきら》めて、とにかく女房子供を養っていくのが責任ってもんやろうが。なん寝ぼけたこと言いよるんか、この馬鹿が」

「だけど、江川さん、本当に好きな人と一緒に暮らすのが自然じゃないですか」

啓介の甘ったれた話に江川はほとほとうんざりしてきていた。これではいつまで経っても平行線である。義理とはいえ弟と思うから江川はかなりの譲歩もし、啓介に目を醒《さ》ませと忠告しているのである。

「だから、さっきも言ったろう、そんなことしてたらキリがないんだよ。お前、そんな阿呆《あほ》みたいなこと考えていたら結婚なんて何度やっても終わらないぞ。金も身体ももたないって話だろうが。一力だっていずれはババアになっちまうんだぞ。そんとき、それでも一力をいまのように好きで好きで堪《たま》らないって言えるのか。馬鹿も休み休み言えよ。惚れて一緒になった女房と三年もつづかないような男が、次の相手と長つづきするとでも思ってるのかよ。おめでたい男だぜ、まったく」

そして江川は笑みをつくった。

「なあ、啓介よ。少しは冷静になったらどうだ。ここで離婚なんかしたっていいことは何もないだろう。同じ部署の女に手をつけ、先輩社員の実の妹を捨ててさ、それで会社でうまくこれから立ち回っていけるはずはないだろう。一生、鼻で笑われ、馬鹿者呼ばわりされ陰口叩《たた》かれるだけじゃないか。一力といますぐ別れられないんならまだしばらくつづけたっていいさ。時間が経てばいずれお前だって飽きがくる。祥子に飽きて一力に気がいったように、またそうなるさ。一力の方だって待ちぼうけを食わされているうちに、他の男に目がいくようにもなる。そのタイミングをうまい具合に見計らえば、早々ドジを踏むってもんでもない。どれほど深入りしてみたところで、女なんて結局は糞《くそ》の役にも立たない代物《しろもの》さ。もたれかかっておぶさって、あれもしてくれこれもしてくれ、ただそれだけだ。いいか啓介、妙な期待や希望を持つのはもうやめろよ。それはお前自身を苦しめ、他人をも傷つけるぞ。愛だの恋だの、そういう甘ったれた夢は餓鬼の頃に見るもんだ。祥子と結婚してみて、お前だってそれぐらいのことは分かったろう。所詮《しょせん》、誰と一緒になったところで似たりよったりだよ。どうしてそんなに思い詰めるんだよ。何の意味もないじゃないか。適当に遊べばいいんだよ。純情ぶるのはやめて、いい加減で大人になれよ。こんなことでムキになったって何の得にもならんだろう。俺を敵に回し、家庭を失い、仕事を棒に振る、それだけじゃないか。

人生で最も大切なことはさ、けじめをつけることだよ。あれもこれもと欲を出しちゃ駄目だ。物事の順番をきっちりつけて、前を見据えて自分に最もふさわしい道を選択するんだ。それができないようじゃお前の将来もないぞ。分かるだろう、俺の言っていること」

啓介は俯《うつむ》いて黙って聞いていた。

「なあ啓介、悪いことは言わない。祥子のところに戻ってこい。そして子供を作れ。それでもう、そんな浮わついたことは二度と言わなくなるさ」

江川は話している半ばから、これは自らに言い聞かせてきたことの繰り返しではないかと思っていた。満代が大怪我をして以来の日々を、彼はいま口にしていることを自分の胸に言い聞かせながらやり過ごしてきた。

そう気づいてみると、江川は喋《しゃべ》りながら若干居心地の悪いものをおぼえた。

同時に今朝方、桂子が言った「もうちょっと美奈子ちゃんのことも考えてあげてくださいね」という言葉が思い出された。

①別に一力が好きだということを責めているわけじゃない。
②結婚という荷物は一度背負ったら背中から離れない。
③いずれはどんなに好きな相手でも飽きがくる。
④相手だってどうなるか信用できたものじゃない。
⑤要するに、結局は自分も苦しみ、人をも傷つける。
⑥この世界には純粋なものなどどこを探してもない。
⑦愛情にしろ憎しみにしろ何事も決して長続きはしない。
⑧子供でも作ってしまえば、却《かえ》ってつまらない夢を見ずにすむ。

そうした江川の話が収束する先にあるのは、つまるところ、

「人生で最も大切なことはあきらめることだよ」

という一言に尽きてしまうのだった。

——だが、榎本静子にしろ津村みゆきにしろ、一力真希にしろ、さらには死んだ榊原にしろ、たとえ人生の終点にあるものが救いのない諦念《ていねん》でしかあり得ないとしても、別の何かを真剣に

求めながら迷い、彷徨《さまよ》っているのではないか。

江川はひとくぎり話を終えて、奇妙な空虚さを感じながらそう思った。「追憶の賞味期間」や「墜落する旅客機」、静子の言った「浄化の日」、みゆきの言った「本当の自分」、そして「榊原のただよう霊魂」というようなものが繋《つな》がって渦を巻き、いちどきに江川の胸の中に押し寄せてきていた。

そしてさらに江川は、あの野口が目を閉じる前に言った「江川、これでようやく死ねるよ」という言葉を想起していた。彼が生きた辛《つら》く苦しいだけの時間に対する深い諦め、透明で一切の未練のない諦念こそが、死の恐怖を封じ込め、本当の安らかな眠りを野口に与えたのだと江川はその死を看取《みと》りながら確信した。

しかし、あの時の野口は本当にすべての未練を断ち切り、真の諦念に満たされていたのだろうか。ふと江川はそんな疑念が胸の内に湧いてくるのをおぼえた。たとえいかなる状況に立たされようとも、人間は幸福への衝動を完全に抹殺することはできないのではないのか。

その時だった。ずっと俯いていた啓介が不意に顔を上げた。

「江川さん、あんたどうかしているよ」

いくら啓介でもこの程度の酒で酔ったはずはない。しかし彼の目はさきほどまでと打って変わって炯々《けいけい》と光り、一種の凄味《すごみ》を帯びている。江川は瞬間おやっと思い、多少身構えるべきものを感じた。

「黙って聞いていれば、何だよそれ。俗っぽい台詞《せりふ》ばかり並べて、一体どういうつもりだよ。冗談じゃないよ」

江川が言い返そうとすると、それを遮るように啓介はつづけた。

「どうして愛し合ってもいないのに一緒に暮らさなきゃいけないんだよ。どうしてそんな相手と子供作らなきゃいけないんだよ。ざけんじゃないよ。そんなの冒瀆《ぼうとく》だよ。人間はもっと自由だよ。真から惚《ほ》れた人のためなら何だって捨てられるんだよ。会社が何だよ。仕事が何だよ。人に馬鹿にされたからってそれがどうしたって言うんだよ。嫌なものは嫌なんだよ。もう祥子と暮らすなんて真っ平なんだよ。顔を眺めながら、ああこの人のことも一度は愛したんだなあって、そりゃ思うよ。だけどそれだけなんだよ。化石なんだよ、標本なんだよ。そんな化石とどうして一緒に居つづけなきゃならないんだよ。誰にだってそんな義務なんかねえよ。祥子とは三年しか続かなかったさ。だけど、真希ともそうだとは限らないじゃねえか。駄目になったらその時はその時だよ。そうやって何度でも人間は失敗を繰り返すんだ。それのどこがいけないんだよ。たった一度失敗したからって、それですべてを犠牲にしろなんて、誰にそんな押しつけをする権利があるんだよ。失敗しながらそれでも人は幸福になろうとする権利があるんだ。誰だって、本当の幸せが欲しいんだ。それを追い求めて何が悪いんだよ。誰にそれを止める資格があるんだよ。自分が嫁さんを半身不随にしちまってにっちもさっちもいかないからって、人のことまでそうやって強制しようなんて超最低だぜ。ふざけてんのはあんただよ。自分の不幸を俺にまで押しつけてくんなよ。祥子にまで押しつけるなよ。俺はやり直したいんだ。そのどこが悪い。祥子だってもう一度やり直せばいいんだ。誰だって、そうと決めればいつからでも何度でもやり直せるんだよ。それだけじゃないか。そのどこが筋が通っていないって言うんだよ。いい加減なこと言いやがって。俺が馬鹿野郎なら、あんたは大馬鹿野郎だよ」

それは怒鳴り声に近かった。カウンターで飲んでいた客たちが驚いたように江川と啓介を見ている。

「貴様、開き直る気なのか」

江川は押し殺した声で言った。しかし、不思議と啓介の言ったことに腹は立たなかった。

「そうだよ。悪いかよ開き直って」

そう言い放つと啓介は立ち上がっていた。江川は立った啓介を黙って見上げる。

「祥子とはちゃんと話し合うつもりだよ。あいつが泣き叫んで、死ぬだの殺すだのわめかなきゃ、落ち着いて話だってできるんだ。俺は真希と別れるつもりはないし、早く祥子と別れて真希と一緒になりたいんだ。それで会社辞めなきゃならないんなら、それはそれでいいよ。そんなことどうでもいいんだよ」

啓介は江川の横を通って靴を突っかけると、そのまま店を出ていってしまった。江川も立ち上がり、慌てて後を追う。店の女将《おかみ》がびっくりしたような顔で見送っていた。

神田駅に向かう狭い通りに出ると、早足で歩いていく啓介の後ろ姿はすぐに見つかった。江川は走って追いかけていった。足音を聞いて啓介が振り返った時には、もう目の前に江川はいた。

「これ以上あんたなんかと話すことなんてないよ」

相変わらず目が据わっている。江川はその顔を眺めながら、妙に切ない気持ちになった。結局のところ、こうやって彼を解放してやるしかなかったのだ、最初から自分には分かっていたのだ、心でそう嚙《か》みしめながら何も言わずに右の拳《こぶし》を固め、啓介の下腹にゆっくりと気合をかけて拳を沈めた。一撃であったが手加減は一切なかった。やわらかな肉に拳がめりこんでいく気味の悪い感触が右腕の付け根まで広がった。啓介は短く呻《うめ》いて前のめりに江川の方に身体を倒してきた。一瞬意識が遠のいたようだ。江川の左肩に啓介の頭がのった。

「甘ったれるんじゃないんだよ」

もたれかかった彼の耳元に囁《ささや》くように言う。

拳を引き抜くと、そのまま啓介は路上に倒れ込んでしまった。腹を両手で押さえ腰をねじりながら尺取虫を演じている。相当に効いたようだ。江川は苦悶《くもん》する啓介を抱き起こし、かつぐようにして駅前の華やかな通りまで歩いた。タクシーが付け待ちしていたので先頭の一台に合図して後部座席に乗せた。啓介は多少痛みは和らいだようだが、腹を押さえ無言のままだった。意識ははっきりしている風で、酔いが醒めたようなさっぱりした顔をしている。ただし江川の方は一切見ない。

一緒にシートに乗り込むと、運転手にまだ発進しないように言い、

「一力のところに行け。レバーを傷めているかもしらんから、彼女に頼んで今夜中に病院に連れて行ってもらうんだな。腹の痛みは用心した方がいい。俺は二人ばかりそれで死にかけた奴を知っている。俺とお前はこれで終わりだ。もうあとはお前の好きにしろ、この唐変木」

江川は優しい口調で言った。啓介は前を見ながら頷《うなず》くように頭を下げた。江川は車を降りるとそのまま駅の方に向かって歩き始める。背中でドアが閉まりタクシーが走り出す音が聞こえた。

11

神田から電車に乗った。腕時計を見るとまだ八時である。久し振りに美奈子が起きている時間に帰ってやろうと思った。今週に入って毎晩十二時を回ってからしか帰宅していない。美奈子の顔を見るのは朝、一緒に気ぜわしく朝食をとる時だけになっていた。今朝はそれもできなかった。

八時半には駅に着いた。改札口を抜け、家へとつづく細い通りを歩く。十分もすれば到着だ。すでに夕食は終わっているだろうが、満代も具合が良ければまだ起きているかもしれない。河合桂子は昨夜泊まってくれたから、今夜は早くに引きあげただろう。

ゆっくりと歩きながら、今頃は啓介の腹に浮かび上がった青黒い大きな痣《あざ》を見つけて一力がすっかり取り乱しているだろうと想像した。タクシーに乗せるときはああやって脅しておいたが肝臓や脾臓《ひぞう》はちゃんと外して突いた。せいぜい下腹の肉が皮下出血している程度である。それでも啓介は怖くなって一力と病院に駆け込むに違いない。救急治療室に入った啓介を待ちながら一力は震えるような不安を感じる。女は暴力に耐性がない。喧嘩《けんか》や怪我に著しい過剰反応をするものだ。江川を呪い、涙を浮かべ、もし啓介に万が一のことがあれば決して私は許さない、と彼女は思いつめる。だが、診断は異状なしである。二人での帰り道、一力は傷ついた男を眺めながら、もう二度とこの男を手放しはしないと心に誓うだろう。

それは男と女のちょっとしたドラマである。

そんな安手のドラマでも、この世界では輝くように美しいのかもしれないな、と江川は思った。

「人間はもっと自由だよ」

という啓介の言葉を江川は耳朶《じだ》に甦《よみがえ》らせていた。

「その通りだよ、啓介」

ひとり呟《つぶや》いてみる。

「人間は自由だよ、ほんとに」

そう口にしてみると、江川はひどくしみじみとした気持ちになった。

――まあ、あいつも頑張ってはいるわけだ。

と思った。あんなに怒りを全身から噴き出し、泣き出さんばかりの勢いで江川を怒鳴り上げた啓介の姿が目に浮かぶ。なんと羨《うらや》ましいことだろう。椎名成美と一緒になろうとしたときの自分もああだった、と思う。しかし、激しい口論の末に車で家を飛び出した満代が、首都高速の急カーブでガードレールに激突したと警察からの電話で知らされた瞬間、江川の情熱は凍りついてしまったのだった。あの時、満代と同様に俺も終わったのだ――改めて江川は思った。

それから半年ほど経って、一度だけ成美に電話をしたことがあった。泥酔して深夜、銀座の通りからかけた。ほんの短い電話だった。

「可哀相ね、あなた」

と成美が言ったことだけ記憶している。それが最初の台詞だったか彼女が電話を切る最後の台詞だったかは酔っていてよく憶《おぼ》えていないのだが。

マザーとやらいうインチキ教祖が言っていたことは確かに当たっている。

「その男性はとても不幸なのです。背負っている不幸の荷が重すぎて、彼が生きていくためには他の人にその荷を少しずつ分けていくしかない」

その通りかもしれない。「自分の不幸を俺にまで押しつけるな」とさきほどの啓介も言っていたではないか。だが、静子は言ってくれた。たった百五十万ぽっちの金で、そんな江川でさえ「神は救って下さる」と。なんと有り難いことだろう。涙が出てくるような話だよ、まったく。

先の週末、江川は河合桂子から急に呼び出されて、ここの駅前の喫茶店で三十分ほど話をした。今朝、桂子が美奈子のことで詰《なじ》るような物言いをしてきたのは、そういう伏線があったからだ。

桂子はどういうつもりか、最初に延々と自分の両親の話をした。彼女の家庭も複雑だったという。父親は「この時代にはめずらしいほど」だらしない男だったそうだ。年中外に女をこしらえて母親を泣かせつづけたという。いまその母は死に、父は団地で一人で暮らしている。「あの人は人生の敗残者ですね」――。そして、そんな自分だから美奈子の気持ちが手に取るように分かるのだ、と彼女は胸を張った。

「美奈子ちゃん、全部知っていると思いますよ。お父さんとお母さんに起こったこと。お母さんがどうしてあんな身体になったのかも」

満代がまだいまより元気だった頃、きっと桂子は満代から一部始終を打ち明けられたのだろうと江川は思った。事故があった時、美奈子はまだ小さかった。しかし、たしかに桂子の言う通り、母親に何が起こったか、もうそれとなく察する年頃であるのかもしれない。

「江川さん、奥さんどんどん悪くなっていってるんです。最近はめったに喋《しゃべ》ることもなくなってしまいました。どのくらいひどくなっているか、ご主人のあなただって気づいていないわけじゃないでしょう。美奈子ちゃんとっても心配してるんです。

お願いですから、もう少し奥さんや美奈子ちゃんに目を向けてあげて下さい。江川さんの愛情で、奥さんはずっとずっと良くなることができるんです。江川さんだって聞いたことがあるでしょう。十年も二十年も植物状態で病院のベッドで眠っている人だって、毎日毎日その身体を愛情を込めてさすってあげているうちに生き返るんですよ。奥さんは江川さんの愛を待っているんです。彼女を絶望から救い出すことができるのはご主人である江川さん、あなた一人なんです。

私は思うんです。江川さんがいま捨てようとしているものの中にこそ、本当の江川さんの幸福があるんじゃないですか」

河合桂子はそう言って、まるで憐《あわ》れむような瞳《ひとみ》で江川の顔をじっと見つめた。そして、ひどく優しげな口調でさらに言葉を重ねた。

「奥さんは自分は死んでしまった方が良かったんだってずっと思いつづけてきたんです。江川さんもきっとそれを望んでいたのにちがいないって。だけど、私は江川さんは絶対そんな人じゃないって信じています。江川さんとたまに絵や画家たちの話をしていて、私、そう感じるんです。江川さんは御自分が思っている以上にやさしい人なんだと思います。奥さんとのことも、自分を責めすぎているから本当の心とは裏腹にやり直す気持ちになれないだけなんだと思います。だから、もっと素直になってほしいんです。もっともっと自由で素直な気持ちになって、江川さんがやりたいことをそのままやってほしいんです。そうすれば、奥さんも必ずもう一度心を開いてくれるはずです。美奈子ちゃんも、そういう暖かくてたくましいほんとうの江川さんが大好きなんです」

だが、江川はこの桂子の言葉に触発されるようにして週明けからみゆきのところに入り浸りになったのだった。

あのとき、江川はありがたい忠告に耳を傾けるふりをしながら、内心では、真面目くさった顔で、どこまでも感情的でありきたりな言葉を押しつけてくる桂子の若さに正直なところ辟易《へきえき》してしまったのだ。

彼女が言うとおり、満代はいまでも自分は死んだ方がましだったと思っているだろう。不自由な身体を抱えてその思いはなおさら強くなっているのかもしれない。江川にしても、あくまで叶《かな》わなかった過去として追想するならば、満代があそこでいっそ死んでくれていればと考えないわけではない。だが、桂子のようなお節介なだけの人間には考えも及ぶまいが、満代を苛《さいな》む不幸の根源は、ただひとえに満代自身の中にしかないのだ。

こうやってあらためて桂子のしかつめらしい顔を思い出しながら、江川は、再びさきほどの啓介の言葉を頭に浮かべた。

――なるほど祥子が化石か標本なら、満代は一体何なのだろうか。化石とも呼べぬ、意味のないただの石塊《いしくれ》。その石塊を一生抱いて幸福になれ、とあの若い絵描きの卵は俺に平然と言い放ったのだ。

そう考えると、自然に江川は可笑《おか》しくなってきた。

満代が石塊ならば、この俺はその石塊ですらあるまい。

満代は死というものを、あの騒動のさなかに決定的に見失ったのだ。たしかに死はいかなる者にとっても最後の平安である。だが、誰もその死を生きながらに手に入れることはできない。人は生きているあいだは生きるしかない。人にとってなによりも深い哀しみは、自分の死を前提には自分の生を生きることができないということだ。この世界にある死は、自らが生きている限りすべてが他人の死でしかないのである。死はこの世界の隅々にまで満ちあふれている。その姿はまるで咲き競う花々のようにあでやかで近しい。しかし、その満ちあふれる死はすべてが、肉親や友、愛する人、顔も名も知らぬ無数の人々の死であって決して自分の死ではない。人は生きているうちは、どんなことがあっても自分の死を実感することはできない。死ぬその瞬間まで、誰もみな生の実感だけを持たされているにすぎない。自分の死が自分の生と交錯することは一瞬たりともなく、ただ他人の死のみが自分の生と強く強く結びついている。だからこそ、人は死を想い、死に脅え、死に打ちひしがれてしまうのである。何人《なんぴと》たりとも心の奥底から自分の死を恐れることはできない。ただひたすら他人の死を見つめ、その死を恐れるのだ。

そしてその恐怖心こそが真実の愛情の唯一の源泉でもある。

満代にはそのことが見えなくなってしまったのだ。

これほどに人間として愚かなことは他にはあるまい。満代は自分が死ぬことで自分の生を生き通せると錯覚したのである。その刹那《せつな》に彼女は自分の死をさながら他人の死のように傍観してしまった。それは、なんと軽率で傲慢《ごうまん》な錯覚であろうか。そうやって彼女は自分の愛情を自分の死の中に引きずり込んで扼殺《やくさつ》し、一個の邪悪な欲望へと化身して、まるで死霊のように江川の人生を破壊しつくしたのだ。

なるほど他人の死を願うことで自分の幸福を実現しようとする行為は誤っている。死が最後の安らぎであり、愛する者の死が究極の不幸であるかぎりは、そうした幸福の実現は死そのものを冒瀆《ぼうとく》する許されざる行為にほかならない。

だがそれ以上に、自分の死をもって自分が生きることを企み、他人の幸福を脅かす行為は、人間の生と死をまるごと冒瀆する取り返しのつかぬ罪業なのだ。

満代には申し訳の立たぬことをした。それはその通りだ。しかし、たとえどんなに辛《つら》くともどんなに哀しくとも、自らの命を投げ出してまで一人の人間を縛りつけようとする行為は、絶対に間違っている。

他人は決して分かってくれなくとも、この俺は知っている。人として断じてやってはならぬことをやったのは俺ではない。それは満代の方だ。

くすくす笑いながら江川は歩きつづけた。知らず知らず独り言が口をついて飛び出してくる。郊外の住宅地だから、もうこの時間になると人通りもまったくなくなっている。両脇のミニ開発の一戸建ての群れから幽《かす》かな窓明かりが洩《も》れているばかりだった。

「何が『自由』だよ、まったく」

「何が『本当の自分』だよ、まったく」

「何が『本当の幸福』だよ、まったく」

「何が『自分の邪魔をするやつはみんな死ね』だよ、まったく」

「何が『お母さんが会いたそうにしていたよ』だよ、まったく」

「何が『本当に信用しているから』だよ、まったく」

「何が『江川さんはすぐ怒る』だよ、まったく」

「何が『きっと救われる』だよ、まったく」

「何が、『あなたは人を愛せない人なのよ』だよ、まったく」

「何が『おじいちゃんが守ってくれてる』だよ、まったく」

「何が『幸福になろうとする権利』だよ、まったく」

「何が『もっと素直になってほしいんです』だよ、まったく」

「何が『可哀相ね、あなた』だよ、まったく」

そして江川は思った。どいつもこいつもいい加減なことばかり言いやがって——それはいまや江川の精神の基調低音となっている、自分と関わりを持つすべての人間に対する乾ききった怒りであった。

言葉を頭の中で組み立てるのが億劫《おっくう》になり、ただ、バカヤロウ、バカヤロウ、バカヤロウとぶつぶつ呟《つぶや》きながら俯《うつむ》いて歩いていると、正面左に小さな児童公園のある大きな曲がり角に出た。

何だか見たこともないような風景にぶつかって江川はちょっとたじろいだ。しかし、それが毎朝、毎晩通っている道であり、そういえば昔はこの公園でときどき満代と二人で幼い美奈子を遊ばせたりもしたのだ、と思い出して、

「なんだ、もう着いたのか」

と江川は我に返ったような気分になった。

この曲がり角を曲がってすぐのところに、江川のささやかな家が建っている。

小さな玄関があって、その右が居間である。居間の奥に一昨年改造した満代の寝室がある。一階部分は段差を一切なくし、壁という壁に銀色の手すりがはめ込まれていた。浴室も同様である。自治体の補助金が思いのほか高額で、予想よりはるかに軽い負担で改築することができ

た。

普段江川はその妻の寝室に布団をとって寝る。大きなベッドと壁とのあいだの狭い谷間に横たわり、頭上では寝返りの難しい妻の苦しそうな身じろぎと息づかいが一晩中つづく。江川は何度も起きては、その手足を揉《も》んでやり、背中をさすってやる。明け方まで妻の掌《てのひら》を握りしめてまんじりともしない夜も再々である。最初の半年は毎夜の睡眠不足に朝が辛《つら》くてどうしようもなかったが、いまは何ほどのこともなくなった。人間は黙っていると、どんな環境にも驚くほど順応していくものだ。

腕時計を見るとちょうど八時四十五分を指していた。

まだ一階の窓は明かりが灯《とも》っていることだろう。その明かりには何のあたたかみもありはしない。何物をも照らさぬ、さながら闇に似た光というものがあることを江川はこの数年で知った。そんな闇のような光が、きっと今夜も江川の帰りを待ってくれているのだ。

江川はため息をつこうとして止め、その角をゆっくりと曲がった。

あとがきにかえて――小説の役割

三十五歳を過ぎたころから書き溜《た》めてきた五本の小説を今回、作品集として出版することができた。表題作の「不自由な心」は四百字詰めの原稿用紙で三百枚近くもあるので、これ一作のみでの発表も考えないではなかったが、書いた本人としても、この小説だけでは読んでくれる人にちょっと分かりづらいのではなかろうか、という思いもあって、別の四編を併せる形にした。

従って、もしこの作品集を手にとる人がいたなら、ぜひとも最初の作品から順番に読み進めていって欲しいと願っている。作品順に読んでもらうことで、最後の表題作がより咀嚼《そしゃく》しやすくなるように、作者なりに工夫をほどこしたつもりである。

昨年夏から暮れにかけてこの作品集をまとめながら、私はずっと小説の役割というものについて考えていた。小説というのは一体何のためにあるのだろう?

小説の役割としてすぐに思いつくのはたとえば次のようなことだ。

①幸福の数よりはどうやら不幸の数の方が多そうなこの世界で、みんなが一時の慰めや憂さ晴らしを手に入れる道具。②一回こっきりの人生では体験できない様々な世界の知見を手っとり早く面白く獲得する手段。③ものの見方・考え方、人や自身の内面を理解する方法を学ぶ手近

な材料。

ただここで問題なのは、そうやって小説の役割を洗い出していくと、どれもみな、本来ならば別のよりよい手段があって、小説はあくまで二番手にすぎないという小説の持つ弱みに行き着いてしまうということだ。

憂き世の辛《つら》さを晴らすなら冒険小説を読むより冒険をした方がいいし、官能小説を読むよりはやはり本気でセックスに励んだ方がいい。様々な世界を知りたいなら足を使って出かけた方がいいし、多くの言語を学んで世界中の人たちと話せるようになった方がいい。ものの考え方は哲学者や物理学者の著作で系統的に学習すべきだろうし、人の心を知りたいなら思いきり人を憎んだり愛した方がいいだろう。心の平安が欲しい人は、何よりもまず信仰を持つべきだと私は思う。

結局小説というのは、「劇的な本物の人生」を手に入れることのできない大多数の人々が、持て余した時間をつぶすために行なう古臭い趣味のひとつにすぎないのだろうか。

たしかに、私自身からして、この四十二年間のささやかな人生を振り返ってみると、なるほど冒険も官能も驚くべき体験も、真理の発見も深い信仰もとりたててあったとは言えない。だとするならば、私は一体何のために書いているのだろう。自分では生きられない本物の人生を夢想し、他の人の小説を読むのと同様の心性で自らへの慰安のためだけにこれほど手間なことをやらかしているのか。

だが、そう考えてみると、決してそうではない気がするのである。こんな小さな人生でも、たしかにそんな私の中にもふつふつとわき上がってくる大切なものはある。そうしたものを少し誇張すれば人さまに語ってきかせることができるような心地がして、私は書いている気がする。

そして、さらによくよく煎《せん》じ詰めてみれば、私は私の人生を「本物の人生ではない」などとは何がどうあっても全然考えていないことに、はたと気づくのである。

実は、こうした誰しもが持つ自分自身の生きている姿そのものへのある種の肯定にこそ小説の基盤があるのではないか、と現在の私は考えている。その意味で小説は、スポーツや政治、経済、自然や科学といった日々ドラマが演じられつづける世界とは直接つながることのない、より個人的で切実なものであるような気がする。

要するに小説の役割というのは、誰もが生きていく上で何が大切なのか、どうすれば真剣に生きられるのかを模索するように、小説の中で、人間が生きることの大切さを人一倍強く鋭く突き詰めていくことなのではないか、と私には思われるのである。それは反面で、いかにこの社会がそうした大切さをなおざりにしているかを告発することでもあろう。

しかし、現在の小説は、そのような小説の役割を見失い、一人一人の人生を重要視するどころか、およそ誰も体験できないような突飛な状況や舞台設定を持ち出し、安易にテロや殺人、意表をついただけの人間関係、不用心な裏切りや剝《む》き出しの欲望、型どおりの優しさや正義感ばかり描いているように私の目には映る。

小説が多くの読者から見放されつつあるのは、わずかな誇張に踏みとどまって自らの足もとを凝視すべきものを、小説家自体が情報や科学のエスカレーションに幻惑されて、個々の分野の専門性にのめり込み、結局のところ、ほんとうに自分の力で考えることを放棄しているからに他ならないのではあるまいか。
私はそういう思いをずっと抱きつづけながら、今回の「不自由な心」を書いた。

二〇〇一年三月

白石一文

（「新刊ニュース」二〇〇一年三月号掲載）

本作品はフィクションです。実在の個人・団体などとは一切関係がありません。（編集部）

初出
単行本　二〇〇一年一月　小社刊

不自由《ふじゆう》な心《こころ》

白石一文《しらいしかずふみ》

角川文庫　13311

平成十六年四月二十五日　初版発行
平成十七年二月　五　日　六版発行

発行者——田口恵司
発行所——株式会社角川書店
東京都千代田区富士見二—十三—三
電話　編集(〇三)三二三八—八五五五
　　　営業(〇三)三二三八—八五二一
〒一〇二—八一七七
振替〇〇一三〇—九—一九五二〇八

印刷所——旭印刷　製本所——コオトブックライン
装幀者——杉浦康平

し 32-2　ISBN4-04-372002-5　C0193

角川文庫発刊に際して

角川源義

第二次世界大戦の敗北は、軍事力の敗北であった以上に、私たちの若い文化力の敗退であった。私たちの文化が戦争に対して如何に無力であり、単なるあだ花に過ぎなかったかを、私たちは身を以て体験し痛感した。西洋近代文化の摂取にとって、明治以後八十年の歳月は決して短かすぎたとは言えない。にもかかわらず、近代文化の伝統を確立し、自由な批判と柔軟な良識に富む文化層として自らを形成することに私たちは失敗して来た。そしてこれは、各層への文化の普及滲透を任務とする出版人の責任でもあった。

一九四五年以来、私たちは再び振出しに戻り、第一歩から踏み出すことを余儀なくされた。これは大きな不幸ではあるが、反面、これまでの混沌・未熟・歪曲の中にあった我が国の文化に秩序と確たる基礎を齎らすためには絶好の機会でもある。角川書店は、このような祖国の文化的危機にあたり、微力をも顧みず再建の礎石たるべき抱負と決意とをもって出発したが、ここに創立以来の念願を果すべく角川文庫を発刊する。これまで刊行されたあらゆる全集叢書文庫類の長所と短所とを検討し、古今東西の不朽の典籍を、良心的編集のもとに、廉価に、そして書架にふさわしい美本として、多くのひとびとに提供しようとする。しかし私たちは徒らに百科全書的な知識のジレッタントを作ることを目的とせず、あくまで祖国の文化に秩序と再建への道を示し、この文庫を角川書店の栄ある事業として、今後永久に継続発展せしめ、学芸と教養との殿堂として大成せんことを期したい。多くの読書子の愛情ある忠言と支持とによって、この希望と抱負とを完遂せしめられんことを願う。

一九四九年五月三日